사임당
삶의 향기

the Herstory

사임당

삶의 향기

안종선

창작시대

신사임당,
그 빛나는 삶의 향기를 찾아서

신사임당이라 하면 많은 사람들이 여성의 귀감으로 여기며 이 시대 이전의 올바른 여성상으로 판단하거나 생각한다. 현재 우리나라의 돈에서 가장 비싼 오만원권에 그녀의 얼굴이 새겨져 있다. 이것으로 그녀가 조선을 대표하는 여성상으로 여겨지기도 하는데 논란이 많았던 것도 사실이다.

많은 사람들은 신사임당이 어떤 인물인지 생각하지 못하고 대략 그럴 것이라는 느낌만 가지고 있는 경우가 많다. 혹은 그녀가 십만양병설을 주장하고 유가의 맥을 이은 이이(李珥)의 어머니라는 이유로 숭상되고 추앙되기도 하였다. 혹자는 그녀가 이이의 어머니였기 때문에 추앙받았다는 혹평을 듣기도 하지만 그녀의 교육 방법은 남다른 바가 있었다는 주장도 무시할 수 없을 것이다.

그럼에도 그녀의 이름이 드높은 것은 율곡 이이의 어머니라는 사실 때문이다. 이이는 죽었으나, 그는 기호학파의 유종으로 떠받들리어졌고 그가 주장하는 주기론(主氣論)은 오래도록 이 땅의 중심 학문으로 남았다.

주기론은 조선 시대 성리학의 양대 학파 가운데 하나이다. 이기일원론(理氣一元論)을 기본 이념으로 하는 성리학에서, 우주 만물의 존재 근원을 기(氣)로 보는 이이의 학설을 계승한 기호학파의 철학을 가리킨다.

율곡 이이는 조선 중기의 유학자이자 정치가로 <동호문답(東湖問答)>, <성학집요(聖學輯要)> 등의 저술을 남겼다. 현실, 원리의 조화와 실공(實功), 실효(實效)를 강조하는 철학사상을 제시했으며, <만언봉사(萬言封事)>, <시무육조(時務六條)> 등을 통해 조선 사회의 제도개혁을 주장하였다. 우리나라의 18대 명현(名賢) 가운데 한 명으로 문묘(文廟)에 배향되어 있다.

물론 이미 오래전에 살다 가신 선현의 발자취는 모두 깨달을 수가 없고 상고하기도 힘이 든다. 이이의 경우도 다르지 않다. 이이가 더욱 유명한 것은 그가 제시한 십만양병설 때문이다. 그러나 ≪선조실록≫에는 어디에서도 십만양병설을 찾을 수가 없다. 이후 수정하고 첨삭한 ≪수정세조실록≫에 십만양병설이 나타난다.

어떠한 경우도 실록은 수정할 수 없다. 수정실록이라는 것은 권력을 가진 자들이 자신들의 권력을 이용하여 입맛에 맞도록 수정한 것이라 주장하는 학자들도 있다. 즉 자기들의 입맛에 맞게 뜯어고쳤다는 의미이다. 그런 점에서 이이의 십만양병설은 후자들의 위작으로 이이를 위대한 인물로 표현하기 위한 거짓이라는 주장이 대두된다. 많은 토의와 고민이 필요할 듯하다.

그럼에도 불구하고 이이의 학문적 성취는 조금도 위축되지 않을 것이며 그를 낳았다는 신사임당의 역할이나 교육 방식도 달리 평가되지 않을 것이다.

신사임당은 피상적인 인물이 아니다. 그녀는 대단히 현실적인 인물이었다. 그녀가 추앙을 받는 이유 중 하나는 당대 여성상이라는 것이나, 세밀하게 파고 들면 그녀는 당시의 이단아에 속했다. 당시 사대부가의 여인으로 그림에 심취하는 것이나 오래도록 시댁으로 가지 않고 친정에서 살았다는 것만으로도 당시의 양반가 흐름과는 동떨어진 것이다.

흔히 당시의 여성에게 삶이란 삼종지도(三從之道)이고 여필종부(女必從夫)라고 하지만 신사임당은 이를 따랐다고 볼 수 없다. 남편을 따라 시댁으로 들어가서 산 것도 아니고 그렇다고 남편에게 순종하였다고도 할 수 없을 것이다. 당시의 풍습에 양반은 첩을 들이는 경우가 많았는데, 남편에게 절대 첩을 들이지 말라는 겁박을 했던 것으로 전해진다.

이이와 같은 성현을 낳은 어머니이기에 남다른 교육 방법이 있을 것이라 여기지만 신사임당은 방목이라고 보아야 할 정도의 여유 있는 방법으로 자식들을 교육 시켰다. 즉 당시의 풍습대로 늘 앉아 학습하도록 하지는 않은 듯하다.

당시 양반의 자제는 사서삼경을 달달 외우고 유학(儒學)을 공부하여 출사하는 것이 가문을 빛내고 자신도 인간답게 사는 방식으로 인식되던 시기였다. 그러나 신사임당은 외우고 미치도록 쓰는 학문보다는 개성을 살리는 방식의 공부를 하도록 하였다. 그야말로 열린 공부였던 셈이다.

신사임당은 봉건 시대에 살았다. 그러나 여성의 몸이면서도 자기개

발을 개을리 하지 않았고 당시로서는 사대부 가문의 여식으로 보기 드물게 예술성을 드러내었다. 그러나 오래도록 그녀에 대한 평가는 단지 이이의 어머니라는 것이었다. 그녀가 지닌 예술성은 평가 절하된 시기도 있었다.

신사임당은 당시 사회에서 어울리지 않는 신여성이었다. 그녀는 조선왕조가 요구하는 유교적 여성상과는 약간의 괴리감이 있었다. 그녀는 시대상을 벗어나 스스로 독립된 인간으로서 자신의 생활을 개척한 여성이라 할 수 있다.

그녀가 반드시 현모양처는 아닐 것이다. 그러나 현재의 기준으로 보아도 현모(賢母)임은 분명해 보인다.

그녀의 인간상이나 교육의 형태에 대해서는 논란의 여지가 있어 보인다. 오죽하면 오만원권 지폐의 초상화로 그녀가 선정되었을 때 먼저 반대한 사람들은 남성이 아니고 여성들이었다. 지금도 그녀에 대한 논란은 많다.

사람이 살아가며 어찌 논란이 없을 것인가?

그러나 선인이 남긴 발자취는 온전히 찾을 수 없고 후인의 주장은 구구하기 그지없다. 무엇이 진실인가를 위해서는 더욱 많은 시간이 필요할지도 모른다. 그러나 신사임당이 한 시대를 살았던 선각자이고, 그녀가 남긴 발자취가 결코 작지 않음은 자명하다 할 것이다.

轟轟軒에서

晟甫

차례

사임당 삶의 향기

1

왜의 침략, 임진왜란

1592년 4월 13일.

유난히도 날씨가 우중충했다. 겨울이 지나고 봄이 한창 흘러간 날이
지만 바닷가는 겨울이 막 지난 초봄처럼 해무(海霧)가 피어올라 다른
때보다 춥고 싸늘했다. 더구나 시야가 나빠 수평선을 바라보는 것은
아예 엄두도 내지 못하였다.

"우이, 씨."

바닷가로 돌출되어진 치성(雉城)에서 창을 들고 번을 서던 막돌이는
대상 없는 짜증을 토해내며 손을 비볐다. 봄이 훌쩍 지나가고 있었고
곧 여름이 온다고 하지만 바닷바람은 차갑고 손가락은 얼어붙는 것 같
았다. 전에 없이 추위가 느껴지는 그런 날이었다. 더구나 봄을 시샘이
라도 하는지 바닷바람이 봉수대까지 말려 올라 옷자락을 떨어대었다.

어제 윗사람들 몰래 한잔 마신 술이 덜 깬 것은 아니다.

사실 번(番)을 선다고 하지만 의례적인 행동이었다. 봉수대에서 번을

서는 일은 어려운 일도 아니고 그다지 신경을 쓸 일도 아니었다. 봉수대라고 해도 언제 봉수를 올렸는지 기억조차 나지 않는다. 지난 몇 년은 지나치게 평온한 날이었다. 훈련도 없었고 두려운 일도 없었다. 그저 하루를 열흘 같이 빈둥거리는 날이었다.

번을 선다고 하지만 매일 같이 하릴없는 시간을 쪼개는 나날이었다. 기다릴 것도 없고 바랄 것도 없다. 경상도 동래부 다대포에 자리한 응봉봉수대(鷹峰烽燧臺)에는 7명의 봉수꾼이 번갈아 번을 서지만 지난 2년 동안 단 한 번도 봉수를 올린 적이 없었다. 바닷가라는 것이 하루가 멀다 하고 번잡스럽고 소란스러운 일이 적지 않지만 봉수를 올리는 일이 일어나지 않았다는 것은 평온했음의 반증이기도 했다.

더구나 지난 몇 달 동안은 추위가 극심한 겨울철이었기 때문인지 간혹 나타나는 왜구(倭寇)들의 노략도 없었다.

사실 봉수를 올릴 일이 생긴다면 무척이나 황당하고 두려운 일이기는 하다. 가능한 한 봉수 올릴 일이 없어야 했다. 이곳 응봉봉수대에서 봉수를 올린다는 것은 바닷가에 변고가 일어났다는 의미이고 중앙의 궁궐에 하루 정도가 지나면 도착할 수 있을 것이다.

두두두두!

어디선가 요란한 소리가 들려왔다.

"어, 말이다!"

전에 듣지 못했던 소리가 귀를 파고들었다. 봉수대의 화구(火口) 부근에서 쪼그리고 앉아 새처럼 꾸벅거리며 세월을 쪼던 덕구가 고개를 들었다. 생긴 것은 멍청하게 생겼지만 귀는 밝은 덕구가 아니던가.

막돌이도 고개를 돌렸다.

"어, 정말!"

말이 온다.

과연, 저 아래쪽에서 봄날의 아지랑이 같은 먼지기 피어오르고 말이 달려오고 있었다. 좁은 길가에서 피어오른 먼지가 안개 자욱한 하늘에 퍼지고 있었다. 이곳 봉수대에서 말을 보기는 쉽지 않다. 말은 귀한 가축이다. 동래부에도 두어 마리의 군마(軍馬)가 있을 뿐이고 부산포나 여러 개의 포구에 역사(驛舍)가 있어 말이 있기는 하지만 어쨌든 말은 흔하게 볼 수 있는 짐승이 아니다. 중앙에서 고위 관리가 내려오거나 감영(監營)에서 근무를 살피거나, 검열을 위해 높은 사람이 오거나 때로 경영좌수영에서 절도사를 비롯한 높으신 어른들과 장군들이 올 때 타고 오는 것이 말이다.

말은 힘차게 달려왔다. 어느 정도 가까워지자 말에 탄 사람의 윤곽이 확실해졌다. 두 사람은 눈에 힘을 주었다. 전에 없던 일이다. 물론 이처럼 바삐 달려오는 경우가 처음 있는 일이라 눈이 의심스럽지만 말에 타고 있는 사람은 그 두 사람이 잘 아는 사람이었다.

"어? 여대부(呂隊副)인가?"

막돌이가 의아하다는 듯 말하자 덕구도 눈을 다시 한 번 크게 떴다. 그들이 아는 한 여대부가 말을 타고 이토록 급히 달려올 경우는 없다. 물론 여대부 정도의 미관말직을 지닌 관료가 말을 탈 수는 더더욱 없다.

"원, 천천히 다니지."

"그러게 말이지."

덕구의 말에 막돌이가 맞장구를 쳤다.

여대부가 봉수를 관리하는 봉수군 사이에서는 높으신 관원이지만 벼슬로 따진다면 미관말직에 불과한 군관이었다. 동래부에 소속된 군관으로는 하급에 속하는 대부(隊副)였다. 어쨌든 각영(各營)에 두었던 종구품(從九品)의 관료로서 서반(西班)에 속하는 잡직이라고 해도 이곳 치성이나 봉수를 지키는 힘없는 졸개들에게는 그야말로 하늘과 같은 높은 분이다.

말은 제법 빨랐다.

늘 걸어서 오던 대부가 말을 타고 달려온다는 사실이 조금은 의아스러운 것이 사실이지만 달라질 것이라고는 없었다. 두 사람은 다시 편하게 마음을 먹고 창을 들고 전과 다르게 번을 서는 자리에 섰다.

두두두두!

순식간에 달려온 말이 멈추었다.

"어서!"

말에서 내리지도 못한 대부 여이정(呂二整)이 버럭 소리를 질렀다. 왜 소리를 치는지 모르기에 막돌이와 덕구가 고개를 늘이고 귀를 모았다. 그러나 그가 무엇을 말하고자 하는 것인지, 혹은 무엇을 어서 하라는 것인지 알 수 없는 일이었다.

막돌이와 덕구는 고개를 숙여 치성 아래를 내려다 볼 뿐이었다.

소리를 지르던 여이정이 다급히 말에서 뛰어내렸다.

"어서 올려라!"

다급했기 때문인지 여이정이 봉수 아래에서 버럭버럭 소리를 지르고 있었다. 그러나 바람이 불고 있었기 때문에 그의 목소리가 곧이곧대로 들릴 리가 없었다. 아무리 핏대를 올려도 말이 정확하게 들려야 무언가 할 수 있었다.

막돌이와 덕구가 서로 마주 보며 세상 물정 모르는 원숭이새끼가 잘났다고 질러대는 모양을 본 듯한 표정을 짓자 다급했는지 여이정이 봉수로 오르는 돌계단을 뛰어 오르기 시작했다. 몸에 걸친 철립이 무거울 테지만 한 번에 두 개의 계단을 건너뛰듯 서둘러 올라왔다.

"헉!"

봉수대에 오르는 그의 숨소리가 곧 넘어갈 듯 거칠었다.

"어서… 어서!"

숨이 넘어갈 것 같은 그의 모습이 가관이었다.

"예?"

"무얼 어찌할깝쇼?"

막돌이와 덕구가 다가가 물었지만 여이정 대부는 뜨거운 음식을 먹다 목구멍을 데인 사람처럼 말을 뱉지 못하다 겨우 한마디 토했다.

"어서… 어서… 봉화를!"

"봉화요?"

전에 없던 일이기에 덕구가 반문했다.

봉화란 함부로 올리는 장난감이나 일반 신호용이 아니다. 엄격한 규칙에 따라 봉화를 올리는 것이다. 국가의 재난이나 위급 시가 아니면 봉화는 올리지 않는다. 이를 무시한다면 효수되어 머리가 네거리에 걸릴 수도 있다.

"네?"

막돌이가 반문했다.

"어서 봉화를 올려라."

조금 진정되었는지 여이정의 목소리가 평정을 찾고 있었다. 여이정이 정신을 차리고 마음을 가라앉혔지만 막돌이와 덕구가 상황을 파악한 것은 아니다. 두 사람이 멍한 표정으로 여이정을 바라보았다.

여이정이 버럭 소리를 질렀다.

"미친놈들아! 왜놈들이 쳐들어왔다고!"

이날!

운명이 조선을 외면한 날이라 기록하여도 될 날이었다.

열도를 출발한 왜군의 700여 병선(兵船)이 열도 앞바다에서 잠시 멈추었지만 다시 전열을 정비하여 쓰시마에서 하루를 머문 뒤 다시 출항하여 부산포에 이르고 있었다.

바다에 무수한 배들이 떠 있었다.

안개를 헤치고 나타난 왜선 부대는 조선으로서는 상상도 하지 못했던 대규모의 부대였다. 왜군이 다가오고 있다는 상황은 곧 봉화를 통해 한성(漢城)으로 보고가 되었고 곧 경상도와 전라도의 각 감영(監營)과 곳곳의 군영(軍營)에 신속하게 전달되었다. 곳곳에서 봉화가 타오르고 먼지를 피워 올리며 파발마가 달렸으며 각 역참(驛站)에서는 말을 갈아탄 역리들이 미친 듯 내달렸다.

조선은 오래도록 평화를 유지하고 있었다. 오랫동안 군대를 키우지 않았고 적의 침략에 대비도 하지 않았다. 조정에서는 파당을 지어 싸우느라 군대를 육성할 생각조차 못하고 있던 실정이었다. 그 사이 왜국은 10년에 걸친 대규모 전쟁이 있었다. 왜국은 도요토미 히데요시의 검 아래 통일되었고 넘치는 힘을 밖으로 배출하려 안간힘을 쏟고 있었다.

일본의 침략!

남쪽 최전선에 해당하는 경상좌수영군은 저항도 제대로 하지 못한 채 처절하게 궤멸되었고 하루가 지난 14일에는 왜군 선발대가 부산 앞바다에 도착했다. 당시 왜국을 평정한 세력 중 3대 명장이라고도 하는 고니시 유키나가(小西行長)가 이끄는 선발대 1만 8000명의 병력이 일시에 상륙하여 부산성(釜山城)을 공격하였다. 준비가 없던 조선군은 성문을 걸어 잠그고 군관민이 힘을 합쳐 항거했지만 오래도록 열도의 쟁탈전을 놓고 싸워 싸움에 익숙한 왜의 병졸들을 막기에는 역부족이었다.

처참한 피가 흐른 날이었다. 부산성에 군관민을 몰아넣고 죽기를 각오하며 독려하여 성을 사수하던 부산진첨사(釜山鎭僉使) 정발(鄭撥)은 악전고투하였지만 지원군의 도움을 받아보지도 못하고 피를 흘리며 전사하고 부산성은 함락되어 왜병에게 빼앗겼다.

파죽지세가 따로 없었다.

이튿날 하루가 지나기 전 동래(東萊)로 몰려든 왜군들과 맞선 동래부사(東萊府使) 송상현(宋象賢) 이하 군민(軍民)은 끝까지 항전하기로 피로 맹세하였다.

부산성을 함락하여 기세가 오른 왜적들은 '싸울 테면 싸우고 싸우지 못하겠으면 길을 비켜달라(戰則戰矣 不戰則假道)'라고 쓴 팻말을 동래성문 앞에 세웠다. 송상현과 동래부 군관민은 이를 악물고 대항해야 했다. '죽기는 쉬우나 길을 비키기는 어렵다(戰死易假道難)'라는 글을 내건 것은 이미 죽음을 각오했다는 것을 보여주는 행위였다.

동래부는 처절하게 무너졌다. 군관민이 합심하여 죽기를 각오하고 항전했으나 결국 동래성이 함락되자 송상현은 조복을 갈아입고 단정히 앉은 채 적병에게 살해되었다.

이로써 왜인들의 발이 삼천리 금수강산을 짓밟기 시작하였다.

2
세상이 핏빛으로 물들다

선조는 무너지듯 용상에 주저앉았다. 그는 나약한 군주였다. 물론 마음이 나약한 것은 아니었지만 태생적으로 왕이 되지 못할 서열에서 불현듯 왕이 된 그에게 늘 마음이 걸리는 것이 있었다. 그것은 그가 전대 왕의 아들이 아니라는 것이다. 즉, 그는 왕손도 아니고 왕세자도 아닌 사람이었다. 그런데 불현듯 왕이 되었다.

그의 부친인 덕흥대원군 이초(李岹)는 왕도 아니었고 왕세자가 아니었다. 물론 왕의 소생이니 왕자이기는 했다. 선조 임금의 아버지 이초는 조선 제11대 왕인 중종(中宗)의 일곱째 아들이기는 했지만 왕권의 서열과는 먼 중종의 후궁인 창빈안씨(昌嬪安氏)의 소생이다. 후궁의 소생에서 다시 태어난 아들이 왕이 될 가능성은 아주 적었지만 세상의 이치가 때로는 어그러져 선조는 왕이 되었다.

선조의 이름은 균(鈞), 그는 왕위를 이을 적통이 아니었다. 왕족이기는 했으나 왕위에 오를 서열은 아니었다. 선조는 중종의 아들이기는

했으나 후궁이었던 창빈안씨 소생인 이초의 셋째 아들이고 중추부판
사(中樞府判事) 정세호(鄭世虎)의 딸을 어머니로 두었으니 누가 보아도
적통이라고 할 수는 없다. 그런데 1567년 6월 어린 명종이 후사(後嗣)
가 없이 죽자 이초의 셋째 아들이었던 하성군(河城君)이 명종의 뒤를
이어 즉위하였으니 곧 선조가 그였다.

즉위 초부터 그는 실권이 없었고 정치 기반도 지나치게 약했다. 차라
리 왕족이라는 허울로 살았다면 일신이 편안했을지 모른다. 더구나 조
정 내외부에서 그를 음해하는 세력이 적지 않았다. 늘 들려오는 소리가
있었다. 적손이 아니라는 쑥덕거림이 마음에 걸렸다. 정치는 기반이 강
해야 한다. 기반이 약하다는 것은 정치를 아무리 잘 해도 잡음이 난다
는 것이다. 조금만 어긋나도 적통이 아니라는 말이 나올 것이고 왕세손
으로서 배울 바를 배우지 못했다는 소리를 들을까 노심초사했다. 그것
이 그를 두려움으로 몰아가고 소심하게 만드는 요인으로 작용했다.

'어찌 한다.'

하늘이 무너지는 느낌이었다.

'무엇을 해야 하나.'

왜병이 상륙했다는 말은 청천벽력이나 다름없었다. 왜 내 대에 이런
일이 일어난 걸까? 조정 내부의 정치만으로도 버거운데 이젠 전쟁까지
그를 윽박질렀다. 모든 것을 벗어 버리고 싶을 지경이었다.

애초에 왕의 재목으로는 부족했는지 모른다. 왕의 재목 이전에 그는
적통이 아니었고 자신이 왕이 될 것이라는 생각을 해본 적도 없었다. 그
런데 불현듯 눈을 뜨니 왕이 되어 있었다. 일국의 군주가 되어 있었다.
모든 것이 불리했다. 왕의 재목이 아니라는 소리를 들어야 했다. 그

래도 극복하려고 애를 썼다. 왕의 적통이 아니라는 이유와 왕세자로서 왕위를 이은 것이 아니라는 이유를 극복하기 위해 남달리 마음을 쓰고 선정을 베풀어야 했다.

일국의 왕이다.

조선을 통치하는 왕이다. 세월이 흐르면 무언가 이루어질 수도 있을 것이라 생각했다. 시간이 흐르고 정치를 잘 하면 자신에게 모아지는 비판적이고 부정적인 시선을 바꿀 수 있으리라 생각했기에 현명한 처신을 하고 올바른 판단을 하려고 심사숙고를 했다. 선정을 베풀기 위해서는 인재를 발탁해서 중용하고, 인재의 말에 귀를 기울여 행동해야 했다. 하나의 결단을 내리기 위해 생각하고, 피나는 노력을 해야 했다. 처음에는 많은 인재를 등용하여 국정 쇄신에 노력했고 여러 전적(典籍)을 간행해 유학을 장려했다.

대단한 노력으로 어느 정도 정치의 기틀을 잡아가고 있었다. 그런데 노력하고 심사숙고하는 것을 사람들은 소심하다고 했다. 정말로 선조는 소심해지고 있었다. 소심, 그것이 병이고 돌이킬 수 없는 약점으로 자리 잡았다. 생각이 많다 보니 우유부단하여 멈칫거려지고, 생각을 너무 많이 하다 보니 모든 일이 시간이 질질 늘어져 되는 것도 없고 안 되는 것도 없었다. 하는 일마다 용두사미가 되어 그 결과를 예측하기 어려웠다.

왕이 정사에 결과를 내지 못하고 심사숙고로 시간을 죽이는 사이 조정에서는 힘겨루기가 한창이었다. 당파싸움이 수많은 인재를 조정에서 몰아내고 또 자신들도 피바람 같은 위계(僞計)에 서 있었다. 서로가 서로를 겨누고 서로를 질타하고 멸시하고 있었다. 자신들의 이익에 따른 의사결정을 왕에게 강요하는 무리들이 조정에서 무소불위의 권력을 사용하고 있었다.

모든 일이 어그러졌다. 조정의 대신들이 동인(東人)과 서인(西人)으로 나뉘어 싸우는 바람에 나라꼴이 엉망진창 꼴이었다. 겉은 화려하고 태평스러웠지만 내부적으로는 썩어 있었다. 국력이 쇠퇴하여 나라를 지킬 병사가 없고 삼천리방방곡곡에서 백성들이 농사가 안 되고 탐관오리들이 괴롭혀 못 살겠다고 아우성이다.

'왜병이라니…'

선조는 고개를 들어 앞을 바라보았다.

무수한 대신들이 열 지어 서 있었지만 그에게 어떤 해답을 줄 수 있는 대신은 보이지 않았다. 모두 벙어리라도 된 것처럼 선조의 얼굴을 바라볼 뿐이었다. 평소 미친 앵무새처럼 자신의 주장을 내세우며 언성을 높이고 왕을 앞에 두고도 안하무인으로 소리를 지르던 대신들이 하나같이 입을 다물고 있었다.

'이럴 줄 알았더라면…'

때늦은 후회가 밀려왔다. 예견되지 않았던 일도 아니다. 어쩌면 마음 깊숙한 곳에 이러한 사태가 있을 것이라 예견하고 마음 졸이며 살고 있었다. 이미 알고 있었는지도 모른다. 이런 일이 일어날까 두려웠을지도 모른다. 그런데 애써 외면하며 시간을 죽이고 있었는지도 모른다.

왜국의 정세가 의심스러웠다. 오래전부터 왜국의 정세가 심상치 않다고 여기저기에서 상소가 빗발쳤다. 제주도 부근에서도 왜인들의 출몰이 잦아지고 있었다. 그래서 왜에 통신사를 보냈다.

선조 23년 3월 6일.

특단의 조치를 내렸다. 왜국을 향해 서인이었던 통신사 황윤길(黃允吉), 부사(副使)에 동인이었던 김성일(金誠一), 서장관(書狀官) 허성(許筬)을 출발시켰다.

당쟁이 극심하였기에 나름 꾀를 내어 동인과 서인을 배정하여 보냈다. 동서로 분당을 하여 서로 자신들의 이익만을 위해 우왕좌왕 다투는 정국이라 치우쳐서 서인만 보내거나 동인만 보내면 말이 날 것이 두려웠다. 올바로 보고 온다 해도 그 보고에 대해 반대파가 '딴지'를 걸 수도 있었다.

통신사 파견에도 신중을 기했다. 각각의 파벌에서 한 명씩 선택해서 보낸 것은 지극히 의도적이었다. 서로 대립하지만 직접 눈으로 보고 조율해서 냉정하게 판단하고 왜의 정세를 올바로 보고 오기를 바란 것이다. 어쩌면 외부로부터의 불안한 정세는 느끼고 있으니 그들에게서 불똥이 튀길지를 살피라는 의도가 있었다.

이름만 통신사였다. 허울이 좋아 통신사였을 뿐이다. 사실상 여기저기에서 정황을 살펴 들끓는 보고와 웅성거리는 대신들의 의견을 받아들여 그동안 오래도록 보내지 않아 단절되었던 통신사를 왜국으로 보낸 것은 그런대로 의미가 있었다. 내부적으로 홍역을 치르고 있는 터이고 주변 국가에 자주 출몰하는 그들의 행적이 있었으므로 자세히 살피고 왜가 조선을 향해 침략해올 것인지를 정탐하라 보낸 것이었다. 통신사들은 무려 1년여에 걸쳐 왜국 전역을 순방하며 살폈다.

'그때, 그때…'

선조는 회한으로 가슴이 무너지는 것 같았다.

이미 어느 정도는 예견된 일이었다. 통신사들이 돌아왔을 때 상황을 조금 더 세밀하게 파악했어야 했다. 지나간 일이라고는 하나 조금 더 침착하고 심사숙고 했어야 하는 일이었다. 현명함이 요구되는 순간이었고 선조의 올바른 결단이 필요했었다.

정사 황윤길은 돌아와 보고했다.

"전하, 매우 위급하고 큰일입니다. 왜국은 이미 전쟁 준비가 되어 있고 반드시 조선을 침략해올 것입니다. 왜국의 거리마다 군인들로 가득했고, 곳곳에서 선박을 건조하느라 분주했습니다. 왜국은 지난 10여 년 동안 나라를 통일시키느라 기나긴 전쟁을 벌여왔습니다. 그러한 연고로 병사들은 훈련이 잘되어 있어 무서운 힘이 되고 있었습니다. 우리도 이에 맞대응해야 할 것으로 사료되었사옵니다."

청천벽력 같은 말이었다. 선조로서는 바늘방석에 앉은 것처럼 불안했고 하늘에서 벼락이 떨어져 내리는 것처럼 두려운 말이었다.

한숨이 나오는 보고였다. 어쩌면 그런 보고가 있을 것이라고 생각하고 있었을지도 모른다. 예견을 한 것이나 그 충격은 컸다. 더구나 왜의 침략이 이루어진다면 시간이 얼마나 남았는지 알 수 없는 일이다. 그뿐 아니다. 국토가 피폐해지고 그들을 막자고 한다면 막대한 자금이 소요될 것이다. 한숨만 쏟아져 나오는 일이다.

왜가 침략해 올 것이라는 것을 가정하여 전쟁 준비를 하자면 지금의 체제로는 안 된다. 많은 것을 바꾸어야 한다. 병사를 모집하고 훈련을 시켜야 한다. 병사를 모집하면 농사가 피폐해질 것이고 어업이 위축될 것이다. 식량 생산에 차질이 생길 것은 뻔한 일이다. 무기도 개발해야 한다. 과거에 사용하던 무기를 고치고 개발하고 새로이 생산하자면 또 인력과 막대한 비용이 소요된다.

우리나라는 오래전부터 성을 중심으로 싸우는 전술을 구사한다. 곳곳에 읍성(邑城)과 산성(山城)을 쌓아 거점으로 삼으며 항전하는 방식의 전투 형태를 고수한다. 오래도록 전투가 없었고 군대를 정비하지 않았다. 성벽은 무너졌으므로 신속하게 보수해야 한다. 새로이 성을 쌓아 대비해야 하니 축성 작업이 필요한데 막대한 돈뿐만이 아니라 시간도 필요하다. 그러나 지난 수년간의 당파싸움과 흉년이 겹치고 지방 정치가 우왕좌왕이라 식량도 없고 재력도 모은 것이 없다. 지난 3년여 동안 기근에 이어 흉년이 들어 민가와 관에 식량이 바닥을 보이고 있고, 동인 서인은 국가의 안위는 팽개치고 당쟁에 몰두하도 보니 백성은 이미 조정을 따르지 않고 민심 이반을 보이고 있었다.

전쟁이라니!

눈앞이 캄캄했다. 한마디로 망연자실할 일이었다. 무엇을 어찌해야 할지 눈앞이 오리무중이라 한숨만 나올 일이다.

"전하! 신 김성일 아뢰옵니다."

들려오는 소리에 선조는 고개를 들었다.

대신이 일어나 읍을 한다. 황윤길과 함께 일본으로 정탐을 떠났던 부사 김성일이었다. 그가 자리에서 일어나 허리를 굽히고 읍했다.

"오, 부사! 말씀해 보시구려."

선조는 기대의 눈으로 김성일을 바라보았다.

"전하, 신 부사 김성일이옵니다. 신은 폐하의 명을 받자와 지난 1년여를 왜국에 다녀왔습니다. 신은 통신사의 보고가 지나치고 황당하다고 말하고자 합니다."

"오, 어서 말씀해 보시구려."

선조는 조금 다급하게 재촉했다.

김성일이 몸을 바로 했다.

"왜국은 지난 10년 동안 끌어왔던 길고 긴 전쟁을 막 끝낸 참입니다. 신 또한 거리에서 많은 병졸들을 보았고 그것이 사실입니다. 거리에 돌아다니는 병사들이 많은 것이 틀림없는 사실입니다. 그러나 그들은 자신들의 일에 열중할 뿐이지 그들은 그 어디에서도 조선을 침략하려고 준비하고 있지 않았습니다. 그들은 이제 막 전쟁을 끝냈습니다. 오랜 전쟁을 치렀는데 어찌 또 전쟁을 하려 한다고 말할 수 있겠습니까? 누구도 조선을 침략한다고 말한 적이 없습니다. 전하 통촉하시옵소서. 겨우 섬에 사는 왜인들의 나라가 어떻게 감히 대국인 조선을 침략할 수 있겠습니까? 천부당만부당한 말입니다. 통촉하시옵소서. 괜히 그런 말이 시중에 유포되면 유언비어에 놀란 민심이 지금보다도 흉흉해지고 그로 인해 더 큰 불행한 일이 발생할까 두렵습니다."

"통촉하시옵소서."

"마마, 통촉하시옵소서."

기다렸다는 듯 대신들의 목소리가 정청을 흔들었다.

"그러하옵니다. 어찌 왜인들이 감히 바다를 건너겠사옵니까?"

"왜인은 왜인일 뿐이옵니다."

"왜인이 침략할 것이라는 통신사의 언변은 지나치게 가벼운 것이옵니다."

분분한 목소리가 쏟아졌다.

김성일 부사의 목소리가 끝나기 무섭게 그와 같은 정치색을 가진 동인들은 기다렸다는 듯 모두 포문을 열어 황윤길을 비판했다. 그들에게도 나름의 생각이 있었고 판단이 섰겠지만 정치적으로 동인은 동인을 지원하는 것이 일견 당연했다.

선조는 고개를 흔들었다.

'누구를…'

누굴 믿는단 말인가. 지금 당장이야 동인의 입김이 세다지만 반드시 황윤길이 틀렸다고 말할 수 없는 것이 아닌가. 사실 선조는 그를 믿었다. 그랬기에 그를 통신사로 보낸 것이다.

황윤길.

그는 그 유명한 황희 정승의 손자다. 황희라면 전설적인 명문이다. 조선에서 황희의 이름을 논하면 그르다 할 수는 없는 일이 아니던가? 황희 정승은 세종대왕을 비롯해 네 임금을 모셨고 잠시 파직된 적이 있다고는 하나 정승으로 23년 봉직했던 사람이다. 황윤길은 황희의 손자이니 명문가 자손이다. 황희 정승은 관직을 떠나기 전 18년 동안 국정을 통리(統理)하였던 인물이 아니던가? 어찌 황희 정승의 손자를 비토하고 그가 보고한 내용이 아니라고 단정할 수 있단 말인가.

속이 타는 일이다. 결론은 간단하지 않았지만 결과는 동인의 주장에 따라 결정되었다. 서인보다는 동인의 입김이 세었고 당대 조정의 대신 중에는 동인의 수가 월등히 많았다. 논쟁은 길었으나 결론은 간단했다. 어찌 왜국이 조선을 감히 멸시할 수 있단 말인가.

결정은 빨랐다. 변명하자면 당시 득세를 하고 조정에서 권력을 휘두르던 동인의 위세 때문이라고는 하지만 결정은 왕의 몫이다.

문제는 판단이다.

황윤길이 가지고 온 일본의 답서에는 분명 '정명가도(征明假道)'를 의미하는 글이 있었고 조선을 무시하는 무례하기 짝이 없는 글귀로 이루어져 있었다. 명나라를 정벌하려 하니 길을 열어달라는 의미가 있다고는 하나 이는 분명 조선을 침략 내지는 거쳐 간다는 의미가 아니던가. 그것을 무시한 사람들이 조정 대신들이었고 선조 자신이었다.

동인들에게 판단을 잘못했다고 질책을 하거나 책임을 떠넘길 수도 있다. 사실 동인들은 세력이 약하고 조정에서 힘을 빼앗긴 서인들이 전쟁을 빌미로 잃었던 힘을 되찾으려고 획책하고 있다는 의심이 있는 것도 사실이었다. 그러나 그보다 더욱 중요한 일이 있었다.

그 결과를 말해주듯 왜군이 상륙했다.

서둘러야 했다.

선조는 부아가 치밀었다. 준비를 하지 않은 것도 아니다.

통신사가 돌아온 지 한 달, 왜국이 침략을 할 것인가와 그렇지 않을 것인가에 대한 의견이 분분할 때에 왜의 사신이 입경하였다. 그런데 그들이 분명하게 '정명가도(征明假道)'를 통보함으로써 일본의 침략 의지를 확인하였다. 그때가 되어서야 조선 조정이 부랴부랴 움직였다.

5월에 명나라에 왜의 정세를 알리는 사신을 보내고 김수(金睟)와 이광(李洸), 그리고 윤선각(尹先覺) 등으로 하여금 경상도와 전라도 연안의 여러 성을 수축하도록 하고 각 진영의 무기를 정비하게 하였다. 신립(申砬)과 이일(李鎰)에게는 변비(邊備)를 순시하게 하는 등 요충지인 영남지방의 방비에 힘을 기울였으나 이미 시기가 늦었다.

왜는 이미 모든 준비를 마친 상태였다

정청은 어두웠다. 지나치게 어두워 밤을 연상하게 했다. 그러나 그토록 어두운 것은 선조가 느끼는 감정이었고 자신에게 다가오는 불안의 그림자 때문이었다.

"내 불찰이다. 그의 말을 들었어야 했다!"

선조는 자신의 가슴을 쳤다.

선조는 자신이 황윤길과 같은 현신(賢臣)의 보고를 외면했다는 사실을 이미 오래전에 인지하고 있었다. 좌의정 서애(西厓) 유성룡(柳成龍) 영감의 거듭된 간언을 듣지 않았다는 사실이 자신의 머리를 쥐어버릴 정도로 아쉬웠다. 안일하게 생각했고 자신이 정국의 주도권을 잡지 못했던 상황이 지금과 같이 돌이킬 수 없는 곤경을 자초했던 셈이다.

그는 고개를 들었다.

"좋소. 명나라에 알리고 한성을 떠나도록 하겠소"

결정은 간단해 보였다.

선조의 결정, 비록 빠른 시기에 이루어진 결정이지만 그 결정의 파국은 예견되는 것이다. 경도, 즉 한성을 버리고 몽진을 한다는 것은 쉬운 결정이 아니다. 고행과 고난의 길이다. 임금이 왕궁을 버리고 도주해야 한다.

피눈물이 나는 일이었다.

봄날의 기운은 핏빛으로 물들었다.

통신사 황윤길과 부사 김성일이 왜의 땅에 다녀온 지 2년이 지난 1592년 임진년 4월 14일, 부산 앞바다를 왜군 함선 1천2백 척이 까맣게 뒤덮었다.

이 땅에 깃발을 꽂고 나라를 세운 지 4천여 년 만에 최악의 7년 전쟁은 이렇게 시작되었다.

이 땅은 수없는 외침을 당하고도 고유의 문물과 역사를 이어온 땅이었다. 이 땅에 외침(外侵)이 수없이 일어나 역사 이래 900차례 넘게 있었지만 임진년의 왜군 침략처럼 처참하게 무너지고 백성들이 상처를 입었던 적은 일찍이 없었다.

왜국은 오래도록 내부의 전쟁을 겪었고 결국 피바람을 종식하고 통일을 이루었다. 전쟁 중에 무수한 군비를 들여 정병을 양성하고 무기를 개량했으며 수없이 많은 전투로 병졸들의 전투력은 놀랍도록 상승해 있었다. 전쟁이 끝나자 그들 군병들은 할 일을 잃었고 넘치는 무력은 내부적으로 폭발하거나 내란의 소지가 높았다.

당시 왜국을 손에 넣은 도요토미 히데요시(豊新壽吉)는 내부적으로 폭발하려는 힘을 소진시킬 필요성을 느꼈다. 아울러 대마도주의 거짓 장계로 조선이 왜국의 속국으로 투항한 줄 알았으나 원하던 일은 일어나지 않았다. 이에 분노한 도요토미 히데요시는 명나라를 정벌한다는 허울을 들고 조선을 침략하도록 명하였다.

왜의 세력은 대군이었다. 총 8개의 진격로를 설정하고 오래도록 만든 배에 나누어 타고 조선으로 출항했다. 그들은 조선에 상륙하여 진격해 짧은 시간 안에 한성을 붕괴시키고 조선 왕의 항복을 받고 명나라 방향으로 신속하게 북상할 계획이었다.

제1군 고니시 유키나가(小西行長)가 이끄는 18,700명의 군병이 신속하게 부산 방향으로 상륙하여 침공을 시작하였다. 제1군의 침공을 시작으로 왜군은 지체 없는 공격을 진행하였는데 제2군 가토 기요마사(加藤清正)가 28,000명을 인솔하고 상륙했으며, 제3군 구로다 나가마시(黑田長政)는 11,000명, 제4군 모리 요시나리(毛利吉成)는 14,000명, 제5

군 후쿠시마 마사노리(福田正則)는 25,000명, 제6군 고바야카와 다카카게(小早川隆景)는 15,700명, 제7군 모리 데투모토(毛利輝元)는 가장 많은 30,000명, 제8군 우키다 히데이에(宇喜多秀家)는 11,500명을 인솔하고 부산에서 광양에 이르는 해안가 곳곳으로 상륙해 진격을 시작하였다. 합계 158,700명에 이르는 대군이 침략해왔지만 당시 조선은 전 국토의 군대를 다 모아도 그들에 대적할 수 없었다.

당시 조선의 군사는 전부 모아도 5만여 명에 불과했다.

조선은 좁은 땅이 아니다. 북으로부터 압록강과 두만강을 경계에 둔 여진족과의 국경에서부터 바다를 낀 전라도와 경상도, 바다와 내륙을 지닌 충청도를 수비하는 병력을 모두 합해 겨우 5만에 불과한 것이니 15만의 대군인 왜군을 막기에는 역부족이었다. 더구나 불시에 왜군이 나타난 부산과 동래의 수비군은 모두 합쳐야 겨우 7천여 명에 불과했다.

조선 팔도는 한순간에 아수라장이 되었다.

왜인들은 미개인 이상으로 야만적이고 잔학했다. 오래도록 해풍을 받으며 살아왔던 민족, 노략질을 일삼으며 인근 국가의 해변에 상륙해 약탈하고 분탕질을 했던 습성을 지닌 그들이었다. 더구나 10년여의 전쟁에서 살아남은 강병으로 이루어진 왜군은 순식간에 조선을 불기둥과 핏빛으로 물들였다.

그들은 폭군이었고 점령군이었으며 피에 굶주린 미친 자들이었다. 성벽을 부수고 성문을 열고 들이닥치면 파괴와 살육을 당연시했다. 평화로운 마을로 달려들어 민가에 불을 놓아 방화하고 길가의 백성은 남녀노소를 불문하고 칼로 목을 벴다. 도주하는 여인들을 찾아 능욕을 하고 끝내는 목을 베었다. 논밭에서 일하는 사람을 조총으로 쏘아 죽이고 곡식이 익어가는 논과 밭은 불을 놓아 태워버렸다.

왜국은 10년에 걸친 전쟁을 통해 제국이 형성되었다. 무수한 장군들이 있었고 수를 셀 수 없는 전투가 있었다. 이 거친 장군들과 군대를 통합한 도요토미 히데요시는 괴팍한 성품의 소유자였다.

왜국은 무사 계급이 여러 층으로 나뉘어져 있었다. 도요토미 히데요시는 하급무사인 기노시타 야우에몬(木下彌右衛門)의 아들로 태어나 당시 왜국 천하에 두각을 드러내고 있던 오다 노부나가(織田信長)의 휘하에서 장군으로 활약하다 점차 명성을 날리며 신임을 받고 두각을 드러내다 중용이 되었다. 그러던 중 아케치 미쓰히데(明智光秀)의 모반으로 혼노지(本能寺)에서 죽은 오다 노부나가의 원수를 갚고 전국(戰國)시대의 혼란을 마감하고 실권을 장악하였다.

그는 입지전적인 인물이었다. 애초부터 그는 왜국이라는 땅에서 미천한 무사의 집안 출신으로 궐기하여 일어나 왜국 천하를 통일하고 지배하며 통치권을 행사할 만한 지위를 가진 군주가 될 신분이 아니었다. 그러나 그는 영웅심이 있었고 독한 성질을 지니고 있었기에 한번 온 기회를 놓치지 않았다.

도요토미 히데요시는 자기의 약점을 누구보다 잘 알고 있었기에 실권을 잡아 오다 노부나가의 후계자가 되자 가능한 모든 방법을 동원하여 위상을 새로이 정립하는 노력을 하였고 자신을 꾸미고 돋보이게 하였다. 아울러 내부의 불만과 야욕을 밖으로 돌려야 한다는 계략과 그와 같은 방법으로 내부의 힘을 밖으로 소진시켜야 한다고 생각하고 있었다.

남은 힘을 밖으로 돌려 소진해야만 한다.

오랜 전쟁이 끝나고 국내가 통일되자 그동안 왜국에서는 어떤 통치

자도 시도하지 못했던 야욕을 드러내어 중국 대륙을 정복하여 자신의 위세를 떨치고자 시도하였다. 그 이면에는 그를 통해 아직도 잠자고 있는 내부의 적을 밖으로 돌려 힘을 소진시키는 것이었다.

도요토미 히데요시는 대륙 정복을 통해 이미 죽은 오다 노부나가에 집중된 국민들의 존경심과 평가가 새로이 뒤를 이어 집권한 자신에게 쏠릴 것으로 기대하였다. 또한 전쟁과 개혁 정치로 토지를 몰수당한 힘이 있는 중앙의 다이묘나 지방 호족세력의 불만을 해외로 돌리게 할 목적이 있었고, 농업의 발달을 이용하여 쌀을 사고팔아 힘이 생긴 상인들의 욕구도 생각하여야 했다.

도요토미 히데요시는 자신이 집권하자 신분의 제도를 엄격하게 제한하여 자기와 같은 불세출의 기재가 나타나는 것을 억압하여 농민은 무기를 지니거나 만들지 못하게 하는 카타나가리법을 제정 공포하여 농민은 농업에만 종사할 수 있도록 하여 새로운 무사계급이나 힘을 가진 세력의 출현을 제한하였다. 이에 쌀의 생산이 늘자 쌀의 장사를 통한 상업의 발달로 성공한 이들이 있어 해외무역의 필요성 때문에 전쟁에 찬동하였다.

도요토미 히데요시는 조선과 교류가 있는 대마도주에게 명하여 조선에 명나라 정복을 위한 협조를 요청하였다. 4년 동안 교섭을 진행하였으나 실패로 돌아가자 마침내 1592년 조선을 침공하여 임진왜란을 일으켰다.

사실, 임진년 이전에 일본을 통일한 도요토미 히데요시는 소수의 병력을 왜구로 위장해 조선 각지에 약탈을 보냈고 조선 국방의 장단점을 파악하러 조선에 승려로 가장한 첩자를 잠입시키는 등 치밀하게 전쟁 준비를 했다.

전쟁이 시작되자 나고야(名護屋; 현 가라쓰(唐津) 지역)에 지휘소를 차린 그는 출정군을 9개로 나누어 20만 명이 넘는 수군과 육군을 선두로 부산포를 공격하였고 서울에서 평양까지 파죽지세로 밀어붙여 조선의 숨통을 끊으려 했다. 8개로 나눈 병력을 먼저 보내고 마지막 한 개의 군을 중군으로 삼았다.

곧 승전보가 날아들었다.

연이은 승전 보고를 받은 도요토미 히데요시는 조선 정도는 쉽게 붕괴시킬 것이라 생각하고 중국 정벌의 꿈에 부풀게 되었고 중국 정복 이후의 계획을 발표하고자 하였다. 그전에 그에게는 조선에서 벌어지고 있는 전쟁이 정말로 왜군에게 유리한지 확인하고자 했다.

아직 조선의 상황은 알 수 없었다.

왜국은 대략 200여 년간 내전에 시달렸으며 그로 인해 많은 성과 그들이 말하는 다이묘라고 불리는 성주들이 목숨을 잃었고 수하들은 주군을 지키지 못했다며 자결하곤 했다. 그러나 농민들은 성주가 죽고 다른 다이묘가 들어오면 다시 충성을 맹세하고는 했다. 어쩌면 조선도 그럴지 모른다.

"조선에 상륙했습니다."

"잘되었군. 전황은 어떤가?"

"전황은 아주 만족스럽습니다. 승승장구하고 있습니다. 선봉이 이미 내륙으로 진입을 하고 있습니다. 조선의 부산진과 동래성을 부수고 북상 중입니다. 부산성은 고작 조선군 1700여 명이 수비를 하고 있었다고 합니다. 곧 조선 남부의 4개 도를 손에 넣게 될 것입니다."

고니시 유키나가의 가문에서 파견 나온 고니시의 조카가 급히 대답했다. 도요토미 히데요시가 농민이 농사만 지어야 한다는 카타나가리 법을 공포하여 농민이 무사계급이 되는 것을 막아 농업을 활성화 시키자 상인이 막대한 이익을 얻게 되었는데 고니시 유키나가 가문은 그중 가장 이익을 본 가문이었다. 따라서 고니시 유키나가가 조선 침략에 제1군을 이끌고 선봉으로 나선 것도 명령이 있었지만 그들 스스로 자원한 까닭도 있었다.

"그들의 저항은?"

"미미합니다."

"곧 명나라의 국경에 닿을 수 있겠나?"

"그렇습니다. 제1군이 이미 조선의 반을 넘었습니다. 동래를 거쳐 양산과 청도를 붕괴하고 대구와 인동(仁同)을 지나 선산(善山)을 지났습니다. 상주에서 이일(李鎰)이라는 자가 이끄는 조선군을 괴멸시키고 충주에 다다랐습니다."

"빠르군."

"그렇습니다. 30일 이전에 한성에 다다를 수 있다고 합니다."

상인으로서 크게 성공하여 이제는 도요토미 히데요시의 심복이기도 하지만 물량을 조달하며 조선과의 전쟁에서 상황을 파악하는 중요한 역할을 하는 고니시의 가문은 이미 도요토미 히데요시의 든든한 창고와 같은 역할을 자임하고 있었다.

"좋소! 조선에 상륙해서 백전백승을 하고 있다 하니 그 증거를 나에게 보여 주시오."

"대합 각하, 승리의 증거라니 무엇을 원하고 계십니까?"

"승리하면 그곳은 모두 너희 것이다. 그러하니 그곳 사람의 코와 귀를 잘라서 가져와 나에게 보여 다오."

고니시의 눈이 커졌다.

명령은 곧 조선에 전해졌다.

왜군들에게 조선은 그야말로 무법천지였다. 법이라는 것도 없고 규칙도 없었다. 전쟁 중에도 지켜야 할 것이 있지만 그들은 이미 불한당이나 같았다. 왜군들은 닥치는 대로 민가에 들어가 분탕질을 하고 불을 지르며 남녀노소를 막론하고 살육하고도 모자라 도요토미 히데요시의 욕구를 충족시키기 위해 코와 귀를 잘라 가마니에 담았다. 왜군은 충실한 충견이 되어 한 번 출항할 때마다 조선인을 도륙하고 100만 개의 귀, 100만 개의 코를 가져다가 받쳤다.

왜군들에게 군인으로서의 명예는 사라진 지 이미 오래였다.

도요토미 히데요시는 손뼉을 치며 만족해서 웃어댔다.

"과연 나의 부하들이로다. 오늘 너희들에게 큰 상을 내리겠다."

100만 개의 코와 귀가 왜국으로 날려져 갔다.

그 귀와 코의 주인은 왜놈들의 잔인한 칼에 살육당한 조선 백성이었다. 왜군들은 자신들이 베어낸 귀와 코를 보고 마치 금은보화를 얻은 듯 희희낙락대었다.

왜군에게 조선은 마구잡이처럼 쓸어버려야 할 대상이었다. 고통 속에 죽은 사람들은 조선 백성들이었고 그들의 고통이 왜병들에게는 명예가 되었고 즐거움이 되었다. 그들은 지옥에서 나타난 악마들이었다.

누구도 이런 고통이 올 것이라 생각하지 않았으나 이미 조선의 현자들은 예측하고 있었고 오래전부터 방어하자고 주장하였다. 바로 이이와 같은 현자들이었다. 이이와 같은 현자들의 강병을 양성하자는 주장과 황윤길과 같은 신하의 주청을 물리치고 받아들이지 않은 선조와 신하 중신들에게 책임이 있었던 것이다.

선조는 고개를 돌려 뒤를 돌아보았다.

한성이 희미하게 보였다.

믿었던 이일 장군이 상주에서 무너져 퇴각하고 도순변사(都巡邊使) 신립(申立)마저 충주 탄금대의 배수의 진에서 무너지니 남은 길은 북으로의 몽진뿐이었다.

"짐의 부덕이로다."

선조의 눈에 눈물이 고였다.

1583년 선조 16년 9월에 병조판서인 율곡 이이(李珥)가 주장했던 정병 양성의 상소가 그를 울렸다. 그때 조금이라도 상황을 살피고 군사를 양성했더라면 지금의 수치는 없었을지도 모른다. 물론 왜의 군대는 날래고 강성하니 당분간 전 국토를 휩쓸겠지만 군사를 양성했다면 지금처럼 허무하게 무너지지는 않았을 것이다.

"율곡, 그대는 지금 내 곁에 없구려."

선조가 읊조렸다.

율곡은 그의 곁에 없다.

어쩌면 율곡이 그의 곁에 있었다면 모든 역사는 달라졌을지 모른다. 율곡은 1584년 음력 1월 16일에 49세의 나이로 서울 대사동(大寺洞)에서 죽었다. 왜인들이 쳐들어오기 8년 전에 이미 율곡은 세상을 등졌다.

선조는 고개를 돌려 먼 하늘을 바라보았다. 그곳은 북쪽이었다. 믿었던 신립 장군이 충주 탄금대에서 배수의 진으로 응전하다 일본군에게 괴멸당하고 장렬하게 전사하였다는 소식이 전해지자 황급한 결정을 내려 북으로 북으로 내달리는 중이었다.

"율곡, 그대가 내 곁에 없다는 것이 이토록 힘들 줄은 몰랐구려."

선조는 반복적으로 중얼거렸다.

생각하니 율곡의 강직하게 충간하던 기억이 떠올랐다. 이미 떠나간 사람이고 생각한다고 해서 돌아올 사람은 아니었지만 그를 생각하는 것만으로도 지난날의 기억이 새로웠다.

"그대 말을 들어야 했던 것을…!"

생각할수록 애가 탔다.

율곡은 여러 번에 걸쳐 군사를 강화하자고 주장했었다.

1583년은 선조가 즉위한 지 16년이 되던 해이다. 전해에 병조판서에 임명된 율곡은 1583년 <시무 6조>란 글을 올리면서 국방 강화를 건의하였다.

율곡은 '적이 나를 이기지 못하도록 먼저 준비하여 내가 적을 이길 수 있는 기회를 기다리라.'라는 옛말을 인용하면서 다음과 같은 6가지의 내용을 강조했다.

1) 훌륭한 사람을 임용할 것
2) 군민(軍民)을 양성할 것
3) 재용(財用)을 충족시킬 것
4) 국방을 굳건히 할 것
5) 전마(戰馬)를 준비할 것
6) 교화를 밝힐 것

율곡의 주장은 조정의 반대에 부딪혀 받아들여지지 않았다.

1583년은 유난히 가뭄이 심해 먹을 것이 부족했다. 요동에 살고 있던 여진족 나탕개가 2만 명의 병력으로 변경의 작은 읍성인 종성(鍾城)을 침입했다. 당시 어떤 대비책이 없던 조선은 모두 두려워했다. 천만다행하게도 명장 신립이 나서서 싸워 주었다. 명장 신립은 당시 부하였던 이순신과 김시민을 이끌고 나가 싸웠다. 적장 나탕개가 살해되자 전투는 끝이 났다. 이 전쟁은 그다지 큰 문제가 없는 것처럼 보였다. 아군이 승리한 전쟁이었기 때문이다.

병조판서 이이는 생각이 달랐다.

"전하, 우리의 적은 북방의 여진족이 아닙니다. 여진족도 방어를 해야 하지만 바다 건너에 있는 왜구(倭寇)들이야말로 가장 무서운 적이 될 것입니다. 그들의 땅은 우리나라보다 크고 오래도록 전쟁을 하며 힘을 축적하고 있습니다. 백성도 많으며 호전적이고 오래도록 우리의 해변을 노략질하고 있으며 싸움밖에 모르는 미개인들입니다. 그들에 대비하기 위해 정병을 양성해야 합니다."

조선의 입장에서 왜구란 별 볼일 없는 자들이었다. 신라나 백제 시대에도 그랬고 고려 시대에도 그랬다. 왜구라고 불리는 그들은 먹을 식량이 없어 해안에 상륙하여 항상 구걸을 했고, 먹을 것을 주지 않으면 도둑떼로 변해 남해안 섬이나 촌락에 침입해 약탈을 해갔다. 그들은 귀찮은 악귀들이었다.

"그게 무슨 소리요?"

"나라가 오랫동안 태평하다 보니 군대와 식량이 모두 준비되어 있지 않아, 오랑캐가 변경을 소란하게만 하여도 온 나라가 술렁입니다.

지금대로라면 큰 적이 침범해 왔을 때 어떤 지혜로도 당해 낼 수 없을 것입니다.”

“그렇게까지야 하겠소?”

“그들을 대비해야 합니다.”

“어찌하면 좋겠소? 경의 생각을 말해 보오.”

“서울에 2만, 각 도에 1만 명씩 군사를 양성하여 배치하여야 하옵니다. 그래야 후환을 방지할 수 있사옵니다.”

선조가 인상을 찌푸렸다.

그에게는 아직 힘이 없었다. 조정 살림이 두려웠다. 비록 궐 밖으로 나가기를 좋아하지 않는 군주라 하지만 백성들의 삶을 모르는 바가 아니다. 그들의 삶도 두렵거니와 그들로부터 받을 원성도 가히 두렵다. 그에게 착하고 올바른 군주란 민생에 참견하지 않는 것이라 생각하는지 모를 일이다.

고려와 달리 조선은 군대가 강하지 못했다. 조선이 건국될 당시에는 군사력이 강하였지만 오랜 세월 지내고 보니 전국에 군사가 5만이 넘지 못했다. 군대를 강화하고 군역을 강화하려면 농사를 지어야 할 장정들을 징발하여야 하고, 양반들의 반발을 불러올 것은 뻔했다.

선조는 그것을 두려워했다.

“중신들에게 물어보도록 하겠소. 오늘은 물러가시구려.”

선조는 결정을 회피했다.

율곡은 결정을 해야 한다고 주장했다. 병조판서의 직위를 지닌 율곡의 입장에서는 흐름을 보고 침략의 가능성을 예측하고 대비하는 것이 매우 중요했다.

바늘 도둑이 소 도둑 되는 법이다. 작은 도둑이 자기의 행위에 재미를 느끼고 하는 짓에 길이 들면 소도 훔치는 큰 도둑이 된다. 율곡은 해안에 침략하는 왜구가 지금은 바늘 도둑이지만 곧 소 도둑이 될 것이라 생각했기에 대비해야 한다고 주장한 것이다.

선조는 우유부단했고 지혜가 없었다. 지혜가 있었다 해도 조정 대신들의 평판을 두려워했으며 자신에 대한 비판을 겁냈다. 가장 지혜로운 자는 지혜를 지닌 참모와 부하의 의견을 진지하게 받아들이고 부하의 지혜를 빌리는 것이다. 지혜가 떨어지고 의사결정에 자신이 없는 자는 지혜 있는 신하의 권고를 중요하게 여기지 않고 의사결정을 남에게 미루는 습성이 있다.

선조가 그랬다.

며칠 후 조정 대신이 모인 아침 조회에서 선조는 불현듯 율곡이 하였던 말을 꺼내었다. 자신의 의견을 말한 것이 아니라 의문을 던진 말이었다.

"병조판서 이이공이 말씀하신 게지요. 병판께서 왜구 침략에 대비해서 정병을 양성해야 한다고 하는데 경들은 어떻게 생각하오?"

대신들의 얼굴이 하나 같이 똥 씹은 얼굴이다.

"전하, 무슨 생뚱맞은 말씀입니까? 왜구들은 먹을 것이 없고 미개한 백성들입니다. 그들이 어떻게 우리나라를 침범한다고 10만 명이나 되는 대군을 양성한다는 것입니까?"

"전하, 큰 군대를 가지고 있을수록 국가 재정에 부담이 많이 됩니다. 지금 조선은 태평성대에 해당하옵고 군대를 유지할 재정이 없사옵니다. 더구나 우리의 적은 나탕개 같은 여진이지 왜구가 아니옵니다."

"그러하옵니다. 군사를 유지하고자 하면 많은 식량과 그들의 가족을 살펴야 합니다. 훈련을 시켜야 하고 무기도 필요하며 옷도 지급해야 하옵니다. 육군은 성벽을 개보수하고 수군은 전함을 만들어야 하옵니다. 이유 없이 조정의 재물을 파탄내고 농사 짓는 장정을 징발할 수는 없는 일입니다."

"그러하옵니다. 조정의 재정이 흔들리지 않을 정도로 최소한의 군대를 유지하는 것이 좋사옵니다. 왜구는 걱정하지 않아도 좋을 것이라 보이옵니다. 여진을 막을 수 있는 군사만 있으면 된다고 사료되옵니다."

"전하, 지금 농사철에도 일손이 부족하옵니다. 군대로 장정을 빼어 나가면 농사는 더욱 힘들어질 것입니다. 더구나 10만 명의 군대를 훈련시키면 이웃나라 명(明)에서 좌시하지 않을 것이고 결국 그 책임을 물을 것입니다. 그깟 여진족의 불한당 같은 나탕개가 잠시 분탕질을 했다고 바다 건너 미개한 족속인 왜구를 걱정하는 것은 지나친 기우일 뿐입니다. 괘념치 마시옵소서."

결국 조정 대신들의 반발을 방패삼은 선조는 슬그머니 병조판서 율곡의 주장과 주청을 물리치고 만다.

어쩌면 당시의 조정 능력으로 많은 군사를 거느리거나 배치하기가 힘들었을지도 모른다. 그러나 대비는 했어야 했다. 더구나 황윤길 통신사와 김성일 부사가 왜국을 다녀오고 한 달 후에 왜국의 칙사가 명나라를 공격하게 길을 빌려 달라는 얼토당토않은 주장을 전달했을 때 조정은 조금 더 신중했어야 했다.

그나마 손을 놓은 것은 아니었다. 왜국의 칙사가 한바탕 건방을 떨고 명나라로 가는 길을 요구하자 조정은 다급해졌다.

선조는 다급하게 명령하여 해안가의 진성을 구축하고 무기를 점검하라는 명령을 내렸을 때도 백성들이나 조정의 관료들은 태평하게 생각하고 방비를 게을리 하였다. 당파싸움에 혈안이 된 그들에게 선조의 명령은 의미가 없었다.

앞날을 내다본 율곡 이이는 나라와 백성을 살리고 임금에 대한 충성과 사랑으로 군대를 강화하자고 주장하였지만 앞날의 안위를 생각하지 못하고 당장의 당쟁과 자리보전에 치우쳤던 조정의 중신들은 그의 주장을 무참하게 비판했다. 결국 군대의 강화는 이루어지지 않았고 율곡 이이는 한을 남기고 세상을 떠났다.

그로부터 10년 후인 임진년 4월 14일, 부산 앞바다를 왜장 고니시 유키나가가 이끄는 왜군 선발대의 함선 1천 2백 척이 까맣게 뒤덮었다. 전 국토를 피로 물들이고 도자기와 도공을 빼앗겼으며 우리의 문물에서 가장 화려한 한 시기의 문화를 약탈당한 7년 전쟁은 이렇게 시작되었다.

추적거리는 비가 하늘을 덮은 그날, 선조는 죽음의 두려움을 피해 한양에서 빠져나와 개성으로 향했다. 개성에서 평양, 평양에서 나라의 최북단 의주로 피난하면서 목숨을 구걸하며 이렇게 장탄식을 했다.

"영특했던 병조판서 율곡의 상소를 받아들여 정병을 양성했더라면 오늘과 같은 환난을 겪지 않았을 텐데…"

3
인연의 시작

이율곡의 어머니로 알려진 신사임당. 율곡 이이를 논하면 반드시 이름
이 거론되는 사람이 그의 어머니 신사임당이다. 이이를 있게 한 사람
이 바로 신사임당이기 때문이다.

이이가 연속 아홉 번의 장원을 하고 조정에 들었을 때 선조가 물었
었다.

"스승이 누구인고?"

"제 어머니가 제 스승이십니다."

이이에게 신사임당은 어머니이고 스승이었다.

신사임당의 집안은 천하를 흔들 정도는 아닐 것이나 누군가 입을
열면 알 수 있는 고개를 끄덕이는 명문이었다. 더구나 외가 또한 강릉
에서는 대단히 유명한 집안이었다. 신사임당의 부친인 신명화(申命和)
는 그런 조상의 뒤를 잇고 있었다.

신사임당의 아버지 신명화의 증조부 신개(申槩)는 문과에 급제하여

예문관 대제학, 좌의정으로 가문을 빛냈다. 세종 임금 대에 이르러 고려의 개국공신 신숭겸 14세손인 신개(1374-1446)가 대제학과 좌의정이 되어 명문가의 기틀을 잡기 시작했다. 그의 증손의 이름은 신상(申鏛)으로 이조판서를 지냈고, 고손녀가 율곡 이이의 어머니 신사임당이다. 좌의정은 당대 최고의 벼슬인 삼공(三公)이 아니던가!

평산신씨(平山申氏)로 뼈대 있는 가문이니 절개 또한 높았다. 신개는 태조 이성계가 실록을 몰래 보자고 할 때 그 부당함을 강력히 주장할 정도로 강직한 성품의 소유자였다. 왕은 어떠한 경우에도 실록을 볼 수 없는 것이 당시의 법이었으므로 신개의 거부는 당연했다. 그래도 왕의 말을 거역하기란 쉽지 않았을 것이다. 그것만으로도 신개의 굳은 의지와 강직함을 알 수 있다.

신사임당의 가문은 신개 이후로도 번성하였다. 신명화의 조부인 신자승(申自繩)은 문과 급제하였고, 벼슬은 성균관 대사성이었다. 신사임당의 아버지인 신명화의 아버지 신숙권(申叔權)은 종4품 군수 직이었다. 그러나 신명화 본인은 진사를 지냈을 뿐이고 재야에 지내면서 항상 공정하고 옳은 일에 박수치며 높은 식견을 보여 주었다. 조광조 시대 개혁의 바람이 불고 있을 때, 현량과에 추천되어 벼슬길이 열렸다.

"전하, 저는 관아에 나아가 벼슬하는 것보다 재야에 있으면서 나라가 옳은 길을 가고 백성이 자기 삶에 충실하도록 빛과 소금이 되겠습니다. 저의 충심을 살펴주시옵소서."

신명화는 단호했다.

당시 정국은 어지럽기 그지없었다. 당쟁이 시작되어 이미 뿌리가 깊어가고 있었고 관료들은 자신들의 이로움만 찾는 때였으므로 기라성 같은 문인들도 한순간의 참소를 받아 귀양을 가고 낙향하기가 일쑤인 시대이기는 했다. 그래도 조선 사회에서 출세는 오로지 관직에 오르는 것뿐이었다.

당시 수많은 사화(士禍)가 쉴 사이 없이 일어나 나라가 안정을 찾지 못하고 있었다. 심심치 않게 일어나는 사화로 양반들은 파당을 지어 싸웠다. 수많은 관리들이 귀양을 가고 문인들의 상소가 이어지고, 또 누군가는 권력의 칼을 들이대었다.

사화의 원인은 권력투쟁이었다. 권력을 잡기 위한 욕심이 상대를 죽이고 위험으로 내몰았다. 꼬투리만한 구실만 생겨도 작당을 하여 자기만이 옳고 정의라 주장하며 투쟁을 일심고 상대를 비하하고 뭉개며 왕을 움직여 귀양을 보내고 정계에서 내쫓으려는 풍조가 만연했다. 그렇게 혼탁한 세상에서 자기가 아니라 사회, 나라가 잘되기를 바라는 마음을 가진 사람은 없었다.

암울하고 기약 없는 세월이었지만 사임당의 아버지 신명화는 단연 돋보였다. 능력이 있었고, 실력이 넘침에도 조정에 들어가는 것을 거부했다. 어쩌면 '까마귀 노는 곳에 백로야 가지마라' 하는 심정이었을지도 모른다. 그럼에도 그의 학문적 지식과 성품이 조야에 알려져서 18인의 기묘 명인에 꼽혔다.

그는 관직에 오르지는 않았지만 항상 나라 걱정, 조정의 판단, 국민들의 아픔을 이해하고 세태 돌아가는 사정을 살피느라 쉬는 날이 없었다. 그러면서도 강릉의 집안일에는 세심했다. 그는 정대하고 온화한 성품이었고, 어머니 용인이씨를 진정으로 사랑했다.

그토록 사랑하고 아끼는 사이였음에도 신명화와 용인이씨 사이에서는 이상하게도 아들이 없었다. 그 대신 딸만 네 명을 낳았다.

조선 시대에 아들을 낳지 못하면 칠거지악(七去之惡)이라 하여 아내는 소박맞아 친정으로 쫓겨 가는 그런 시대이기도 했으나 신명화는 달랐다. 아내가 아들을 낳지 못한 것에 대해 타박하거나 섭섭하게 생각하지 않았고 명랑하게 자라고 있는 딸 넷을 각별하게 아끼고 애지중지하게 여겼다.

용인이씨는 혼인을 한 후에도 남편 신명화를 따라 한성으로 가지 못하고 친정인 강릉에 남아야 했다. 신명화의 가문은 뼈대 있는 가문으로 한성 사람이고 부모와 형제 모두 한성에서 살았다. 혼인을 하였으므로 당연히 용인이씨가 강릉의 친정을 떠나 한성의 시댁으로 가야 했다. 그러나 다른 가문의 여인들과 달리 용인이씨는 그리하지 않고 강릉에 남았다. 그것은 그녀가 홀로 남은 친정어머니 수발을 들어야 할 처지였기 때문이다. 무엇보다 그런 사정을 이해한 남편 신명화가 친정에 남는 것을 허락했기에 있을 수 있는 일이었다.

용인이씨는 강릉을 떠난 적이 없이 긴긴 세월을 친정에서 살았다. 친정 부모에게 자식이라고는 딸인 자기 하나뿐이었으므로 연로한 부모를 모시기 위해서였다. 신명화는 친정에 머문 아내에게 허물을 따지지 않았을 뿐 아니라 어김없이 1년에 한 차례 걸어서 한양에서 강릉으로 왔다. 가정을 지키겠다는 생각에서다.

신사임당의 어머니 이 씨가 아들을 낳지 못하고 딸만 넷을 낳았다. 이 씨가 가문의 대를 잇는 일을 걱정했다. 당시 아들을 낳지 못한다는 것은 조상에 대한 불효이며 가문의 대를 잇지 못한다는 것은 쫓겨나도 할 말이 없던 시대였다.

이 씨가 처연하게 말했다.

"상공, 저는 이제 더 이상 애를 낳을 수 없이 단산이 됐고 그러니 후처를 구해 아들을 보시지요."

신명화가 펄쩍 뛰었다.

"쓸데없는 소리 그만하시오. 나는 딸들이 아들보다 훨씬 좋소. 다시는 그런 소리 하지 마시오."

아버지의 마음에는 아내에 대한 애정과 딸들에 대한 사랑이 가득 넘치고 있었다. 온화한 가정이었으니 자식들도 가풍을 따르는 것이 당연했다. 아버지가 청렴결백하고 온화하니 딸들도 아버지에 대한 존경과 사랑이 뜨거웠다.

강직하고 공명정대함을 지닌 선비였던 신명화는 딸 넷 가운데서 둘째 인선을 특별나게 좋아했다. 이 딸이 훗날 사임당이라는 호를 사용하게 된다. 인선은 다른 아이들과 비교하여 유난히 다른 면이 있었다.

글을 따로 가르치지 않았는데 인선의 글 솜씨는 놀라웠다. 인선은 어려서부터 학문을 익히기에 적합한 성정임을 드러내었다. 인선의 언니 인덕(仁德)은 당시 외할아버지인 이사온(李思溫)이 직접 학문을 가르치고 있었다. 인선은 할아버지에게 배운 것이 아님에도 옆에서 놀며 언니가 학문을 배우는 것을 보고 먼저 터득했다.

그뿐만이 아니다. 스승을 들이지도 않았고 그림은 가르치지도 않았는데도, 보면 무엇이든 척척 그려 냈다. 글방에서도 선생을 모시거나 훈장에게서 배우고도 완벽하게 익히기 어렵다고 하는 사서삼경(四書三經)을 어렵지 않게 독해해 냈다. 사서삼경에 속하는 논어, 맹자, 중용, 대학, 시경, 서경, 주역은 조선의 선비라면 머리가 벗겨지도록 익히고 또 읽어야 하며 달달 외울 지경이 되어야 한다. 이 사서삼경을 익히지 못한다면 과거는 볼 생각도 말아야 한다.

조선 사회는 남자 중심의 사회였다. 만약 어린 나이에 사서삼경을 그토록 달달 익히고 외우며 풀이를 하는 아이라면 신동이라며 서둘러서 과거시험을 보게 했을 것이다.

조선은 신분 사회였다. 남자만이 과거를 볼 수 있었다. 그러한 것을 알고 있기에 가족들이나 친지들은 인선이 여자이기에 더 이상 깊은 칭찬을 하지 않았다. 일설에는 여자가 너무 똑똑하면 혼례가 어렵다는 인식도 있었다.

사임당은 글 쓰는 법을 외할아버지 이사온과 어머니로부터 배웠다. 붓을 잡는 법, 벼루에 먹을 가는 법, 붓에 힘을 주는 법, 화선지에 글을 배치하는 법에 이르기까지 서도(書道)로 배웠다. 그러나 사임당이 깨우친 것은 서도는 그림과 같이 마음이 중요한 것이라는 점이다. 해서(楷書), 행서(行書), 초서(草書)를 모두 배우는 데 불과 6개월밖에 걸리지 않았다.

"사임당은 천재이구려. 내가 배울 때 5년 걸렸는데 불과 6개월에 모두 익히다니 감탄할 수밖에 없소"

서예는 연습이나 내공만으로는 안 되는 예능이다. 재능이 없으면 서예의 세계로 진입이 어렵다. 그러나 사임당은 타고날 때 지니고 나온 재능이 천부적인 생이지지(生而知之)의 경지에 이르러 있었다. 생이지지는 배우지 않았고 수련하지 않았는데도 알고 숙련되어 있는 경우이다.

인선은 재능이 놀랍도록 뛰어났다. 학문이 바탕이 되고 보니 그 외의 다양한 소질과 능력이 하나 둘씩 드러났다. 글뿐만이 아니라 그림, 서예, 자수, 바느질에도 탁월했다. 어린 나이이지만 여느 아이들처럼 장난이 심하거나 자질구레한 일에 마음 쓰지도 않았고 경망스럽다거나 수다스럽지도 않았다.

아버지 신명화가 마음 쓰는 것이 당연했다.

"여보, 둘째 인선이 무슨 공부를 하려고 하는지 알아보시오."

아버지 신명화는 마음속에 딸이 아들이었으면 얼마나 좋을까 생각했을지도 모르겠다. 그러나 그는 단 한 번도 아들에 대한 욕심을 내보인 적이 없었다. 모든 딸들을 사랑하고 아꼈다.

그에게 인선은 딸이라 하지만 보물이고 존경의 대상이었다. 늘 인선을 챙기고 아내에게 인선의 근황을 묻는 것은 딸 사랑이라기보다 존경하는 마음이었다. 그랬기에 당시 강릉에서는 찾아보기 어려운 <내훈 (內訓)>을 서울에서 구해 강릉에 가져다 준 적도 있었다. 또한 인선의 예술성에도 지극 정성을 다했다. 인선이 그림에 탁월하면서도 세심한 소질이 있는 것을 알고서 당대 최고의 화가이던 안견의 그림 몽유도원도(夢遊桃園圖)를 구해다 주기도 했다.

신명화는 아버지로서 둘째 딸인 인선의 올바른 교육을 위해서는 어떤 일이든지 가리지 않았다.

인선은 점차 조숙한 아이가 되어 갔다.

어느 날, 어머니 용인이씨가 신명화에게 말했다.

"여보, 우리 인선이 혼기가 되었어요."

"그렇군. 벌써 열아홉이니 때가 됐구먼."

조선 시대는 15살이 넘으면 계례(笄禮)를 올린다. 계례라 함은 머리를 틀고 쪽을 짓는다는 의미이니 곧 결혼할 수 있는 나이라는 것이다. 이미 계례를 올린 지가 오래 되었으니 이제 혼처를 구해야 함은 당연하다.

어머니 이 씨는 친정에서 살고 있으며 외동이어서 일가친척이 드물었다. 더구나 강릉은 한양과 비교하여 좁고 사람도 많지 않았다. 아는 사람이 많지 않으니 신랑감을 구해주기가 쉽지 않다.

조선 시대의 양반 가문은 반드시 중매쟁이를 세우는 것이 관례였다. 심지어 중매를 세우지 않으면 천하다는 말을 듣기도 했다. 먼저 대상을 파악하고 중매를 넣기도 한다. 그런 측면에서 이 씨는 자신이 없었다.

이제는 혼기가 찬 나이다.

남편 신씨 가문은 한양의 명문가이고 집안이 번창하여 벌족(閥族)에 이르렀다. 가난한 자 옆에는 가난한 자들 투성이고 권력을 가진 자의 친구는 역시 권력을 가진 자일 가능성이 높다. 유유상종이라는 말은 이때 어울린다. 남편의 신씨 가문이라면 좋은 혼처를 찾을 수 있을 것 같았다.

아버지 신명화는 딸의 혼기가 늦추어질 수 있다는 생각에 혼처를 찾기로 했다. 그날부터 이곳저곳 수소문했다. 신씨 가문의 사람이고 사회적으로 이름을 얻은 명사여서 알고 있고 손이 닿는 사람이 많았지만 딱히 중매로 나서 주는 사람이 없었다.

딸의 심성과 재능을 아는 터이라 날이 갈수록 초조해졌다.

여자의 운명은 남자에게 달린 세상. 조선이라는 사회는 여자들의 사회 참여가 거의 허락되지 않는 사회였다. 또한 남자의 지위가 곧 아내의 지위였고 남편의 능력이 집안의 능력이고 아내의 권력이 되었다.

여자에게 결혼은 운명이다.

조선 시대의 가풍은 남자의 행실에 달렸다. 성년이 되어 능력이 있는 남자를 만나 결혼을 하면 그때부터 여자의 운명은 결정이 된다. 아무리 뛰어난 여자도 남자가 바로 서지 못하면 여자의 운명도 시궁창이다.

여자의 운명을 달리 뒤웅박 팔자라는 말까지 한다. 여자의 운명이 남자에게 달렸다는 뜻이다. 아무리 총명한 여자도 시집가서 남편을 잘못 만나면 소박당하고 때로는 비관에 시달리기도 한다.

아들과 딸을 많이 낳고 건강하게 잘 살아가면 여자에게 행복한 것이요, 그러하지 못하고 남편의 문제나 자식의 문제로 시련이 불어 닥쳐 고통스러운 상황이 되면 과거의 화려함이나 총명함은 아무런 도움이 되지 못하고 불행하게 된다. 여자도 행복하게 살아야 할 자격이 있다. 그러나 조선 사회에서 여자의 행복이란 결국 남편이나 자식이 잘되고 관직에 올라 행세하는 것이다.

결혼의 운, 그것이 무슨 말인가?

결혼하는 순간부터 여자의 운은 남편의 운을 따라가는 것이다. 결혼하면 남편이 여자가 행복할 수 있게 만들어 줄 수 있는 능력이 있어야 한다. 조선은 남자들의 세계다. 남자의 운이 아내의 운이다. 아내를 이해하는 성품이 있어 가정을 원만하게 이끌면 여자의 행복은 저절로 이루어지는 것이다. 조선은 철저한 내외법이 있고 남편의 행실에 따라 아내도 대접 받는 사회였다.

아내를 불행하게 하는 남편도 적지 않다. 남편의 능력이 없고 못나게 되면 집안이 말이 아니다. 남편의 가문이 빈한하고 재물이 없으며 관직에도 나아가지 못한다면 생활 자체가 어렵게 되고 여자는 불행한 삶으로 영영 고통을 받게 된다. 남편이 못나면 아내도 대접을 받지 못한다. 행여 남편이 모반이나 정변에 가담하였다 발견이라도 되는 날에는 사돈집까지 여파가 이른다. 졸지에 양반집의 노비로 전락할 수 있으며 때에 따라서는 친정까지 멸족의 위기에 몰린다. 따라서 여자 팔자는 남자에게 달려 있는 사회, 그것이 폐쇄적이기도 한 조선의 사회였다.

예나 지금이나 결혼은 남녀 모두에게 인생의 전환점이 된다. 남자는 여자를 거느리니 가장이 되고 여자는 지어미가 되어 가정을 꾸려야 한다. 결혼하는 모든 여자는 행복을 추구하는 꿈을 꾸게 되는 것이 당연하고 죽음에 이르기까지 행복해야 한다는 당위성을 마음속에 품으며 반드시 행복하게 살고 싶다는 욕망을 가지게 된다. 결혼이란 그래서 행복한 삶의 조건이고, 여자의 운명이라고 말한다.

신명화는 고민했다.

사랑하는 딸이었다. 그에게는 이미 네 딸이 있었지만 인선이게 만큼은 좀 더 신경이 쓰였다. 다른 아이들도 사랑하지만 인선은 기품과 지혜를 지닌 아이였다. 딸이라고는 하지만 이전에 존경하는 아이였다. 자식이라도 해도 존경하는 것이다.

문제는 인선의 뛰어남이다. 옹졸한 사내는 아내의 뛰어남을 이기지 못하고 시기하거나 거부하고, 때로는 퇴짜를 놓거나 공방을 만든다.

이상하게 중매가 붙지 않았다. 여기저기에 매파를 놓아 보고 딸에 대한 자랑도 했으며 술을 마시며 자신의 딸 이야기를 해보았으나 어디서도 탐탁하게 중매가 서지를 않았다.

조선 팔도에 이미 인선의 학문이며 그림 솜씨가 알려졌는데 며느리 삼겠다는 집안이 없었다. 더구나 사대부 가문에서 여자가 그림에 빠지고 글씨에 미친다는 것은 반드시 자랑이 될 수 없었다. 당시의 풍습으로 여자가 그림을 그리는 것은 창가나 기생의 일에 속한다는 의식도 있었다.

세월은 야속하게 흐르고 인선의 나이는 점차 차올랐다. 조금 더 늦는다면 노랑(老郞)을 맞을 수도 있다고 생각하면 기가 차고 가슴이 무거워지는 노릇이었다.

'내 딸이라고 하지만 영특하고 박식하지 않은가. 거기에 인물도 좋고, 그림과 글씨, 시화(詩畵)가 모두 능하니 천하의 재녀(才女)인데 어디 남자가 없단 말인가! 어디 그뿐인가. 효심을 지니고 있으며 시(詩)에도 일가견이 있으니 어디에 내놓아도 빠지지 않는 신붓감인데 아무한테나 시집보내기는 아깝지. 암, 아깝고말고.'

아무리 생각해도 딸은 뛰어난 재녀였다. 누구에게나 함부로 던져줄 아이는 아닌 것이다.

그렇게 스스로 자부심을 느끼지만 혼인은 인륜지대사이고 가족의 자랑이 되어야 한다. 딸과 그 후예를 생각하니 가문을 생각하지 않을 수 없다. 마음이 급하고 혼담이 빨리 들어오지 않는다고 시장의 장돌뱅이나 파락호를 잡을 수는 없다. 세상 물정 모르는 작자들이나 지나가는 걸인을 잡을 수도 없는 일이 아니던가.

생각이 여기에 이르면 더욱 조급해지고 답답해지며 가슴이 조여 오는 것이었다.

우연이란 일어나기 마련이다.

친구가 애써 지나가는 말투로 한마디 던졌다.

"이보오, 신 진사. 내가 알고 있는 총각이 있는데 어째 소개하면 마음에 들려나 모르겠소. 신 진사 사윗감이라면 조금 부족하다는 생각이 들기는 한데…"

머뭇거리는 말투였지만 분명 혼담 이야기이다. 드디어 하늘이 감복하였던 모양이다. 은근히 던져주는 말투이지만 이는 중매쟁이의 역할이 아닌가.

오늘 따라 신명화는 마음이 동했다.

"누구요?"

친구가 빙그레 웃었다.

"그게 말이야. 가문이 덕수이씨(德水李氏)인데 운이 나쁜지 아버지를 조금 일찍 여의고 홀어머니와 살고 있는 총각이 하나 있소. 나이야 귀댁의 자녀와 떨어지도록 딱 맞는 것 같아 좋은데…"

친구가 말을 흐린다.

신명화는 이미 마음이 동했기에 다가들었다.

"좋은데, 뭐요?"

"그게, 격이 좀 떨어지는 게 흠이오."

신명화는 다시 다가들었다.

"격이라니요? 양반에게 격이란 이미 갖추어진 것 아니요. 성품만 갖추어져 원만하면 어디 한번 만나 보도록 합시다."

신명화는 서둘렀다.

인연은 무섭다. 인연은 이렇게 시작되는 것이다. 인연은 우연을 가장해서 찾아와 필연이 되는 것이다. 누구도 모르는 사이에, 알 수 없는 것 같은 안개처럼 시작되는 인연의 뿌리, 불가에서 말하기를 사람의 인연은 겁(劫)의 세월 전에 하늘이 예정해서 맺어지는 것이라고 한다. 인연이란 이토록 무서운 것인데 그 인연의 시작이 꼬이면 여자의 인생은 우물 속으로 처박히는 뒤웅박이 되어 버리는 것이다.

그날, 운명의 그날이었다.

친구가 중매를 서고, 신명화는 이란수를 만났다.

덕수이씨 이란수.

그는 훗날 이름을 이원수로 개명하게 된다. 신사임당의 남편이며 이율곡의 아버지는 그렇게 신명화 앞에 등장했다.

"내 딸은 열아홉 살인데 강릉에 살고 있네. 어려서부터 글에 밝고 그림과 서예, 자수에도 아주 뛰어나다네."

"아, 그러십니까? 저는 어려서부터 그림을 좋아했습니다."

굵직한 목소리는 신명화에게 만족을 주었다.

애초부터 덕수이씨라고 하니, 이만하면 조선에서는 명문가라는 의식이 있었고 훤칠하게 생긴 얼굴이 눈을 잡는다. 건장한 몸과 뚜렷한 이목구비를 지닌 이란수 총각은 한순간에 신명화의 마음속을 장악해 버렸다. 신명화는 내심 인선에게 정말 어울리는 사윗감이라는 결정을 내리고 있었다.

그것이 화근일까?

신명화는 오래도록 꼴똘하고 골머리를 썩이며 딸의 배필을 구하고자 했다. 다른 때와 달리 마음이 앞서간 것은 실수였다. 딸의 나이를 따져 촉박하다고 생각했기 때문일 것이다. 너무도 서두른 때문인지 신명화는 이란수의 가려진 뒷모습을 보지 못했다.

신명화는 딸의 혼사를 위해 노력도 하고 애지중지하는 마음이 있었지만 눈앞의 사내가 사윗감이라는 생각에 앞뒤를 깊게 살피지 못했다. 딸이 나이를 먹기 전에 혼례를 올려야 하는 마음으로 지나치게 매달리는 심정이었기에 혼사에 반드시 살펴야 하는 필수적인 요소를 잊고 있었다.

어쨌든 드러난 것을 살펴보면 모두 그렇게 생각할 것이고 이후 사람들이 이상하게 생각한 것도 그것이다.

신명화가 놓친 그것, 이란수는 백수건달이었다.

그의 홀어머니 홍 씨가 저잣거리에서 떡장수를 하고 있고, 신명화는 이란수가 일자무식의 백수라는 사실을 알지 못했다. 어쩐 일인지 조선시대의 일반적이고도 누구나 살피는 모든 것을 잊고 있었다.

조선 시대의 혼례는 개인 대 개인의 혼례가 아니라 가문 대 가문의 혼례이다. 서로간의 배경을 살피고 심지어 조상의 산소까지 살피거나 주변에서의 소문까지 일일이 살피고 혼례를 추진한다. 신랑의 선택 이전에 가문을 살피고 소문을 살핀다. 그러나 특이하게도 신명화는 당시의 사대부 가문이라면 누구나 하는 그런 일련의 절차를 살피지 않았다. 반드시 해야 하는 과정이고 반드시 살펴보아야 하는 것들이지만 신명화는 이 모든 것을 의심하거나 살피는 노력을 하지 않았다.

왜 그랬을까?

신명화가 일반적인 양반들의 혼인과 다른 방식으로 사위를 구했기에 이란수는 당대의 재녀로 소문난 신인선, 후일 호를 신사임당이라 지은 이 재녀의 남편이 될 수 있었다.

백수건달 이란수.

어쩌면 그는 신명화에게 자신에 대해 모든 것을 말하지 않았거나 말할 수 있는 기회가 없었을지 모른다. 혹은 신명화가 알고 있기에 묻지 않았을 것이라 판단할 수 있다. 어쩌면 신명화는 이미 알고 있었지만 다른 생각을 하고 있을지도 몰랐다.

어쨌든 이란수의 모습은 완벽하게 숨겨져 있었다.

만약 신명화가 조금 더 현명했거나 서두르지 않았다면 다른 무엇으로라도 이원수의 깊은 속을 보았을 것이다. 그도 당대의 풍습에 따라 매파를 보내고 저간의 소문을 확인하고 사람의 됨됨을 파악하려 했다면 혼사는 이루어지지 않았을 것이다.

사실 신사임당은 그 당시에 어울리지 않는 사람일 수도 있었다. 당시 여자들의 활동 폭은 대단히 제한적이었다. 어쨌거나 뛰어난 화가이며 서예가이고 자수의 명인으로 추앙받을 경지에 이른 신사임당과 비교하여 일자무식에 가까운 학문을 지닌 이란수는 분명 신랑감으로서는 수준 미달이었다.

아마도 신명화는 순간적이지만 무엇엔가 홀린 것이 분명했다.

그런 측면으로 보자면 부모가 자식의 인생에 어떤 역할을 하는지 분명하게 보여주는 혼사가 이루어졌다. 신사임당을 지금의 모습으로 키운 것은 부모의 노력과 정성이다. 그러나 남편을 소개시켜주는 것도 물론 부모의 역할이다.

비록 서울과는 떨어진 강릉에 살았다고 하지만 처녀 신인선은 하늘을 희롱할 타고난 재능을 지니고 있으며 마음씀씀이도 누구나 뛰어넘을 수 없는 보통 처녀는 아니었다. 비록 한성에서 멀리 떨어진 강원도의 바닷가라 하지만 강릉은 조선 시대에도 작지 않은 고을이었고 명문도 적지 않았다. 여자의 몸으로 태어났다고는 하지만 천하를 놀랠 재주를 지니고 있는 신인선에 비교해 일자무식에 백수건달인 총각 이란수는 그야말로 비교가 되지 않는 인물이었다.

이란수는 학문이라고는 생각도 없고, 그렇다고 달리 타고난 재능이 있는 것도 아니었다. 그러한 이란수는 신인선과 비교할 수 없는 사람임에 분명했다. 신랑감으로서는 낙제생이었고 처음부터 뛰어난 제주와 재능을 지닌 신부와 비교가 되지 않았다.

이란수의 가정환경도 좋지 않았다.

어린 나이에 조실부모하고 홀어머니 홍 씨 밑에서 자랐다. 일찍이 남편을 보내고 혼자 남은 홍 씨는 먹고살기 바빴기에 자식을 돌볼 겨를이 없었다. 먹고살 수 있는 후에 학문을 찾고 명예를 찾으며 품위를 찾는다.

홍 씨는 여력이 없었다. 먹고사는 문제가 더욱 급했다. 이란수에게 글을 가르칠 사람도 없었고 스승을 붙여주지도 못했다. 스스로 알아서 공부할 체질도 아니었다. 또한 주변에 그를 챙기거나 이끄는 사람이 없어 들판에 버려진 한 마리 짐승 같아 교육을 받고 훈육에 따라 성정을 개발할 환경도 아니었다.

그런 이란수를 딸의 배필로 낙점한 것이 신명화의 일대 실수일지도 모른다. 혹은 가문과 외양에 팔린 것인지도 모른다. 이란수의 배경이 올바로 서기에 부족하고 소양이 갖추어지지 않았음을 눈치 채지 못한 신명화는 그가 딸의 배필로 적격이라 믿었다.

그것이 운명이었다.

신명화의 감정은 이미 파도치고 있었고 어떻게든 이란수를 사위로 삼고 싶었다. 신명화는 이란수에게서 첫인상이 좋다고 느꼈고, 천품도 온화한 것으로 파악했다. 어찌된 일인지 도깨비에 홀린 것 같은 결정이었다. 만약 다른 누군가 이란수를 살피고 배경을 자세히 보았다면 절대로 혼사를 진행시키지 않았을 것이다. 무엇보다 이란수의 첫 한마디가 마음을 사로잡았다.

처음 했던 말.

"저는 어려서부터 그림을 좋아했습니다."

신명화에게 가장 듣기 좋았던 말이었다. 딸이 그림을 그리니 그 그림을 좋아할 사위라면 얼마나 행복할까.

진심이라고 생각했을 것이다.

혼례 절차는 일사천리로 달려 나가기 시작했다. 모든 것은 신명화가 주선하고 추진하고 마무리를 지었다. 그로서는 자신이 애쓴 보람이 있어 딸 신인선의 행복이 다가오리라 믿었다. 평소 신중한 성격의 신명화였지만 눈에 깍지가 없었는지 서두르기 시작했다.

"좋소. 이왕 이야기 나온 김에 어서 사주팔자 단자를 마련하게. 준비되는 대로 나와 함께 강릉으로 가세."

예로부터 혼례는 여자의 집에서 치르는 것이 관례였다. 신인선이 강릉에 거주하고 있으니 혼례청은 강릉에 준비하는 것이 당연하다.

"당장 준비하겠습니다."

이란수도 흔쾌하게 혼사를 서둘렀다. 혼담에서 결혼까지 일사분란하게 진행되고 있었다. 누군가 보았다면 귀신에게 홀린 것이라 할 것이다.

신명화는 왜 이리도 빠르게, 혹은 두서도 없이 혼인을 서두른 것일까?

이란수가 특출하거나, 학문을 잘하는 것도 아니고 양반 뼈대라고는 하지만 집안이 탄탄한 재력을 가진 것도 아니다. 이처럼 어처구니없는 일이 또 있단 말인가.

이란수가 그토록 빼어나거나 미래를 바라볼 수 있을 정도로 사내의 매력을 지닌 것도 아닌데 신명화는 왜 반한 것일까? 그토록 아끼고, 좋아하는 딸 인선을 이토록 어이없는 작자에게 주려고 하는 것일까?

신명화도 나름 생각이 있었다. 그에게 이란수는 어이없는 작자가 아니었다. 신명화는 이란수가 얼마 지나지 않아 세상을 호령할 잠룡은 아니더라도 빼어난 사내라고 생각했었다. 특히 신명화는 이것저것 제쳐두고라도 딱 한 가지 점에 매료되어 버렸다.

그의 가문이다.

조선 시대의 혼인은 개인 대 개인이 아니고 집안 대 집안의 결합이다. 신명화는 사윗감의 집안 내력에서 혼사의 당위성을 찾았다. 비록 지금은 볼품없이 몰락했다고는 하지만 그가 양반으로 당대에는 뼈대 있는 덕수이씨라는 점이다. 더불어 한 가지 기대를 한 것은 조정의 상황이었다. 조선 왕실의 조정에는 덕수이씨들이 많이 진출해 있었다. 덕수이씨들이 관료로서 출세한 사람들이 많으니 언젠가는 덕수이씨가 힘을 쓰게 되리라는 점이었다. 그렇다면 덕수이씨인 이란수라고 백수 건달로 세상을 허송할 것은 아니라고 판단했다.

기대가 되었다. 지금의 이란수는 비록 보잘 것이 없지만 그 씨족들이 출세하여 조정에 득실거리니 기대를 할만 했다. 아울러 덕수이씨 집안은 신명화의 집안인 평산신씨 가문에 못지않은 인재가 배출되고 있다는 점에 착안했다.

언젠가는 기회가 온다. 더구나 덕수이씨 가문은 영화롭고 언제나 조정에서 기를 펴는 집안이었다. 사윗감으로 모자라지 않다 생각했다.

신명화는 덕수이씨라는 가문이 지닌 위압감과 저력을 생각했다. 이란수를 택한 것이 아니라 어쩌면 그의 가문을 택한 것이었다. 비록 약해졌고 퇴락했다고는 하나 족보는 무시할 수 없었다.

당대에 덕수이씨 가문에서 배출한 걸출한 인재들이 조정에 등용되고 있었다. 당시 덕수이씨 가문의 출신으로 표면적으로 조정을 주름잡은 이로는 이기(李芑)와 이행(李荇)이 있었다.

이기라 하면 당대의 명인으로 정승에 오른 사람이다. 후일 을사사화 때 대윤(大尹) 윤임(尹任)의 세력을 꺾어 보익공신(保翼功臣) 1등으로 풍성부원군(豊城府院君)에 봉해졌고 다시 영의정까지 오른 불세출의 인물이다. 물론 역사는 그가 을사사화를 일으킨 악인으로 표현하고 있지만 당시에는 악한 진면목이 드러나지 않은 시기였다.

더구나 좌의정까지 올랐던 이행은 재능이 있고 글씨와 그림에도 능하였던 바, 불세출의 가문이 바로 덕수이씨의 집안이었다.

뛰어난 집안이니 곧 이란수도 출세의 길이 열리리라 생각했다. 이기와 이행은 이란수의 당숙들이다. 그 두 사람은 모두 앞서거니 뒤서거니 문과에 장원급제했고 모두 삼공(三公)에 천하를 호령한 이력이 있다. 집안 내력이 이토록 뛰어난 바가 있어 모두 왕실과 인연을 맺고 있어서 언젠가 이 집안과 인연을 가지고 있으면 이란수는 물론이고 신씨 가문의 앞길에 밝은 희망의 무지개가 펼쳐지게 될 것이라고 보았다.

가문과 가문의 혼인에서 당사자 본인과 본인의 의사가 중요한가, 아니면 집안 족보가 중요한가?

조선 사회에서 가문은 매우 중시되었다. 신명화는 본인과 가문이 모두가 중요하다고 보았다. 당대 양반들에게서 인물됨과 가문을 살피는 것은 당연한 일이었다. 덕수이씨라면 당대 최고의 가문이 아닐 수 없다. 그런 가문의 사내가 눈앞에 있었다. 당장에 드러나지 않지만 언젠가는 출세할 수 있는 가문의 터럭으로 보았기에 현재 이란수의 진실한 모습을 파악하지 못했고 드러난다 해도 무시해 버렸다.

신명화 답지 않은 결정이었다.

신명화는 지나치게 서둘러 가문만 보았기에 사람 됨됨이를 살피지 못하고 족보 한 장의 값어치를 맹신해 버렸다. 그는 사위가 될 이란수가 집안을 이끌어갈 수 있는 능력이 있는지 세밀하고도 자세하게 파악하지 않았다. 어쩌면 자신은 평산신씨로서 재물과 가문이 있었으므로 이란수가 출세할 동안 자신이 지원할 수 있다고 생각했을 수도 있는 노릇이다.

어쨌든 신명화는 이란수가 처하고 있는 지금의 가정 형편이 열악하고 학문적 기틀조차 없는 문제, 혹은 시시콜콜하게 일어날 문제는 논외로 치부해 버렸다.

혼인은 일사천리로 진행되었다.

4
운명의 서곡

신명화와 이란수가 사주단자를 들고 강릉 집에 도착했다. 서울에서 강릉까지는 제법 긴 여정이었으나 한달음에 달려온 것이다. 그는 아버지 신명화가 내심 고민하고 고르고 별러서 찾아낸 신랑감이었다.

훗날 신사임당으로 불리게 되는 신인선보다 세 살 위의 이란수(李蘭秀, 훗날 이원수로 개명)가 운명적으로 나타나는 순간이었다. 아버지 신명화가 신랑감으로 점찍어 혼례를 치르기 위해 강릉으로 내려온 것이다.

조선 시대의 풍습은 혼례를 신부의 집에서 치르는 것이니 신랑이 신사임당이 머무는 강릉 집으로 내려온 것이 당연했다.

조선 사대부 가문의 혼례 절차대로 이란수는 신부의 집 외각에 머무르도록 하고 신명화는 내원으로 들어가 아내 이 씨와 신사임당을 만났다. 안채에서는 이미 통보를 받은 이후라 나름의 준비를 하고 있었다.

조선의 혼례는 신랑이 신부 집에 나타나며 시작된다. 신랑이 외곽의 마련된 장소에 다다르면 안채에서는 신부를 목욕시키고 옷을 입히며 계례를 하여 머리를 올려 쪽을 지으며 곧 혼례복을 입힌다.

안채로 들어선 신명화는 얼굴 가득 웃음을 머금었다.

"내가 신랑감을 몇 차례 만나봤는데 성품이 온순하고 기품이 있더구나. 그림을 좋아해 신붓감이 그림을 잘 그린다고 하니까 무조건 좋다고 하더라."

아버지의 말씀이었다.

운명의 결정은 이미 이루어져 있었다.

혼례는 차질 없이 진행되었다.

신랑 이란수와 신부 신인선의 사주단자가 교환되고 예식이 진행되었다. 조선의 양반가 혼례는 사주단자가 오고간 뒤에 신부 집에서 결정하는 것이 일반적이다. 사실 결혼 전에 납폐(納幣)니 여러 가지 절차가 있고 수일의 시간이 필요하지만, 사실 그러한 절차는 신랑이 전안례(奠雁禮)를 올리기 위해 신부 집에 나타나기 전에 이루어지는 것이니 생략되어 버린 것이나 다름없다.

여러 가지 절차가 순식간에 지나가고 두 사람은 부부가 되는 의식을 치렀다.

허공으로 닭이 날았다. 의식은 길지도 않았고 짧지도 않았다.

막상 혼인을 하지만 신사임당은 이원수에 대해 아는 바가 없었다. 아무리 조선 사회라 하지만 간선(揀選)이라는 절차를 통해 양가는 상대 가문을 파악하고 혼례 당사자의 의견을 파악하는 것이지만 이러한 의식 절차의 일부는 생략되었다.

이미 들은 바가 있어 이원수(李元秀)는 신사임당에 대해 어느 정도는 알고 있었다. 사실 조선에 신인선에 대한 소문은 어느 정도 나 있는 상태였다. 어쩌면 그토록 혼인이 어려웠던 이유도 그녀의 재기(才氣)가 조선 팔도에 너무 알려진 탓이었다. 조선 사회에서 여자의 재능이 뛰어나다는 것은 어쩌면 혼인이 어렵다는 의미로 받아들일 수도 있다.

신사임당은 달랐다. 남편으로 나타났다고 하지만 이원수가 어떤 인물인지, 어떤 성정을 지녔는지, 혹은 어떤 생각으로 사는 사람인지 전혀 알지 못하였다. 예법에 따라 이란수라는 이름과 함에 싸여 온 사주단자를 보았을 뿐이다. 만약 아버지의 명령이 아니고 사주를 파악하는 공부로 명리학을 익혔다면 지혜가 출중한 그녀가 백수건달인 이원수를 남편으로 맞이하지는 않았을 것이다.

어쨌든 신사임당은 기꺼워하는 아버지와 그런 아버지의 말씀에 동조하는 어머니의 뜻에 따라 주저하지 않고 이원수를 남편으로 맞아들였다.

조선의 혼인은 부모가 정하는 것이다. 사실 무엇인가를 알았다 해도 신랑감이 집 마당에 와서 대기하는 상황에서 혼례를 깰 수는 없는 일이다. 얼굴도 모르고 어떤 사람인지도 모르며 아버지가 천거한 사람이라는 이유만으로 결혼한다는 것이 지금으로 보면 황당한 일이지만 당시로서는 당연한 일이었다. 당시는 얼굴을 보지 않아도 가문 대 가문의 혼례가 이루어지는 시대였다.

사람은 완벽하지 않다. 가문도 완벽한 가문은 드물다. 한때 세도를 하고 출세를 하고 권력을 잡는 가문이 있지만 화무십일홍이고 세상은 변하기 마련이다. 어쩌면 운명이었을 것이다.

어느 가문이나 흥할 때가 있고 흥하지 못한 시기가 있기 마련이다. 부침이라고 하는 것은 기복과 같다. 신명화는 이원수가 그런 질곡의 한가운데 있다고 보았을 것이다. 언젠가 한 번은 떨치고 일어나리라 보았을 것이다. 그리 생각한 것은 그의 가문이 덕수이씨였기 때문이었을 것이다.

어느 가문이나 하나의 부족한 점은 있기 마련이다. 열 명의 자식을 낳는다고 해서 열 명의 자식이 모두 잘되는 것이 아니다. 그 가문에 천재가 있다고 바보가 없으라는 법도 없다. 문제는 어느 가문인가 하는 것이다.

조선이라는 사회 아닌가!

훌륭한 가문이라는 것이 모든 사람이 훌륭하다는 당위성은 아니다. 사람의 경우도 그렇다. 한 배에서 나온 형제도 다른 것 아닌가. 똑똑한 형이 있으면 멍청한 아우도 있다. 공부를 못하는 형이 있으면 공부를 잘하는 형도 있다.

손가락을 보라. 모두 하나의 손바닥에서 갈라져 나온 것이라고 하나 그 길이가 다르고 굵기도 다르며 관절도 다 다르다. 긴 손가락이 있으면 짧은 손가락도 있다. 세상 만물이 용도가 다르고 적응이 다르다. 길고 짧은 것이 나름의 용도가 있고 잘나고 못난 것이 각각의 목적이 있다.

훌륭한 가문이 그렇다. 정통성을 지닌 가문이 그렇다. 가문이란 잘나고 못난 것들이 모두 합쳐 힘을 발휘한다. 누군가 부족하면 잘난 누군가가 그 부족함을 메운다. 그들은 하나로 합쳐 가문을 일으켜 세우니 세도하고 문벌을 이룬다.

신명화는 덕수이씨라는 사실에 주목했다.

지금은 백수건달이다. 보잘것없는 사내이지만 그가 지닌 가문을 생각했다. 기울었다고는 하나 명문이 아닌가. 언젠가는 찬란하게 꽃을 피울 가문이고 그런 점에서 사윗감은 좋은 배경을 지녔다.

신명화가 이원수의 집을 모르는 것은 아니다. 외견이나 외양으로 보아 그의 집은 몰락한 집안이며 신명화 본인의 가세와 비교하면 그야말로 까마귀와 백로의 차이였다. 그렇다 해도 신명화는 덕수이씨라는 가문의 뼈대를 믿었다.

이원수의 아버지는 그의 나이 다섯 살일 때 일찍이 운명했다. 조선 사회에서 가장의 죽음은 가난과 직결된다. 비록 여자가 나가 돈을 벌 수 있다고는 해도 쉽지 않은 사회이다. 더구나 양반이다. 가세가 기울 것은 뻔한 일이다.

이원수의 어머니 홍 씨는 살아남기 위해 이를 악물고 많은 결정을 해야 했다. 파주에서 한양으로 이사해 평생을 아들 이원수만을 바라보고 살았다. 가난이 따랐을 것이고 가문의 지원을 받지도 못했을 것이다.

예로부터 홀어머니 밑의 자식은 혼인하기 힘들다. 자식이 잘되면 홀어머니가 자신의 기대치를 세울 것이고 때로 며느리를 구박하기도 한다. 홀어머니 아들은 효도를 핑계로 어머니를 추앙하다 못해 부인을 깔아뭉개는 고부 갈등도 피하기 어려운 경우가 적지 않다.

모든 것이 흠이다.

이원수는 나이를 먹도록 백수건달의 신분이었다. 과거에 급제한 것도 아니고 학문을 익힌 것도 아니었다. 양반의 자제라면 당연히 글을 읽고 학문을 익혀야 하지만 이원수와는 먼 이야기이다. 지아비를 잃어 홀몸으로 아들을 제대로 양육하지 못했으니 과거를 보아 벼슬을 한 것도 아니고 학문을 익혔거나 나름 직업을 익히거나 재주를 배워 보란 듯 나설 상황도 아니었다. 결혼하겠다고 따라 나선 것이 신기한 일이었다.

체면이 없는 일이라고나 할까.

신랑의 집이 기울어 잡초가 우거질 지경이라면 신부인 사임당의 집안은 그다지 기울지 않은 가세를 지니고 있었다. 아버지의 가문은 평산신씨이니 고려 개국공신 이후로 영화를 누린 집안이고 어머니 용인이씨도 약하지 않은 뼈대를 지녔다. 더구나 신명화가 아내로 맞아들인 강릉의 집은 용인이씨에게 대물림되었지만 애초부터 아내의 외조부가 세도를 했던 권씨 문중이다.

아버지 신명화와 어머니 이 씨는 모두 슬하에 손(孫)이 귀한 집안이다. 이 씨의 어머니가 아들이 없었으므로 이 씨가 강릉에 남아서 봉양을 한 것이 바로 그것이다. 그런데 신명화와 이 씨도 슬하에 대(代)를 이을 아들을 얻지 못하고 딸만 내리 낳았으니, 대를 이을 형편이 아니었다.

신명화라고 어찌 아들을 바라지 않았을까! 그렇다고 신명화는 아내를 두고 첩을 들여가며 자식을 바랄 사람이 아니었다. 그렇게 정성스러운 남편이었기에 이씨는 늘 아들을 바라며 임신을 할 때마다 기대를 걸었지만 결국 그들은 아들을 얻을 수는 없었다.

용인이씨는 최종적으로 다섯 명의 딸을 두었다.

다섯 명의 딸을 두었으니 자식을 적게 낳은 것도 아니요, 임신이 안 되어 아들을 얻지 못한 것도 아니다. 이상하리만치 아들의 운이 없었던 것이다.

첫째를 임신하여 낳고 보니 딸이었다. 그 딸이 첫째인 인덕(仁德)이다. 둘째도 역시 딸이었으니 인선(仁宣)이라 이름 지었으며 후일 사임당이라는 당호를 사용하게 된다. 셋째도 출산하고 보니 역시 딸이었으며 이름을 인교(仁教)라 지었다. 넷째 딸은 인주(仁珠)이고 다섯째도 역시 딸이었기에 인경(仁敬)이라 이름 붙였다. 하나같이 딸들이었다.

딸 부잣집은 아들이 많은 집과 비교해 다복해서 딸 키우는 재미가 있고 효도를 받으며 살 수 있기에 좋다고 하지만 조선은 남자가 가문의 대를 이어가는 시대이기에 장손이라면 조상에 효도를 하지 못한 것이 되는 것이고 더불어 손이 귀한 집으로서는 대를 이을 수 없으니 흠이 된다.

신명화의 집안은 양반 가문이다. 조상은 고려의 개국공신이며 대대로 이 땅에서 가업을 일구어 온 가문이다. 양반가의 자손으로 대를 이을 수 없다는 사실에 신명화의 집안은 어디에 내놓아도 흠이 아닐 수 없다. 조선의 황실이 그러했던 것처럼 양반 가문은 자식을 낳아 대를 이어야 하는 것이 당연한 일이 아니던가!

덕수이씨 이원수의 가문은 자식을 올바르게 키우지 못한 흠이 있었고, 신명화의 가문은 대를 이을 수 없는 숙명이 있었다. 덕수이씨 가문과 평산신씨 가문은 서로의 흠을 알 수 있었을 것이고 숙명으로 여겼다.

혼인이 있었다.

신명화는 자신의 딸이나 사위가 자신이 가진 숙명에 목을 베고 아파하지 않기를 바랐다. 그래서 신명화는 사위 이원수의 손을 잡고 간곡하게 입을 열었다.

"사위, 딸을 출가시키는 것은 애비들에게 큰 짐이라고도 할 수 있네. 사실 나도 내 딸을 출가시키면서 아깝다는 생각을 하네. 비록 내 딸이라 하지만 인선은 인간적으로 훌륭한 딸이라네. 자식이라고 하나 존경스러울 정도의 인품을 지닌 딸을 이제 남의 집 며느리로 보낸다 생각하니 가슴이 아프구먼 사위는 이런 나의 마음을 깊이 이해하고 부디 행복하게 살아주기를 바라네."

부부가 된다는 것은 서로가 부족한 부분을 채워주는 관계가 된다. 행복이란 여기에서 출발이 된다.

신명화는 자신의 딸이 총명했기에, 또 아버지의 염원을 담아 고결하고 아름답게 행복하기를 기원했다.

그렇게 혼인은 치러졌다.

초야가 다가왔다.

딸의 혼례를 지켜보는 신명화는 문득 자신의 지난날이 생각났다. 자신도 순탄하지 않은 결혼생활이었다. 생각해보면 누구라도 쉽지 않은 시간이었지만 잘도 버티고 이겨낸 세월이었다. 사위가 자신과 같을 것이라고는 생각할 수 없을지도 모른다. 세상의 이치가 같다고 하여도 사람이 모두 같을 수 없고 생각이 같을 수도 없다. 다만 자식의 남편이 자신과 같은 생각을 하고 있기를 바랄 뿐이다.

생각하면 긴 시간이었다.

사임당의 어머니 이 씨는 형제가 없는 외동이다. 신기한 것은 이 씨만이 외동이라는 사실이 아니었다. 이 씨의 아버지 이사온과 어머니 최 씨도 역시 손이 없는 외동이었다. 두 사람은 많은 기대를 하였겠지만 신기하게도 딸을 하나 낳았을 뿐이다. 그 딸이 신사임당의 어머니이며 신명화의 부인인 용인이씨였다.

이 씨는 처음부터 강릉에 살게 된 것은 아니었다. 혼기가 차자 이 씨는 한양에 살고 있는 신명화와 결혼해 한양에서 일정 기간 동안 시집살이를 했다. 누가 보아도 다른 사람들과 다름없는 살림살이였다. 일반 양반들이 그렇듯 여자의 집에서 혼례를 하고 택일하여 남편의 집으로 가 새로운 살이를 하듯 이 씨도 같은 길을 걸었다.

이 씨는 외동이었기에 다른 여타의 많은 아내들이나 며느리들이 걸어야 하는 길과는 다른 길을 걸어야 했다. 그것은 그녀가 외동이었기에 숙명적으로 걸을 수밖에 없는 길이 되었다. 그렇다고 해도 당시 조선 사회에서는 쉬운 일이 아니었고 남편의 이해와 도움이 없었다면 불가능한 일이었다.

시댁이 아니라 어머니 곁에서 살게 된다는 것!

이 씨는 고향으로 돌아와 친정에서 살게 되었다. 표면적으로 당시의 사회상에 비추어보면 이해하기 힘든 일이나 남편 신명화가 동의했기에 가능한 일이었다.

신사임당의 어머니 이 씨의 아버지 이사온이 작고하자 강릉의 친정에는 어머니인 최 씨 혼자 남게 됐다. 나이를 먹은 최 씨 혼자 남게 되자 돌볼 사람이 없게 되었고 외동이었던 이 씨는 유일한 자식으로서 어머니 최 씨를 보살펴야 할 처지가 됐다.

아버지 신명화는 진심으로 어머니 이 씨를 사랑했다.

당시의 가풍이나 사대부 가문의 흐름에서 쉬운 일은 아니었지만 신명화는 자신의 부인에게 닥친 딱한 사정을 부모님에게 말씀드려 강릉으로 가서 어머니를 보살피도록 했다. 신명화의 부모님도 흔쾌히 배려를 하여 이 씨를 강릉으로 내려 보내도록 했다.

긴 시간이 예정되어 있었다. 누구도 시간이 어찌 흐를지 알 수 없는 일이었다. 하루 이틀 보내야 하는 일이 아니었다.

시간은 속절없이 흐르고 이 씨가 강릉으로 내려와 친정어머니를 모시게 된 지 6개월을 넘어 1년이 되자 며느리가 없는 집안에서 시아버지와 시어머니의 살림살이가 힘들어지게 되었다. 부모를 모셔야 하는 남편 신명화의 입장도 어렵게 되었다.

신명화가 강릉에 내려왔다.

"한양의 집안 사정이 이러하니 이제 그만 한양으로 올라가는 것이 어떻겠소?"

신명화의 목소리가 간곡했다.

이 씨의 입장도 가볍지 않았다.

한양 시댁의 살림살이가 문제이기는 하지만 강릉에 늙어 거동조차 어려운 모친을 내버려 두고 떠난다는 것도 있을 수 없는 일이다.

참으로 난감한 일이 아닐 수 없었다.

"여보, 미안해요. 상공의 말씀이야 백번 옳으신 말씀이오만 여기 강릉에 혼자 계시는 어머니의 처지를 생각하지 않을 수 없답니다. 낳아주시고 길러주신 어머니십니다. 천지간에 혈육이라고 저 하나뿐이지 않습니까? 어머니를 두고 제가 그냥 떠나면 그것이 어찌 불효가 아니라 말할 수 있겠습니까? 당신께서는 나를 당신 몸처럼 사랑하고 있으십니다. 그러하니 한양의 부모님께 잘 말씀드려 이 어려운 난국을 해결해 주시면 감사하겠습니다."

이 씨는 간곡하게 부탁할 수밖에 없었다.

자신이 어머니를 두고 강릉을 떠난다면 어머니의 수발은 누가 들 것이며 늙은 어머니께서 갑작스러운 변고라도 만난다면 어찌할 수 있단 말인가. 신명화가 고개를 끄덕였다.

"내 익히 눈으로 보았으니 당신의 입장을 잘 알겠소. 우선은 당신 생각대로 하시구려. 내 한양으로 가서 부모님께는 잘 말씀드려 보겠소이다."

어려운 말이다. 한 가문의 아녀자로 시집을 가면 뼈를 묻으라고 배운 사대부 가문의 여식이다. 남편에게 친정어머니의 수발을 위해 시부모를 설득해 달라고 말하기란 쉬운 일이 아니었을 것이다. 그처럼 신명화는 아내를 사랑하고 아꼈다.

신명화가 고개를 끄덕였다. 처음 강릉으로 내려올 때는 아내를 설득하여 한양으로 데리고 갈 생각이었다. 그러나 모든 것이 생각처럼 되는 것은 아니다. 신사임당의 아버지 신명화는 어쩔 수 없이 아내를 강릉에 두고 혼자서 한양으로 향했다.

원치 않는 상황이지만 효도로 시작된 신명화와 용인이씨의 별거는 무려 16년이나 지속됐다.

이 씨와 신명화의 별거는 부모님께 효도하고자 하는 아내의 마음을 알고 어려운 결단을 내린 신명화의 판단이었다. 한 번 출가를 하면 시댁에 뼈를 묻어야 하는 당대의 풍습으로서는 담대하고도 현명한 처사였다. 조선의 명문가라 하여도 쉽지 않은 결정이었고 당시의 풍습으로는 힘든 결정이었다.

강릉과 한양의 먼 길, 신명화는 아내와 자식에게 소홀하지 않았다.

신사임당의 아버지 신명화는 서울에 살았지만 매년 잊지 않고 거른 적이 없이 강릉을 찾았다. 매년 한 차례씩 700리의 멀고도 험한 길을 걸어서 강릉을 다녀가는 것을 쉬지 않았다. 16년의 세월동안 한 해도 거름이 없었다. 몸이 아픈 해도 있었고 여러 가지 상황이 어려움을 주는 경우도 있었지만 강릉을 거른 적이 없었다.

며칠 사이에 같은 행동을 16회 반복하기는 쉽지 않다. 며칠 사이에 일어나는 일도 차질이 생기고 어려움이 발생하면 변화가 생기기 마련이다. 16년 동안 같은 결정을 하고 차질 없이 강릉을 찾는 것은 그야말로 소설에서나 읽을 수 있는 이야기 같은 일이다. 마음이 있어도 몸이 따라주지 않거나 천재지변으로 변화가 일어나기도 하는 것이다. 같은 일을 16년 동안 반복한다는 것은 여간 정성이 아니다. 신명화의 이씨에 대한 사랑이 없었다면 생각조차 할 수 없는 일이다.

부부는 이런 것이다.

사랑을 바탕으로 신뢰가 없다면 올바른 사랑은 이루어지지 않고 유지되기 힘든 것이다. 두 사람은 두 개의 몸이지만 하나의 정신으로 합쳐지는 것이다. 남편이 아내의 모자람을 보충하고, 아내가 남편의 부족함을 가려주어야 한다.

사임당은 오래도록 부모의 처신과 사랑을 바라보며 살았다. 비록 떨어져서 살았다고는 하나 부모가 어찌 사랑하고 아끼며 이해하고 보살피는 마음을 가지고 살아가는지 알고 있었다. 사임당에게 부부의 관념은 확실하게 정립되어 있었다.

부부의 인연은 시작되었다. 처음 만난 사람, 이전에도 본 적이 없고 들어본 적도 없는 사람, 그 사람이 바로 남편이었다. 어제는 남이었으나 이제는 부부로서, 남편이 된 남자. 그것이 앞으로 살아가며 이해하고 아껴야 할 평생의 반려자였다.

사임당에게 남편이라는 존재는 아버지와 같은 사람이어야 했다.

혼례를 치르고 초야가 다가왔다. 초야는 이전과 다른 세월의 시작이었고 미래에 대한 새로운 설계가 필요했다. 그녀는 첫날밤을 맞으면서 남편이 어떤 사람인가를 알고 싶었다. 그것은 어찌 보면 당연한 것이기도 했다. 자신과 평생을 같이 해야 할 남편이 어떤 사람인지 알고 싶은 것은 당연했다.

초야는 새로운 시작이다. 조선의 결혼 풍습에서 초야는 복잡하고 길기만 하다. 많은 하객들이나 처녀, 친척들은 신부와 신랑이 초야를 치를 방 밖에서 오래도록 지킴이를 하다가 돌아간 후에야 합방이 가능하고 신랑은 주변 사람들에게 시달리다 들어온다.

신부는 오랜 시간 신방에서 남편이 오기를 기다려야 했다. 신랑은 방에 들어오면 신부의 옷고름을 풀어주고 편히 잘 수 있도록 신부복을 벗겨주어야 한다. 신부는 신랑이 들어올 때까지 기다려야 한다.

모든 과정이 끝났다. 조용한 시간이 되자 신사임당은 남편이 된 이원수를 마주하고 입을 열었다.

"상공, 우리는 이제 부부가 됐습니다. 제가 알고 있는 부부라는 것은 두 사람이 하나가 되는 것입니다. 마음과 몸이 모두 같은 길을 가는 것이지요. 그래서 저는 상공께 알고 싶은 것이 있습니다만…"

적이 당황하는 이원수였다.

사실 조선 시대의 풍습에서 초야는 여인에게 많은 의미가 있었다. 새로운 시작이라는 의미가 있기도 하지만 여자의 일생이 결정되는 순간이기도 했다. 이 순간이 지나면 그녀는 조선의 풍습대로 삼종지도를 지켜야 한다.

조선의 풍습, 삼종지도!

어려서는 애비를 따르고, 결혼하여서는 남편을 따르며, 남편이 죽은 후에는 아들을 따르는 조선 여인의 삶이 바로 삼종지도였다.

여인이 초야에 남편에게 질문을 던진다는 것은 매우 당돌한 행동일지도 모르는 일이다. 그러나 신사임당은 자주적인 사고를 가진 사람이었고 가정 분위기가 그렇듯 심사숙고하는 것은 당연하지만 올바르다고 생각하면 주저하지 않았다.

이원수가 자세를 바로 한 것은 당연하다.

"글쎄, 무엇이 그리 궁금하오. 무엇이 그리 궁금한지 알 수 없으나 부인께서는 어서 말씀해 보시오."

신사임당은 자세를 바로 했다.

"상공, 소녀가 읽은 사서삼경 중 논어에는 이런 말이 있었습니다. 군자성인지미(君子成人之美)요, 불성인지악(不成人之惡)이고 소인반시(小人反是)라 했습니다만 이제 우리는 부부가 되었고 성현을 받들어 항상 군자 편에 서기를 원합니다."

성인군자가 아니라도 양반의 자제라면 사서삼경은 반드시 읽어야 하는 책이다. 또한 논어는 학문에 있어 반드시 읽어야 하는 책이다. 성현의 말이 적혀 있는 논어는 양반의 필독서이고 학문의 기본이라 할 수 있다.

비록 백수건달이라 해도 이원수가 알아듣지 못할 리가 없다. 내용은 모른다 해도 신사임당이 무엇을 말하고자 하는 바를 모를 수가 없다. 신사임당이 하는 말의 의미는 알 수 없지만 그 의도를 모르는 바는 아니다.

이원수는 조금이나마 표정을 굳혔다.

이미 혼인하기 전에 신사임당에 대한 이야기를 들었다. 그녀의 학문이 높고 깊으며 예술성이 있다는 말을 기억하지 못할 리 없다.

이원수는 무릎걸음으로 다가들어 신사임당의 손을 마주 잡았다.

이제 열아홉, 비록 그녀의 머릿속에 하늘을 우러르는 지혜가 있어도 꽃다운 나이의 여자가 아닌가.

그녀의 손은 부드러웠다.

이원수는 가볍게 고개를 저었다.

"이미 장인어른으로부터 당신에 대한 말씀을 많이 들었습니다."

신사임당은 이원수를 바라볼 뿐이었다.

"들자니 그대는 여인이라 하나 학문도 높으시고 혜안과 집중력도 높아 그림도 잘 그리시는 것으로 들어 알고 있습니다. 그뿐인가요? 더불어 서예에 뛰어난 바가 있으니 어디 학인이 부러우리요, 자수에도 이미 조예가 깊으시다고 합디다."

"그게…"

칭찬이 이어지는지라 신사임당은 얼굴을 가볍게 붉혔다. 칭찬을 들어보지 못한 것이 아니라 낭군이 될 사람이었기 때문이다.

이원수가 자세를 바로 했다.

"창피한 일이지만 저는 학문을 배울 기회를 가지지 못해 학문에 대하여 아는 것이 없습니다. 창피한 일이나 저는 무학(無學)입니다. 처음에 장인어른이 찾아오셨을 때도 익히 말씀드렸던 기억이 납니다. 저는 이미 말씀드린 바와 같이 그림을 배우거나 익힌 적이 없어서 그릴 줄은 모르지만 보고 감상하며 의미를 생각하는 것을 좋아합니다. 또한 글을 배우지 않았기에 쓸 줄은 모르지만 써 놓은 글을 읽기 좋아합니다."

신사임당은 묵묵히 이원수를 바라보았다.

이원수는 이미 말을 시작하였고, 속이거나 과장할 생각은 없었다. 지금 무엇보다 중요한 것은 있는 그대로를 말하는 것이라고 생각하였다.

신사임당을 바라보니 눈이 맑기만 했다.

"부인, 나는 아는 것이 없으니 당신에게 배우고자 하오. 앞으로 선생이 되어 많이 가르쳐 주시오. 내가 무슨 할 말이 있을까마는 지금으로서는 내가 할 수 있는 말은 이것뿐입니다. 당신이 내 말을 받아주신다면 하늘에서 내려준 복으로 알고 성심을 다할 것이오"

신사임당이 몸을 바로 세우고 가슴을 폈다.

"그럼, 상공께서는 과거시험조차 응해보지 않으셨습니까?"

"그야, 저에게는 과거라는 것이 언감생심(焉敢生心)이지요."

신사임당은 각오를 단단히 했다. 나름 생각한 것이 있었기에 자세를 바로 하고 정신을 차려 입을 열었다.

"이제 우리는 부부가 됐으니 곧 자녀가 생겨날 것입니다. 자녀가 태어난다면 잘 가르치고 훈육하여 백성을 이끌고 나라에 헌신하는 인물이 되어야 할 것입니다."

"지당한 말씀이오"

"자녀를 잘 양육하고 백성을 이끄는 사람이 되도록 하고자 한다면 먼저 부모가 배우고 익히고, 학문을 알아야 합니다. 부모가 학식이 있고 인격을 갖추어야 자녀가 올바로 배우고 되고 진리를 깨닫게 되는 일이 아닐까 합니다."

"부인의 말씀이 옳소 내가 어찌 딴소리를 하겠소"

이원수는 동감하고 있었다.

처음 본 사이이고 이제 막 혼인을 한 사이다. 새색시로서는 이른 말이라 할 수도 있지만 그녀의 말이 틀리다고는 생각하지 않았다.

배우지 못했다고는 해도 지혜가 없는 것은 아니다.

남편이 동조하자 신사임당은 더욱 목소리에 힘을 실었다.

"부모가 올바로 서야 자식이 올바로 서는 것 아니겠습니까? 그러하오니 상공께서도 이제부터라도 학문을 익히셔야 합니다."

"제가요?"

"예, 늦었다고 생각하지 마십시오. 비록 시작이 늦었다고 하더라도 그 끝은 있기 마련입니다. 늦게 시작하였다고 반드시 늦는 것도 아니지요. 시작이 반입니다. 그러니 지금부터라도 열심히 글공부를 해야 하옵니다."

"하지만 너무 늦지 않았소? 하고 싶지 않아서가 아니고, 하기 싫다는 말이 아니요. 너무 늦은 것이 아닌가 하는 두려움 때문이요."

"늦었다고 생각하는 때가 가장 적절한 시기라고 하지요. 상공은 이제라도 시작해서 비로소 깨우쳐야 하고, 머무르거나 회피하지 말고 정진해야 합니다. 학문에 늦음은 없습니다. 학문을 익혀 기회가 되면 주저하지 마시고 과거 시험도 봐야 합니다."

"과거 시험이요?"

"상공께서는 그럴 용기가 있으신지요? 아니, 용기가 아니라 당연히 기회가 있다고 믿습니다. 상공께서는 반드시 그리해야 하옵니다. 어떤 어려움도 참고 이겨내셔야 하옵니다. 상공을 믿고 뒷바라지를 하겠습니다."

사임당의 목소리에는 결연한 의지가 담겨 있었다. 처음에는 담담한 말투였으나 그 목소리는 점차 힘이 실렸고 당위성을 내포하고 있었다.

부르르

이원수는 가볍게 몸을 떨었다.

가녀린 여자의 몸이라고 생각했었다. 이미 그녀가 어떤 재주가 있으며 어떤 지혜가 있는지 들어 알고 있었다.

이토록 결연한 의지라니!

신사임당이 어느 정도의 강한 의지를 가진 여자라는 것은 알 수 없었다. 누구보다 뛰어난 여자일 것이라 생각했다. 그러나 이토록 의지가 굳을 것이라 생각하지는 못했었다.

이원수로서는 겁이 나는 일이기도 했지만 가슴속 깊은 곳에서 피가 끓어오르는 말이기도 했다.

무릎이라도 꿇고 싶어졌다.

이원수는 목소리에 힘을 주었다.

"해보겠습니다."

그의 당당한 목소리와는 달리 신사임당의 가슴은 무너져 내리고 있었다. 눈앞에 남편을 보고 있지만 암흑 속을 걷는 것처럼 캄캄했다.

'아버지!'

탄식이 터져 나오려 해서 겨우 입술을 깨물었다.

모든 꿈이 사라지는 것 같았다. 그동안 꿈꾸어 왔던 남편이라는 존재는 생각과 전연 달랐다. 겉모습이 헌앙하다고 속도 꽉 찬 것이 아니었다.

아버지가 원망스러운 것은 아니지만 하늘이 노랗게 보이고 모든 것이 무너져 내리는 것만 같았다. 남편이라는 존재가 이토록 허망하리라고는 생각지 않았었다. 겉모습만 환하지 속은 텅텅 비어 있는 허수아비, 그 허수아비 같은 사람이 남편이었다. 단 한 번도 생각해보지 않았던 남편의 허상.

모든 것이 비극처럼 느껴졌다.

여자에게 혼인이란 꿈이다. 더구나 조선 시대의 사대부 가문이 아닌가. 사대부 가문의 여인으로서 잘 할 수 있기도 하지만 설령 못 한다고 할지라도 글을 익히지도 않은 남편이라니… 속이 텅텅 빈 허깨비 같은 남자를 남편으로 맞았다고 생각하니 목에 칼이 들어온 듯한 느낌이었다.

천붕(天崩)이라고 했던가?

하늘이 무너지는 것 같았다.

'아!'

절로 나오는 한숨.

생각지도 못했던 암초였다.

지금까지의 삶과는 전혀 다른 삶이 펼쳐지려 하고 있었다. 처녀 시절 부모의 사랑으로 기예를 익히고 학문을 익히며 살았다. 그러나 결혼과 더불어 살아온 인생과는 전혀 다른 안개 속으로 걸어가는 심정이었다.

지금까지와는 다른 삶이었다. 앞으로 살아가야 할 일이 어찌될지 아득하기만 해서 종잡을 수가 없었다. 결혼이 무덤이 될 것 같았다. 앞으로 남은 인생이 어둠처럼 느껴지고 인생 항로가 첩첩 산처럼 까마득하게 느껴졌다.

'아버지!'

비명처럼 떠오르는 생각.

아버지는 어떤 생각이 있어 이 백수 같은 남자를 남편감으로 데리고 나타난 것일까? 가문에 인연이 있었던 것도 아니다. 미리 이야기가 있었던 것도 아니다. 사랑하는 딸의 남편이라고 데리고 나타난 남자가 백수건달에 일자무식이라니!

하늘이 무너졌다.

그렇게 깊은 시름이 심장을 쓰리게 했다. 지금까지 발랄했던 세월이 스러져 가는 듯 느껴졌다. 무엇을 해야 할까! 어떻게 해야 할까?

앞으로 내 인생은 어찌 흘러가는 걸까?

하늘이 무너지는 비감 속에 빠져 있는데 불현듯 아버지의 얼굴이 떠올랐다. 아버지가 원망스럽지 않을 수 없다.

아버지가 앞길을 막는 것 같았다.

왜?

이해할 수 없는 일이다.

아버지는 무슨 생각을 하고 계신 걸까? 매사 강직하시고 일 처리와 사람을 대하는데 정확하신 분이다. 무슨 실수를 하신 걸까? 아버지는 왜 이 사람을 나의 신랑감으로 선정하셨던 것일까?

생각이 있으시다는 건가?

뭔가?

무엇인가?

머리를 쥐어뜯고 싶었다.

'가만…'

불현듯 머리를 스치는 생각.

언젠가 어머니께서 들려주셨던 아버지의 얘기가 떠올랐다.

오래전 이야기였다.

외할아버지께서 친구 분과 약속을 하셨지만 피치 못할 일이 생겨 지켜내지 못했다. 사람이 살다 보면 생각지도 못했던 일이 생기는 법이고 때로는 눈앞에 두고도 하기 싫은 일이 있는 법이다.

외할아버지가 그랬다.

친구와 만나기로 약속했는데 불현듯 불길한 생각이 들어서인지 길을 나서서 친구에게 가기가 싫었다.

신사임당의 외할아버지인 이사온이 사위인 신명화를 불러들였다. 그때까지도 이사온은 사위가 어떤 사람인지 정확히 알지 못했던 것 같았다.

이사온이 자세를 바로 했다.

"여보시게, 신 서방. 편지 한 장 쓰시게."

"무슨 편지를 쓸까요?"

신명화는 정중하게 되물었다.

"오늘 내가 친구를 만나기로 했는데 내키지 않는구먼. 그러니 오늘 부득이하게 그럴 수밖에 없지 않나? 내가 매우 독한 감기에 걸려 거동이 불편하고 폐부가 편하지 않으니 오늘의 약속은 부득이하지만 뒷날로 연기하자고 쓰시게."

"아버님, 저는 그런 편지 쓸 수 없습니다."

신명화가 도리질을 했다.

사위의 반응은 생각 밖이었다. 이사온으로서는 사위의 그런 반응이 지나치다고 생각할 수도 있었다.

이사온이 정색으로 되물었다.

"이보게, 그게 무슨 말인가?"

신명화가 가볍게 허리를 숙이고 펴더니 입을 열었다.

"진짜 편찮으시다면 제가 어찌 편지를 쓰지 않겠습니까?"

"그런가?"

"네, 제가 알기에 아버님은 아프시지 않습니다."

"그래, 난 아프지는 않아."

"그래서 편지를 쓸 수 없습니다."

신명화가 정확하게 대답했다.

"뭐 말인가?"

"아프신 적도 없고 아프시지도 않으신데 아프다고 핑계를 대고 약속을 지키기 싫으셔서 칭병하시는 것은 옳으신 일이 아닙니다."

"그럴 수도 있는 일 아닌가?"

"그럴 수 없습니다. 그런 일을 저는 할 수 없습니다."

"허, 참."

"또 있을 수 없는 일입니다. 어떠한 경우라도 약속하셨으면 부득이한 경우라도 약속을 지키셔야 합니다. 지키시려고 노력이라도 하여야 하지 않겠습니까? 만약 약속을 지키지 못하셨거나 부득이하게 지키시지 못하면 사과를 하시는 것이 옳다고 생각합니다. 약속을 어기는 것은 매우 잘못된 일입니다. 약속을 지키지 않으면 잘못이고, 거짓으로 피하시면 잘못으로 끝나는 것이 아니고 거짓이 다시 거짓을 낳게 되니 이 모든 것이 거짓의 악순환이지요. 이 같은 일은 의당 학문을 익힌 군자가 할 일이 아닙니다."

장인의 말이라 해도 물러서거나 불합리함에도 고개를 끄덕거릴 신명화가 아니었다. 당당하고도 논리 정연한 반박에 장인 이사온은 고개를 숙이고 말았다.

신사임당은 자신의 부친이 얼마나 정당하고 옳은 일을 추구하는 사람인지 생각했다. 불의와 타협하는 사람이 아니었다. 비겁하지 않았고 이익을 위해 허리를 숙이지도 않았던 아버지였다. 옳은 일에 대해서 물러섬이 없고 항상 정정당당하셨던 아버지였다.

그런 아버지가 택한 남편이 아닌가.

아버지에 대해서는 누구보다 신사임당 자신이 잘 알고 있었다. 자식에 대한 사랑도 남다른 분이라 목적이 있을 수 없었다. 만약 아버지에게 신랑감을 구해온 목적이 있다면 딸을 이해하고 잘 보살피며 딸이지닌 재능을 살려줄 남편감을 찾았을 것이다.

밤이 지나고 있었다.

달리 생각하면 초야가 암울하게 흘러가고 있었다. 기대에 부푼 밤이무너져 내리고 있었다. 그러나 그 어둠 속에서 희망을 찾아야 했다.

아버지가 찾아온 남편.

이유가 있을 것이다.

'아버지만 같았으면 좋으련만…'

신사임당의 자매들은 모두 외가댁에서 자랐다. 당시의 사회에서는흔한 일이 아니었다. 더구나 친가와는 먼 강릉이다. 따라서 아버지는서울에서 살고 자녀들은 강릉에서 살았다. 자연스러운 일이지만 남매들이 자라면서 익숙해지도록 아버지가 서울에서 오지 않아 집을 비우는 일이 많았다.

아버지는 1년에 한 번 강릉으로 어머니와 자식들을 보러 오셨다. 아버지의 사랑은 각별했다. 자식들을 아꼈고 1년에 한 번 오면 애정을보이셨다.

애정과 잘못은 다르다.

그처럼 같이 지내지 못하고 강릉에 1년에 한 번 오시지만 잘못된 일이 있거나 행동거지가 잘못되면 엄하게 꾸중하셨다. 옳고 그름을 명확히 하셨다. 오히려 더욱 엄격했다. 어떤 경우라도 옳은 것은 옳은 것이고 틀린 것은 틀린 것이다. 아버지 신명화에게 옳고 그름은 명확한 선을 가지고 있었다.

부부는 한집에서 사는 것이다. 어머니 이 씨는 1년이 넘도록 아버지 신명화와 시댁이 있는 한양을 떠나 있으면서 외할머니의 병수발을 들었다. 외할아버지 이사온이 죽고 외할머니는 혼자 살아야 했기에 도움이 필요했다. 어머니 용인이씨 외에는 돌볼 사람도 없었다. 그랬기에 병간호를 할 수 있는 사람의 도움이 필요했다.

신명화는 옳고 그름을 알 뿐 아니라 정의도 아는 사람이었다. 이 씨 또한 효심이 깊은 사람이다. 어머니는 전후 사정을 있는 그대로 밝히고 사람 도리를 논하며 자신의 행동에 대한 이해를 구했다. 자신이 왜 강릉에 남아야 하는지 남편의 대답을 구했다.

부모를 돌볼 자식이 없는 무남독녀의 처지.

용인이씨는 있는 그대로 사실을 밝히고 신명화의 결정을 구했다. 신명화는 처가가 어떤 처지인지 잘 알고 있었다. 아내가 홀로 남은 어머니를 남겨두고 떠날 수 없음을 설명하였다. 신명화는 아내를 사랑했고 곁에 두고 싶어 했지만 아내의 사람됨과 효심을 알기에 결정을 했다. 아내를 친정에 남겨 부모를 돌보게 했던 것이다. 그 결정이 무려 16년이라는 긴 세월 동안 별거하는 계기를 가져왔다. 그 길고긴 별거의 시간도 아버지 신명화의 올곧음으로 인해 그리된 것이다. 당시 조선의 사대부 가문에서는 있을 수 없는 일이었다.

아버지, 그는 올바른 판단을 하는 사람이다.

신사임당으로서는 아버지를 믿어야 했다. 아버지는 어떤 근거를 바탕으로 이런 판단을 하고 무엇을 근거로 하여 이 백수를 사위로 선택했던 것일까.

사임당은 재기 발랄한 여자였다. 당시 사회에서 보기 드물게 뛰어난 사람이었다. 그러한 측면에 비추어 사윗감인 이원수는 어떤 잣대를 들이대고 비교하며 살펴보아도 재주 넘치고 재기 있는 사임당의 남편감으로는 적당하지 않은 인물이었다. 신사임당이 아니라 누구라도 그런 생각을 했을 것이다.

'아버지!'

신사임당은 이를 악물었다.

조선의 풍습에 여자의 인생은 남자에게 매여 있다. 오죽하면 여자 팔자 뒤웅박 팔자라고 했을까. 신사임당이 그런 이치를 모르는 바가 아니다.

그동안 읽어왔던 수많은 책이 머릿속을 스쳤다. 조선의 여인들에게 족쇄 같은 글귀가 떠오르기도 했다. 아녀자라면 읽어야 하는 내훈(內訓)을 떠올리며 새카맣게 타들어가는 가슴을 다잡고 명심보감의 삼종지도(三從之道)를 생각해야 했다.

조선의 여자라면 반드시 따라야 하니 삼종지도라!

어려서 애비를 따랐으니 이제 남편을 따라야 한다. 여자가 혼인하게 되면 남편을 따라야 옳은 것이다. 더구나 좋은 남편감을 구하기 위해 애썼을 것이니 그 결정이 잘못되거나 조금 부족하다는 이유로 아버지를 탓하거나 원망해서도 안 된다.

자식이 잘되지 말기를 바라는 부모는 없다. 아버지는 많은 생각을 하고 적지 않은 노력을 들였을 것이다. 더구나 가장 사랑하는 둘째 인선을 위한 남편감을 고르는 일이었다. 자식이 잘되도록 희망하셨을 것이고 신랑감을 찾아내는 과정에서도 갖가지 지혜를 모두 동원하였을 것이다. 그래서 올바르다는 판단을 하고 남편감을 선택했다.

무언가 결정의 요건이 있었을 것이다. 만약 무언가 잘못이 있어 결정이 잘못됐다면서 부모를 원망하면 돌이키지 못할 불효가 된다.

가슴이 타는 일이다. 그래도 어쩔 수 없다. 그동안 끊임없이 익혀왔던 사서삼경 어디에도 남편감이 모자란다는 이유로 부모의 뜻을 거슬러도 된다는 말은 없다.

하늘이 무너질지라도 원망은 하지 말아야 한다.

'아버지!'

오늘 도대체 몇 번이나 아버지를 되뇌는지 알 수 없는 일이다.

신사임당은 이를 악물었다.

부모는 하늘이요, 원망의 대상이 아니다. 오늘의 나를 있도록 해준 분이다. 나에게 살과 뼈를 주고 영혼을 주신 분이다. 어떤 경우도 원망이란 있을 수 없는 일이다. 그분이 있었기에 오늘의 내가 있다. 그분이 사람을 살핌에 설령 해서는 안 될 실수를 하였고 남편감을 잘못 선택하여 가슴이 아프고 인생이 불투명하고 앞으로 모든 일이 어그러진다 하여도 그 모든 것은 아버지의 잘못이 아니다. 이 모든 것은 아버지의 잘못이 아니고 받아들여야 할 업보다.

'그래, 운명이야.'

운명론자가 된 건 아니다. 그러나 생각이 일정한 결정과 마음속의 큰 흐름에 이르자 답답하던 가슴이 뻥 뚫어졌다.

'그래. 내가 갈 길이야.'

마음이 홀가분해졌다.

문득 어머니의 모습이 떠올랐다.

어머니 용인이씨는 살아가며 때때로 어려운 일에 부딪히거나 어려운 일이 생기고 마음이 안정되지 않으면 뒷산에 올라 선조님들의 묘를 향해 두 손을 모아 합장하고 마음 가득 담은 기원을 올리곤 했다.

사임당 역시 본능적으로 어머니의 마음이 되었다. 아마도 처음으로 어머니의 심정을 깨닫는 것 같았다. 신혼 첫날이라 남편이 된 이원수가 앞에 앉아 있어 행동으로 할 수 없지만 마음으로는 두 손을 모으고서 기원을 올렸다.

"하늘이시여, 땅이시여, 조상님들이시여, 이 가문의 딸 인선이가 조상님들에게 간절한 마음으로 기원 올립니다. 오늘 저는 혼례를 치르고 이제 남편을 맞이합니다. 조상님들이 저에게 보내주신 남편 이원수에게 만복을 내려 주시옵소서. 조상님들께서는 아직 세상의 이치를 익히지 못한 제 남편에게 땅을 파면 곡식이 자라는 듯한 지혜를 주셔서 번개에 불현듯 깨닫는 것처럼 학문과 세상의 이치에 눈을 뜨게 하옵시고, 아직 세상에 나아갈 기회조차 잡지 못한 제 남편에게 세상을 깨닫고 이 세상에서 사람과 가문을 위해 사는 지혜를 깨닫게 하여 주시옵소서. 아직 앞으로 나아가지도 못했사오니 앞으로 나아가면 하는 일마다 꼭 성취되게 하여 용기를 가지고 이룰 수 있도록 기회를 주시옵소서. 살아가며 허리를 꺾고 슬퍼하는 어려운 일에 맞닥뜨리지 않게 조상님 두루두루 도와주셔서 하고자 하는 일이 만사 순풍에 돛단배처럼 바다에 나아가듯 일취월장하여 물러섬이 없이 앞으로 나아가도록 하나의 마음으로 도와주옵소서. 옛 말씀에 이르기를 선인선과(善因善果),

악인악과(惡因惡果)라 했으니 반드시 옳은 일만 계속될 수 있도록 도와주십시오. 살아가며 많은 일을 겪겠지만 일신의 복을 주사 선한 일만 하게 하여 주시옵고, 마음이 아프고 타인에게 해를 끼치는 악한 일은 몸 가까이에 다가오지 않도록 멀리하게 하여 주십시오. 이제 가문을 일으킬 수 있도록 저에게 학문에 뛰어나고 정의를 아는 천재 아들과 다소곳하고 정숙하며 올바름을 아는 딸을 점지하여 주시옵소서. 남편과 저의 몸을 빌려 태어나는 아이들이 나라를 위해, 백성을 위해 큰일 하게 하여 주시옵소서. 비나이다. 비나이다. 조상님과 천지신명께 충심으로 두 손을 모아 비나이다."

어느덧 애간장을 녹이는 듯한 간곡한 기원이 끝나고 방문을 쳐다보니 어느덧 어디선가 닭이 우는 소리가 들리고 방문 틈으로 여명이 밝아오고 있었다.

일생에 단 한 번뿐인 혼인 초야는 이렇게 우려와 곤란함, 절망과 기원이 가득한 기도와 소망을 싣고 서서히 밝아오고 있었다.

5
인생의 황금기

인생이란 애초에 꿈을 꾸었다고 생각대로 이루어지는 것이 아니다. 인생이 그러하니 혼사라고 그럴까. 신명화도 그렇다. 막상 뚜껑을 열고 보니 자신이 생각했던 것과 달리 부족함이 느껴졌다. 그것은 마음속에서 드러나는 부족함이기도 했다. 어찌 보면 다급하게 치러진 혼인이다. 금쪽같은 딸을 멀고 먼 땅 한양으로 보내고 싶지 않았다.

불현듯 결단을 내렸다.

조선 사회에 내훈은 엄격하다. 삼종지도를 어기는 것은 양반가에서 있을 수 없는 일이다. 부모를 모시지 못했다는 추문이 생길 수도 있다. 남편을 섬기지 못했다는 허물이 생길 수도 있는 일이다.

결정이 필요했다.

태어나서는 아버지를 따른다는 부모탁(父母托)은 이 세상의 모든 자식이 지키는 일이다. 가르치지 않아도 이루어지는 일이다.

남편탁(男便托)이란 혼인이 허용하면 이루어진다. 사대부 가문의 여식이라면 이는 당연한 것이다. 남편을 맞으면 남편을 따르는 것이니 이것이 순종이고 여인의 인생이다. 그 누구도 거역할 수 없는 인생이다. 이를 어길 사대부가의 여식은 많지 않다.

마지막을 자식탁(子息托)이라 했다.

어려서부터 효심으로 살아온 어머니를 정성으로 모셨다. 어머니의 효심을 보고 배웠으므로 역시 효심이 깊었다. 오래도록 배우고 익힌 것이 효도가 아니던가. 1년에 한 번 강릉에 내려오는 아버지라고 해도 정의를 배우고 올바름을 익혔다. 학문과 그림은 그에 따른 결과물일 뿐이다.

내훈(內訓)의 말씀을 익히고 배운 심사임당이다. 어떠한 경우에도 거스를 아이가 아님을 신명화는 누구보다 잘 알고 있었다. 입으로 말을 해서 아는 것이 아니다. 나이가 들면 인생을 안다. 말을 하지 않아도 안다. 비록 내훈의 가르침을 따른다고 해도 숨기기 어려운 것이 있다. 말을 하지 않지만 신사임당의 얼굴에는 그늘이 스며들어 있었다. 불만족을 드러내는 그림자가 그려졌다.

'무언가 있다.'

머리를 스치는 생각에 불현듯 어지러웠다.

신명화는 잔망스럽지 않은 딸이 늘 사랑스러웠다. 문득 바라보니 혼인 초야를 지낸 딸의 얼굴에는 그늘이 드리워져 있었다. 자신이 모르는 무엇인가가 딸의 가슴을 짓누르고 있었다. 그렇다고 어떤 이유인지 물어볼 수도 없는 노릇이다. 때로 부모라 하나 물을 수 없는 것도 있다. 어린 나이라 하나 내훈을 알기에 더욱 입을 열지 않을 것이 분명했다. 그것이 안타까웠다.

전에 없는 일이라 더욱 가슴이 무거웠다. 항상 웃는 낯을 보이던 인선이었다. 감정을 드러냄에 있어 항상 신중했던 딸의 모습에서 신명화는 예상치 못한 기류를 보았다. 항상 신중하던 딸이었기에 감정을 드러냄에 경솔하지 않았다. 그러나 하룻밤을 지낸 딸의 얼굴은 전과 달랐다. 학문을 익히고 미를 탐구하는 눈빛을 보여주었던 사임당의 얼굴 표정이 예전과는 너무도 달랐다. 아직 남편이 누구인지 알 수 없고 결혼의 삶이 무엇인지 알 수 없다고는 하나 지금의 표정은 생각과 너무 달랐다.

하루 만에 일어난 일이다. 혼례를 치르고 하루 만에 그런 얼굴을 보이는 딸의 모습에서 신명화는 무언가 잘못되고 있음을 알아차렸다. 아직 저간의 상황은 알 수 없지만 마음의 결정을 내려야만 했다. 딸의 얼굴에 새겨지는 어두운 그림자가 신명화의 마음을 흔들었다.

예상치 못했던 일이다.

'뭐란 말인가? 이 기분은…'

매사 공명정대함을 지니고 있으며 당당하고 사람을 대함에 올곧았던 신명화는 딸의 마음에 걸리는 것이 있음을 알고 결단을 내려야만 했다. 그것은 본능적으로 알 수 있는 일이기도 했다.

혼인을 치르고 며칠이 지나자 신명화는 이원수를 불렀다.

이원수는 한양 집으로 돌아갈 생각을 하고 있었다. 조선의 풍습이 그랬다. 신부 집에서 혼례를 마치면 초야를 지내고 일정 시간이 지나면 남편의 집으로 가는 것이다. 이원수의 행동은 당연한 수순이었다.

신명화의 부름에 이원수는 단정한 표정으로 마주 앉았다.

신명화는 주저하지 않았다.

"사위, 신행 준비는 어떤가?"

"수일 내에 한양에 도착하면 합니다."

"여보게 사위, 한양 신행은 내년으로 하고 먼저 상경하도록 하시게."

"무슨 말씀이신지요?"

이원수의 의아함은 당연하다. 양반가에서는 있을 수 없는 일이었다. 신명화는 눈을 바로 뜨고 자세도 바로 했다.

"내가 혼례를 서두른 것이 사실이네. 그저 마음만 급했던 것 같네. 이제 시가에 보내려고 하니 마음에 걸리는 것이 하나 둘이 아니로구먼."

"무슨 말씀이신지요?"

"시간이 더 필요한 것 같네. 마음이야 바쁘지만 어디 상황이 그런가. 내훈 공부가 필요하다는 생각이네. 어디 혼례만 치렀다고 한 사람의 아내가 되는 것은 아니지. 아직 부족하니 살림살이 준비를 하고 보내겠네."

"한양에서는 어머님이 기다리십니다."

이원수로서도 할 말이 있었다.

"알고 있네. 하지만 내 간곡한 부탁이니 자네가 먼저 돌아가 기다리시는 어머니께는 저간의 상황을 잘 말씀드려 주게나. 어머니 또한 며느리를 기다리실 터인데 섭섭하실 것이니 자네가 마음에 누가 되지 않게 간곡하고 진솔하게 어머니에게 잘 설명해 주시게."

이원수에게는 청천벽력이다.

신명화의 단호한 한마디로 사임당에게 마음의 여유를 주게 했다. 그것만으로도 신사임당에게는 마음의 평화를 주기에 충분했다.

이원수는 장인의 말을 이해하고 한양으로 돌아가야 했다.

한양에서는 이원수의 홀어머니가 아들이 돌아오기를 기다리고 있었다. 조선의 혼례는 처가에서 치러지고 아들은 초야를 치르고 날을 잡아 신행을 하기 마련이다. 이 며칠이 홀어머니에게는 기나긴 날과도 같았다.

일각이 여삼추라. 홀어머니는 며느리가 오기만을 초조하게 기다리고 있었다. 그토록 속을 썩이고 마음을 졸이게 하던 아들이 며느리와 함께 올 것이라 생각하니 마음이 놓이고 덩실덩실 춤이라도 출 것 같았다. 이제 겨우 한시름 놓은 것 같았다. 아들을 결혼시키지 못할까 두렵고 가슴이 미어지도록 졸이던 날들이었다. 더구나 일전에 보았던 점술가의 말이 귓가를 울리고 있었다. 집안을 받칠 며느리가 온다고 하지 않았던가! 자식이 다시 자식을 낳으면 하늘을 받칠 대학자가 난다고 하지 않던가! 그것이 사실이 아니라도 기대는 있는 법이다.

"아이야, 어서 오너라."

생각할수록 한이 스몄다.

덕수이씨라는 가문에 어울리지 않게 그녀의 가정은 빈한함과 박복에 시달려야 했다. 아무리 양반의 가문이고 당대 세도하는 가문이라해도 남편이 없는 세상은 힘이 없었다. 지금도 그렇겠지만 조선 사회에서 청상은 살아가기가 만만치 않았다. 친정으로 돌아갈 수도 없는 일이고 자식이 있으니 키워야 했다. 조정에서는 당숙인 이기와 그 가문의 종자들이 득실거리고 힘을 지니고 있지만 홀어머니 밑에서 자란 아들에게는 자리가 오지 않았다. 그것도 마음이 아팠다.

아무런 관직조차 가지지 못하고 죽은 남편이다. 남편이 살아있다면 지금처럼 살지는 않았을 것이다. 남편은 관직에 나섰을 것이고 한직이라도 차지했을 것이다. 양반이고 관료의 아내라면 지금의 삶과는 전연 다른 삶을 살았을 것이다.

가문이 좋고 양반의 후손이라 해도 남편이 일찍 죽고 가진 것도 없으니 청상의 몸으로서 일족에게 대접을 받기가 어려웠다. 하늘을 원망할 수도 없는 일이다. 인명은 재천이라 하늘에 매인 인명을 어찌하라는 말인가! 남편이 일찍 죽은 것이 그녀가 원한 일은 아니다.

남편 이천(李蒇)은 너무도 일찍 세상을 떴다.

남편이 세상을 버리고 떠난 지 17년이 흘렀다. 이제 아들이 자라 며느리를 들이니 손자라도 낳으면 남편의 대를 이은 것이다. 그때를 생각하면 가슴이 벅차고 희망이 솟았다.

긴 세월이었다. 그 세월 속에 살아남기 위해 몸부림을 쳤다. 어린 자식, 남편이 남겨놓은 자식을 길러야 했다. 그러나 세월의 흐름은 무상하기만 했다. 길고긴 질곡의 흔적 속에서 인생살이가 꼬이고 엮여졌다. 인생의 뒤안길에 먼지가 쌓이고 오랜 세월 모래톱이 밀려와 쌓이듯 켜켜이 쌓인 인생무상이 무서웠다. 가난이 업으로 변해 버렸다. 세월의 무심함이 친족의 무심함과 다르지 않았다. 오랜 세월 밀려들어 삶을 장악해 버린 쪼들림이 이마의 주름을 새기고 한을 남겼다. 날이 갈수록 남편 없는 설움에 자식을 올바로 키우지 못했다는 마음의 고통이 항시 마음을 짓눌렀다. 아들이 나이를 먹으니 더욱 가슴이 아팠다.

세상인심이 야박하고 치사했다. 가문도 도움이 되지 않았다. 남자가 나이를 먹고 장성하면 가정을 꾸려주어야 한다. 아들은 이미 장성했지만 양반의 가문이라는 허울만 있을 뿐 가세가 기울고 백수건달이니 어느 가문도 마음을 주지 않았다. 친족들도 나서주지 않았고 어느 누구도 내 편이 되어주지 않았다. 아들은 이미 장성하였으나 혼사를 논하는 가문이 없고 시집오겠다는 색시가 없어 마음고생이 이만저만이 아니었다. 그렇다고 양반입네 내세우고 어느 가문에 매파를 보낼 상황도 아니었다.

이건 꿈이다. 갑작스럽게 들어온 혼인 제의였다. 제 발로 걸어온 신 붓감이었다. 그렇다고 해서 평민이나 노비의 자식도 아니다. 크게 벼 슬을 하고 조정에서 행세하는 가문은 아니라 하여도 번듯한 가문에서 먼저 혼인을 하자 하였으니 이건 꿈이고 횡재가 아닌가! 아니, 누구에 게도 뒤지지 않는 가문의 딸이다. 어린 나이에 이름을 떨친 재녀라고 하니 마음은 설레고 기대가 크다. 그래서 꿈이 아니기를 바랐고 더더 욱 마음이 불안하기만 했다.

"어머니, 조금 더 기다리셔야 할 것 같습니다."

며느리의 신행이 늦어진다고 한다. 혼례를 올린다고 아들이 강릉으 로 간 후에도 오래도록 불면의 밤이 찾아올 정도로 마음이 안정되지 않았었다. 무언가 잘못된 것이 아닌가 하고 마음이 두근거렸다. 신행 은 초야를 지내면 곧바로 이루어지는 것이 일반적이다. 그런데 신행이 한두 달도 아니고 6개월이나 늦어진다니 알 수 없지만 사단이 난 것이 아닌가 하는 의심이 마음속을 파고 들었다. 마음속에 걱정이 생겼다.

"혹시 우리 집안 형편을 세세히 알아내고는 파혼하려는 게 아닐까?"

걱정에 걱정이 겹쳤다.

이원수의 홀어머니는 이를 악물었다. 참아내야 한다. 버텨야 한다. 있을 수 없는 일이 일어난다면 참을 수 없는 일이었다. 그녀는 하늘이 노래지는 것을 느꼈다.

그녀는 다부진 여장부였다. 그녀에게 오래도록 행복이란 잊고 산 일 이다. 살아가야 한다는 것이 그녀에게는 당위성이었다. 남편이 세상을 뜬 그날부터 불행의 시작이라 하지만 주저앉아 꺼이꺼이 울고 살 수는 없었다. 남편이 병이 들어 일찍이 세상을 떠나자 결심을 해야 했다.

살아야 했다. 살아남아야 했다.

어린 자식을 기르고 대를 이어야 했다.

그녀는 과감하게 결정을 했다. 주저할 일이 아니었다. 산이 중첩된 파주에서는 먹을 것도 없었다. 파주는 깊숙한 산골이다. 시댁의 터에 눌러 산다면 그럭저럭 주변의 도움을 받을 수 있을지도 모르지만 퇴락한 가정을 일으키기는 어려울 듯싶었다. 조상이 물려준 땅이 조금 있지만 살아가는 데 도움이 되지는 못했다. 과감한 결정이 필요했다.

어머니는 강하다.

결정하기가 어렵지 결정하면 몸을 움직이기는 어려운 일이 아니다. 이를 악물고 살아야만 했다. 파주 시가를 떠나 한양으로 이사했다. 누구도 결정에 도움을 주지 않았고 혼자 결정하기에 힘겨운 일이었다. 겨우 다섯 살배기가 된 아들 이원수를 등에 업고 혼자 길을 떠나 서울로 이주를 했다. 친족 누구도 도와주지 않았고 누구의 도움도 받고 싶지 않았다. 한양이나 파주에는 조정에 출사하여 권세를 누리는 친척들이 득실거렸지만 그들 모자에게 신경을 써줄 친척은 없었다. 모든 것은 스스로 생각하고 결정해야 했다.

파주와 서울은 달랐다. 파주는 산골이고 농사를 지어야 먹고 산다. 서울은 다른 판단의 실효가 있을 것이다. 서울은 농사를 지을 땅이 없고 농사를 지어서 사는 곳도 아니다. 양반들이 득실거리고 오가는 사람도 많다. 예로부터 사람새끼 나면 서울로 보내라고 했다. 대비되는 말로 말은 제주로 보내라 했다. 사람으로 만들려면 서울로 보내라는 말이다.

이원수의 어머니가 그랬다. 파주의 깊은 산골에서 산을 일구고 들판에서 농사하며 그렇게 살아가기보다 사람이 많이 사는 한양으로 가서 주변 사람이나 친척들에게 의지하지 않고 혼자 살아갈 길을 찾아보려 했다.

한양은 파주와 달랐다.

홀어머니는 생존을 위해 서울에 뿌리를 내렸다.

그녀의 결정은 누구도 막을 수 없는 것이었다. 누구에게 의지하지 않고 살아가겠다는 다부지고도 억센 정신이 없었다면 불가능한 결정이었다. 억세고도 결연한 삶의 의지였고 굽히지 않을 심지였다.

한양에 정착하였다 하여도 앞날은 암울했다.

사람은 먹기 위해 사는 것이 아니다. 살기 위해 먹는다. 먹고살 만해진 다음에야 먹기 위해 산다고 말한다. 사람이 살기 위해 먹는 것이다. 먹고 살 궁리를 해야 했다. 입 벌리고 기다린다고 먹을 것이 생기는 것이 아니다. 우선 먹고사는 일이 중요했다. 다행스러운 것은 작으나마 고향에 땅이 있었다. 살아갈 양식은 물려받은 논에서 소량이라고는 해도 소출이 됐다. 당장에 먹고 살 쌀은 파주에서 날라져 왔다. 우선 끼니를 걱정해서 품팔이를 가거나 당장 굶어죽을 정도가 아니라는 것이 다행이었다.

계획을 세워야 했다. 한양으로 이사를 한 것은 사람답게 살고 아들을 넓은 세상에 내보내기 위한 것이다. 아들을 바로 키우고 세상에 내보내기 위한 것이다. 세상에 우뚝 서기 위해서는 배움이 필요했다. 학문을 익혀야만 양반 행세를 할 수 있었고 학문을 익혀야 과거를 볼 수 있었다.

조선의 사회에서 양반이 사람답게 산다는 것은 학문을 익히고 과거를 보아 조정에 출사하는 길이다. 아비 없는 자식이지만 세상에 우뚝 서게 만들고 싶었다. 어머니는 이원수를 그렇게 키우고 싶었다. 그래서 모진 마음을 먹고 한성으로 온 것이다. 거처를 마련하고 아들 가르치는 교육비를 마련해야 했다. 이를 악물어야 했다.

일을 찾았으나 아득하기만 했다. 젊은 나이에 서방을 잃은 젊은 과댁(寡宅)에게 주어지는 마땅한 일이 없었다. 양반의 아낙이라고 해서 '어서 오세요' 하고 일이 마구 주어지는 것도 아니다. 세상에 가난한 양반이 어디 한둘인가? 생존을 위해 무언가 해야 했다. 양반의 체통을 지키며 살아남고 아들을 키워야 했다. 살아남기 위해 일을 찾았다.

그래서 시작한 일이 떡장수였다.

조선 사회에서 젊은 여자, 그것도 양반집 과수댁으로서 돈벌이를 할 수 있는 일은 많지 않았다. 행여 언행이라도 바로 하지 못하면 지탄이 되고 가문의 먹칠이라는 소리를 듣는다. 그나마 양반집의 아낙이었으므로 바느질은 쉬웠지만 일거리가 매일 있어 먹고살 정도가 되는 것은 아니었고 대부분 양반가는 침모(針母)들이 있었다. 이집 저집을 두들겨 보아도 좋은 일이 손에 들어올 리가 없었다. 그렇다고 아무 일이나 덥석 잡을 수는 없는 일이다. 생선장수는 쌍놈의 일이었고 대부분의 험한 일은 그녀가 경험해 보지 않았을 뿐 아니라 상민들의 일이었다.

고민은 길었지만 결정은 빨랐다. 이원수의 어머니가 찾은 일이고 그녀가 할 수 있다고 생각한 일은 떡장수뿐이었다. 먹는장사는 예로부터 밑지는 일이 없다고 했지만 그것도 쉬운 일은 아니었다. 다행스러운 것은 떡이라는 것이 마침 집에서 많이 만들어 봤던 터라 마음이 편했다. 양반 가문이라 한때는 떡을 먹어본 적이 적지 않았고 만들어 본 솜씨가 있어서 손쉬웠다. 평민이나 상놈의 가문이라면 떡을 먹을 기회가 별로 없고 많이 만들어 먹지 못해 솜씨가 별로였을 것이나 양반 가문이라 떡을 먹거나 만들 기회가 있었다.

떡을 팔기로 결정했다. 다행히 별다른 시설이 필요하지 않았다. 노력과 부지런함이 있으면 가능한 일이었다. 떡을 맛있게 만드는 기술만 있다면 거칠 것이 없었다. 그렇게 어머니는 떡장수로 나섰다.

시장에 나가려 한다면 새벽을 잃어버려야 한다. 일찍 서두르지 않으면 늦는다. 시장에 나가는 사람은 아침잠을 버려야 한다. 꼭두새벽부터 일어나 쌀을 삶고 떡메를 치고 난 후 떡을 빚어 광주리에 담아 사람들이 많이 모이는 시장엘 간다.

떡장수의 삶은 고단하다. 그래도 이겨내야 했다.

새벽을 도와 만든 떡이다. 시장은 사람이 몰리는 곳이다. 일찍 서둘러야만 좋은 길목을 잡을 수 있다. 길바닥에 자리를 잡고 떡을 펼쳐 놓으면 준비는 끝난다. 부지런함이 반이다. 떡은 맛있게 잘 되었다. 사람들이 몰렸다. 시장에 장 보러 오는 사람들이 먹기 시작하며 맛있다고 소문이 나기 시작했다. 사람들이 장을 보러 왔다가 떡을 사가기도 하고 일부러 찾아오는 사람도 늘어 갔다. 때로 양반집에서 떡이라도 주문하는 날이면 신바람이 났다. 장사는 잘되었다. 다행히 떡 만드는 솜씨가 있었다.

그렇게 하루가 흐르고 이틀이 흘렀다. 생존의 의지는 더욱 타올랐다. 아들을 잘 키우고자 하는 열망과 대를 이어야 한다는 생존 의지가 더해져 하루하루가 흘러갔다. 하루가 이틀 같고 이틀이 한 달 같이 흐르기 시작했다. 어머니의 떡 장사는 오래도록 계속되었다. 그리고 그 하루하루가 모여 긴 시간이 되었다. 17년의 장구한 세월은 그렇게 흘러갔다.

아들 이원수가 장가들 나이가 넘었다. 이제 허리를 펴야지 하는 생각이 들었지만 떡 장사는 먹고 사는 일이고 삶이 되어 있었다. 그런데 악착같이 살아온 삶이 아들의 장가에 멍에가 되었다. 양반의 신분으로 떡장수 아들이라는 사실이 아들의 혼사에 방해가 되었다. 평민의 삶이라면 그럭저럭 흘러갔을 것이나 양반이라는 것이 문제였다.

어머니는 아들을 번듯한 가문에 장가들이고 싶었다. 비록 지금은 기운 가문이라 하나 뼈대가 있는 가문이었다. 언젠가는 가문이 펼 것이라 생각했다. 언젠가는 조상에게 자랑스러워지리라 생각했다.

현실은 달랐다.

"혹, 그 댁에 혼기가 찬 딸이 있으시오?"

"그렇소만, 왜 그러시오?"

"우리 집에도 나이가 혼기에 찬 아들이 있어서요. 이제 어미 된 도리로 아들의 배필을 구할까 합니다."

상대가 눈을 크게 떴다.

"그렇군요. 글쎄요, 그렇다 하지만 저의 집안에서는 내 딸을 댁의 아들에게 시집보낼 생각이 없소이다. 혹시 학문을 하여 과거에나 붙었다면 모를까."

시큰둥한 반응이 돌아오기 마련이다.

이 한마디는 가슴에 멍이 되었다. 퇴락한 가문이 아들의 혼사를 막았다. 남편 잃은 과부이며 떡장수라는 편견도 흠이 됐다. 하늘이 원망스러웠다. 자신이 원해서 과수댁이 된 것이 아니다. 사람은 예외 없이 누구나 죽는다. 남편의 명이 짧아 일찍 죽은 것이 흠은 아니다. 그러나 떡장수를 하는 양반의 아낙은 흠이다.

혼사를 이루기란 쉽지 않았다. 관직에라도 오른 번듯한 아들이라면 상황은 달랐을 것이다. 아들은 입장이 달랐다. 양반 가문의 자제라 하지만 학문과 거리가 멀었다. 늘 이곳저곳을 기웃거리며 백수로 어슬렁거리고 양반들의 자제와 어울리지 못하는 아들이었다. 양반 가문이라 좋건 싫건 주위에 친분이 있어도 딸을 줄 사람이 없었다.

아들은 아들대로 사람 구실이 멀어 보였다.

여명이 비치기 시작하면 어머니는 일을 시작한다. 겨울이 오면 더욱 고달프다. 추운 날씨에도 일을 해야 한다. 시린 손을 어찌할 바가 없어 입에서 허연 김을 호호 불어내며 잠자리에서 일어나야 했다. 그 추운 겨울날에도 쌀을 쪄서 떡방아질을 하다 보면 이마에서 비지 같은 땀을 뻘뻘 흘린다. 문득 고개를 돌린다. 사타구니를 벌리고 늘어져 자는 아들이 보인다. 어쩌면 이로 입술을 깨물 일이기도 하지만 아들은 내 맘 같지 않았다. 일어나 도와주기를 바라는 것은 아니다. 애타는 마음이 가슴에 방울처럼 맺힌다.

아들은 어미 마음을 몰라준다. 어미는 새벽부터 땀을 흘리며 방아를 찧고 추운 날이라도 마다하지 않고 시장에 나가 돈을 번다. 돌아보면 아들은 그곳에 있다. 그러나 늘 그곳에 있는 것은 아니다. 아들은 다른 날과 다름없이 지난 밤 늦게 들어왔다. 하릴없이 마을을 돌아치는 것이 일과이고 삶의 전부인 것처럼 보이는 아들이 그곳에 술이 덜 깨어 대팔자(大八字)로 늘어져 있다. 지난 밤 과음을 해서 늘어지게 코를 골아 댄다.

"아이고 내 팔자야!"

절로 나는 탄식. 그렇다고 죽을 수는 없는 일이다. 어떻게든 살아야 했다. 내가 살고 아들이 살아야 한다는 절박함 앞에 양반의 체면은 중요하지 않았기에 살기 위해 시장에 나가 젊음을 바쳤다. 죽을 둥 살 둥 모르고 발버둥치는 것이 좋아서 하는 행동이 아니다. 슬프더라도 해야만 하는 일이다. 아프더라도 해야만 한다. 그것이 살아가야 하는 길이다.

어머니는 문득 손길을 멈춘다.

아직도 할 일은 태산이다. 돌아보면 또다시 한숨이 터져 나오는 일이다. 오늘도 다른 날과 다름없이 서둘러 일을 하고 떡을 빚어 시장으로 나가야 한다. 지금 하릴없이 빈둥거리거나 쉬어버리면 늦을 것이고 시장에서 충분한 양을 팔 수 없다. 시장에서 떡을 팔지 못하면 그나마 버텨야 한다는 의지도 무너지고 만다. 그래도 마음이 아프고 앞날이 아득하기만 하다. 미친 듯 일을 하고 추위를 참고 이를 악물고 일을 하다가도 아들이 술에 절어 나자빠져 잠을 자는 꼬락서니를 보면 가슴 밑에서부터 부아가 끓어오른다. 단 한 번도 어미의 일을 도운 적이 없는 아들이다. 어미가 죽건 말건 신경 쓴 적도 없다.

'내 무슨 영화를 보겠다고…'

그녀는 강한 여자였다. 강한 어머니였다. 세상을 뒤집어엎을 것 같은 강함을 지닌 여자였다. 그러나 아들만큼은 어쩌지 못했다. 언제부터인지 자신의 선택이 잘못된 것이라 생각했다. 단 한 번의 선택이 자신과 아들의 인생을 바꾸었을지도 모르는 일이다. 돌이켜 보면 아득하기만 했다. 아들을 위해 한양으로 나왔지만 그것이 잘못된 판단인지도 모를 일이라 생각했다. 아들을 보면 자신의 노력과 젊음을 버린 지난 세월이 헛된 것인지 모른다는 생각으로 가슴이 턱턱 막혔다.

'내 팔자야!'

가슴을 친다.

아들은 두 팔과 두 다리를 벌리고 세상모르고 잠들었다. 어머니가 장사를 나갈 때까지 아들은 잠에서 깨어나지 않을 것이다. 하루가 열흘 같은 날이다. 그런 아들을 보노라면 가슴속의 부처가 당장이라도 모든 것을 깨부술 것 같은 악마로 변한다. 가슴속에서 피어오르는 열기가 온몸의 분노를 피어 올린다. 팔다리가 저리다 가슴이 불덩이처럼 타오른다. 인생을 헛살았다는 생각에 팔다리가 저민다. 바라보는 것만 가지고도 백 가지 오만 정이 떨어지고 몸이 덜덜 떨린다. 타인을 증오하는 것보다 아들을 증오하는 것이 더 가슴이 아프지만 이제는 어쩔 수도 없다.

"여보!"

이유 없는 탄식이다.

문득 손을 멈춘다. 뜨거운 쌀을 찧어 떡을 만드느라 손은 늘 데인 듯 화끈거린다. 서둘러야 시장에 나갈 수 있다는 것을 알지만 잠시 회한이 밀려온다. 아들을 잘못 키웠다. 이것이 아닌데 하고 다시 생각하면 심장을 태울 것 같은 열불이 끓어오른다. 화를 내고 싶지도 않다. 차라리 냉정해진다. 아들이 못났다고 동네방네 소문낼 일도 아니다. 아들이 불효한다고 소리를 지를 일도 아니다. 가슴속의 분노를 모두 끄집어 낼 수도 없는 일이다. 열화를 내어 봤자 가슴만 아프다.

'내가 잘못 가르친 탓이다.'

어미는 문득 자신을 자책했다. 먹고사는 문제에 급급해서 아들을 신경 쓰지 못한 것이 한이 된다. 모든 것이 자신의 잘못 같아 미치도록 가슴이 저리다. 그렇다고 노력을 하지 않은 것도 아니다. 무엇이 잘못된 것인지 알 수 없으나 어느덧 아들은 백수건달이다. 성정이 나쁜지도 모를 일이다. 이제 나이가 들며 성정이 드러나고 있다. 아들이 큰 벼슬을 하길 바란 것도 아니다. 그저 사람답게 살기를 바랐다. 아들이 남들처럼은 아니어도 자신 스스로 자신의 길을 가기 바랐다. 세상이 아들을 버린 것이라고도 생각했다. 아들은 아주 버릇없고 싹이 노랬다.

아들은 하나같이 행동이 만인의 눈에 드러났다. 애비 없다고 모두 나쁜 길로 들어서는 것은 아니지만 아들은 아버지 없는 티를 냈다. 아주 어린 나이부터 아비 없이 자라서인지 행동이 거칠고 무엇이 올바른 길인지 알지 못했다. 하지 말라는 일은 하고 해야 하는 일은 하지 않았다. 집안에 어른이 없기 때문인지도 모를 일이다. 양반의 자제로 태어났으니 학문을 익히고 가풍을 익혀야 하건만 집안 어른이 없어서인지 매사 긴장하는 일이 없고 두려운 일도 없다.

학문이라도 열심히 하기 바랐다. 그것도 생각이고 꿈에 머물 뿐이다. 아들을 보면 모든 것을 포기해야 한다. 차라리 고향 파주로 돌아감만 못하다는 생각이 굴뚝같았다.

양반의 자제 아니던가. 당장 과거를 보고 출세를 하지 못해도 어미의 뜻을 받들어 학문을 익히기 바랐다. 그것도 꿈이었다. 아들은 머리가 아둔한 것인지, 혹은 공부를 하기 싫은 건지, 애초에 떡 장사를 하는 어머니가 싫어 반항을 하고자 해서 그런지 책을 손에 잡지 않았다. 아니, 처음부터 책읽기를 싫어했다.

술을 마신다고 모든 사람의 일상이 망가지고 인생을 포기하는 것은 아니다. 술을 즐길 수도 있다. 술을 마시는 것이 사람이 가지 못할 길도 아니다. 정말로 술이 인간을 악하게 만들고 돌아오지 못할 구렁텅이로 내모는 것이라면, 그렇다면 이 세상의 술은 악의 근원이다. 문제는 정도이다.

아들은 달랐다. 어미의 기원과 소망은 다 버리면서도 자신의 향음은 즐겼다. 하루가 멀다 하고 마을 또래들과 어울려 술판을 벌이고 유희를 즐겼다. 또래 아이들이 서당에서 글을 읽고 학문을 익히며 기예를 익힐 때 술을 마시고 허튼짓을 했다. 한번 술판을 벌이면 몸과 마음이 무너질 때까지 폭음을 한다. 술을 마시는 것으로 그치지 않았다. 가뜩이나 소문이 나도록 술을 많이 마시는 것으로 그치지 않고 술주정을 부리니 주사(酒邪)가 여간 아니었다.

소문은 사람의 입을 타고 흐르는 것이지만 바람소리보다 빠르다고 한다. 덕수이씨 가문의 이원수가 술을 즐겨 마시고 주사가 심하다는 소문은 마을을 넘어 퍼진 소문이었다. 혼기가 되었지만 그의 술 마시는 버릇과 학문과 거리가 먼 성정은 이미 소문이 자자하였다. 혼기가 넘어 혼인하고자 하였지만 어미의 애틋한 마음은 이루어지지 않았다. 이원수에 대한 좋지 않은 소문은 물론이고 술버릇까지 알려졌으므로 인근 주변의 마을 처녀와의 혼사는 언감생심이다.

'내 팔자야!'

주저앉지 않는 것이 신기한 지금, 아들 하나 보고 살아온 인생 아니던가. 젊은 나이에 남편을 먼저 보내고 무슨 낙으로 살아온 건가. 생각하면 눈물이 흐른다. 조상들 볼 면목이 없다. 죽은 남편을 어찌 본단 말인가. 떡장수하며 힘겹게 살아가는 것도 버거운데 생각하면 한숨만 나온다. 술이나 마시고 늦게까지 잠이나 자는 아들의 꼴을 보면 모든 것을 집어던지고 주저앉아 버리고 싶어진다.

'그래도…'

죽고 싶은 생각이지만 털끝만큼의 기대는 있다.

얼마 전 일이다. 새해가 다가오면 옳고 그름을 떠나 기대는 것이 있고 바람이 있기 마련이다. 새해가 되자 시장에 떠돌이 역술인이 나타났다.

'혹시?'

언제나 그렇지만 기대는 있다. 내 인생이 이토록 찌그러진 부엌의 바가지처럼 끝나지 않을 것이라는 희망이다. 아들의 인생이 백수건달로 끝나지 않을 것이라는 기대도 있다. 사람의 팔자를 어찌 안단 말인가? 쥐구멍에도 볕들 날이 있다지 않던가. 인생은 알 수 없다. 혹시나 하는 기대는 지난 몇 년 전부터 가지고 있는 것이기는 하지만 변한 것이 없다. 그래도 기대는 버리지 않았다.

아들의 생년월시를 댔다. 떠돌이 역술인이 손가락을 짚으며 갑자을축(甲子乙丑)을 되뇐다. 한참동안 손가락 마디를 짚으며 소지 공망을 돌리며 여러 가지 그림이 그려진 책을 펼쳐 보고는 고개를 갸웃한다. 그것으로 그치는 것이 아니라 연신 고개를 끄덕이기도 하고 고개를 들고 그녀의 얼굴을 흘깃흘깃 살핀다. 그러더니 믿을 수 없다는 표정을 지으며 고개를 갸웃했다. 어머니는 가슴이 탄다. 크게 기대를 하는 바는 아니지만 서푼짜리 사주도 사주요, 기대라면 기대라고 할 수 있다.

이윽고 떠돌이 역술인이 입을 뗀다.

"정말 당신 아들이시오?"

목소리에 믿지 못하겠다는 의심이 담겼다.

"그렇소만…."

탁!

역술인이 무릎을 쳤다.

"아들 참 잘 됐소"

"예?"

"인생이 양춘가절(陽春佳節)이라 하였으니 며느리를 잘 두시겠소. 며느리 복이 터졌단 말이요."

"며느리요?"

믿어지지 않는 말이다. 지금 같아서는 며느리는 고사하고 혼담도 없다. 행여 혼담이라도 있으면 원이 없겠다.

어머니 홍 씨의 마음을 아는지 모르는지 역술인의 입술이 빠르게 움직인다.

"그것뿐만이 아니오. 손자운이 터졌소이다. 혼인하면 아들은 복이 많소. 손자를 넷 두게 될 거요. 손자들이 크게 출세하겠소. 손자들이 크게 되니 가문을 일으켜 세우고 이름을 널리 알리겠소."

생각만으로 뿌듯한 일이다.

믿을 수 없는 말이라고는 하나 그리 되면 어찌나 좋은 일인가. 퇴락한 가문을 다시 일으켜 세울 수도 있을 것이다.

가슴이 뛰었다.

어머니 홍 씨의 가슴속이 두 근 반에서 서 근 반으로 널뛰는 것을 아는지 모르는지 역술인은 할 말을 다하겠다는 듯 입을 연다.

"내 틀리지 않았소이다. 사주풀이에 따르면 한 나라의 임금이라 나오는데 있을 수 없는 일이잖소. 이 나라의 성씨는 전주이씨이고 귀댁은 덕수라 하니 성씨가 왕의 성씨가 아니오. 왕은 아니라는 말이 되지요. 왕과 가까운 사주요. 그리하면 왕이 되기는 어려운 일이지만 왕의 선생 정도는 능히 할 자손이시오."

"그걸 믿어도 될까요?"

어머니는 반신반의하였다.

"허, 믿으시오. 손자가 인물이요. 높은 관직에 오르고 글재주가 있고 지혜가 하늘을 찌르니 수많은 책을 써 내겠소이다. 학자이고 학인이요.”

“믿을 수가 없습니다.”

“어허, 믿어야 합니다. 이렇게도 좋은 사주는 흔하지 않아요. 내가 이리저리 떠돌기는 하지만 역술쟁이 하면서 수많은 사람의 사주를 풀어본 사람이요. 이토록 좋은 사주는 처음 보는 사주라오. 참으로 오늘 기분이 좋소. 이러한 사주를 보는 것이 내겐 큰 영광이고 기쁨이요. 내가 사주풀이 요금일랑 받지 않겠소.”

역술인이 자신만만하게 말했다.

어머니가 듣기에 조금은 과한 말이었다. 지금의 아들 모양새를 보면 천부당만부당한 일이 아닌가.

어머니는 손사래를 쳤다.

“아이고, 그렇게 되기만 한다면 무슨 말인들 하지 못할까! 진실이 아니라도 좋으니 듣기로도 좋은 말이오.”

역술인이 자세를 바로 하더니 목소리에 힘을 실었다.

“뭐라고요? 무슨 말을 그리 함부로 한단 말이요. 어머니라 하여도 앞으로는 말을 삼가시오. 밤말은 쥐가 듣고 낮말은 새가 듣는 법이고 말은 씨가 되는 법이오. 앞으로는 어떠한 경우라도 말을 조심하셔야 하오.”

어머니는 급히 허리를 굽혔다.

“죄송합니다. 믿기 어려워 그랬습니다. 아들이 나이는 찼는데 아직 주변에서 혼인에 대한 말도 없고 혼사도 불분명합니다. 나이는 가득 차서 이미 스물한 살이나 됩니다. 가슴만 답답한 일입니다. 선생의 말은 달갑고 가슴이 벅찬 일이나 미혹하여 걱정이 앞서고 믿어도 믿지 못할 것 같습니다. 혹시 더 이상 나이가 가기 전에 결혼이나 할 수 있겠는지요?"

"얼마 남지 않았소이다. 내년 봄이 오면 모든 것이 풀릴 것이요. 전혀 생각지도 않았던 시간에 생각지도 않았던 곳으로부터 귀인이 찾아올 것이오. 어떤 경우라 해도 절대 놓쳐서는 안 되오. 운명의 순간이요. 절대로 놓쳐서는 아니 되오. 당신 아들은 역마살이 있는데 이는 돌아다니는 성질이요. 혼처는 아주 먼 곳에서 올 것이오. 역마살이 강하니 또 일찍 고향을 떠난 것도 아들을 위해서는 아주 잘하신 일이요."

믿을 수 없는 일이다.

설혹 그 말이 거짓이라 해도 믿고 싶었다.

"어머, 잘되었네."

"축하해요."

함께 점을 보기 위해 몰려들었던 아낙네들이 하나같이 축하를 했다. 그들 대부분 당장에 홍 씨를 달리 봤다.

그들 모두가 홍 씨가 누구인지 안다. 홍 씨의 아들이 누구인지도 안다. 사실 겉으로는 겉치레로 인사를 하고 치하를 하지만 마음속에서는 믿지 않을 수도 있다. 양반 꼬랑지라고는 하지만 당장에 행색이며 가세가 드러난 정도는 아니다. 겨우 떡장수에다가 아들 하나 있는 것이 그야말로 개차반이 아닌가. 나이도 그다지 많지 않은데 하는 일도 없이 백수건달에 대낮부터 술이나 마시고 주정이나 하는 술주정뱅이가 아닌가. 이미 소문이 나서 주변에서는 인간 대접 받기 어려운 사람이다. 사람마다 이원수의 행실과 행태를 알고 하나같이 멀리 대하는 판인데 그런 인물이 귀한 인물이라니 하늘이 웃을 일이다. 누구도 믿지 못할 일이고 눈으로 확인할 수 없는 일이다.

세상일은 알다가도 모를 판이다.

마을 사람들 모두 그런 사실을 알고 있고 홍 씨와 같이 점을 본 대부분의 사람 모두 홍 씨가 어떤 사람인지 그의 아들이 어떤 사람인지 안다. 겉으로 좋아 보이는 표정을 지었지만 믿는 이는 거의 없었다.

그래도 홍 씨가 나쁜 사람은 아니었기에 주변 사람들은 그런대로 축하를 해주었다. 비록 가난하고 힘겹게 살았지만 홍 씨의 마음 씀씀이가 넉넉하고 박절하지는 않았다. 자신이 어렵게 살았기에 거지에게 밥을 주는 정도의 인품은 가지고 있었다. 그런 성정을 지닌 홍 씨였기에 마을 사람들이 적대하지 않았고 그럭저럭 대접해 주는 처지였다. 겨우 양반 꼬랑지에 매달린 집안에 술주정뱅이 아들이 전부인 그런 가문이다. 역술인이 아무리 실력이 있다고 해도 눈으로 보기 전에는 믿기 쉬운 일은 아니다. 별 볼일 없이 기운 가문에 하늘이 놀랄 정도의 대단한 인물이 나온다고 하니, 겉으로야 축하하고 놀란 표정을 지었지만 진실로 믿는 사람은 많지 않았다.

말 한마디가 사람을 바꾸는 법이다.

역술인의 말이 희망을 주었다. 그 말이 사실이 아니든 상관없이 홍 씨의 마음을 바꾸었다. 아들의 행실이 바뀐 것은 아니라 하지만 역술인의 말을 믿고 싶었다.

언제부터인지 홍 씨 과수댁은 마음이 가벼워졌다. 가문이 다시 일어설 것 같았다. 생각해보니 양반의 자제 아닌가. 언젠가는 힘을 쓸 수 있을 것이다.

"그래, 그게 인생이지."

홍 씨는 마음을 다잡았다. 모든 것이 바뀌었다. 이른 새벽에 일어나도 추위를 이길 힘이 생겼다. 눈을 비비며 일어나 떡메를 치는데 힘든 줄도 모를 정도로 힘이 생기고 희망의 끈이 생겼다. 차라리 새벽 찬바람도 마음이 바뀌자 시원하였다. 어쩌면 운명의 순간이 올지 모른다는 생각에 더욱 힘이 생겼다.

봄이 오기를 기다렸다.

겨울은 길었지만 곧 봄이 왔다. 힘겹고 차가운 겨울철이 가기가 바쁘게 초록을 등에 업은 봄이 내달리듯 다가왔다. 홍 씨에게 이 봄은 희망이요 꿈이었다. 반신반의하지만 희망을 버릴 수는 없다. 아니 지금 그녀에게 남은 희망은 그 역술인이 말했던 것처럼 봄에 찾아올 그 혼인의 꿈이었다.

세상을 바꾸어야 한다. 아들의 사주가 좋으니 좋은 자식이 태어날 것이다. 현명한 며느리가 들어와 가문을 빛낼 것이다.

아직 차가운 겨울의 끝이다. 비록 입춘이 지나고 봄이 온다고 하지만 바람은 차고 아직 에이는 기운이 파고든다. 그러나 원하고 바라던 그날이 온다고 생각하면 힘이 솟아났다. 결국 봄이 오고 만 것이다.

봄은 희망이고 꿈이었다. 살아갈 힘이었다. 차갑지만 봄바람은 살갑고 정겹기만 했다. 그 날이 오기만을 기다리며 하루하루를 희망 속에 살았다.

매일 같이 변함없이 술을 마시고 길거리의 개처럼 돌아치는 백수건달 이원수에게는 새로운 봄이라고 해서 달라질 것이 하나도 없었다. 어머니가 어떤 꿈을 가지고 있는지도 몰랐다. 다른 때와 다름없는 하루하루가 지나가고 있었다. 어머니의 들뜬 마음이나 희망적인 마음은 이해하지도 못했다. 어머니가 어떤 희망으로 살아가고 있는지 알지도 못하고 알려고 하지도 않았다. 그저 예전과 다름없이 무료한 일상 속에 하루하루를 보냈다.

이원수에게 꿈이라고는 허망한 것이었다. 아니 그에게 미래에 대한 희망이라고는 찾을 수 없는 일이었다. 하루하루가 그런 날이고 변화 없는 날이다. 나이가 들었지만 하릴없는 내일이 그를 기다리고 있었다.

그래도 하는 일은 있다. 그가 하는 일이라고는 마당을 쓰는 일이다. 그나마도 일이 있다고 하지만 곧 끝나는 일이다. 하루해는 길고 무료하다. 일이 있으면 일을 하고 글이라도 읽을 줄 알았다면 글을 읽었을 것이다. 그가 할 수 있는 일이란 무료하게 앉아 고향 파주에서 오는 소식이 없나 기다리는 것뿐이다.

그는 행동도 느렸다. 달리 할 일도 없고 하는 일도 없으니 서두를 일이 없다. 서두름이 없으니 몸은 느리고 품성도 느렸다.

사람은 제각기 다른 품성을 지닌다. 사주팔자가 기본적인 품성을 지니게 하고 운명의 항로를 결정 짓기도 하지만 그 사람의 삶이, 삶의 형태가 품성을 결정한다. 착하고 악하며 게으르고 부지런한 것이 품성이다.

일을 하는 사람은 동작이 빠르고 행동이 빠르다. 농사일을 하는 농부는 논밭에서 벌어지는 일을 따라 마음 씀씀이와 행동이 변한다. 그러나 할 일 없이 하루를 보내는 백수는 어떤 경우라도 급한 일이 없다. 그저 하루가 흘러가는 것에 빈둥거릴 뿐이다. 아쉬운 것도 없고 부러울 것도 없다.

술이 있거나 마을에 잔치가 있으면 포근한 날이다. 마을에서 잔치가 벌어지면 주저하지 않고 출타를 하다. 백수건달은 마을 잔치에 빠지는 날이 없다. 스스로 빈객이라 생각한다. 백수에게 있어 마을 잔치에 빠지면 자존심이 상하는 일이다. 마음 놓고 마시고 즐길 수 있는 날이다. 그나마 마음 좋은 백수는 잔칫집을 돕기라도 한다. 앞으로 나서서 손님을 안내하고 접대하는 심부름에 참여한다. 마을 어른들에게 대접하는 음식을 나르거나 준비하고 추운 날에는 마당에 불도 지핀다. 음식이 모자란가 살피고 난 후에 어른들이나 주인이 퍼주는 술잔을 받아 마신다. 잔칫집에 술은 흔한 음식이다. 술은 먹는 음식이지만 묘한 음식이다. 배고픈 자의 시름을 잊게 한다. 기분 나쁜 자는 기분을 좋게 한다. 때로 기분을 더욱 나쁘게도 한다.

술이란 좋은 것이다. 마시면 취기가 오르고, 취기가 오르면 기분이 더욱 좋아진다. 때로는 기분이 더욱 나빠진다. 술이란 기분을 좋게 하기도 하고 나쁘게 하기도 한다. 좋은 기분으로 좋은 사람과 마시면 기분이 좋아지고 기분 나쁘게 마시거나 사이가 나쁜 사람과 마시면 더욱 나빠진다.

술이란 그런 것이다. 많이 마시고 기분 좋으면 혀가 헛돌고 정신이 주체할 수 없이 말이 많아진다. 술이 술을 마셔 자신의 정신을 놓게 만든다. 말이 많아지면 성인군자도 쓸데없는 헛소리가 나온다.

기분이 나쁜 날 술을 마시면 기분 나쁘게 취한다. 기분 나쁜 날 기분 나쁜 친구와 술을 마시게 되면 결국 일이 벌어진다. 멱살잡이를 하고 욕을 하게 된다. 해묵은 감정이 터지고 결국 감정싸움에 주먹질도 서슴지 않는다. 상대를 욕하고 헛소리를 주절거린다.

헛소리 나오면 주변 사람들이 혀를 찬다.

"저 친구, 언제나 저래. 술잔깨나 마셨구먼, 내 그럴 줄 알았지. 술 마시면 개가 된다더니 저 친구가 그래. 언젠가 본 적이 있었지만 달라지는 게 없어. 달리 개라고 부르는 게 아닌 거지. 쯧쯧."

사람들은 혀를 찬다. 이쯤이면 인품을 떠나 마을에서 처신은 형편없이 추락한다. 그가 양반이건 상놈이건 평판은 다르지 않다. 양반이기게 평민이나 상민은 마주대고 이야기를 하지 않을지도 모른다. 그러나 뒤에서는 담화를 한다. 결국 양반의 꼴이 말이 아니다. 만약 양반의 자제임에도 평민들이 앞에 놓고 비꼬거나 멸시한다면 이미 양반 사회에서는 사람대접 받기는 틀린 것이다.

이원수가 그랬다. 늘 술에 취한 백수건달이 그였다. 이원수는 이제 돌이킬 수 없는 길을 가고 있었다. 구제불능의 청년이 됐다. 다시 자신을 회복할 기회가 오지 않을 수 있음도 알았다. 자기가 어떤 소리를 듣고 있는지, 사람들이 자신을 보는 눈이 어떤지 누구보다 잘 알고 있었다. 사람은 누구보다 자기에 대해서 자기 자신이 잘 안다. 다만 아니라고 부정하고 싶을 뿐이다.

그에게 신명화(申命和)가 나타났다.

신명화, 그가 구제 불능 백수 이원수의 운명을 바꿔놓은 것이다.

두 사람은 살아온 환경이 다르고 거리도 멀었다. 결혼이 인연이라고 하지만 두 사람의 결혼은 쉽게 이해되지 않는 인연이었다. 삶의 질과 배경을 살펴도 이해되기 어려운 만남이며, 성사되기 어려운 결혼이었다.

도대체 무엇이 그런 인연을 만든 것일까?

심사임당은 이미 주위에서 칭송하는 경지에 오른 사람이다. 학예와 기예가 뛰어난 사람으로 어디에 내어 놓아도 좋은 혼처를 구할 수 있었을 것이다. 이미 조선의 재녀로서 이름을 얻은 그녀가 아니던가!

이원수가 누구인가.

하릴없이 돌아치는 백수이고 잔칫집이나 찾아다니며 술을 얻어 마시는 건달이다. 양반의 자제라고는 하나 허울뿐이고 떡장수의 아들에 홀어머니 가정이니 좋은 혼처는 아예 기대조차 할 수 없는 신분이었다. 뒤집어쓴 허울이 좋아 양반이지 하릴없이 돌아치고 술이나 마시는 백수였다.

누가 보아도 이원수는 희대의 재원인 사임당의 남편감으로서는 어울리지 않았다. 그것은 인연이라기보다 칙칙한 운명에 가까웠다. 신명화의 한 번 뿐인 실수였고 어리석은 판단이 가져온 결과이기도 했다. 술을 마시지만, 주정이 있지만 마음이 착하다는 따위의 말은 하지 말아야 한다. 누구에게도 좋다는 말을 쓸 수 있지만 백수건달에게 마음이 좋다는 말은 그저 허울이다.

보석과 진주의 차이.

밝은 곳이 있다면 어두운 곳이 있기 마련이다. 그들의 혼인은 마치 천하의 바보 온달과 평강 공주가 부부가 됐던 것처럼 어울리지 않는 인연이었다. 하늘의 해와 달이 만난 격이다. 그 인연은 영원히 숙명으로 이어질 가능성이 높았다.

신명화는 현명한 사람이다. 그가 실수한 것일까? 사람을 보는 눈이 나빴던 것인가? 누구나 그렇게 생각할 수 있었다. 신명화는 네 딸을 두었다. 네 명의 딸 가운데 재원이며 예능적인 기질이 뛰어난 사임당. 신명화가 다른 어느 딸보다 유별나게 아끼고 사랑했던 딸 사임당이다.

다섯 손가락이 모두 깨물면 아프다는 말이 있지만 부모도 마음이 끌리는 자식이 있기 마련이다.

신명화는 딸의 인생을 되새겼던 것이다.

천하의 백수건달인 이원수가 재능과 예능이 넘치는 딸의 천생연분으로 보았던 것은 평범한 남편감을 찾는 것이 아니었기 때문이다. 그러하면 신명화가 이원수를 신사임당의 배필로 정한 것은 실수가 아니고 판단과 계획이었다는 것이 된다.

신명화는 세상을 달리 판단했다. 모든 판단은 딸의 인생에 두었다. 자신의 딸인 사임당에게 어울리는 남자이며, 배우자는 고관대작이나 출세지향의 남자가 아니라고 생각했다. 고대광실의 재물이 아니라고 판단했다. 고관대작의 가문이나 고대광실의 가문은 그녀의 재능을 억누르고 평생 한을 줄 것이 뻔했다.

조선이 어떤 사회인가!

그림을 그리는 자는 환쟁이라 멸시하였다. 예능감이 있어 음악을 하는 자도 역시 천대시하였다. 양반의 자제로 피리 정도를 불 수는 있지만 그건 남자의 몫이었고 여유의 일부였다. 그림을 그리는 자는 도화서 정도일 뿐, 양반이 그림을 그리는 것은 자랑이 아니었다. 겨우 사군자를 치고 취미 정도일 뿐이다. 그런데 신사임당은 그림을 그린다. 여자가 그림을 그리고 음악을 하면 천대하던 시대가 아니던가. 조선 사회에서 그림을 그리며 음률을 타는 여자는 대부분 기생이거나 천인이었다. 아버지는 딸을 사랑하였다. 딸의 재능이 천대받고 남편에게 멸시당하는 것을 바라지 않았다.

생각을 바꾸어야 했다. 딸을 사랑하고 딸의 재능을 존중하는 남자가 필요했다. 딸의 낭군은 딸의 뜻을 받쳐주고 비바람을 막아주는 역할이었다. 잘난 남편이 아니고 조금 못나도 바람막이 정도의 남편이면 족했다. 무엇보다 뛰어나고 잘난 남자는 여자의 바람막이가 되지 못한다. 잘난 양반가의 자손이 아니고 딸의 외투감이 되어주는 남자가 필요했다.

재능이 있는 여류 예술인에게는 바람을 막아주는 외투가 필요하다. 조선 사회에서 유교적인 규범을 내세우는 양반의 삶이란 여인의 삶과 예술적 관점에서 황무지나 다름없었다. 조선이라는 환경에서 여자는 아무리 뛰어나도 결혼과 함께 모든 것을 묻어야 한다. 조선 시대의 뛰어난 여류 화가나 예술인들이 기녀라는 것을 감안하면 양반의 가문에서 태어난 여자는 아무리 뛰어난 기예가 있고 예술혼이 있어도 펼치기가 어려웠다.

일곱 살에 이미 안견의 그림을 흉내 내어 본떠 그릴 정도의 수준급의 재능을 선보인 사임당이 아니던가! 아버지는 그런 딸을 사랑하였고 딸의 재능을 지켜보고 싶었다. 딸의 인생에 있어 그림은 영광이지만 인생을 가로막는 재능이기도 했다. 딸의 재능을 보호하고 인생을 나락으로 떨어뜨리지 않으려 한다면 훌륭한 가문의 뛰어난 사대부 보다는 딸을 보호할 수 있는 남자가 필요하였다. 그런 점에서 이원수는 신명화의 눈에 들었다.

선택은 정해졌다.

일찍이 신명화는 권력이나 명성이 덧없다는 것을 알았다. 그는 당대의 명유(名儒)인 조광조 등과도 친분이 있을 정도였으며 학문의 깊이 또한 모자라지 않았으나 기묘사화가 일어나 신진 사류의 선비들이 무참히 희생되자 관직을 포기한 사람이다. 당대 진사로서 학문의 깊이가 낮아 관직에 오르지 못한 것이 아니다.

자신이 딸을 혼인시키자 하고 자신의 딸에 대한 자랑이며 여러 친구들에게 이야기해도 혼처가 없는 이유는 다름 아니라 사임당이 지닌 재능과 행적 때문이다. 조선 사회의 양반가에 어울리지 않는 며느릿감이기 때문이다.

그 이치를 모를 신명화가 아니다.

신명화는 딸과 아들을 차별하지 않아 자신의 딸들은 물론이고 조카딸들에게도 학문을 가르칠 정도로 깨어 있는 사람이었다. 그의 다섯 딸들은 일찍이 아버지로부터 천자문, 동몽선습, 명심보감, 그리고 사서삼경을 배워 일반 양반가의 선남선녀들보다 뛰어난 소양을 가지고 있었고 정신이 깨어 있었다. 그중에서도 신사임당은 뛰어난 총명성으로 더욱 아버지의 총애를 받았으니, 아버지는 딸의 장래를 생각하지 않을 수 없었다. 더불어 7세 때부터 외할아버지인 이사온으로부터 소학, 대학 가례를 배워 이미 어린 나이에 학문이 반열에 올라 있었다.

신사임당은 이미 어려서 평판이 자자했다.

사대부 가문에 이름을 얻었으니 이미 그녀의 예술성은 조선 팔도에 알려진 바가 있었다. 엄격하고 효성스러운 어머니로부터 바느질은 물론이고 부엌일도 충분히 배웠는데 당대의 사대부 가문 여인들의 행태와는 많이 다른 바가 있었다. 그러나 명성은 명성일 뿐이다. 뼈대 있는 가문에서 탐낼 며느릿감이 아니다.

신명화는 어떤 생각으로 딸의 외투가 되어줄 남자를 구했을까?

그는 덕수이씨의 자손이며 당대를 주무르는 이행, 이기의 조카인 이원수를 사위로 정했다. 두 명의 당숙이 영의정과 좌의정을 거친 명문이지만 이원수는 이렇다 할 관직을 가지지 못했고 일찍이 아버지를 여의고 홀어머니 밑에서 자라 그의 집은 가난했고 학문의 성취도 없었다. 신명화를 아는 모든 사람이 사윗감으로 이원수를 정하자 사람을 볼 줄 모른다고 수군거릴 정도였다.

아버지 신명화의 생각은 확고하고도 앞을 내다보는 혜안이 있었다. 그는 사임당의 배우자를 고르며 먼저 생각한 것은 가문이나 재력이 아니라 딸의 입장을 이해하고 능력을 키워주어야 한다는 것이었다. 사위의 능력이 아니고 딸을 이해하고 편하게 해 줄 남자를 찾은 것이다. 당연히 사위는 그런 사임당의 능력을 키우게 하고 보살피고 바람막이 역할을 해 주는 정도의 사내여야 했다.

신명화에게 중요한 것은 사위의 현재가 아니다. 이미 예술인의 반열에 오르고 타고난 재능을 지닌 딸을 예술가의 길로 걸을 수 있게 보장해 줄 사람이 누구인가 하는 것이다. 남편이며 보호자이며 바람막이가 누구인가를 찾아야 했다.

이원수는 좋은 대상이었다.

신명화가 고르는 사윗감으로 더할 나위가 없었다. 이원수는 덕수이씨로 든든한 가문의 후손이었고 지금은 퇴락했다고는 하나 돈령부사 이명진의 4대손이고 할아버지 이의석은 당대 최고의 유학자중 한 명인 최만리의 사위로 현감을 지냈다. 증조부 이추는 대제학 윤회의 사위로 군수를 역임한바 있으니 양반의 가계로서는 충분한 가문이다. 가문의 탄탄함은 누구도 함부로 입방아를 찧을 수 없다.

문제는 지금의 이원수였다.

신명화가 만족한 조건은 이원수의 당금 상황이었다. 편모슬하에서 자란 독자이므로 신사임당이 혼인을 하여도 시집살이를 시킬 주변 친인척이나 형제자매가 없는 것이 첫 번째 좋은 조건이었다. 신사임당의 입지는 물론이고 경우에 따라서는 자신의 부인인 용인이씨처럼 딸을 시가로 보내지 않고 친정살이가 가능할 것이라고 본 것이 가장 중요했다.

이제 결정되었다.

신명화는 딸의 예술혼을 살려주고 보호하기 위해 백수건달에 아주 가까운 형제자매가 없고 홀어머니를 모시고 사는 이원수를 사윗감으로 낙점했다. 그가 찾고 찾던 조건이었다. 나름 양반 가문이라는 그럴듯한 허울도 있어야 했고 가문의 이름이 있어야 하는 것도 충족되었다. 이제 그가 원한 대로 이원수는 신사임당의 바람막이가 되어 주어야 했다.

바람막이란 무엇인가?

많은 것은 아니지만 요구되는 조건도 있었다. 마음이 개울물처럼 맑고 깨끗하여 변덕 부리지 않아야 한다. 예술혼을 지닌 딸이 하고자 하는 것을 마음껏 하도록 지원하고 주위를 설득시키며 조건을 만들어 주는 사람이 바로 신사임당의 외투 같은 낭군이 되어야 했다. 때로 처가에 몸을 맡길 수도 있으면 더욱 좋다.

바람막이를 자처해야 하는 사람이 필요하다. 지나치게 잘난 사람은 외투가 되어주지 못한다. 지나치게 번성한 가문의 자식도 외투가 되어

주지 못한다. 고관대작이나 왕후장상은 아무리 마음이 있어도 주변의 여건과 바람에 흔들리기 때문에 예술인의 외투가 되지 못한다. 더구나 조선 사대부 가문에서는 꿈을 꾸기 힘든 여류 예술인이다.

누구라도 한마디 내던지며 흉을 보았을 것이다.

"신명화의 눈이 그 정도인가?"

그를 아는 사람들은 고개를 저었을 것이다.

신명화의 머리는 맑았다.

사람을 잘못 본 것도 아니고 일생일대의 실수를 한 것도 아니었다. 지극히 계획적이고 심사숙고한 결정이었다. 예술에 영특한 딸 사임당의 배필을 찾은 것이다. 잘난 남편을 찾은 것이 아니다. 영화를 누리게 해줄 남편을 찾은 것도 아니다. 예술혼을 지켜줄 겉 옷감을 찾은 것이다. 그 외툿감으로 이원수를 정한 것이다. 바람막이로 이원수만한 조건을 가진 사람이 없었다.

그런 아버지의 마음을 누가 알겠는가.

누구도 모를 일이다.

이러한 이유를 모르는 이원수는 신명화가 이끄는 대로 강릉으로 가 혼인을 하고 말았다. 그는 자신이 신명화의 노력 속에 낙점된 것을 알 수 없었을 것이다. 그러나 신명화는 수많은 혼처를 살펴보았을 가능성이 크다.

사임당과 혼례를 마친 이원수는 신명화의 종용을 받아들여 혼자서 터덜거리듯 한양으로 돌아왔다. 있을 수 없는 일이었다. 당대의 풍습과 어긋나는 일이었다. 사대부 가문에서는 있을 수 없는 일이었다.

한성에서 강릉은 먼 길이다.

아들이 떠나고 얼마나 기다리고 있었던가. 희망이 가까이 있었다. 아들과 며느리가 돌아오기를 눈이 빠지도록 고대하고 기다리고 있던 홀어머니 홍 씨는 아들 혼자 나타나자 손에 쥐었던 솜이 새털구름으로 변해 흩어지듯 허망했다.

땅이 꺼지는 아픔이었다.

아들은 집안에 들어서자 절을 하고 앉았다. 그 옆에는 의당 며느리가 있어야 했지만 홍 씨의 눈에는 보이지 않았다.

가슴이 철렁 내려앉았다.

'뭔가 잘못되었다.'

불안하여 참을 수 없었다.

어머니의 생각을 아는지 모르는지 아들은 태연하고도 변화 없는 안색으로 어머니를 바라보다 입을 열었다.

"어머니, 혼례는 성대하게 마쳤습니다."

"그래. 다행이로구나."

"어머니가 걱정하지 않아도 되는 일이었습니다."

홍 씨가 고개를 주억거렸다.

"며느리는 안 왔느냐?"

아들이 정색을 했다.

"어머니, 좋은 며느리입니다. 당장에라도 보고 싶으시지만 일정이 맞지 않고 살림살이를 다 익히지 못해 아직 오지 못하였으니 조금 참으셔야 되겠습니다. 장인께서 조금만 시간을 달라 하십니다. 그림 공부와 글공부 하느라 그동안 익히고 배워야 했을 살림 공부를 못했답니다. 6개월간 살림하는 법을 배우고 음식 만드는 법을 다듬고 공부하여 서울로 와 어머니를 모시겠다고 합니다."

홍 씨는 겨우 한숨을 돌렸다.

"아, 그러하느냐? 정말 다행이구나. 나는 가슴이 덜컹했다."

"무슨 걱정이십니까?"

"나는 혹시나 하는 생각으로 가슴이 무너지는 줄 알았다. 이제야 마음이 놓이는구나. 며늘아기에게 무슨 일이 생겨서 오지 못한 줄로 알았구나. 다행스러운 말이다. 까짓거 네 혼사도 늦어진 것이고 기왕에 늦어진 것인데 그까짓 6개월이야 못 참겠느냐."

"네, 장인의 말씀을 따르기로 했습니다."

"그래, 잘됐다."

홍 씨가 안도의 한숨을 불어내었다.

기다렸다는 듯 이원수는 봇짐을 풀어 몇 장의 그림을 펼쳐 보였다. 그리고 자랑스러운 말투로 어머니에게 동의를 구했다.

"며느리가 오지 못하여 미안한지 어머니에게 그림 몇 점을 줍디다. 이걸 보시지요."

홍 씨의 눈이 화선지에 머물렀다.

아들이 펼친 화선지 속의 그림은 생동감이 넘치고 있었다. 풀과 곤충이 모두 당장이라도 그림 밖으로 튀어나올 듯하였다.

"아이고, 며느리는 참으로 대단한 재주를 가졌구나. 난 까막눈이고 그림을 배운 적이 없어 그림 볼 줄 모른다마는 이 그림은 살아 있는 듯 오묘하구나. 참으로 경탄스럽구나."

홍 씨가 감탄을 토했다.

홍 씨는 대범하게 결정했다.

당장 오지 않았다고 펄펄 날뛰거나 강릉으로 파발을 보낼 수도 있지만 그렇게 하지 않았다. 당시의 양반가들이 하는 규범에 따라 아내가 서방을 따라 신행을 하는 것이 옳은 일이지만 어쩔 수 없는 상황이 있을 것이라 생각했다.

6개월은 그다지 긴 시간이 아니다.

홍 씨는 과부였다. 남편이 젊은 나이에 요절하는 바람에 홀몸이 되어 과부라는 허울을 쓰고 세상을 살아왔다. 과부의 눈으로 살아보니 세상을 보는 눈이 달라졌다. 양반가의 안방마님이었다면 알 수 없는 사람의 행동과 심리를 알 수 있었다. 떡 장사를 나갈 때도 그랬지만 아들을 장가보내고자 여기저기 혼처를 알아보려고 나설 때도 그랬다. 만나는 사람마다 과부라고 하면 홀대했다.

세상은 녹록치 않았다.

많은 사람이 팔자 사나운 사람이라며 홍 과부를 얕잡아봤다. 세상 살아가며 원해서 과부가 되는 사람은 없다. 조선 사회에서 남편 없는 세상은 바람막이 없는 삶이다. 멸시당하고 무시당하는 삶이다. 이 분노와 한을 이겨내고 살았다. 아들을 잘 키우면 한이 사라질 것이라 생각했다. 남들이 돌을 던질수록 정신은 맑아지고 의지는 강해졌다. 아들을 좋은 혼처로 장가보내고 싶었다.

살다보니 세상의 이치도 느끼고 이해한다. 떡이란 맛있으면 그만이지만 사람은 그렇지 않다. 나름대로 친면이 있는 사람들이 잘할 것 같지만 반대로 홍 과부의 떡을 절대로 사지 않았다. 아는 사람이 도와줄 것이란 기대는 애초부터 물 건너 간 것이고 오히려 더욱 나빴다. 남편 잡아먹은 여자가 만든 떡이라는 어이없는 소리는 애간장을 끓어오르게 하고 분노마저 느끼게 했다. 남편을 죽이고 싶어서 죽인 것이 아니다. 죽인 것이 아니라 죽은 것이다. 남편의 운명은 남편의 운일 뿐이다. 그것이 욕이 된다는 사실이 가슴에 남았다. 그래도 대범하게 행동했다. 심지어 속을 아는 사람 중에는 남편 잡아먹은 여자의 떡은 소화가 되지 않는다는 말까지 했다.

참아야 한다.

얼마나 이를 갈았던가. 얼마나 참았던가. 이를 악물어야 했다. 분노를 삼켜야 했다. 눈물을 삼키고 참아야 했다. 언젠가는 해가 뜰 것이다. 남들이 턱도 없는 말을 하고 비꼬는 말을 할 때마다 이를 악물었다. 뼈가 부러지고 살이 찢어지는 아픔이 느껴졌지만 앞날을 생각하며 이를 악물었다. 아들이 잘 자라 이 한을 갚을 수 있을 것이라 생각했다. 좋은 며느리가 들어와 손자를 낳아 가문을 일으킬 것이라 생각했다.

세상의 이치도 깨달았다.

남편만 살아 있어도 권력이었다. 누워 있더라도 남편이 있는 것과 없는 것이 다르다는 말이 실감났다. 남편을 일찍 잃고 혼자 살고 있는 것도 서러운데 멸시하고 얕보는 세상이 모두 적이었다. 약자를 멸시하는 것은 모독이며 사람으로서 할 도리가 아니지만 세상이 이치대로 흘러가는 것은 아니다. 세상이 약자를 위해 흘러가는 것은 아니다. 세상이 그러니 어쩔 수 없는 일이었다.

'참자.'

이를 악물었다. 입술을 깨물었다.

얼마나 울분을 토했던가.

참는 것이 나를 살리는 길이었다. 화를 내면 주변의 분위기는 더욱 나빠진다. 그러니 남편이 일찍 죽었다는 등과 같은 어이없는 말이 돈다. 그래서 참고 또 참았다. 주변의 괄시와 멸시를 받아가며 살면서도 선한 마음을 가지려 힘썼다. 그리고 언제부터인지 부처님 가운데 토막은 아니라 해도 인내심이 생기고 마음의 여유가 생겼다. 미워하는 사람을 향해 독설을 내뱉지 않게 되었고 같이 미워하지 않는 여유가 생겼다.

홍 씨는 점차 마음을 놓았다. 어떤 경우라도 여유를 가지고 대응했다. 미워하는 사람을 용서했다. 그래서일까? 홍 씨는 매사에 마음이 넓게 행동하게 되었고 어떤 경우에도 참았으며 간장을 도려내는 듯한 상대의 잘못에 대해 관대했다. 그녀는 이미 너그러운 사람이 되어 있었다. 어떤 일이 벌어진다 해도 부정하거나 원망하지 않고 가능한 한 긍정하며 좋은 쪽으로 해석했다.

홍 씨는 그렇게 살았다. 몸은 여자지만 경험이 많았고 남자 이상으로 도량이 있고 세상 이치에 밝았다.

지금도 그랬다. 조선의 양반가 가풍은 엄연하다.

여자가 혼례를 치렀다면 이제부터는 의당 신씨집안의 사람이 아니다. 혼례를 올리면 시댁의 귀신이 되어야 한다. 태어나기는 신씨가문에서 태어났지만 이씨집안의 식구가 됐다. 신씨와의 인연은 이제까지다. 친정이라는 의미는 있지만 이씨집안의 사람인 것이다. 이는 당연한 가풍이며 조선의 풍습이다. 당연하게 이씨집안의 법도와 가례를 따라야 옳다.

신행을 하지 않는다니, 있을 수 없는 일이다. 혼인 전에 양가의 부모가 만나 이리 말한 적도 없다. 이는 어찌 보면 이씨가문을 무시한 처사다. 소박을 맞아도 할 말이 없는 행위인 것이다.

세상의 이치가 이와 같음에도 상의나 양가 부모의 동의도 없이 이리 행동한다는 것은 이씨집안 사정을 철저하게 무시하는 일이다. 생각하면 화가 나고 치가 떨릴 만도 하다. 시부모의 허락 따위는 필요하지도 않다는 듯 결정을 내린 처사가 아닌가. 멋대로 6개월이나 늦게 출행한다고 하니 어이가 없는 일이고 달리 생각하면 화가 치미는 일이기도 했다.

있을 수 없는 일이 일어났다. 시집살이가 무섭지도 않다는 말인가. 무엄한 행동이고 있을 수 없는 일이다. 여러 가지 오해가 생겨날 수도 있는 일이었다.

홍씨는?

그녀는 너그러이 받아들였다.

신명화에게는 나름의 생각이 있었다.

그가 생각이 없으며 멍청하고 이원수의 가문을 무시해서 이와 같은 결정을 내린 것도 아니다. 풍습을 무시한 행동은 지탄을 받을 수도 있었다. 딸을 신행으로 보내지 않으면 일반 가문에서 어떤 소란이 벌어질지 능히 짐작하고도 남음이 있는 신명화였다. 비록 사화가 일어나 눈꼴시고 많은 학자들이 죽어나가는 것을 보고 관직을 지향하지 않았지만 저간의 흐름을 모를 리 없고 사회 곳곳의 흐름과 돌아가는 정황을 잘 알고 있다. 명현이라는 소리를 들을 정도로 지식과 학식이 있는 그다. 그러한 이치를 아는 신명화가 사대부 가문에서는 일어나지 말아야 할 엉뚱한 결정을 내렸다. 나름의 명분을 만들고 합당한 이유를 들었지만 받아들이는 측의 입장에서 보면 조금쯤 충격적인 조치다.

왜 그랬던 것일까.

왜?

일종의 실험이었다.

신명화는 이원수를 처음 보았을 때부터 많은 것을 생각했다. 딸의 재능을 살피고 어그러지지 않는 인생을 살도록 하려면 확인할 것이 적지 않았다. 그가 가진 배경과 가문의 힘, 그의 성정과 지금 처한 상황과 그의 가문에 어떤 일이 있어날 것인지 파악하고자 했다.

이제 마지막 실험이다.

이원수의 됨됨이는 알았고 예측이 가능했지만 그의 어머니가 어떤 사람인지 깊숙이 살펴볼 필요가 있었다. 이미 소문과 정황을 파악하지 않았을 리 없다. 내훈은 내훈이다. 아무리 남편이 아내를 위하고 편을 들어도 시어머니가 어떤 결정을 하고 어떤 마음을 가진 사람인가에 따라 고부 갈등도 예상할 수 있다.

실험이 필요했다.

당위성을 주고 약간의 시간을 벌었다.

사실 혼인 이전에 알아보아야 했던 일인지 모른다. 지금이라도 확인해야 한다. 늦지 않았다고 생각했다. 사위 이원수의 행동과 시어머니 홍 씨의 행동이 어떤지 살펴야 한다. 그들의 마음가짐과 생각의 폭을 알아야 한다. 그래야 신사임당의 결혼생활을 예측할 수 있다. 딸의 재지를 살릴 수 있는 집안인가 들여다보아야 한다.

눈으로 보고 소문을 들으며 그들의 반응을 보아야 한다. 늦지 않았기를 바라는 마음이다. 이원수와 그의 어머니 홍 씨에게서 일어나는 반응을 봐야 한다. 홍 씨야말로 신사임당의 시어머니가 아닌가? 시어머니의 도량이 신사임당의 일생에 영향을 줄 것이다.

신명화는 의도적으로 신사임당의 신행을 6개월 늦추었다. 그들의 반응을 통해 자기가 예측했던 모든 것이 옳은지를 알아볼 수 있다. 만에 하나 그른 것이 발견되거나 신사임당의 앞날에 해가 되는 결과가 나오거나 이해치 못할 반응을 보인다면 생각을 바꾸거나 다른 방법을 찾아야 한다.

신명화는 자신의 딸이 지닌 재능이 모란꽃처럼 피어나야 한다고 생각했다. 그러자면 가문의 흐름이 눈에 보여야 했다. 아내와 며느리의 재능을 이해하고 기다려주며 수긍하는 가정 분위기가 중요했다. 그것이 확인돼야 마음을 놓을 수 있다고 생각했다. 그래야만 당장 죽어도 편하게 눈을 감을 수 있다고 판단했다.

옳거니!

그의 판단은 옳았다.

신명화가 원했던 것이 딸인 신사임당에게 주어졌다. 어려서 관상을 배우면 사람의 운을 알 수 있다. 그러나 나이를 먹고 세상에 적응하고 삶의 이치를 알면 관상 정도는 저절로 알게 되고 적응하게 되는 것이다. 세상 이치가 어디 다르겠는가. 세상 오래 살다보면 인간세상이 돌아가는 법이 발에 밟히고 자연히 눈에 보이는 법이다.

신명화의 생각은 옳았다.

잘 되었다!

신명화는 무릎을 쳤다.

원하던 대로 되었다. 신명화가 예측했던 대로 사위 이원수는 자신의 의견에 따라주었고 시어머니 홍 씨 또한 크게 책망하거나 화를 내지 않고 속 깊은 대인의 풍모를 드러내듯 너그럽게 받아주었다.

더 이상 바랄 것이 없었다.

이제 자신이 생각했던 대로 많은 것이 이루어져 가고 있었다. 자신이 걱정했던 모든 것이 풀려가고 있었다. 딸의 재능을 보호하고 보람된 삶을 살아갈 수 있도록 마련한 모든 것들이 눈앞에서 펼쳐지는 것 같았다. 이제 사위 이원수가 딸의 바람막이만 되어 준다면 딸은 재능을 펼치며 재녀로서의 삶을 누릴 것이다.

신명화는 자신의 생을 반추하며 자신의 딸도 어쩌면 자신의 부인인 용인이씨처럼 살아갈 것이라 느꼈다. 아니, 그것을 기대하였다. 단 이원수가 자신이 용인이씨를 위해 그랬던 것처럼, 아니 그보다 더 두터운 바람막이가 되어 주어야 했다.

조선의 사대부 가문에서 쉬운 일은 아니다.

돌이켜 보면 신명화도 크게 드러나지 않았지만 아내가 친정 강릉에 머무는 생활을 하였기 때문에 처가살이 아닌 처가살이를 했었다. 숙명과 같은 것이나 이 집안에서는 이상하게 대물림되고 있었다. 한양과 강릉을 번갈아 드나들기는 했지만 처가살이라면 처가살이다. 물론 그것은 자신이 아내를 사랑했었기 때문이기도 했지만 아내의 효심을 뒷받침해주기 위한 것이기도 했다.

집안의 가풍이 그랬다. 신명화의 장인 이사온은 한성에서 성균관 생원을 하던 중에 당대 참판이었던 최응현의 딸과 결혼했다. 이사온의 장인인 최응현은 본가가 강릉이었다. 따라서 이사온의 경우에도 처가가 강릉이었다. 최응현이 죽고 이사온의 부인은 홀어머니를 모시고자 하여 강릉에 머물고자 했다. 즉 이사온의 부인은 어머니가 와병 중이어서 돌보기를 원했던 것이다. 이사온은 결정을 내려야 했다. 장모를 돌볼 사람이 없으니 부인이 장모를 돌보느라 처가살이를 할 수밖에 없었다.

모든 것이 대물림이 되어 신명화 역시 이사온의 딸인 용인이씨와 혼인을 하며 반은 처가살이를 하게 됐다. 이사온이 죽고 장모가 혼자 남게 되어 어쩔 수 없이 부인이 강릉으로 가 모친을 모셔야 하는 상황이 되었기 때문이다. 대를 이어 친정살이였다. 서울을 오가기는 했어도 아내가 친정에 머물고 있으니 반은 처가살이라 할 수 있다. 어쩔 수 없는 일이지만 신명화의 딸 넷은 처가에서 장인 이사온의 가르침으로 글을 깨우치게 됐다. 장인 이사온도 서도(書道)에 조예가 있어서 가능한 일이었다. 둘째딸로 태어난 사임당은 유난히 총명하고 재기를 지녔으며 예술에 재능이 있어 여러 딸 중에서도 뛰어나 제대로 서도를 익혔다. 외할아버지 이사온도 사임당에 유난히 정성을 들였다. 신사임당은 평생 이사온의 가르침을 잊은 적이 없다.

"서도에는 삼요(三要)가 있다."

"손녀는 세이경청하겠습니다."

"그래. 서도는 신선의 도라 하였다. 늘 마음을 바로하고 서도에 매진함에 있어 첫째가 청정(淸整)이요, 둘째가 온윤(溫潤)이며, 셋째가 한아(閑雅)라고 하는 것이다. 맑으면 점획이 혼잡하지 않고, 정연하면 형체가 사악하지 않다. 따사로우면 성정이 교만하거나 사납지 않으며, 윤택하면 절필좌화(折筆挫畵)라도 볼품없지 않게 되느니라. 이는 서도에 드러나는 것이다. 내 말이 무엇을 말하고 있는지 알겠느냐?"

"예, 알겠습니다. 글은 항상 깨끗하고 온유하며 정다워야 한다는 말씀입니다. 결국 서도는 마음가짐이라는 것이지요."

"정확하구나. 나는 너에게 내가 가진 모든 것을 가르쳤다. 허허허, 이제 더 이상 가르칠 것이 없으니 혼자서 깨닫고 경지를 높여야 할 것이니라."

진정이었다. 신사임당의 학문 체계를 꼼꼼하게 살피며 세세히 보살피던 외할아버지 이사온은 결국 격찬하고 말았다. 더 이상 가르칠 것이 없었다. 칭찬하고자 해서 일부러 격찬을 한 것은 아니다. 오래도록 서도를 익힌 학자의 눈으로 만족스럽고 앞날을 생각하며 한 말이다. 이사온은 신사임당의 재기를 알아보았다.

신사임당은 당대의 재녀였다. 당시 사회에서 많은 양반가의 딸들이 언문을 익히고 마는 것과는 달랐다. 당대의 양반가 자녀들이 가장 근본적인 수준의 학문을 익힌 것과는 많은 차이가 있었다.

신사임당은 깊은 곳으로 파고들었다.

사임당은 더욱 매진하였다. 외할아버지로부터 전수받고 훈육 받은 서도를 더욱 깊이 익히기 위해 노력하였다. 시간을 내어 필체를 가다듬고 육서(六書)에 혼신을 기울였다. 어느덧 그녀의 필체는 당대의 명필을 따라잡을 정도가 되었다.

모든 것은 마음에 있었다. 서두르지 않는 차분함과 집중력이 그녀의 성취를 가늠하게 했다. 그림을 그릴 때도 모든 정성을 들였으니 서두르거나 재촉하지 않았고 자수를 놓을 때도 크게 흐트러지지 않았다. 집중하여 점획을 긋고 찍음에 정신을 모았다.

그녀는 누구보다 뛰어났다. 집중력도 좋았다. 노력마저도 뛰어난 바가 있었다. 그림을 그리는 일도 절대 정신을 흩뜨리지 않았다. 시를 쓰는 일에 정성을 모으고 집중하여 운율을 흐트러뜨리지 않았다.

집안 살림을 하는 일에도 가벼이 하지 않았으며 부모에게 효도를 하는 일에는 자매들 보다 나서서 솔선수범하였다. 자매들과의 사이를 유지하는데 정성을 다했으며 일가친척을 사랑하는 일에도 부족함이 없었다.

하나가 열이 되듯 그녀의 모든 것은 올바르고 곧았다.

학문을 익히는 일이나 예도에 집중하는 일에 모든 것을 바치니 매사 격물치지(格物致知)의 자세가 몸에 익었다.

허화(虛花)라는 말이 있다. 빈 꽃이라고 해야 할 이 말의 속뜻은 가짜라는 말이다. 모든 것은 진실해야 하고 정성이 녹아 있어야 한다. 거짓은 드러나기 마련이니 그림을 그리는 것이 단순하게 손재주만 있어 그럴듯하게 그려놓으면 언뜻 보면 그럴듯하고 화려해 보이지만 오래가지 못해 싫증이 나고 미워지는 법이다.

7살 때였다.

신명화는 둘째딸 사임당의 눈썰미와 재기 발랄함을 오래전부터 잘 알고 있었다. 그는 한양을 뒤져 당시 천하를 굽어본다는 화가 안견이 그렸던 당대 최고의 걸작인 몽유도원도(夢遊桃園圖)를 구해 딸에게 갖다 주었다.

"이 그림은 화가 안견이 그린 그림이란다. 이 그림을 보고 그림 공부를 해보아라."

몽유도원도는 당대의 수작으로 안평대군(安平大君)이 꿈속에 도원에서 놀았던 광경을 안견에게 말하여 그리게 한 것으로, 도연명(陶淵明)의 ≪도화원기(桃花源記)≫와도 밀접한 관계가 있다.

당대 최고의 그림을 만났으니 신사임당은 가슴에서 벅찬 환희를 느꼈다.

아버지의 생각은 당대 최고의 화가가 그린 풍경화를 보며 그림 솜씨를 익히라는 것이었다. 안견의 솜씨를 흉내 내어 그림을 그리다 보면 실력이 늘 것이라는 생각이었다. 당시에는 누구나 따라하는 학습 방법이었다.

신사임당은 생각이 달랐다.

사임당은 안견의 몽유도원도를 세밀하게 살펴보았지만 다른 학습자들이 하던 그것처럼 베끼거나 따라 그리고 본을 따는 등의 흉내 내는 일을 하지 않았다. 즉 당시의 그림을 배우는 사람들이 하는 모작(模作)을 하지 않았던 것이다.

신사임당은 처음부터 속속들이 파헤치는 정신자세로 임했다.

붓질에서 색의 변화까지 찾아내려고 정신을 가다듬었다. 붓질을 어떻게 해야 이런 모양이 산들이 그려지는지를 찾아내려고 애를 썼다.

산수화는 붓질의 경중에 따라 그림의 경중이 달라진다. 산수화는 중국풍과 조선의 학자들이 그리는 풍이 다르다. 안견 이전까지 조선의 산수화는 중국풍을 모방하고 있었다. 그것을 혁파한 사람이 안견이었다. 안견 이후부터는 산을 그리는 방법도 예전의 중국풍과는 전연 달라졌다.

신사임당은 그 그림을 보며 수백 차례의 붓질을 익혔다. 중국의 화풍이 아닌 진경산수라고 불리는 조선의 산수화를 체득하였다.

그림은 점과 선, 그리고 색으로 이루어진다. 그림의 색을 어떻게 내는지를 알아보려고 수백 번이나 먹물을 풀어 흐리게 칠해 보고 진하게 칠해 보았다. 색의 진하기가 음양을 드러내고 음영도 드러냄을 깨달을 수 있었다. 색 하나하나가 어떤 의미를 가지고 어떤 감정으로 다가오는지 알아내려고 힘썼다.

기법도 중요했지만 그보다 그림을 그린 안견의 생각과 깊은 곳에서 솟아나는 마음을 읽어내는 일에 열중했다. 격물치지(格物致知)했던 것이다.

그런 자세가 신사임당이 사물을 대하고 배우고 익히는 습관이었다. 배우고 익히고 연습할 때 근본을 뚫어보고 시작과 끝을 이해하며 작자의 의도를 이해하려는 마음이 몸에 배어 있어서인지 붓을 잡는 자세가 곧바로 나타났다.

세월은 쏜살처럼 빨랐다.

"한양 시댁에 가기까지 얼마 남지 않았구나. 그 사이에 마음을 정리하고, 붓을 정리해 보자."

어느새 강릉을 떠날 시기가 다가오고 있었다. 지난날을 생각하면 짧기도 하지만 참으로 긴 날이기도 했다. 사임당은 태어나 자라고 혼인을 할 때까지 아버지가 있는 한양이 아니라 이곳 강릉에서 살았다. 긴 시간은 행복하고도 기쁜 나날이었다. 이제까지 살아왔던 강릉의 19년 세월을 정리해야 했다.

시간이 너무 빨리 지나갔다.

길을 떠나기 전 할 일이 많았다. 내일이면 길을 떠날 것이고 어쩌면 강릉이라는 곳이 머나먼 곳이 될 수도 있었다. 조선이라는 사회에서 시댁에 한 번 들면 친정에 찾아오기란 그리 쉬운 일이 아니다.

'후…'

돌아볼 것이 많았고 살필 것도 많았다.

불현듯 떠오르는 것이 있어 뒷산에 올랐다. 산과 들을 바라보니 그토록 사랑했던 분들이 하나 둘씩 떠오른다. 걸음을 옮겨 작은 언덕을 오르니 작은 봉분이 보였다.

외할아버지와 외할머니의 묘였다.

어려서부터 사랑했던 분들이다.

이사온은 신사임당은 물론 다른 자매들의 글을 가르치고 학문의 바탕을 마련해준 사람이다. 신사임당에게는 혈육의 정도 깊으나 학문적으로 스승이기도 하다. 할아버지의 정을 생각하니 아득하게 멀게 느껴진다.

"할아버지, 할머니!"

두 손을 모았다.

어머니가 생각났다. 신사임당의 행동은 어머니를 따른 것이다. 매일 새벽이 되어 여명이 밝아오기 전에 어머니는 습관처럼 산에 올랐다. 그곳에는 외할아버지와 외할머니의 봉분이 있었다. 어머니가 하루도 멀다하고 매일 했던 일과였다. 신사임당은 어머니가 그랬던 것처럼 마음을 가다듬으며 손을 모으고 눈을 감았다. 지나간 날이 주마등이 되었다. 그리 먼 과거가 아님에도 모든 추억이 스치듯 머릿속을 지나쳤다.

모든 것이 눈앞에 있었다.

"감사해요. 늘 감사했어요."

이제 떠나야 한다. 지금 떠나면 언제 다시 뵈올지 알 수 없다. 손을 모으고 고개를 숙였다. 글을 가르쳐 주시던 외할아버지가 바로 곁에 있는 것 같았다. 그때의 일을 생각하고 마음속에 그리며 마음 깊은 곳에서 피어오르는 감사의 뜻을 전했다.

문득 어머니가 생각났다.

어머니께서는 어느 때나 정성이 넘치는 성정을 가지고 있었다. 할아버지가 돌아가시고 할머니가 혼자 사실 때도 그랬지만 지금도 혼자 가정을 돌보시는 어머니였다. 그래서였을까? 가정이나 마음에 해결하기 어려운 일이 있고 해결하기 어려운 일이 생기면 어머니는 지체 없이 할아버지와 할머니의 봉분으로 와서 두 손을 모으고 혼신의 정성을 다하고 단정한 마음으로 기원을 하였다. 정성과 기원을 담은 간절함이었다. 어머니와 아버지에 대한 끝없는 믿음과 기구였다. 그것은 부모를 믿고 따르는 지극한 효심이었고, 살아있는 후인으로서 조상을 따르는 정성이었고, 정성을 다하는 치성(致誠)이었다.

이미 돌아가셨다고는 하지만 외할아버지와 외할머니는 죽지 않은 혼과도 같았다. 이미 돌아가서 땅속에 누워 계시지만 어머니에게 두 분은 살아있는 혼이었고 어려움을 극복하고 세상을 헤쳐 나가는 힘을 주는 신(神)이었다.

신사임당도 정성으로 간구했다.

"할아버지, 제게 힘을 주세요."

간구는 쉽게 끝나지 않았다.

할아버지는 깨어 있는 분이었다. 조선의 사대부 가문에서 대(代)를 잇지 못하는 것은 죄악이고 불효이며 불충이었다. 조상을 볼 면목이 없는 일이다. 딸 하나뿐이었으니 밖에서 대를 이을 자식을 낳을 수도 있었다. 사대부 가문은 그러한 방법으로 대를 이었다. 그러나 할아버지는 그렇게 하지 않았다. 할아버지와 할머니는 대를 이어갈 아들을 낳지 못했지만 갈등이나 다툼이 없이 금슬이 좋았다. 할아버지는 대를 잇는 것보다 할머니를 아꼈다. 그렇다고 해서 할머니가 뻔뻔했거나 대가 센 여자도 아니었다.

할머니는 늘 조상께 죄송스러워 했다.

"영감, 조상님 뵐 면목이 없어요. 시집온 여자 몸으로 아들을 보지 못했으니 칠거지악(七去之惡)을 범했어요. 대를 이어야 하지 않겠어요? 저는 가문의 소임을 하지 못했군요. 당신을 책망하지 않겠어요. 그러하니 첩을 두어 후사를 얻도록 하세요."

할머니는 간곡했다.

할아버지는 도리질을 쳤다.

"무슨 소리를 하는 것이요. 딸도 자식이요. 누가 감히 나에게 자식이 없다고 말을 할 것이요. 엄연히 딸자식이 있는데 어찌 그런 섭섭한 말을 하오. 나는 만족하오. 충분히 만족하고 있소이다. 다시는 그런 말씀일랑 하지 마시오. 자식이란 있을 수도 있고 없을 수도 있는 것이요. 그런 말을 하는 것이 또 다른 칠거지악임을 어찌 모르시오. 그럼 딸은 어찌 하란 말이요. 그 딸이 우리의 복이 아니요. 칠거지악이라니! 다시는 그런 소리 하지 마시구려. 다시 내 앞에서 그런 말을 하시면 나는 화를 내겠소."

할아버지는 절대로 할머니를 원망하지 않았다. 아니 할머니의 탓이 아니라 하였다. 할머니에게 어떤 짐도 지우지 않았다. 할아버지 이사온은 학자였다. 선비였다. 글을 잘해 선비가 아니고 출중한 서도가 있어 학자가 아니었다. 그는 마음이 이미 학자였고 선비였다.

할머니는 그런 할아버지를 마음속으로부터 존경하였고, 할아버지는 할머니를 애지중지 아끼고 사랑하였다. 그래서였을 것이다. 외할아버지가 먼저 세상을 뜨자 외할머니는 매우 슬퍼하였다. 인명은 하늘에 매인 것을 알면서도 서럽고 안타까워했다.

신명화가 아들을 낳지 못한 용인이씨를 아끼고 사랑한 것은 인간됨 때문이기도 하지만 이처럼 깨어 있는 정신이 가문에 존재하기 때문이었다.

어머니의 기도는 외할머니 때부터 이어온 것이다. 가문에 전해지는 가풍은 아니라 해도 가문의 여인들에게 이어지는 물줄기와 같은 것이었다. 외할머니께서 살아있을 때에는 어떤 일이건 할아버지 묘소에 와서 기도를 하였다. 기원은 가정을 평온하게 했다. 그것은 사랑의 힘이고 돌아가신 할아버지에 대한 예의였다.

할머니께서 돌아가시자 할아버지 옆에 묘를 썼다. 이제는 그 옛날 할머니가 그랬던 것처럼 어머니의 중요한 기도처가 되었다. 어려움이 있을 때마다 어머니는 예전 할머니가 그랬던 것처럼 할아버지와 할머니의 묘를 찾아 기도를 하게 되었다. 할머니가 그랬던 것처럼 할아버지와 할머니의 산소가 어머니의 기도처가 됐다.

그런 땅을 떠나야 한다.

강릉 북평촌.

이제 강릉을 떠나 멀고 먼 한양으로 떠날 시간이 되었다. 한양은 낮선 곳이다. 비록 한양에 아버지가 있다고는 하나 이씨가문의 며느리가 된 몸이니 쉽게 아버지와 같은 공간에 있을 시간도 없을 것이다. 이제 한양으로 가면 덕수이씨가문의 며느리로 살아야 할 것이다.

이제 신행이다.

문득 뒤를 돌아보았다.

언덕 저 너머로 아지랑이가 피어오르듯 추억이 알알이 부서지고 있었다. 그곳에 추억이 묻어 있었다. 비록 몸은 떠나가지만 아련한 19년 동안의 추억은 가져갈 수 없었다. 행여 가슴을 열어도 강릉에서 피어오른 19년 동안의 기쁨과 슬픔을 모두 가지고 갈 수는 없었다. 천리 먼 길을 간다고 해도 마음만은 쉽게 떠나가지 못할 것만 같았다.

이제 운명이 바뀌려 하고 있었다.

여자의 운명은 남자에 의해 좌우되는 것이 조선이라는 사회이다. 내훈의 교육 때문이 아니라도 여자가 시집을 가면 남편을 따르고 남편 가문의 가풍을 따라야 한다. 여자가 가는 길은 남자에 의해 좌우되는 것이다. 남자의 생에 매어지는 것이 여자의 운명이다. 그것이 내훈에서 따르라 가르치는 여자의 삼종지도(三從之道)다.

여자의 운명.

삼종지도야말로 여자의 거역하지 못할 운명인 것이다. 이제 운명은 흐르려 하고 있다. 그 흐름이 인생을 바꾸어 놓을 것이다.

6

아버지의 죽음

주역(周易)에서 원형이정(元亨利貞)이라는 것은 천도(天道)라 하는데 동
양학 전반에 폭넓게 적용하고 성명학에서도 사용하는 용어이다. 천도
를 살핌에 원(元)은 봄이요, 형(亨)은 여름, 이(利)는 가을, 정(貞)은 겨울
이다. 이름에 적용하여 분석할 때는 원은 소년기요 형은 청년기이며,
이는 장년기이고, 정은 말년이니 노년기이다. 즉 원형이정은 태어나고
자라며 열매를 맺고 늙어 죽을 때까지의 인간사 여정을 말하고 있다.

만물이 소생하는 원(元)이니 봄이라 하고 태어나서 자라는 소년기이
고, 만물이 단단해지고 익어가는 형(亨)은 청년에 해당하는 것이며, 소
생하고 익어가는 것은 수확을 위한 것이라는 이(利)라 열매를 맺음이고
장년기와 같이 든든함이며, 수확한 것은 잘 저장해 쌓아두는 정(貞)이
니 계절로 겨울이고 인간의 삶에서는 노년기이다.

원형이정은 길고도 긴 인생항로이다. 삶에 있어 소년기가 중요하고
노년기가 중요하지 않다고 한다면 망발이다. 노년기가 화려하기 위해

청년기가 나빠야 한다는 것도 어울리지 않는 말이다. 인생의 긴 항로에서 어느 것이 중요하고 필요하냐고 묻는다면 그것은 어리석은 질문이다.

사람이 살다보면 노년기에 접어든다. 노년기는 정(貞)에 속하고 숙성이 되어 익은 과일을 저장하는 시기이며 곧 스러지는 해이다.

사람의 인생이란 그런 것이다. 태어나 자라나고 힘을 쓰며 한때는 젊음을 누리는 것이다. 나이를 먹으며 장성함에 완숙함으로 접어들기도 하고 인품이나 학문이 익어 숙성되기도 하는 것이며 늙으면 죽음의 길로 스러지는 것이다.

강릉에도 사람이 살고 그들에게 인생의 주기가 있다.

강릉은 농촌이다. 강릉은 한성에서 먼 곳이고 바다를 끼고 있다. 조선 전체의 등골인 백두대간의 바깥이고 바람이 많다. 사시사철 갈매기가 날고 바닷바람에 실린 짭조름한 갯내가 하늘 가득 퍼지는 곳이며 바닷바람을 막으려 나무를 심는 풍수림이 있는 곳이기도 하다.

강릉은 바다가 가까우니 누가 보아도 해변이라 할 것이다. 그러나 강릉은 넓고 바닷가까지 들판이 펼쳐져 있다. 바다를 끼고 있지만 고기를 잡아 살아가는 어부가 많지 않다. 바다가 가까이 있지만 어부보다는 농사꾼이 많다. 신사임당이 사는 곳이 그렇고 그의 어머니가 살고 조부가 살던 곳이 그곳이다.

농사는 계절이 없다. 늘 바쁘다. 봄이 오면 파종을 하고 여름에는 김을 맨다. 가을에는 가을걷이를 하고 겨울은 다음해 농사 준비를 해야 하니 하루도 쉬는 날이 없다. 바쁜 일손을 나누기도 어려운 일이니 하나같이 일에 매달린다. 논을 갈고 모를 심으면 또 피사리를 한다. 김을 매고 풀을 베고 잡초를 잡으며 살아가며 또 힘든 일에는 품앗이를 하기도 하는데 하나같이 힘들고 곡식은 무럭무럭 자라 손길을 기다리니 잠시도 짬을 내지 못한다. 어디나 농사가 그렇다.

사임당의 집은 사내가 없다. 아들이 없으니 모두가 아낙의 일이다. 바깥일을 지휘하는 것은 사내의 일이다. 그러나 신사임당의 집은 사내가 없으니 여간 북적거림이 적지 않고 손이 많이 간다. 신사임당의 외할아버지 이사온이 죽고 용인이씨가 가사를 맡아 처리하지만 바깥일은 쉽지 않다.

농사는 바쁘게 이어진다. 눈이 오기 전까지는 소변보고 돌아볼 시간도 없으리만치 바쁘다. 밖에서는 머슴들이 일을 하고 안에서는 주인이 여종들을 지휘하고 독려하여 밥과 찬을 만들어 논밭으로 보내고 또 간혹 들녘에 나가 곡식의 자라는 모습도 보아야 한다. 가을이 되면 수확해 거두어들이는 일도 신경을 써야 한다. 하인들이나 종이 알아서 잘하지만 주인의 생각은 따르지 못한다. 늘 그렇지만 주인이 눈길을 멀리하면 반드시 사단이 나니 한시도 눈을 돌리지 못하고 살펴야 한다.

그 와중에도 학문을 멀리할 수는 없다. 예로부터 삼여(三餘)라 하였으니 학문에 소홀할 수는 없다. 잠잘 시간을 쪼개어 학문을 익히고 비오는 날을 택해 글을 읽으며 겨울이라 쉬지 않고 공부한다. 하루가 멀다 하고 농사일에 매달리는 틈틈이 학문을 익혀야 하고 나름 열심히 서화에도 매달려야 하니 하루하루가 바람처럼 흘러간다.

농사일이 바쁘니 쉴 수가 없다. 오늘도 용인이씨는 하인들과 종을 지휘하며 바쁜 하루를 지내고 있었다. 하인들을 독려하여 농사를 살피고 계집종들을 독려하여 내외를 깨끗이 청소하고 겨우 한시름 돌리고 쉬는 중이었다.

"마님!"

행랑아범이 들어선다.

조선은 내외법이 엄연하므로 남자는 안채에 함부로 드나들 수 없다. 행랑아범이 문간에 서서 기웃거리는 품새가 조금 마음에 걸려 용인이 씨는 앞으로 나섰다. 가만히 보니 눈에 익은 듯 말 듯한 떠꺼머리 하인이 뒤에 서있다. 용인이씨가 다가서자 떠꺼머리가 한마디 전했다.

"마님, 한양에서 급한 기별이 왔습니다."

"기별?"

"신 진사 어른께서 작고하셨다고 하옵니다요."

"뭐라고?"

용인이씨는 땅바닥에 털썩 주저앉았다. 하늘이 노래지고 어두운 밤하늘처럼 아무것도 보이지 않는다.

"무엇이라고? 신 진사 영감께서 돌아가셨다고?"

마치 남의 이야기를 하듯 내뱉었지만 가슴이 무너지는 말이다. 남편이 죽었다는 소리가 곧이들리지 않았다. 잠시 멍한 표정을 지었지만 용인이씨는 곧 상황을 파악하고 땅이 무너지는 충격을 맛보아야 했다. 곧이어 이 씨는 땅을 치며 대성통곡을 했다.

한순간에 집안에 곡소리가 울려 퍼졌다.

세상이 암울하기만 했다. 어찌하라는 말인가. 이 집에 피붙이라고는 딸 다섯과 이 씨뿐이었다. 대를 이어나갈 아들도 없다. 당장 무엇을 어찌하라는 말인가! 이제 어떻게 해야 하나? 무엇을 해야 하나? 하나에서 열까지 모든 것이 아득하기만 했다.

하늘이 무너지듯 아득하고 말로 표현할 수 없는 아픔과 설움이 태풍처럼 몰려와 입술을 떨리게 만든다.

용인이씨는 이사온의 외동딸로 태어나 평생을 강릉에서 살았다. 장성하여 한양의 평산신씨 신명화에게 시집을 갔다. 평생을 살아오며 부녀자의 도리는 부모를 모시는 것이다. 잠시 한양으로 가 생활한 적도 있지만 어쩔 수 없이 친정으로 돌아와 강릉에서 살았다. 홀로 계시는 어머니를 봉양하고 모셔야 했기 때문이다. 시어머니와 시아버지를 모시지 못해 며느리의 역할은 아예 하지도 못했다.

생각할수록 후회막급에 불효막심이다.

용인이씨는 가슴이 미어지는 것 같았다. 시댁 부모조차 모시지 못한 처지에서는 더할 수 없는 설움이 복받쳐 오르고 있었다. 남편이 죽었다는 사실이 믿어지지 않았고 하늘이 무너지고 있었다. 남편이 죽었다는 그 소식은 모든 것을 잊게 만들었다. 그렇다고 마냥 슬퍼만 할 처지가 아니었다.

서둘러 한양으로 가야 한다.

남편의 주검을 확인해야 했다. 남편은 주검으로 변해 외롭게 누워있을 것이다. 한양에는 죽은 남편뿐이다. 자신이 남편과 함께 살지 못하고 강릉에 있으니 당장 한양으로 올라가서 장례를 치러야 했다.

한양으로 올라간다 하여도 한심하기 그지없다.

장례를 치르기 위해서는 상주(喪主)가 있어야 한다. 상주 없는 장례를 치르는 일은 상상조차 못할 일이었다. 상주 없는 장례가 어디에 있단 말인가. 상주는 아들이 하는 것이다. 천하가 무너져도 여자는 상주가 될 수 없다. 그렇다고 없는 상주를 어찌 만든다는 말인가. 애초에 아들은 보지도 못했으니 남편의 죽음에 이르러 술잔을 따를 상주는 없었다.

'아이고!'

한숨이 절로 난다.

생각하면 남편도 기구한 운명이다. 남편 신명화도 처갓집 때문에 이미 상례를 두 번씩이나 해야 했었다. 처갓집에 아들이 없으니 외동딸의 남편인 신명화가 상복을 입을 수밖에 없다. 이사온에게 자식이라고는 딸자식 하나뿐이고 그 딸자식이 신명화의 부인인 용인이씨인 것이다. 이사온이 죽었을 때나 장모가 죽었을 때나 사위 신명화가 상주 노릇을 했었다.

신명화가 죽었다.

살아서 장인과 장모의 죽음에 이르러 상주 노릇을 하던 그가 막상 자기가 죽어서는 상주 없는 장례를 치러야 했다. 장례는 양반가문의 일에서 중대사다. 하루 이틀 사이에 마무리 지어지는 일도 아니다. 죽음은 누구에게나 중요한 일이다. 죽은 사람도 중요하고 주변의 사람들도 중요하다.

일은 벌어진 것이다. 슬픔에 슬픔을 더한다. 상주도 없이 죽은 남편이라 슬픔이 더한다. 용인이씨는 더욱 슬퍼 눈물이 앞을 가린다. 그렇다고 주저앉아 울고 있을 수만은 없다.

"서둘러라. 어서 빨리 한양에 가서 아버지 장례를 치러야 한다."

시집간 큰딸 인덕이를 불러내어 앞세웠다. 용인이씨는 나머지 네 딸을 동행하고 허위허위 가파른 대관령 고개를 넘었다. 무엇도 모녀의 발길을 막을 수 없었다.

한양까지는 먼 길이다.

조금도 지체할 수 없다. 횡계를 지나 안흥에 이르렀다. 문득 옛일이 생각났다. 지난날 장인과 장모의 죽음을 알고 죽기살기로 달려왔던 남편 신명화가 생각났다. 용인이씨는 그때가 생각나 이를 악물었지만 떨어져 내리는 눈물을 막을 수는 없었다.

이제는 신명화 자신이 죽었다. 하늘이 무너지는 슬픔 속에서 옛 일이 생각나고 발걸음을 떼자니 마음이 훨씬 지쳐 있었다.

'후…'

용인이씨는 문득 생각난 듯 발걸음을 멈추었다. 이제 발걸음을 내디디면 원주 땅이다. 아직도 갈 길이 멀다.

'여보!'

신명화. 다정했던 남편의 모습이 떠올랐다.

언젠가 이와 비슷한 일이 있었다. 그러나 상황은 달라졌고 당시와 달리 이제는 신명화 자신이 죽었다. 언젠가 미친 듯 강릉으로 달려온 것은 신명화가 맞지만 당시에 죽은 이는 신명화가 아니었다. 이제는 용인이씨와 딸들이 미친 듯 달려가고 있다.

이제 신명화가 죽었다.

문득 어머니의 죽음에 대한 생각이 났다.

언제였던가. 아득한 기억이다. 강릉에서 돌아가신 친정어머니 상례를 치른다는 소식을 서울로 전했다. 당시 신명화는 다른 때와 다름없이 한성에 있었다. 효심 가득하던 신명화가 낮과 밤을 다투어 강릉으로 내달렸다. 그만이 모든 일을 해결할 수 있었다. 오래전 장인 이사온이 죽고 그의 부인 최 씨는 오로지 신명화의 부인이 된 딸 용인이씨에게 의지했었다. 그 최씨부인이 죽었다. 자식이라고는 겨우 딸 하나만을 남겼다. 모든 것이 신명화가 거두어야 할 일이었다.

상주가 없었다. 누군가는 상주를 해야 했다. 이미 이사온의 장례에서 하나뿐인 사위 신명화가 상주를 했듯 이번에도 다를 것이 없었다. 신명화의 일이었다. 앞뒤를 가리지 않고 강릉으로 달려오던 신명화는 강릉집에 다다라 기진맥진해 그만 혼절하고 말았다.

"나는 가야 해, 나는 가야 해…."

신명화가 강릉집에 도달한 것만도 기적인지 알 수 없는 일이다. 쓰러져서도 중얼거리는 그의 목소리에 간절함이 묻어 있었다. 하나뿐인 사위가 달려오다 쓰러져 기진하였고 기식이 엄엄하여 헛소리를 하고 누우니 난리가 났다.

사위가 죽게 생겼다.

미친 듯 상갓집에 달려온 사위가 깨어나지 못했다. 초상에 혼절한 사위까지 생기니 졸지에 쌍으로 초상을 치를 처지에 이르렀다.

"큰일이구먼!"

"쌍으로 초상 치르게 생겼어."

누가 보아도 큰일이었다. 초상집 문상을 왔던 사람들이 여기저기에서 혀를 차고 놀라 야단이 났다. 곳곳에서 근심과 걱정의 목소리가 울렸다. 초상집 마당 곳곳에 죽음의 그림자가 머물고 있었다. 신명화가 장모 초상 치르러 한성에서 죽기살기로 달려왔다가 지치고 기진하여 졸지에 죽음의 지경에 이르렀다.

급히 달려온 의원이 진맥을 하더니 고개를 절래절래 흔들었다.

"허어, 이런 일이 일어나다니 참으로 안타까운 일이오 이 댁의 상주 노릇을 해야 할 사위가 쓰러지고 말다니 말이요. 그나저나 사위는 회생할 가망이 없습니다. 이런 일이 일어난 것은 의원 노릇 40년 만에 처음 보는 일입니다."

의원이 고개를 저으며 시선을 떨구었다.

의원은 반복적으로 진맥을 하고 침을 놓았지만 효과가 없었다. 의원이 끝내 어쩔 수 없다는 듯 고개를 흔들고 무거워 보이는 엉덩이를 들어올렸다. 이제 그가 가면 신명화의 숨도 멎을 수 있는 일이다. 이 씨는 눈이 뒤집혔다.

"아니 되오이다!"

있을 수 없는 일이다. 한이 섞인 울분이 터져 나왔다. 시부모를 모시지도 못하고 살았으며 딸 하나를 낳았을 뿐 자식도 낳지 못해 대를 잇지 못하니 이것이야말로 칠거지악이라, 누구라도 내치면 쫓겨났을 것이리라. 그런 자신을 사랑으로 끝까지 지켜냈던 남편이다. 세상 어디에 내어 놓아도 버릴 것이 하나도 없는 사람, 자신과 자식들에게 가없는 사랑을 쏟아주었던 남편이 이토록 허무하게 죽는다고 생각하니 하늘이 무너지고 억장이 무너진다. 눈에 보이는 것이 없었다.

이 씨는 무조건 뒷산으로 달려갔다. 며칠 전 만든 어머니의 묘에는 아직 잔디조차 자리를 잡지 못했다. 소리치면 그 속에서 어머니가 달려 나올 것 같았다. 그 묘 속에 아버지, 어머니가 나란히 누워 있었다. 이 씨는 무덤 앞에 무너졌다. 새로 만든 어머니의 묘 앞에 엎드려 비복하고 몸속에 있는 마지막 힘까지 뽑아내며 간곡하게 빌었다.

"아버지, 어머니 혼령이시여, 이렇게 두 손을 모아 간절하게 비옵나이다. 부디 남편 신명화를 살려주십시오 어머니, 아버지시여!"

이 씨는 목 놓아 울었다.

"어머니, 세상에는 어디에도 이런 사람 없습니다. 칠거지악도 이분에게는 어림없습니다. 아들 못 낳아 신씨가문의 대가 끊어지게 되었어도 그것이 그르다하지 않고 저를 버리지 않고 외부의 바람으로부터 저를 사랑과 정성으로 지켜낸 의로운 사람입니다. 어머니와 아버지의 혼령이 있으시다면 이 한 사람 신명화를 살려주십시오"

이 씨의 곡소리가 산을 울렸다. 산천이 따라 울었다. 초목도 비통함에 바람에 목을 숙였다. 목을 놓아 우는 소리에 산새들조차 함부로 날지 못해 허공 가득 그녀의 한이 서렸다. 누구라도 그녀의 목소리에 눈물을 쏟을 일이었다. 이 씨는 다시 매달렸다.

"그는 살아야 합니다. 세상을 살면서 오로지 약자의 편에 서있었으니 의인입니다. 태어나 바르고 옳은 일만 했던 사람입니다. 기묘명인이니 의를 행한 천하의 의인입니다. 의인이 죽어 가는데 보고만 계시지는 않겠지요. 의인이며 제 남편인 신명화를 꼭 살려 주서야 합니다. 저는 오직 아버지, 어머니의 혼령만을 믿습니다."

이 씨는 이를 악물었다. 남편을 살려야 했다. 죽게 내버려둘 수는 없는 일이다.

이 씨는 갈구를 마치고 바삐 돌아와 남편을 바라보았다. 아직도 남편은 기식이 흐려 엄엄한 정신이었다. 턱을 가늘게 떨뿐 사색이었고 기식이 영원히 돌아올 것 같지 않았다. 이제 기다리는 것밖에 방법이 없었다. 이 씨는 망설임 없이 품에서 은장도를 뽑아들었다. 왼손을 펴고 은장도를 든 오른손을 지면을 향해 내리찍었다.

손가락 하나가 잘라지고 피가 숫구쳤다.

남편이 죽어가는 것을 볼 수 없었다. 잘린 손가락 자리에서 붉은 피가 뿜어지고 모든 사람은 그만 기절할 지경이었다. 피가 멈추지 않으면 죽을 수도 있었다. 이 씨의 잘린 손가락에서 흘러나온 피가 신명호의 목구멍을 타넘었다. 이 씨는 죽어가는 남편을 위해서 자기 목숨을 초개처럼 내던졌다.

장모 최 씨의 장례식에서 상주가 있어야 된다고 700리 먼 길을 죽기로 작정하고 달려온 남편이었다. 너무도 다급해 경황을 따지지도 못하고 먹지도 못하고 쉬지도 못하고 달려온 신명화는 의인이었다. 결국 허기와 기식으로 혼절까지 하며 달려온 신명화의 사람 됨됨이와 가족에 대한 사랑은 사람을 울리고 세상을 감동시키기에 충분했다.

용인이씨 이야기는 조정에 전달되었다.

"정려를 내려라."

신명화의 가없는 사랑이야말로 천하의 귀감이 되는 일이지만 부인 이 씨의 남편에 대한 희생 또한 가없는 일이었다.

이 씨에게는 정려(旌閭)가 세워졌다.

남편을 향한 일념(一念)은 하늘을 감동시켰다. 사랑이 없었다면 있을 수 없는 일이다. 이 씨의 정성과 노력은 혼령으로 지켜본 아버지와 어머니를 감동시켰다. 신명화와 용인이씨의 사랑과 효심은 그들을 알고 있는 모든 사람의 마음을 감동시켰다. 감동적인 이야기는 강릉 전체에 퍼져 소문이 되었다. 용인이씨의 간절한 소망과 효심은 아버지와 어머니의 영혼에 감동을 주었고 결국 상상조차 할 수 없는 결과로 나타났다.

죽어가던 신명화가 기적처럼 자리에서 일어났다. 의원조차도 살릴 수 없다고 했던 신명화가 몸을 털고 눈을 떴다.

"아버지!"

딸 다섯이 우르르 달려들었다.

죽어가던 아버지가 살아났으니 이 세상에 또 다른 기쁨이 있을까! 단순히 기쁘다는 표현만으로는 부족했다. 무너졌던 하늘이 다시 세워지고 어둡던 하늘이 다시 밝아졌다.

아버지도 딸들을 사랑했다.

"그래, 이 애비는 결코 약하지 않단다. 사랑하는 너희들을 두고 갈 수는 없지 않느냐. 이미 너희들을 다시 보게 될 것을 나는 알고 있었다."

딸들이 눈물을 닦으며 말했다.

"의원께서는 아버님이 기진하여 영원히 살아나시지 못하시리라 하셨습니다. 하늘이 무너지는 것 같았습니다."

신명화가 손을 저었다.

"허허허, 그랬구나. 걱정하지 말거라. 나는 아무래도 외할아버지와 외할머니의 도움으로 다시 살아난 듯싶구나. 생시인지 꿈인지 모를 일이다. 네 외할아버지와 외할머니가 구름을 타듯 다가오셔서 이렇게 말씀하셨어. 신 서방, 자네는 일어날 거야."

"정말 그랬어요?"

"사실이에요?"

딸들도 믿지 못하겠다는 표정을 지었다. 아니, 누구도 믿을 수 없었다. 용하다는 의원까지 일어날 수 없으며 곧 죽는다고 하였으니 누구라도 믿을 일이다. 이미 딸들은 아버지가 죽을지도 모른다고 생각하고 있었다. 그런 아버지가 몸을 일으켜 세웠으니 놀라울 일이다.

신명화가 손을 저었다.

"아니다. 할아버지가 말씀하셨지. 이보게 신 서방, 너무 힘들게 달려왔으니 조금 누워 쉬는 거야. 내 곧바로 일어나도록 해 주겠네. 할아버지는 나를 곧 일으켜 주시겠다고 하셨단다. 사실 몸이 아파 누웠지만 난 너희들의 목소리도 모두 듣고 있었단다. 할아버지와 할머니의 목소리도 선명하게 들었지. 마치 귓가에 다가와 말씀하시는 것 같았다. 그래서 난 반드시 일어날 줄 알고 있었지. 그건 할아버지와 할머니의 약속이셨단다. 걱정하지 말거라. 난 괜찮단다. 너희들과 이렇게 다시 볼 수 있어서 기쁘단다."

아버지가 팔을 벌렸다.

그 모습을 보는 용인이씨로서는 감히 할 말이 없었을 뿐 아니라 가슴 깊은 곳에서 타오르는 뭉클한 감정을 느끼고 있었다. 어머니 아버지에게 간곡하게 빌었으니 그녀가 할 일은 다했던 것이다. 하늘의 뜻을 알 수 없으니 결과만 기다려야 하는 심정이었다. 그런데 남편이 꿈속으로 부모가 찾아와 주었다고 하니 감개가 무량할 뿐이다.

'아버지, 어머니, 감사합니다.'

마음속으로 빌어 본다.

어머니에게 조상은 신이었다. 남편도 신이었다. 그들 모두가 천하에 믿을 수 있는 사람이었다. 조상이야말로 든든한 믿음이 되어 주었다. 지금에 와 신명화가 죽었다하니 모든 것이 꿈만 같았다.

딸들도 잘 알고 있었다. 아버지와 어머니는 그렇게 끈끈한 사랑으로 살아오셨다. 그러한 사실을 두고 의심하는 자식은 없었다. 누구보다 신사임당은 어머니와 아버지의 정을 잘 알고 있었다. 신명화와 용인이

씨의 돈독하고도 가없는 사랑에 대해 다섯 딸들은 누구보다 익히 잘 알고 있었다. 또 사람은 지극 정성이면 죽었던 사람도 살려낸다는 믿음을 터득하고 있었다.

"신이시여!"

이 씨가 비명을 토했다.

사임당의 어머니 이 씨는 오래전부터 모든 세상에 많은 신이 있다고 믿고 있다. 그것은 가문의 전통이고 전해지는 유흔(遺痕) 같은 것이었다. 특히 조상은 신이 된다고 믿고 있었다. 그랬기에 어려운 일이 있거나 해결되지 않는 일이 있을 때마다 아버지의 무덤으로 달음질쳐 올랐던 것이다. 신의 영역은 인간의 생각 이상으로 많은 영험이 있다고 믿었다. 사람의 힘으로 어찌할 수 없는 일을 신이 이루게 해주고 도와주며 노력하고 간절하면 완성해준다는 확신을 가지고 있었다. 그렇게 신명화는 깊은 나락의 흐름에서 깨어나 가족의 품으로 돌아왔다.

한양에 도착했다.

신명화는 이미 산 사람이 아니었다.

어머니와 딸들은 아버지 신명화의 주검을 목도하였고 슬픔에 젖었다. 그나마 다행인 것은 상주의 자리가 비어 있지 않다는 것이다. 그것만이라도 다행이었다. 신명화와 이 씨는 아들이 없고 딸만 낳았으므로 여차하면 상주의 자리가 빌 수도 있었다. 예로부터 딸은 아무리 잘나고 장성하고 높은 가문의 안주인이 되었다 하더라도 상주의 자리에 설수 없었다. 상주는 남자의 자리인 것이다.

다행히 두 명의 사위가 있었다. 불행 중 다행이었다.

상주 노릇은 두 명의 사위가 맡아주었다. 여자들밖에 없는 집안에서 남자의 존재는 이처럼 중요했다. 용인이씨와 신명화의 맏딸인 인덕의 남편이며 신씨집안의 맏사위인 장인우(張仁友)와 둘째 딸 사임당의 남편이자 신씨가문의 둘째 사위 이원수(李元秀)가 상주로서 역할을 하고 있어서 듬직했다. 이원수도 혼인한 지 얼마 되지 않았지만 큰 역할을 맡았다.

사람은 본능이라는 것이 있다. 달리 감(感)이라고 하는 이 느낌은 동물이나 짐승에 비교하여 매우 약해지고 퇴화하였다고는 하나 예로부터 인간도 지니고 있는 기능이다. 단순히 기분 탓이 아니고 느껴지는 것이다.

신명화는 이 감이 빨랐던 사람인지도 모른다. 신명화는 타고난 영감이 있어서 자기의 죽음이 가까이 다가와 있음을 느끼고 알았을 지도 모른다. 대부분의 사람은 죽음이 코앞에 다가와야 비로소 깨닫게 된다. 그러나 신명화는 영성이 있었기에 조금 더 일찍 죽음을 깨달았던 모양이다. 조선의 거유(巨儒)들은 주역이나 명리학을 공부한다. 어쩌면 신명화도 명리학을 통해 더욱 많은 것을 예상했을지도 모르는 일이다.

그의 예감은 적중했다. 아마도 그는 자신이 죽기 전에 해야 할 일이 무엇인지 알고 있었을 것이다. 그중 가장 중요한 일 중의 하나는 가장 아끼고 소중하게 여기던 딸 사임당의 배필을 손수 골라 혼인을 시키는 것이라 생각했을 것이다. 시대는 여자의 천재성을 용납하지 않았다. 천부적인 재능을 지니고 있지만 당시 사회에서는 시서화의 재능을 지녀 용납되기 어려운 딸의 운명을 생각했을 것이다. 그리하여 직접 나서서 신랑감을 물색하였을 것이다. 가문은 좋으나 사회적으로 성공하지 못한 이원수라는 인물을 선택하여 혼례를 치러 놓고 편안한 마음으로 죽음을 맞이했던 것이다.

조선 사회는 폐쇄적인 사회였다. 남아를 선호하던 시대였다. 아무리 뛰어나도 여자는 출세를 하거나 출사할 수 없던 시기였다. 여자가 뛰어나면 오히려 질책을 당하거나 혼삿길이 막히기도 하던 시대였다. 여자는 남자를 받들고 남아를 낳아 가문을 이어주고 종족을 이어주는 일이라고 여기던 때였다.

신명화는 그렇게 생각하지 않았다. 그는 당시 보기 드물게 깨어있는 지식인이었다. 그는 자신의 딸에게 닥칠 운명을 바꾸고 싶었을 것이다. 자신 스스로 아내가 자식을 낳지 못했음에도 안타까워하거나 칠거지악이라 생각하지 않았다. 인류가 반드시 남자에게만 이어지는 것이라고는 보지 않았다. 당시에는 있을 수 없는 일이다. 신명화는 그런 점에서 반항아였다. 남아선호사상에 동승하지 않고 딸들을 사랑하고 좋아했던 신명화는 분명 당시의 시대상으로는 시대를 거스르는 이단아였다.

신명화의 장례는 딸들의 애절한 통곡 속에 치러졌다. 아들은 단 한 명도 없이 인덕, 인선, 인교, 인주, 인경의 다섯 딸들이 아버지의 장례를 치렀다. 사위가 있어 바람막이가 되어주었지만 딸들의 슬픔은 하늘이 무너지는 아픔이었다.

누구보다 용인이씨의 슬픔은 컸다. 사랑해주고 아껴주던 남편의 죽음이다. 딸들의 슬픔은 어머니 용인이씨의 슬픔보다 깊을 수 없었다. 부인 이 씨는 하늘이 무너지고 땅이 꺼져버리는 듯한 인생의 허무를 느끼고 있었다.

"영감."

힘없이 부르는 소리에도 신명화는 눈을 뜨지 않았다.

신명화가 어떤 남편이었던가? 이미 오래전에 죽을 것을 손가락을 잘라 살려낸 남편이다. 칠거지악에 이르는 모든 것을 묻어둔 남편이다. 아들이 없다고 타박하지도 않았던 남편이다. 아들을 두지 못한 친정 부모의 사위로서 궂은일을 마다하지 않았던 사람이다. 아들을 두지 못한 친정 부모가 돌아가셨을 때도 죽음을 불사하고 달려와 기식이 엄엄해 죽음의 문턱에 이르렀으면서도 상주 노릇을 한 사람이다.

죽음은 모든 것을 부질없게 만든다. 모든 것이 안개처럼 흩어지고 바람 부는 가을 들녘처럼 사라졌다.

슬픔의 시간은 짧았다. 장례는 치러졌고 신명화의 시신은 선영에 묻혔다. 세월은 쏜살같아서 순식간에 삼우제가 지나갔다.

갑자기 다가온 슬픔이 지나쳤기 때문인지 어머니 이 씨의 몸에 전에 없던 이상이 왔다. 누구도 생각지 않는 일이다. 남편의 죽음을 예측하고 준비하는 여자는 많지 않다. 지나친 심력이 그녀를 아프게 했다. 먹고 마시지도 못해 며칠을 울기만 하였으니 몸이 말이 아니었다. 탈진으로 인해 몸이 축축 늘어졌다. 그래도 움직여야 했다.

"강릉으로 가자꾸나."

이 씨는 단호하게 결정을 내렸다.

식구들은 서둘러 심신이 지친 어머니를 모시고 부축하며 부라부랴 강릉으로 출행을 시작했다. 한양에서 강릉까지 가려면 열흘 이상은 걸리는 길이다. 한양으로 올 때도 먼 길이었지만 돌아가는 길은 더욱 멀었다. 초상으로 인해 몸이 약해지고 축축 처지는 몸이지만 한양에서 마냥 죽치고 머무를 수는 없는 일이다.

한양에서 강릉은 먼 길이다. 산길을 돌아 굽이를 돌아 동으로 동으로 이동했다. 길을 걸을수록 아버지에 대한 생각이 새록새록 피어났다. 아버지가 이 길을 16년 동안 왕복했다는 생각을 하면 주저앉고 싶고 울음이 다시 터지는 길이었다.

먼지 나는 길을 터벅터벅 걸었다. 아득하기만 하여 길도 끝이 없고 산도 끝이 없다. 아무런 기약이나 생각도 하지 않고 그냥 걸었다. 길을 걷다 보면 몸도 지치고 하염없는 마음도 지치지만 가슴의 회한과 고통은 점차 퇴색되고 있었다. 열흘이라는 긴 시간이 모두에게 약이 됐다. 몸이 지치고 강릉이 가까워올수록 죽은 사람은 점차 잊혀지고, 산 사람은 산 사람에게 필요한 새로움이 생겨났다.

세월은 흐른다.

사람은 나고 자라면 성인이 되고 가정을 꾸린다. 셋째 인경이 어느덧 신랑 홍호(洪浩)와 결혼해 새 가정을 꾸렸다. 새로운 것이 있으면 옛 것은 또 멀어지기 마련이다. 또 하나의 가족이 꾸려지며 잃어버려야 할 것이 생겨났다. 행복한 일이 하나 둘씩 생겨나며 어느덧 슬픈 일들이 하나 둘씩 지워져 갔다.

세월이 약이 되었다. 세월이 흐른다고 모두 잊혀지는 것은 아니지만 기억의 저편이 희미해지고 약해져 갔다. 슬픔이 약해지고 아픔도 지난 추억처럼 희미해져 갔다. 슬픔에 젖어 있던 이 씨에게는 새롭게 일어나는 가족의 변화가 새로운 희망이 되어 갔다. 자식이 자라 새로운 가정을 꾸미고 새로이 가족이 늘어가는 것이 남편의 빈자리를 메꾸어 주었다. 남편이 하지 못한 일을 그녀가 해야 했다.

부모 중 누구라도 해야 하는 일이다. 자식이 자라면 혼인 시키고 짝을 구해 새로운 가정을 꾸려주는 것. 세월의 흐름을 따라 죽은 자를 서서히 잊어가는 것이 죽은 자에 대한 도리였다. 살아있는 자는 죽은 자를 영원히 끌어안고 살 수는 없다. 살아있는 사람의 몫은 살아있는 사람의 것이다.

세월은 흐른다.

아픔이 잊혀져가고 새로운 활력이 피어나고 있었다. 다행스러운 것은 가정이 그다지 쪼들리거나 먹을 것이 없을 정도로 빈한하지 않은 것이다. 농토는 한정되어 있어 가난은 대물림되는 시대였고 갑자기 가세를 일으키기도 힘이 드는 시대였다. 가난한 자는 자신의 운명을 바꾸기에 힘든 시기였다. 물려받은 재산이 많다는 것이 홀로 된 용인이 씨에게는 참으로 다행스러운 일이었다. 남편도 없는데 자식을 먹이고 입힐 재산까지 없다면 삶이 힘들었을 것이다. 아버지 이사온과 어머니 최 씨가 물려준 재산은 강릉뿐 아니라 어디에 내어 놓아도 뒤지지 않을 만큼 넉넉해서 남은 식구들이 살아가는 데 어려움이 없었다.

세월의 흐름을 이기기 어려웠던지 이 씨도 나이를 먹으며 점차 늙어갔다. 어머니 이 씨가 늙어가자 그녀를 대신해서 사임당이 집안일을 꾸려갔다. 애초에 신명화가 데릴사윗감을 골랐던 것처럼 모든 것이 흘러가고 있었다.

오래도록 사임당은 강릉에서 살고 있었다. 한양으로 가지 않은 것은 어머니를 위한 것이다. 이것 또한 신명화의 의도일지도 모른다. 이 씨는 아들을 두지 못했으나 둘째 딸을 아들처럼 여기고 의지하였다.

"너에게 아들이 생기면 나와 아버지 제사는 꼭 챙기도록 해라."

이 씨는 몇 번이고 반복해서 말했었다.

말하지 않는다고 생각이 없는 것은 아니다. 말로 하지 않아도 이 씨에게는 아들이 없음이 한스러웠다. 죽으면 누군가는 제사를 지내야 한다. 조선 시대가 어떤 시대인가? 조상을 숭배하고 조상을 모시던 시대였다. 아들이 없으면 제사를 지내줄 후손이 없다는 것이다. 지금이야 이 씨가 남편의 제사를 지내지만 자신이 죽으면 누가 제사를 지낼 수 있단 말인가? 아들을 낳지 못했으니 자신이 죽으면 남편의 제삿밥을 차려줄 자식이 없었다. 딸들은 시댁의 제사를 모실 일이다.

용인이씨는 사임당을 믿었다.

딸이라고 해서 모두 제사를 지내지 않는 것은 아니다. 반대로 아들이라고 해서 반드시 제사를 지내는 것도 아니다. 딸이라고 해도 아들의 역할을 해줄 자식이 있을 수 있다. 아들이 없는 이 씨는 사임당에게 아들의 역할을 기대하고 있었다. 그것은 아들이 없어도 아들을 대신할 것을 부탁하는 말이고 자신이 아들 없음에 안타까워하는 말이다. 자신만을 사랑한 신명화가 잿밥을 굶을까 염려했던 것이다.

그 말은 아픔이 스며있는 말이었다. 아들을 낳지 못한 어머니가 할 수 있는 가장 간곡한 부탁이었다. 아들이 해야 할 일을 사임당에게 위임하는 언약 같은 것이었다. 아들이 없어 남편이 잿밥을 먹지 못할까 염려되어서였다. 사후 모든 것을 사임당에게 의지하고 있다는 말이었고 아들에게 해야 할 기대를 사임당에게 하고 있다는 언약이기도 했다.

조선의 양반가에서 장자에게 가장 많은 재산을 준다는 것은 조상의 제사를 맡긴다는 의미가 포함된 것이다. 제사를 지내는 만큼 재산도 필요하고 대가가 있기도 했다. 장자에게 재산을 몰아준다는 것은 가문의 재산을 지켜낸다는 의미와 대를 이어간다는 의미, 마지막으로 제사를 책임진다는 의미가 있는 결정이다. 제사는 일반 가문에서 장자에게 이어지는 것이다. 따라서 재산 상속도 그만큼 더 주고자 했다. 한양 수진방에는 집이 한 채 있었는데 신명화가 남긴 집이었다. 이 씨는 그 집을 사임당의 몫으로 일찌감치 정해 두었다.

신명화는 미래를 보는 사람이었을지도 모르는 일이다. 어쩌면 신명화가 이원수를 사임당의 남편으로 정하고 팔자에 없는 처가살이를 제안한 것이 그러한 목적이었을지도 모르는 일이다. 재산의 상속은 나름의 의미가 있어 아버지 신명화와 어머니 이 씨의 제사를 사임당의 아들에게 맡기는 대가였던 셈이다.

그 즈음에 사임당은 또다시 태기가 있었다.

우욱!

밥을 먹다가 갑자기 일어난 일.

조금은 황당하고 당혹스러운 일이다. 갑자기 창자를 끌어올리는 구토가 있었고 밥이 먹히지 않았다. 전에 단 한 번도 없던 일이다. 혼인을 하고 남편이 있다 해도 처음으로 느끼는 태기는 쉽게 읽히지 않는 법이다. 경험이 없는 일은 천재라 해도 모를 수 있으니 혼인을 한 여자가 태기를 느끼는 것도 그런 일이다. 전에 없이 속이 울렁이며 메스꺼움이 느껴졌다. 마치 배를 타고 있어 배가 흔들릴 때마다 멀미를 하는 느낌이었다. 목구멍을 타고 입 안으로 신물이 올라왔다.

옆에서 보고 있던 어머니 이 씨는 즉각 알아챘다.

"탕약을 들어야 하겠다. 애가 들어선 게야."

"어머니!"

어머니의 말에 신사임당이 자지러졌다. 놀라기는 했지만 각오는 했던 일이다. 처녀가 혼인을 하고 아낙이 되면 임신은 당연한 일이다.

임신을 깨달은 그 순간, 세상이 달라지고 있음을 깨달을 수 있었다. 혼인을 해도 자식이 있는 것과 없는 것은 다르다. 사임당은 자신의 인생이 달라져 가고 있는 것을 알았다. 임신을 한 이전과 이후는 전연 달랐다. 이제 자식을 낳아 한 아이의 어머니가 된다는 것은 어제와 다른 인생을 보여주는 것이고 인간적인 성숙을 의미하는 것이다. 이제 살아가는 방법에서 다른 처신을 요구하고 다른 생각이 필요하다. 아이를 낳는다는 것만으로도 지금까지와는 전혀 다른 인생이 전개되는 것이다.

'어찌한다?'

마음 깊은 곳에서 고민 아닌 고민이 피어난다. 사서 고생한다고 할 수 있지만 걱정 아닌 걱정도 피어난다. 아직 처녀로 아무것도 모르는 암흑천지와 같건만 이미 낭군이 있는 몸이니 마음은 자꾸만 자신의 내부를 파헤친다.

'어떤 아기가 태어나는 것일까? 내가 아이를 가졌어. 아들일까? 아니, 딸인가? 아들이면 좋겠다. 어머니처럼 딸만 낳아서는 안 되니 아들 낳기를 빌어야지. 어머니가 아들을 낳지 못하고 아버지의 사랑이 있었음에도 죄인처럼 일생 동안을 괴로워하며 사신 것을 생각하면 아들은 낳아야 해. 하늘이시여!. 옥동자를 점지해주셔서 저에게 행복을 주시옵소서.'

마음속의 간구는 한이 없다.

신사임당은 빌고 또 빌었다. 사임당의 마음을 아는지 모르는지 남편 이원수는 아직도 정신을 차리지 못하고 백수로 지내고 있었다. 혼인 첫날밤 학문을 익히고 출사하여 가문을 빛내야 한다고 피를 토하는 심정으로 그리도 간곡하게 부탁하였지만 천성은 그가 학문과는 거리가 멀다는 것을 보여주듯 앞날은 뿌연 안개뿐이다.

덜컥! 가슴이 내려앉는다.

"안 돼!"

불현듯 소스라친다.

아들이면 뭐하리.

자식이 아버지를 닮으면 어찌한단 말인가? 자식은 아버지를 닮는 법이다. 천하에 놀고 하릴없는 세상을 버리는 남편 이원수 같은 아들이 나온다면 이는 또 다른 고통이다. 그런 생각을 하니 하늘이 노랗게 변했다. 집안에 백수는 하나로 족하다. 아니 하나로도 넘치는 일이다. 백수는 이제 그만이다.

'아들이라면 어떤 아들일까?'

생각이 파도를 쳤다. 생각할수록 머릿속이 어지러웠다. 누가 뭐라고 해도 양반의 자제는 학문을 하고 관직에 올라야 하는 것이 아닌가. 그것만이 살길이고 가문을 빛내는 일이다. 이원수에게는 기대할 것이 아무것도 없었다. 만에 하나 아들로 태어나 애비를 닮았다면 미치고 펄쩍 뛸 일이다.

간절함이 손을 모으게 만들었다.

"신이시여. 저에게 아들을 점지하여 주시옵소서. 아버지 신명화처럼 올곧고 매사 의로운 사람이 될 씨앗을 점지하여 주시옵소서. 백수로 살아가는 지아비와는 다른 인성을 지닌 자식을 주옵소서. 지아비처럼 글을 멀리하고 술을 좋아하는 백수가 되지 않게 해 주소서. 간곡하게 비나이다. 조상님들이시여, 계시다면 저의 소망을 들어 주시옵소서. 제가 낳는 자손들은 지아비를 따라 백수가 되지 않게 해주시고 아비의 성품은 닮지 않도록 애써 도와주시옵소서."

생각하면 눈물이 흘렀다.

그녀는 함정에 빠진 것 같았다. 어려서부터 아버지 신명화와 외할아버지 이사온의 성품 아래 학문을 익히고 배움을 이어온 자신이다. 그런데 남편이라는 사람은 전연 달랐다. 학문과도 멀고 품위도 없었다. 시장판의 파락호나 다름없었다. 그녀에게 지아비라 나타난 이원수의 성품과 행실은 하늘이 내린 천형(天刑)과도 같은 것이었다.

절로 눈물이 났다.

"신이시여, 소녀를 어여삐 여기시고 자식은 남편이 아니고 아버지를 닮은 성품의 소유자가 되게 하여 주십시오. 아버지가 어찌하여 그런 무능한 사람을 제 낭군으로 점지하였는지 모르겠습니다. 제 낭군의 백수와 같은 성품이 자식에게 물려져서는 아니 되옵니다. 비옵고 바라옵나이다. 제 낭군의 성품을 닮지 않은 자식을 주시옵소서. 간곡히 바라나이다."

피눈물이 나는 간구였다.

훌륭한 자식을 낳고자 하는 노력도 아끼지 않았다. 임신을 한 날로부터 몸가짐을 새롭게 하였다. 그것은 조선 시대 양반의 여인들이 하는 태교였다. 언제나 몸을 바로하고 지나침이 없게 하며 조신하게 살았으나 임신을 알고부터는 부정을 타지 않도록 노력하고 더욱 조심하기를 살얼음판을 걷는 듯하고 말을 할 때도 성내거나 노하지 않고 절대로 감정을 격하게 하지 않았다.

신사임당은 최선을 다했다. 뱃속의 생명체도 인격체였다.

내훈(內訓)에 기록되어 있는 대로 마음을 정갈하게 하고 정성들여 태아 교육을 했다. 모든 것이 소망이었고 모든 것이 마음의 정성이었다. 사임당의 태교는 그 어떤 어머니보다 정갈하고 정성을 들인 것이다. 어떤 경우도 큰소리를 지르지 말며, 욕을 해서도 안 된다. 화가 난다고 성을 내는 것도 안 된다. 시기와 질투를 삼가고 상스러운 말도 삼가야 했다. 남편이 술을 마시고 들어와 대자로 뻗어 자는 것을 보고 가슴에서 열불이 난다 해도 입 밖으로 싫은 소리를 하지 않고 화를 내지 말 것이며, 주위에서 들려오는 상스럽고 난잡한 말을 듣는 것도 안 되지만 입을 열어 마구 내뱉듯 해서도 안 된다.

생활의 모든 것이 태교였다.

아름다운 그림을 보고 마음속에 그리며 깊이 생각하고, 성스러운 그림을 보고 색채를 즐기되 빠지지 않고 바라보아야 한다. 아주 작은 것이라도 나쁜 마음을 가지지 말아야 하며, 신에게 간절히 간구하는 마음을 가져야 했다. 욕심을 내어 지나치게 바라지 말 것이고 행실에도 지나침이 없어야 한다.

이제 어머니가 된다. 아내로서 만족하는 것이 아니라 어미로서 훈육의 준비를 해야 한다. 어머니의 책임은 무겁고 행실은 단정해야 한다. 아이가 들어섰으니 이제부터는 어머니의 길을 가야만 한다. 어제까지의 나는 잊고 어머니라는 새로운 인격체로 아이를 위한 새 삶을 살아가야 한다. 매사 아끼며 조심하고 무거운 것을 들어서도 안 된다.

항시 몸조심을 했다. 서둘거나 성내지 않고 차분하게 일을 처리했다. 지나치게 힘들거나 험한 일을 하지 않고 몸을 바로잡아 조신하게 행동했다. 숨도 함부로 쉬지 않았다.

어머니는 아기의 조상이다. 사임당은 자신의 몸이 아기를 키우는 그릇임을 잘 알고 있었다. 나름 영양에도 신경을 써 음식도 골고루 먹어 섭생을 조절했다. 아기가 탯줄을 통해 숨을 쉬며 어미의 몸에서 제공하는 영양분을 섭취해서 커가고 있음을 잘 알고 있기에 조심스럽고 정성스럽게 행하였다.

마음도 중요했다.

아기를 뱃속에 기르면서 악한 마음을 가질 수는 없는 일이다. 아기의 마음이 악해질 것이고 마음을 선하게 가지면 아기도 마음이 선할 것이라 생각했다. 어미의 심성이 아기에게 그대로 전해진다고 생각했다. 어미가 사악한 마음을 가지고 있으면 아기의 심성이 사악해지고, 성스러운 마음을 가지고 태교를 하고 생활하면 아기도 성스러운 생각을 한다. 그래서 임신한 어머니는 철저하게 태아교육을 하여야 한다.

자식이란 임신했다고 해서 열 달이 차면 무조건 인간이 되어 태어나는 것은 아니다. 뱃속에 담고 있다고 기르는 것이 아니다. 자식을 기르는 일은 막연한 기다림이 아니고 세월의 흐름도 아니다. 뱃속에서 자식을 기르는 과정은 인내하는 시간이고 수도하는 것과 같으며 어미의 정성과 마음 쓰임이다.

여자에서 어머니로!

아내에서 어머니로!

아기가 태어나는 것으로 가정에 변화가 온다. 아기의 울음소리만으로 가정에 봄이 오고 아기의 맑은 심성이 가정을 변화시킨다. 아이가 심성 곱게 태어나면 밝은 가정을 약속한다. 그러나 아이의 심성이 거칠고 포악하며 어두우면 가정은 그날부터 암흑의 구렁텅이로 빠져드는 것이다.

"신이시여."

신사임당은 간곡하게 빌었다. 올바른 자식이 태어나기를 간절하게 빌었다. 심성이 맑은 아이가 자식으로 태어날 수 있게 되기를 빌었다. 자신의 태를 빌려 태어나는 아이는 착하고 심성이 곱기를 바랐다. 그런 자식을 잉태하고 자라나게 하기 위해 먼저 자신을 깨끗하게 하여야 한다는 것도 알았다.

신사임당은 최선을 다했다. 어머니는 여자이기도 하지만 어머니인 것이다. 그러한 이치를 사임당은 누구보다도 잘 알고 있었다. 매사 행동과 정신에 정성을 들이고 행실을 침착하게 하며 생활했다. 자신의 행동을 뱃속의 아이가 보고 있다는 생각을 하였다.

모든 것이 달라졌다. 붓을 들어 그림을 그릴 때도 밝고 맑은 정신으로 정성을 다해 그려야 한다는 것을 알았다. 아름다운 심성과 어여쁜 얼굴을 지닌 아이가 태어나기를 바라 비단에 꽃을 그렸다. 태어나는 아기의 심성이 꽃처럼 아름답기를 바랐다. 또 포도를 그렸다. 포도를 그릴 때는 싱그럽고 알맹이가 풍성하게 그려냈다. 포도의 씨처럼 아들이 나와 대를 이어주기 바랐다.

뱃속에서 자식이 자라니 효도에 대한 생각도 새삼 달라졌다. 많은 것을 생각하니 부모의 생각도 절로 났다. 강릉에서 자식을 낳고 어머니에게 효도하는 것도 좋은 일이다. 그러나 이원수의 어머니 홍 씨를 생각하면 마음이 무거워지고 가슴이 울컥해지는 것 같았다.

이원수를 강릉으로 보내놓고 홀로 지내는 어머니다. 얼마나 외로울지는 말을 하지 않아도 알겠다. 다섯 살 난 이원수를 가슴에 품고 한양으로 와 떡장수를 해서 길러낸 억척의 어머니다. 얼마나 자식과 며느리가 그리울 것인가. 이원수는 나 몰라라 하지만 사임당은 능히 짐작하고 남음이 있었다. 곧 손자가 태어날 것이 아니던가! 강릉에서 친정어머니를 모시는 것도 효도이나 시어머니를 모시는 것 또한 효도이다.

어느 날, 밖에서 하릴없이 노닥이는 이원수를 불러들였다.

"상공, 한양 시어머니께 가십시다. 제가 임신해서 배가 불러 옵니다."

이원수의 눈이 통방울 같아졌다.

"뭐라구요? 임신을 했다구요?"

"그러하옵니다. 상공."

덥석! 이원수가 무릎걸음으로 다가와 신사임당의 손을 잡았다.

"참으로 감사한 일이오. 먼저 하늘에 계신 아버님께 감사를 드리고자 하오. 혹 모르오이다. 대를 잇게 될지 말이오. 내가 아버지가 된다니 놀라운 일이오. 또 돌아가셨지만 장인어른께도 오늘의 이 날이 있게 만들어주신 분이니 머리 숙여 감사드립니다."

"그렇습니다. 조상의 은덕이지요."

"어서 서두릅시다. 이왕 나온 말이니 서둘러서 한양으로 출행합시다. 그동안 너무 격조했소이다. 한양에서 오래도록 초조한 마음으로 기다리고 계실 어머님을 생각하면 가슴이 미어지오이다. 어서 이 사실을 어머님께 전하고 싶소이다."

이원수가 감격을 숨기지 않았다.

기쁨이 눈물이 되었다. 그는 기쁨을 참지 못하고 눈에서 눈물을 흘렸다. 그것은 기쁨의 눈물이다. 말을 하지 못해도 마음속에서는 얼마나 기다리고 간구했을까! 강릉을 떠나 어머니가 홀로 계시는 한양으로 가는 생각을 수없이 했을 것이다.

신사임당은 남편을 채근하여 서둘렀다.

생각지도 못했던 일이기에 이 씨는 떠나는 딸을 말리지 못해 섭섭해 했다. 못내 안쓰러운지 섭섭해 하는 어머니와 작별 인사를 올렸다. 계속 강릉에 머물러 살 수도 있지만 사대부의 며느리 역할을 하고자 한다면 이제는 시댁으로 가는 것이 옳았다.

이왕 마음을 먹었다면 서두르는 것이 옳았다. 동생들과도 작별을 고했다. 그들 모두 사임당의 한양 출행을 기뻐하면서도 헤어짐이 못내 아쉬워 눈물을 흘렸다.

발걸음을 빠르게 놀렸다.

한양은 멀었다.

부지런히 서둘러 한양으로 향했다.

대관령 고갯마루에 다다랐다. 걸음을 멈추고 불현듯 뒤를 돌아보았다. 산곡을 스치고 올라온 바닷바람이 치마를 펄럭이게 만들었다. 아스라이 보이는 북평촌은 언제나 그랬던 것처럼 평화스럽게만 보였다.

아버지가 16년 동안 이곳을 넘나들었다는 생각이 들었다.

'다시 보자!'

발을 돌렸다. 북평촌에서 불어오는 바람이 자꾸만 발을 잡아 걸음을 떼기가 힘들었다. 자꾸만 뒤돌아보면서 가야 했다.

드디어 대관령을 넘었다.

7
시어머니와의 만남

혼인을 하면 초야를 지내고 가마를 타고 시댁으로 오는 것이 일반 양반가문의 혼사이고 당시의 풍습이다.

신사임당은 달랐다.

시어머니 홍 씨도 일반적인 사대부의 여인은 아니었다.

이원수는 어쩌면 시어머니 홍 씨의 대범함을 닮았을지도 모르는 일이다. 어머니가 저리도 고생을 하는데 백수건달로 살아가는 것도 간담이 적은 좀팽이로는 쉽지 않은 일이기 때문이다. 다만 삶의 방식이 문제이고 어려서부터 인간됨을 가르치지 않은 영향이다.

어찌 보면 이원수의 도량은 작지 않았다. 그는 비록 마음이 드러나지 않았지만 사임당의 자질을 인정하였고 아내의 말에도 귀를 기울였다. 달리 생각하면 신사임당이 친정에서 생활할 수 있도록 배려한 것도 도량이 넓기 때문이었다. 그러나 그가 학문과 거리가 있었고 배움에 익숙하지 않아 사임당과는 생각이 달랐던 것이다.

홍 씨는 서두르지 않고 기다려 주었다. 그녀가 용인하지 않았다면 신명화가 아무리 여러 가지를 생각했다고 해도 어림없는 일이 되었을 것이다. 이원수가 용인했다 해도 사임당이 강릉에서 버티기란 힘든 일이다. 모두 홍 씨의 배려 때문이었다.

시어머니 홍 씨는 강한 여인이었다. 세파에 시달렸지만 쓰러지지 않고 살아남은 강한 사람이었다. 시장에서 수많은 사람을 상대하며 살아왔기에 흘러가는 세상의 이치를 알고 있었다. 겪고도 남은 수많은 경험으로 인간사의 흐름을 아는 사람이었다. 곱게 늙어 앞뒤가 꽉 막힌 양반가의 안방 노파가 아니라 세상의 이치를 이해하고 삶의 무게를 경험하여 화통하게 확 트여 있는 어른이었다.

"어서 오너라."

홍 씨가 반갑게 맞아주었다.

신사임당은 서둘러 자세를 바로 했다. 이미 오래전에 신행으로 와서 인사를 올려야 했을 일이지만 이제야 온 셈이다.

"어머님, 절 받으십시오. 큰절 올리겠습니다."

홍 씨가 몸을 바로 하여 절을 받는다. 어른으로서 당연히 받아야 할 절이다. 매우 늦은 절이다. 이미 오래전에 받아야 할 절이기도 했다. 그러나 홍 씨는 과거의 일로 문제 삼을 사람이 아니었다.

덥석!

대신 손을 뻗어 며느리의 손을 잡았다. 온갖 세파를 홀로 이겨낸 듯 나이에 어울리지 않게 까칠해진 손이며 손가락 마디마다 굳은살이 배었음을 모를 사임당이 아니다. 그 모습만으로는 양반가의 안주인이 아니다.

"그래, 네가 내 며늘아기로구나. 먼 길 오느라 수고가 많았겠구나.

강릉과 한양이 어디 이웃집처럼 가까운 곳이더냐? 네가 이곳까지 오느라고 고생 많았다. 홀몸도 아니고 뱃속 아기까지 있는 몸이니 너무 격식 차리지 말고 편하게 지내도록 하거라."

홍 씨가 온화함을 보였다.

'후.'

신사임당은 남모르게 한숨을 불어내었다.

'감사합니다.'

신사임당은 걱정이 풀어지며 마음속으로 몇 번이고 감격을 토했다. 조마조마하던 마음이 평온으로 변했다. 사람은 첫 만남이 중요하다. 오랜 친정살이에 시어머니가 화를 내거나 찡그릴 수도 있었다. 그러나 홍 씨는 온화하기만 했다. 첫 인상이 평생을 가는 법이고 첫 번의 만남에서 사람이 가진 속마음이 그대로 나타난다. 적대적인 감정과 실망감, 대립의 감정도 본능적으로 느낄 수 있다.

시어머니와 며느리는 지극히 적대적인 경우가 많다. 며느리도 시간이 지나고 자식을 기르면 시어머니 입장이 되지만 당장 당하는 며느리의 입장에서는 시어머니가 적대적으로 보이기도 한다. 자신이 시어머니가 되면 며느리 적 생각을 잊어버리고 독한 마음으로 시어머니 노릇을 한다.

시어머니와 며느리는 십중팔구는 갈등 관계이다. 그들의 뇌 구조가 그러니 그들 사이에 끼어 있는 남자가 미칠 노릇이다. 다행히 현명하면 조율이 되지만 멍청하거나 중재 능력이 없으면 고부 갈등이다. 이 남자가 판단을 잘못하거나 행동을 잘못하면 시어머니와 며느리의 다툼이 된다.

숙명적으로 남자를 사이에 두고 빼앗기고 빼앗는 사이가 되어버린다. 결국 고부 갈등으로 이어지고 숙명적인 뺏고 빼앗기 싸움으로 변질된다. 이러한 관계 개선의 우선적 방법은 누군가 소유권을 가지는 것이다. 가장 이상적인 소유권은 남자의 여자인 아내가 소유권을 가지는 것이다. 그러나 어머니들은 소유권을 놓기가 싫다.

홍 씨는 이미 숙명을 아는 여자였다. 이미 오래전에 아들을 놓아버린 여자이다. 오래전에 세상의 흐름을 경험한 사람이다.

홍 씨는 마음이 넓었다.

"어머니."

사임당은 어쩌면 예상하고 있었을지도 모른다. 때로는 처음부터 홍 씨의 그릇을 알아보았을 것이다. 양반가의 가문에서 그림이나 그리는 여자를 며느리로 맞이하기는 부담스러운 일이다. 때로는 수치까지는 아니라도 가문에서 그런 며느리를 들였다고 욕을 먹을 수도 있다. 가문에서 며느리를 일러 환쟁이 어쩌고 하며 업신여길 수도 있었다.

홍 씨는 개의치 않았다.

시어머니와 며느리라는 측면에서 사임당은 복이 많은 며느리다. 간섭하지 않고 대범하니 좋은 시어머니를 만난 것이다. 가문 대 가문이라는 말 속에는 시댁 어른이 포함되니 좋은 시댁으로 혼인을 한 것이다. 단 학문을 싫어하는 남편이 부족하다 느낄 수 있지만 그 또한 바뀌지 않는 운명이다. 세상의 모든 남자가 학문을 좋아하는 것은 아니다. 어쩌면 신명화는 명리학을 바탕으로 신사임당의 남편이 그럴 것이라는 것을 알았을지도 모른다.

시어머니는 생각의 폭이 넓었다.

신사임당의 예술적 재능이라는 측면에서 시어머니의 배려는 매우 좋고도 행복한 일이었다. 조선의 가풍이 대부분 그렇듯 격식을 차리고 품위를 따지는 사대부의 가문이었다면 그토록 오랜 친정살이는 어림도 없었을 것이다. 더불어 그러한 구색을 따지고 격식을 따지는 사대부 가문이었다면 아무리 재능이 있어도 예술혼을 피우기는 어려웠을 것이다. 어쩌면 사대부 가문에서 여자가 그림을 그린다면 기생이나 환쟁이 취급을 하였을지도 모르는 일이다.

신사임당은 마음이 편해졌다. 사람의 복이 최고라는 것을 일러 이러한 경우를 말한다. 일찍이 과부가 되어 산전수전을 겪은 시어머니의 마음이 넓으니 마음의 갈등 따위는 필요치 않았다. 낯선 시댁에 온 며느리로서는 큰 걱정을 던 셈이다.

다행이다. 시어머니의 마음이 순후하고 인정이 있었으니 이제 한시름 놓았다. 어머니의 성정이고 마음 씀씀이라면 그림도 그릴 수 잇을 것이다. 모두 강릉의 어머니가 하루도 빠지지 않고 산에 올라 간구한 덕분이라는 생각이 들었다. 어머니의 기도 때문이고 외할아버지와 외할머니의 혼령이 도왔다고 생각했다. 어머니가 매일처럼 산에 올라 산소에 빈 것이 자신의 인생을 밝혀주는 것 같았다. 근심이 사라지고 행복한 마음이 드니 마음이 날아갈 것 같고 행복감이 몰려왔다.

남편은 못났지만 시어머니에게 의지해도 좋을 것 같았다.

'참으로 좋은 분이시다. 아가야, 넌 참으로 좋은 할머니를 가지게 되겠구나. 너는 참으로 복이 많은 아이로구나.'

생각할수록 마음이 포근해졌다. 마음이 놓이자 포근한 감정이 들었다. 이제 한양집도 어색하지 않게 살 수 있을 것 같았다.

한양 생활이 시작되었다.

한양 생활은 겉으로 보기에 어려움이 없었다. 그러나 하나하나 세밀하게 따지고 들어가면 사람이 살아가는 일에 어려움이 없을 리가 없었다. 시집살이가 그렇다. 시어머니가 꼬투리를 잡자고 하면 한이 없을 테지만 홍 씨는 늘 여유를 주었다. 어려서부터 모든 것을 열심히 배웠고 혼인하기까지 부모님의 가르침을 받아 내훈을 읽고 배우고 익혔으며, 뜨개질이며 음식 만드는 법을 배우고 살림살이를 조목조목 챙겼지만 실제 생활에 들어서는 모자라는 점이 하나둘이 아니었다.

홍 씨는 마음이 깊었다.

어느 날, 홍 씨는 며느리를 불러 앉혔다.

"며늘아기야."

"네, 어머니."

"힘들지?"

"아닙니다. 제가 아직 익숙치 못한 탓입니다."

"아니다. 살아온 환경이 다르니 힘이 드는 것이 당연하지. 아가야. 너는 이제부터 나를 챙기고 모시려는 일에 신경 쓰지 않아도 된다. 그리 하거라."

"무슨 말씀이신지요. 제가 어머니를…"

홍 씨가 손사래를 쳤다.

"그런 말이 아니다. 너를 보니 나는 참 좋구나. 너는 좋은 집안에서 자랐단다. 가풍이 훌륭하고 부모가 사랑해서 잘 양육하였지. 아무리 가정교육이 잘 되었다고는 해도 모든 일이 마음 같지 않으니 세상에는 할 일도 많고 어려운 일도 많단다. 너는 너무도 할 일이 많은데 살림에 묶여 있구나. 글 읽고, 그림 그리고, 서도를 하여 글쓰기 하고, 자수까지 하느라 살림 공부에 소홀할 수밖에 없었을 것이다.”

“죄송합니다.”

“아니다. 그런 말이 아니란다. 나는 많이 생각해 보았다. 네가 지닌 재능이 무뎌질까 두렵구나. 이제부터 살림은 신경 쓰지 않아도 된다. 너는 그림과 글씨에 매진하거라. 알다시피 우리 살림이 그다지 큰 것도 아니지 않느냐. 나와 양주댁이 살림을 챙기면 된다. 이미 하던 일이니 크게 달라질 것도 없다. 너는 집안의 살림에는 크게 신경을 쓰지 않아도 된다.”

“네, 어머니.”

사임당은 진심으로 감사하는 마음으로 고개를 숙였다.

자세를 바로 한 홍 씨가 다시 입을 열었다.

“이제 한양에서 살림을 차리니 부담이 될 것이다. 예의상 신혼치레를 하지 않을 수가 없구나. 이는 모두 하는 것이고 주변에 대한 예의니 말 수도 없구나. 최대한 간소하게 할 것이다. 우리는 일찍 고향을 떠나 친척도 가까이 없으니 가까운 곳에 사는 집안 어른 몇 분과 마을 어른 몇 분을 초대할 것이다. 네가 편하자면 이도저도 모른 척하는 것이 우선이나 혼인을 한 것을 아는 어른들이 있으니 하지 않을 수도 없구나. 또 신혼례를 하여야 네 남편도 체면이 서는 것 아니겠느냐. 그것으로나마 간단히 신혼치레를 할 것이다. 간단히 할 것이니 그렇게 준비하거라.”

어찌 보면 다행스러운 일이었다.

사실 제대로 신행을 하고 가문의 주변 어른에게 보인다면 진땀이 나는 일이었다. 그나마 간소하게 하겠다니 다행이었다.

강릉을 생각하면 허리가 휠 일이다. 사임당의 가문이 강릉 일대에선 가장 큰 가문이기도 했지만 무시할 수 없는 역량도 있었다. 이래저래 들여다보는 사람이 많으니 행사가 커지기 마련이다.

어느 집안이나 그렇지만 마을에 일이 생기면 부근에 사는 모두의 일이 되어 버린다. 강릉에서는 마을의 어느 집에 일이 생기면 너와 나를 가리지 않고 찾아가 온 마을 사람들이 자기 집 일처럼 참여하는 풍습이 있었다.

혼례는 더욱 큰일이다. 강릉에서 혼례는 인륜지대사 이전에 마을의 잔치가 되기 일쑤였다. 강릉에서는 신혼부부의 집들이는 어느 한 개인의 일이 아니다. 온 마을의 축복이고 행사가 되는 아주 큰일이었다.

한양에서의 생활과 강릉에서의 생활은 달랐다. 생각해 보면 규모부터가 큰 차이가 났다. 강릉은 일대에 소문이 날 정도로 무지막지하게 큰살림이었다. 따라서 강릉 북평촌에서 사임당의 가문에서 벌어지는 일은 아주 큰 행사였다.

한양은 달랐다.

강릉을 생각하면 이원수의 가계와는 그 규모가 달랐다. 규모가 달라도 많이 달랐다. 강릉과 비교할 수 없는 규모였다. 강릉에서 신혼 행사는 온 마을의 행사였다. 신혼이란 것이 그런 것이다. 길고도 긴 혼례가 끝나면 온 마을의 잔치가 벌어지고 신랑의 발바닥을 북어로 두들겨 패고, 긴 혼인의 밤이 이어진다.

한양은 달랐다.

우선 규모가 달랐다. 이미 초야를 치르고도 시간이 흐른 뒤에 느지막하게 온 신부 때문에 혼인의 기분도 아니었다. 더불어 재미가 넘치고 사람이 몰리는 혼인 초야도 아니기는 하지만 애초부터 규모의 차이는 많았다. 그렇게 작은 신혼치레가 차라리 마음 편했다.

잔치라고 할 것도 없었다. 강릉에 빗대어 보면 작은 술판 정도도 되지 못했다. 강릉은 한양과 멀리 떨어진 곳이지만 풍족하고 넘쳤다.

서울의 잔치는 작았다. 가문이 훌륭하다고는 하지만 집안의 퇴락이 눈에 보이는 듯했다. 그래도 외아들의 신혼례가 아닌가? 요란하고 벽적벽적하지는 못해도 나름 사람이 몰려 소란은 해야 하는데 그나마 몰려온 사람이라고는 친인척 몇 사람이 전부였다. 어쩌면 시어머니가 꼭 필요한 사람에게만 소식을 전했을 수도 있다. 그래도 잔치가 너무 작았다. 음식의 양도 작아 오히려 처량해 보일 지경이었다. 잔치가 아니라 작은 술상을 보는 기분이었다.

그래도 명색은 신혼례이다. 신부가 처음으로 시댁에 온 날에 손님을 불러들여 벌이는 잔치인 것이다. 그러나 그 잔치가 너무도 생경하고 볼품없었다. 잔치 음식도 신경 쓸 것이 없었다. 강릉과는 비교조차 할 수 없었으므로 음식을 마련하는 일체의 행사도 사임당은 나설 필요가 없었다. 비록 초라했지만 시어머니의 깊은 배려가 아름답고 눈물겨웠다. 음식도 시어머니와 양주댁이 대부분 마련했으므로 사임당은 신경 쓸 것이 없었다. 신행에 나선 며느리가 행여 부담을 느끼지 않을까 배려한 것이었다.

초례가 시작되었다.

시어머니를 시작으로 친척 분들이 차례로 인사를 받았다. 만약 일가 친척이 많은 파주였다면 이야기는 달랐을 것이다.

잔치는 강릉과 전연 달랐다.

이원수는 술을 잘 마셨다. 강릉에서 혼례를 치르는 날도 그랬다. 이원수는 보라는 듯이 행동했고 배포를 보이는 듯 행보했다. 또래의 마을 청년들이 장난삼아 주는 술을 거부하지 않고 마셔댔다. 마을 청년들이 하나같이 달려와서 축하한다고 한 잔씩 술을 권하였고 이원수는 한 잔도 거부하지 않고 모두 받아 마셨다. 마을 사람들이 모두 혀를 내두를 만치 술을 잘 마셨지만 결국은 지나친 술에 잔뜩 취했었다.

한양은 달랐다.

어쩌면 소박하다고 해야 할지도 몰랐다. 친척들이나 마을의 친구 몇 명이 모여 의례적으로 건네는 몇 잔을 마시기는 했지만 이원수의 간에도 기별이 가지 않았다. 강릉과 달리 길게 가지도 않았고 시늉만 내듯 간단하고도 쉽게 모두 끝났다.

한양 생활이 시작되었다.

세월이 흘렀다.

인간사 세월이란 돌아오지 못하는 물과도 같아 순식간에 흐르고 말았다. 누구도 세월의 흐름은 예측하지 못한다.

아기는 무럭무럭 자랐다. 뱃속의 아기는 특별히 큰일이 있지 않고서는 어머니의 보호를 받으며 자라기를 마치 시루의 콩나물 같다. 세월이 흘러 열 달이 차면 아이는 다 자라고 결국 세상의 태양을 보기 위해 엄마의 몸 밖으로 나온다. 10개월이란 길고도 짧다. 어머니는 임신의 10개월이 장고의 시간이라 길고도 험하지만 그것을 바라보는 사람에게는 짧은 시간이다.

열 달이 흘렀다.

모두가 기대를 가지는 일 중의 하나가 아기의 출산이다. 인간의 세상살이에서 가장 성스러운 일 중의 하나이며, 가족과 부모의 입장으로서 제일 큰 행사가 아기의 출산이다. 가족들은 하나같이 모여 아기씨의 생산이 자연스럽고 문제없이 이루어지기를 기원했다.

모두 모였다. 산통이 있기는 했어도 출산은 그다지 어렵지 않았다.

"으앙!"

방 안에서 아기 울음소리가 났다.

집안이 들썩거리도록 운다는 옛말은 거짓말이었다. 아기는 지극히 편안하게 태어나 제시간에 울음을 터뜨렸다. 그다지 힘들이지 않고 낳았다는 것이 행복의 한 부분이었다.

순산을 했다. 아들이었다.

'아버지!'

사임당은 보이지 않는 아버지를 생각했다.

아버지도 아들을 가지고 싶었을 것이다. 아버지는 말이 없었지만 그렇다고 마음의 고뇌가 없었다고는 할 수 없다. 막상 아들을 낳고 보니 단 한 번도 아들 이야기를 한 적이 없는 아버지의 고뇌가 느껴졌다.

아들은 힘차게 울었다. 울음소리가 힘차다는 것은 건강하다는 증거이고 올바로 태어났다는 의미이다.

"애썼다, 아가야!"

집안에 웃음기가 돌았다. 손자가 태어나기를 학수고대하고 기다리고 기다리던 시어머니가 누구보다 반가워했다. 이제야 조상 볼 면목이 선 것인지도 모를 일이다. 얼굴에 가득 웃음을 매달고 당장 어깨춤이라도 덩실덩실 출 것 같은 모습이었다.

홍 씨에게는 더 이상 바랄 것이 없었다. 기다리고 기다리던 일이다. 양반으로 떡장수를 한다고 주위의 멸시와 친척들의 괄시를 받으면서 낭군을 일찍 잃고 과부로 살아온 20년 세월 속에서 느끼는 가장 큰 기쁨이었다. 지금 같아서는 당장 죽어도 좋을 만큼 더 이상 바랄 것이 없었다.

손자를 보았다. 아들 이원수를 낳았을 때 느꼈던 기쁨은 비교조차 할 수 없으리만치 대단한 것이었다. 손자가 더욱 예쁜 것은 처음으로 알았다. 홍 씨는 며느리 사임당의 손을 잡으며 한이 풀리는 소리를 토했다.

"이제 소원풀이 했다. 더 이상 바랄 게 없구나."

홍 씨는 주체할 수 없는 만족을 보였다.

세월은 흐르는 물과 같다.

사람이란 만족을 느끼며 산다. 만족이 없으면 어떤 방법을 가지고서라도 얻으려고 노력한다. 만족이 없으면 대신 비슷한 만족을 추구하고자 애를 쓴다. 그리고 결국에는 만족을 얻는다. 만족을 느끼면 다른 만족을 추구한다. 더 이상 바랄 것이 없을 때가 만족이다. 그러나 더 이상 바랄 것이 없다는 것은 어불성설이다. 결국 인간은 항상 무엇인가를 추구하는 것이다. 이렇게 추구하고 갈망할 때 존재의 의미를 가지게 된다.

소원을 이루면 만족감이 나타난다. 소망이란 정신을 흐트러뜨려 놓아 잠시 사람을 나태해지게 만들지만 사람은 다시 새로운 만족을 추구한다.

잠시의 나태가 지나갔다.

사임당이 첫 아들 선(璿)을 낳자 집안은 물밀처럼 다가온 기쁨과 만족감으로 잠시 흥청거렸다. 그런 모습이야말로 나태해진 듯 보였으나 그 기간은 길지 않았다. 시어머니는 곧 만족에서 깨어났다.

홍 씨는 곧 다시 일을 시작했다.

이원수는 여전히 철이 들지 않았다. 예전과 다름없이 백수로 하루하루를 빈둥거렸다. 어쩔 수 없이 살림을 이끌어가는 사람은 나이를 먹은 홍 씨였다. 홍 씨는 이를 악물었다. 홍 씨가 시장에 나가 벌어들이지 않으면 집안은 굶주릴 수밖에 없다. 나이 든 아들로서는 기가 찰 일이고 가슴 아픈 일이지만 이원수는 여전히 백수 기질을 버리지 않고 있었다.

며칠 동안 즐거운 마음으로 쉬었지만 홍 씨는 곧 정신을 차렸다. 짧은 휴식이 전부였다. 홍 씨는 분연하게 일어나 떡을 만들었다. 이제는 정신을 차리고 생업(生業)에 나서야 했다. 그것이 삶의 방식이고 살아나가야 하는 방법이었다.

"나는 이씨집안에 기둥뿌리를 세워놓았다."

홍 씨는 자부심이 있었다.

친척 누군가가 뭐라고 하여도 그것만은 자신 있게 내세울 수가 있었다. 자랑은 아니라 해도 꺾이지 않는 주장을 할 수 있었다. 젊은 나이에 청상이 되어 아들을 키우고 험한 일이라고 할 수도 있지만 장사를 해서 덕수이씨 가문을 일으켜 세웠다.

누가 보아도 자랑스러운 일이다. 그것이 자부심이었다.

이제는 전과 다른 새로운 자부심이 생겼다. 허리를 꼿꼿하게 세우고 누구에게도 내세울 자부심이 생겼다. 이제 며느리가 있고 손자까지 있으니 그것이야말로 살아온 인생에 있어 가장 강한 것이다. 조선 팔도에 재녀라고 알려진 신사임당이 자신의 며느리라는 사실은 누구도 거짓말이라고 할 수 없는 사실이다. 신사임당이 덕수이씨 가문의 며느리라는 것이다. 이처럼 신사임당은 시어머니 홍 씨에게 귀한 존재가 됐다.

세월은 흐른다.

'아!'

사임당은 간혹 한숨을 불어내었다.

한양살이가 시작되었지만 신사임당은 날이 가면 갈수록 점차 자신이 무력해짐을 느끼고 있었다. 그것은 아지랑이가 피어오르는 날의 혼곤함과 같은 기분이었다. 첫째 아들 선(璿)이 제법 자라나 집안에 잔잔한 웃음을 가져오고 있었다. 아들이 아장아장 걸음을 걷게 되는 시기가 다가오면서 사임당은 무력감에 빠져들고 있었다.

사임당은 하릴없이 온종일 집을 지키는 사람이 됐다. 사임당은 글씨를 쓰고 그림을 그려야 하는 사람이었다. 그래야만 생기를 느끼는 사람이었다. 모든 것이 가치 없게 느껴졌다. 아이를 돌보는 하루하루가 나쁜 것은 아니었으나 지나치게 무료하고 어찌 보면 의미 없는 날이 되어 갔다. 아이를 기르는 일은 중요하지만 그 밖의 일은 무료했다. 어쩌면 온몸의 생기가 빠져나가는 것 같았다.

붓을 들었다. 오랫동안 붓은 마음이었다. 그런데 붓이 마음을 따라 주지 않았다. 늘 그랬듯 붓을 들면 온 세상이 환희가 되어야 했다. 붓을 들면 세상을 살아가는 보람을 느껴야 했다. 붓을 들면 인생의 의미가 느껴지고 마음과 몸에 환희가 따라야 했다. 붓이 예전과 달리 마음을 배반한 듯 느껴졌다.

예전의 붓이 아니었다.

오랜만에 붓을 들었는데도 마음이 공허하고 마음이 따라주지 않았다. 이런 일은 처음이었다. 온 세상이 멈춘 것 같았다.

'왜 이러지?'

반문해 보지만 마음이 달라지지 않았다. 붓을 놀려도 마음대로 붓질이 되지 않았다. 차라리 마음이 먹물처럼 새카맣게 타들어가는 것 같았다. 무엇이 잘못된 것 같았다. 이미 마음은 그 해답을 알고 있었다. 어떤 마음으로 노력한다 해도 한양에서는 마음먹은 대로 붓이 손에 쥐어지지 않았다.

아무리 노력해도 행복하지 않았다.

강릉의 어머니가 꿈에 보이기 시작했다.

'어머니께서 선(璿)이를 보시게 되면 얼마나 기뻐하실까?'

불현듯 스치는 일상과 생각도 하루 이틀이다.

괜히 기분이 울적해지는 것 같았다. 주저앉아 통곡이라도 해야 할 것 같았다. 먼 하늘에 눈을 던지는 일도 많아졌다. 어머니와 동생들이 보고 싶었다. 눈물을 내어 보기도 했지만 마음은 무겁기만 했다. 강릉의 앞바다가 보고 싶기도 했다. 외할아버지, 외할머니 산소에 가서 기도와 기원을 하고 하늘에 나는 잠자리도 보고 싶어졌다. 온몸의 힘이 풀어져 팔다리가 무력해졌다. 풀밭의 찌르레기며 방아깨비를 보며 자연스럽게 그림을 그리고도 싶었다. 주저앉고 싶었다. 향수병이었다.

'어머니.'

아련한 얼굴이 떠올랐다.

문득 뒤를 돌아보았다. 세월은 빨랐다. 흐르는 것이 세월이라는 말이 실감나는 순간이었다. 불현듯 뒤를 세어 보니 강릉을 떠나온 지 어느새 2년의 세월이 흘렀다. 길면 길고 짧으면 짧은 세월이지만 그 세월이 아득하기만 했다. 그 처음이 눈에 삼삼하게 떠올랐다. 이제 막 자라고 처녀티가 날 동생 인주, 인경이의 얼굴도 아른거렸다.

그리웠다.

그리움은 피를 말리고 잠을 자지 못할 정도로 괴로운 것이었다. 잠을 잘 수도 없었다. 한숨이 늘어갔다. 결국 야위어가고 몸에 힘이 사라져 갔다. 예술적인 사고를 가진 사임당에게는 강릉에 대한 그리움이 향수병 같은 것이었다. 모든 것을 버리고 돌아가고 싶었다. 아무것도 할 수 없다는 사실이 가장 안타깝고 미칠 것 같았다. 피를 토하는 마음으로 그림을 그리려 해도 붓은 이미 멀리 있었다.

말이 없게 되고 행동이 무거워졌다.

해가 뜨고 지는 하루 종일 사임당은 강릉을 생각했다. 하루하루가 무료하고 지겨웠으며 때로는 자신이 싫었다. 모든 것을 집어치우고 싶었다. 하늘이 노랗게 보이고 가슴이 울렁거렸다. 밀려오는 아픔을 잊고 그리움을 해소하고자 미친 듯 그림을 그리고 싶으나 붓은 무겁고 손은 나아가지 못했다. 마음은 있으나 그리지 못하는 가슴 깊은 좌절감이 온몸을 주눅 들게 했다.

어머니가 가까이 다가와 손을 내미는 것 같았다. 모든 것이 그리웠지만 어머니에 대한 그리움은 더욱 컸다. 그것은 그리움이고 안타까움이었다. 미치도록 어머니가 보고 싶었다. 그리움은 마음에 치유하기 어려운 무거운 병을 가져왔다. 마음의 아픔이 몸을 파고들어 몸의 병보다 무겁고 위중하게 사임당을 짓누르고 있었다.

남편 이원수는 신사임당의 마음을 알아보지 못했다. 그는 심정이 무딘 사람이었다. 감성적인 신사임당은 애초부터 다른 사람이었다. 예술적인 사람의 여린 감정이나 외곬수적인 성정을 전혀 이해하지 못했다. 자신만 편하면 그만이고 자신이 불편하지 않으면 좋았다. 그가 하는 일이라고는 그저 아들 선이의 재롱에 푹 빠져 지내는 것뿐이었다.

시어머니 홍 씨는 며느리의 마음을 읽고 있었다.

어느 날, 사임당을 불렀다.

"선이 에미야, 얼굴이 많이 상한 듯하구나. 집이 좁고 옹색하니 마음의 여유가 없는 게로구나. 그럴 만도 하지. 강릉의 넓은 집에서 살다가 비좁은 집에서 사느라 불편하지?"

"어머님, 그렇지 않습니다."

"나도 모르는 바가 아니다."

"무슨 말씀이신지요?"

"네가 이곳에는 어울리지 않는 사람이로구나."

"아닙니다. 어머님."

미안하고 안타까웠다. 신사임당은 아니라는 듯 애써 고개를 저었지만 마음은 이미 눈물에 젖어 있었다. 홍 씨는 이미 오래전부터 며느리의 마음을 잘 알고 있었다. 그녀는 무릎걸음으로 다가와 안타까운 마음으로 며느리의 손을 잡았다. 비록 거칠게 살아가는 인생이라 하나 대범한 마음을 지녀 며느리의 마음을 누구보다 잘 아는 홍 씨였다.

"네가 괴롭다는 것은 나도 안단다. 글을 읽고 그림을 그리던 사람이 아니냐. 이곳이 네게 어울리는 곳이 아니지. 난 그림을 그리지 못하고 글을 쓰는 사람은 아니지만 너를 생각하면 그것이 항상 마음에 걸리는구나."

"아닙니다. 어머님."

"아니다. 어쩌면 내가 너에게 족쇄를 준 건지도 모르겠구나."

"아닙니다. 어딘들 글을 쓰고 그림을 그리지 못하겠어요. 책이 있으면 읽으면 되는 것이고, 종이와 붓이 있으면 그림을 그릴 수 있답니다. 이곳에는 책도 있고 붓과 종이도 있습니다. 얼마든지 읽고 그릴 수 있으니 염려하지 마십시오."

홍 씨는 며느리의 눈을 바라보았다.

마음이야 그렇지만 어찌 몸이 따라 줄까. 눈이 말을 해준다. 말을 한다고 모두가 진실이 아니다. 진실을 말하지 못 하는 경우도 있기 마련이다.

홍 씨는 고개를 끄덕였다.

"선이 에미야, 내가 이미 오랫동안 여러 가지로 생각해 보았단다."

"무엇을요?"

"강릉으로 가는 것 말이다."

"강릉이라니요? 갑자기?"

"난 이미 여러 번 생각했단다. 아이를 기르는 것도 그렇고, 네가 글 공부하는 일도 마음에 걸리는구나. 차라리 네가 강릉으로 가는 것이 좋겠다. 이제 말하지만 이미 오래전부터 생각하고 있었단다. 네가 강릉으로 가는 것이 옳은 것 같구나."

"어머니…"

"난 이미 생각하고 있었다. 날을 봐서 떠나도록 하여라."

신사임당은 홍 씨를 바라보았다.

홍 씨의 두 눈에 잔잔한 정이 부서지고 있었다. 홍 씨는 자신의 행복을 위해 며느리의 행복을 깨서는 안 된다고 생각하는 사람이었다. 그녀도 며느리와 손자를 떠나보내고 싶지 않았을 것이다. 그러나 무엇이 도움이 될지 판단해야 했다. 며느리는 아직 살날이 많이 남았다. 홍 씨는 신명화와 같은 사람이었다. 무엇이 우선인지 알았다.

신사임당은 고개를 숙였다.

"어머님 뜻이 그러하시다면 그리하도록 따르겠습니다."

사임당은 다시 한 번 시어머니의 말에 감동을 했다.

판단은 사람의 몫이다. 마음이 옳고 심성이 곧아야 매사에 바른 판단을 한다. 시어머니 홍 씨는 오래전에 낭군을 잃은 과부이고 시장에서 장사를 하는 사람이다. 세파에 시달려 강퍅한 성품이기는 하지만 근본이 있는 사람이었다. 그랬기에 사대부가의 여인이지만 시장에서 장사를 하기로 마음먹었을 것이다. 양반을 내세우고 굶어죽기보다는 살아남기를 노력한 사람이었다. 세파에 인정을 느낀 사람이고 인간의 마음을 경험한 사람이다. 심성이 나쁘지 않으니 마음은 깊이가 있고, 활달한 분이다.

홍 씨는 먼 날을 보고 마음을 결정했다.

그녀라고 어디 손자가 커 가는 모습을 보고 싶지 않을 것이며 손자의 재롱을 보고 싶지 않겠는가.

결정이 이루어졌다.

사람을 이해하는 시어머니는 신사임당에게 축복이었다.

8

다시 강릉으로

시어머니 홍 씨는 아들과 며느리의 행복을 바랐다. 그러한 시어머니의 배려가 있자 사임당과 이원수는 행장을 마련해 한양을 출발해 강릉으로 향했다.

사임당은 더없는 행복을 느꼈다. 몸과 마음은 강릉을 향하고 있었지만 시어머니 홍 씨에 대해서는 죄송하고 또 안타까웠다. 그래도 어쩔 수 없었다. 강릉을 떠나 한양으로 올 때는 임신한 몸이라 몸이 무거워 사인교에 몸을 얹어 하인들의 힘에 의지해 왔지만 강릉으로 가는 길은 해산한 후였고 몸이 가벼워 먼저 앞서 걸었다.

7백 리 길은 가깝지 않았다.

'아버지.'

길을 걷는 중에 아버지 신명화가 생각났다. 생각하면 생각할수록 아버지가 그리웠다. 아버지는 이 길을 걸으며 무엇을 생각했을까? 생각해 보니 이 길은 아버지가 걸었던 길이다.

아버지 신명화는 한양의 사대부 집안에서 자랐다. 한양에 살았지만 죽음에 이르기 전까지 강릉의 처가를 드나들어야 했다. 아내를 사랑했기 때문이고 당시로서는 깨어 있는 정신 때문이다. 1년에 두 차례씩 16년이라는 긴 세월동안 한양과 강릉을 왕복했던 아버지였다. 그도 지금의 신사임당처럼 이 길을 걸어서 오갔다.

'대단한 분이셨구나.'

새삼 아버지가 존경스러웠다. 그 긴 세월동안 매년 마다하지 않으시고 7백 리 길을 걸으며 무슨 생각을 하셨을까? 이 먼 길을 오가면서도 한 번도 고통이나 힘들다는 내색을 보이지 않았던 아버지였다. 길을 따라 걸으며 생각해보니 아버지는 진정으로 어머니를 사랑하였던 것이 느껴졌다. 아버지의 어머니를 향한 사랑! 그것이 그 오랜 세월동안 7백리 길을 왕복하게 만들었을 것이다.

하루가 지나고 이틀이 지나며 점차 강릉이 가까워졌다.

한양을 출발해 양평과 여주를 지나 원주로 향한다. 원주를 지나고 안흥을 지나는가 했는데 평창을 지나 허위허위 바삐 오르니 대관령이다.

대관령을 넘어야 강릉이다. 백두대간의 등뼈에 놓인 대관령은 높고 험했으며 이리저리 굽이가 많았다. 이리저리 틀어져 양의 창자처럼 굽이친 길을 거친 숨으로 오른다. 경사가 져 가파른 길이라 조금만 걸어도 허리가 끊어지는 듯했다. 험난하고 거친 고개를 넘느라 힘들고 다리가 떨리며 고통스러웠다.

7백 리 길이 아득하기만 했다. 눈에 보이지 않지만 어머니가 보이는 것 같아 한시도 멈출 수 없었다. 하늘을 바라보며 걷다 보니 문득 바닷바람이 불어오는 듯 착각이 들었다.

힘을 내야 했다. 하늘에 닿은 듯 보이는 고개를 오르느라 몸은 고달프고 팔다리가 허위허위 내둘러지기도 하고 턱에 닿을 듯 숨도 차지만 어머니를 보고 싶은 마음이 팔다리의 고통과 거친 숨을 이기게 하여 주었다. 길을 멈추고 잠시 생각하면 이 고난과 거친 여행이 즐거움으로 다가왔다.

크게 굽고 높은 고갯마루가 눈앞에 다가왔다.

'아, 거의 다 와가는구나. 이 굽이가 눈에 익는구나. 이 구비만 잘 넘으면 곧 평지길이 나올 것이야. 멀리 바다가 보이겠지. 그 길 끝에 어머니가 계셔.'

기억이 새로웠다. 지난날 한양으로 떠날 때 보아 두었던 지세였다. 아니, 기억이 생생했다. 잊어버릴 만도 하건만 마치 어제 본 것처럼 기억이 세세했다.

발이 먼저 움직였다.

한양에서 떠난 지 벌써 10여 일. 강릉까지는 제법 먼 길이었다. 멈추고 달린다고 될 일이 아니라 꾸준히 걸어야 하고 멈추지 말아야 하는 길이다. 두살박이 아기까지 챙겨야 한다. 아낙의 몸으로는 뛸 수도 없고 말을 타고 달릴 수도 없는 길이다. 다리를 감는 풀이 정겨웠다. 먼지가 피어오르는 거친 길을 걸어온 지 어언 10여 일. 그간의 고통스럽던 기억과 지친 나날이 기쁨이 되었다.

'곧 어머니를 뵐 수 있다.'

아버지도 그랬을 것이다.

대관령 고갯마루에 올라서면 멀리 바다가 보인다. 바닷바람이 어서 오라고 수염을 날렸을 것이다. 그곳 어딘가에 사랑하는 임이 계신다.

아버지는 늘 그런 생각을 하였을 것이다.

가슴이 뛰었다. 나이를 먹고 아이를 낳았다. 혼례를 올리고 아이를 낳으니 이제 어른이 되었을 것이라 생각했다. 모든 것이 예전과 다를 것이라 생각했었다. 나름 태연하고 의연하리라 생각했었다. 어느덧 한 아이의 어머니이고, 한 남편의 아내가 아닌가. 그런데 왜 어린아이처럼 가슴이 뛰는 걸까? 생각할수록 가슴은 더욱 빠르게 요동을 쳤다.

어머니 때문이다.

"어서 갑시다."

사임당은 서둘러 발을 옮겼다.

강릉은 변한 것이 없었다. 들녘은 푸르렀고 햇살은 맑았다.

변한 것이 없었다. 논두렁을 따라 날아다니는 참새들은 연신 소리를 조잘대고 있었고 바닷바람을 막으려고 심어놓은 소나무 밭에서는 스치는 바람소리가 정겨웠고, 하늘 높이 구름이 떠 있었다.

고향의 모습. 변한 것은 없었다.

도착해 보니 대문은 반쯤 열려 있었다. 이른 아침이라면 하인들이 삼문 앞에 나와 일을 할 것이나 지금은 모두 일을 하러 논밭으로 나섰는지 주위가 조용했다. 마음이 먼저 달려가고 있었기에 사임당의 몸은 바빠졌다. 서둘러 내달았다. 대문을 힘차게 밀었다.

삐걱!

삼문의 우측 문이 열리고 사임당은 빠르게 발을 안으로 들여 놓았다. 대문을 밀어 젖히고 집안에 들어서자 복받쳐 오는 그리움이 뼈마디에서 터져 나오는 것 같았다.

"어머니, 저 왔어요!"

울음 섞인 목소리가 입을 열었다. 그리하고자 하는 것은 아니었으나 이미 마음이 폭포수가 되어 있었다.

신사임당은 들어서자마자 어머니가 있는 안채로 향하며 외마디 비명처럼 어머니를 불러댔다. 자신도 모르게 어린아이가 되어 있었다. 아닌 밤에 홍두깨도 유분수라는 말이 있지만 신사임당의 부름은 다급하고도 애절했다. 주변에 여종들이 있을 법도 한데 보이지 않으니 신사임당은 거칠 것이 없다는 듯 안채로 내달렸다. 새끼를 잃은 제비가 맴돌며 자식들을 부르는 소리가 저러할까!

"누구냐?"

목소리를 들었을 것이다. 혹 환청이라고 생각했을지도 모를 일이다.

벌컥!

방문이 열렸다.

"너는!"

황급하게 방문을 열어젖히는가 했는데 어머니가 단말마 같은 신음을 터뜨리고 달리듯 튀어나왔다. 눈으로 보면서도 믿을 수 없다는 표정이 역력했다. 그러나 어머니는 딸의 모습이 허상이 아니고 목소리가 환청이 아니라는 것을 알 수 있었다.

"어머니!"

사임당이 발그레하게 웃었다.

"까르르."

어린 아기가 따라 웃었다.

사임당의 손에 겨우 아장거리며 걸음마하는 어린 아들 선(璿)이 매미새끼처럼 매달려 있었다. 혼례를 올릴 때만 하여도 소녀 같던 사임 당이었다. 이제는 아이까지 낳아 제법 완연한 여자의 티가 나는 사임 당의 얼굴에 눈물이 글썽거리고 있었다. 그녀의 뒤에는 사위 이원수가 언제나처럼 싱글거리며 서 있었다.

늙으셨다. 사임당은 본능적으로 어머니의 머리카락이 더욱 희게 변 했다는 것을 알았다.

흘러가는 세월을 멈추게 할 수는 없었다. 그래서 예로부터 방패로도 막을 수 없고 가시나무로도 막을 수 없는 것이 세월이라 했다.

세월이 흘렀다. 한양으로 떠난 지 불과 2년여 만이다. 그리 길다고 할 수 없는 날이다. 젊은이에게는 긴 날이나 나이를 먹은 사람에게는 촌각 이다. 그런데 어머니는 오랜 세월 지내온 것처럼 많이 늙어 보였다. 세 월의 흐름이었다.

사물을 보는 예술인의 눈이 매섭다.

생각하지 못할 정도로 세월의 흐름을 입어버린 어머니의 모습에 놀 라기도 했지만 가슴이 차오르는 반가움이 더 컸다. 어머니 용인이씨가 버선 걸음으로 내달려와 손을 잡았다.

"네가, 네가?"

"예, 어머니 인선이예요."

"웬일로 이렇게 왔느냐? 어서 들어서라."

반가움과 걱정이 섞인 말투와 눈길이었다. 어머니는 한결같다. 모든 어머니는 한결 같은 걱정이다. 불현듯 강릉으로 온 것이 무언가 잘못 되어 온 것은 아닌가 하는 마음 때문인지 어머니의 말이 반가움에 섞 여 떨리고 있었다. 신사임당도 어머니의 걱정을 알았다.

"걱정 마세요. 이곳에 오래 있을 겁니다. 시어머니께서 넓으신 아량을 베풀어 저와 가족을 이리로 보내주셨어요."

"그래, 다행이다. 고마운 분이로고"

"네, 어머님이 참으로 좋은 분이시랍니다. 제게 은혜를 베풀어주시었습니다. 이곳에 오래 있으면서 마음껏 그림도 그리고, 아이 가르치며 글도 쓰라고 하셨어요."

"그래, 사돈 마님을 뵌 적은 없지만 바다처럼 넓으신 도량을 지니신 분이구나."

"네, 좋으신 분이예요."

"그래. 이리도 배려하시다니 참으로 감사한 일이구나. 아, 그나저나 내 정신이 이 모양이다. 안부를 묻지 않다니. 사돈께서는 만수무강하시더냐?"

모녀는 손을 놓지 않고 이야기를 이어갔다.

쉬지 않고 이야기를 하는 중에도 어머니가 방으로 이끌었다. 신사임당은 어머니의 손길을 따라 마루로 올랐다.

"네, 참으로 좋으신 분이세요. 시어머니는 도량이 넓으시고 아름다운 정을 가지고 계신 어른이십니다. 저에게도 좋은 감정과 정성을 베풀어주셨답니다."

이 씨가 기쁨에 젖은 낯으로 화답했다.

"그래, 내 그러리라 생각했단다."

"어머니가 강릉으로 가는 것이 어떠하냐고 먼저 말씀하셨어요. 갑자기 어머니 생각이 나서 그랬던 모양입니다. 제가 못나서 침울해보였던 것 같아요."

"저런, 네가 불효를 하였구나. 부모 모시며 그리하면 안 되는 일이거늘."

이 씨가 혀를 찼다.

"네, 알아요. 시어머니가 저를 보시고 마음이 편치 않으셨나 봅니다. 선이 교육을 걱정하시며 제가 그림도 그리고 글씨도 쓸 수 있도록 선이 교육도 필요하니 강릉 친정에 가 있으라고 하셨습니다."

"좋으신 분이로구나. 혼자 남으셨으니 외로워 어쩌시나."

"늘 바쁘시고 주저함이 없으십니다. 보고 싶은 손자를 보내시느라 힘들었을 거예요. 그래도 시어머니의 건강과 안부는 염려치 않아도 됩니다. 항시 정정하시고 건강하십니다."

"그래, 어서 들어가자꾸나. 이 서방, 어서 들어오시게."

멀찍이 서 있던 이원수가 빙그레 웃었다.

"어서 오너라. 내 강아지."

어머니가 손을 내밀었다. 이선은 처음 보는 외할머니에게 덥석 안겼다. 마치 오래전부터 보았던 것처럼 다정한 모습이었다.

강릉에서의 하루가 시작되었다.

고향에 돌아오자 어머니의 품도 마음이 편했지만 집도 제비집에 폭 쌓인 것처럼 안정이 되었다. 마음도 안정이 되고 잠도 잘 왔으며 하루가 지나지 않아 피로가 싹 풀리는 것 같은 경험이 날아갈 듯하였다.

'아버지.'

마음이 편안해진 사임당은 한양에서 강릉으로 오며 떠올랐던 아버지를 생각했다. 대관령을 넘으며 아버지와 어머니의 사랑을 생각했었다.

늘 사랑하면서도 같이 지내지 못한 분들이었다. 그렇다고 사랑이 없던 것은 아니었다. 어머니와 아버지는 누구보다 사랑이 깊었다. 그랬기에 아버지 신명화는 한양에서 홀로 지내면서도 첩을 들이지 않았다.

'그래, 그려보자!'

고향에 오자마자 마음이 풀렸다. 시심도 풀리고 마음도 넉넉해져 당장에 그림을 그릴 수 있을 것 같았다. 대관령을 넘어 오면서 머릿속으로 떠올랐던 아버지에 대한 그리움과 어머니에 대한 아버지의 사랑을 그림으로 그려야겠다고 결심했다. 한양과 달리 마음이 넉넉해졌다. 이제 아버지의 마음을 누구보다 더 세밀하고 아름답게 그릴 수 있을 것 같았다. 그 사랑이 변하지 않는 진리처럼 남겨두고 싶었다.

붓을 들었다.

화선지 위에 일획을 그었다.

연꽃을 한 송이 정성스럽게 그렸다. 그 사이로 몇 개의 갈대가 기울어져 있었다. 연꽃은 향기를 피울 듯하고 갈대는 늘어지듯 하늘거렸다. 연꽃과 갈대가 하늘거리는 연못가에 백로 암수 한 쌍을 그렸다. 백로는 세상의 모든 어려움과 고난을 잊은 듯 한가하게 서서 부리를 맞대고 있었다.

노련도(鷺蓮圖)가 그려졌다. 노련도의 두 마리 백로는 아버지와 어머니였다. 두 마리의 다정한 모습은 생전 아버지와 어머니의 모습이었다.

백로는 잡스러운 새들과는 다르다. 백로는 한 번 짝을 정하면 영원히 배반하지 않고 금슬을 지키며 부부의 연(緣)을 맺는 길조다. 새들이나 짐승 중에는 그처럼 정의를 추구하고 금슬을 지키는 영물들이 있다. 백로도 암수의 사랑이 그와 같아 한 번 짝이 되면 배신하거나 눈을 돌리지 않는다. 사람답지 못한 사람보다 더욱 귀감이 되는 영물이다. 사랑하는 부부가 되면 절대로 헤어지지 않고 지조를 지킨다. 어쩌다 한 마리가 사고로 죽거나 병들어 죽으면 나머지 한 마리도 그 정을 이기지 못하고 시름시름 앓다가 결국은 죽어버리고 만다. 그렇게 절개를 지키며 살아가는 새가 백로이고, 옛사람들은 그 백로를 칭송해 왔다.

연꽃도 그림 속에서 피어났다. 연꽃은 부처의 상징이다. 연꽃은 청결과 상서로움의 상징이다. 그러나 연꽃은 반드시 부처의 상징은 아니다. 다만 불교에서 깨달음을 표현할 때 사용하기에 불법에 해당하는 사물로 여겨진다. 그럼에도 군자들이나 문인들은 연꽃을 그림으로써 청정도야를 생각했다.

중요한 것은 연꽃이 자라는 곳이다. 바탕이 무엇인가가 중요하고 그 바탕에서 어떤 삶이 이루어지는가 하는 것도 중요하다. 연꽃은 진흙탕에 뿌리를 박고 자라지만 자신을 정화하여 아름다운 꽃을 피운다. 바탕이 더럽다고 반드시 더러움이 피어나는 것은 아니다. 이는 자신의 고난을 이기고 청정한 마음으로 태어나는 것을 의미한다.

불가에서도 연꽃은 석가의 상징이다. 석가모니가 불법(佛法)을 상징하는 꽃이 연꽃이다. 염화미소가 따로 있던가! 수많은 제자들이 불법을 듣겠다고 모여들었을 때 석가모니 싯다르타는 말 한 마디 하지 않고 연꽃 한 송이를 보여주었다. 누구도 싯다르타의 행위가 무엇을 의미하는 것인지 알지 못하였으나 마하가섭만이 빙그레 웃었다.

"오, 그대 가섭이여, 그대만이 의미를 알았구나."

이심전심이라는 말이 있다.

싯다르타는 매우 만족스럽고 반가웠을 것이다. 그 의의를 가르쳐 주지 않았음에도 마하가섭은 싯다르타가 무엇을 말하고자 함인지 깨달 았고 알고 있었다. 이때 모여든 3천 명 제자 가운데 가섭이 싯다르타 의 뒤를 이어 후계자가 되었다.

신사임당은 이 노련도가 바로 백로의 사랑이며 부처의 염화미소라 생각했다. 마음이 보이면 그림도 보이는 법이다. 마음을 그릴 수 있다 면 그 마음이 무엇인지 알 수 있는 법이다. 아버지와 어머니의 사랑이 바로 그림 속에 있었다.

노련도는 오래도록 남아 사임당의 부모에 대한 추억과 그리움, 사랑 을 보여 주었다. 사임당은 자신도 그런 사랑을 할 수 있다고 믿었다. 그리고 그 사랑은 어머니와 아버지 같아야 한다고 믿었다.

강릉은 활기가 넘쳤다.

산천은 달라진 것이 없지만 사람이 달라졌다. 사임당이 한양을 떠나 강릉으로 내려오면서 누구보다 어머니 이 씨의 활기가 살아났다. 그동 안 얼마나 보고 싶었던 딸이었던가. 용인이씨에게 사임당은 가장 아끼 는 딸이었기에, 세상을 살아가는 이유가 됐었기에 사임당이 없는 지난 2년여가 여삼추처럼 길기만 했었다.

세상을 모두 얻은 것 같던 어머니에게 머리를 싸매게 만드는 고민이 생겼다. 그러나 고민은 단순히 용인이씨에게만 밀려오는 것이 아니었다.

오늘도 신사임당은 머리를 싸매야 했다.

기쁨이 있으면 슬픔이 있고 즐거움이 있으면 고민도 있는 것이 인 생사인가 보다. 고민의 발단은 신사임당의 남편이었다. 그의 행실이 문제를 일으키고도 남았다. 그는 결혼하기 이전에도 백수였지만 혼인을 하고 자식을 보았음에도 신상의 변화가 없었다. 마음도 변화가 없었고 생각도 바뀌지 않았다. 학문에도 뜻이 없었고, 들녘에 나가지도 않아 농사에도 관심이 없었다.

파락호가 그럴까?

그는 한양에서 그랬던 것처럼 강릉에 와서도 존재감이 없었다. 이원수가 하는 일이라고는 그저 술이나 마시는 것이었다. 조선이라는 사회에서 양반의 자제는 먹고살 것이 있다면 학문을 익히고 조정에 출사하는 것이 목표였다. 그러나 글을 읽거나 진득하니 앉아 머무르지 않았다. 그에게 친구란 오로지 술뿐이었다.

당연히 마을 사람들 입에 오르내리기 마련이었다.

"그 사람 왜 그래?"

"영특한 사임당이 안쓰럽군. 남편으로는 함량 미달이야."

"학문도 없는 것 같더구만."

소문이 소문을 낳고 발 없는 말이 천리를 가는 법이다. 소문이 진실이라고 기대하지 말아야 한다. 소문의 처음은 진실이지만 한 바퀴 돌면 거짓도 진실이 된다. 진실과 거짓이 섞여 옳고 그름을 알 수 없게 된다. 무엇이 진실인지 알 수 없으니 거짓도 진실이 된다. 소문은 돌고 돌아 그다지 느리지도 않게 사임당의 귀에 들어왔다.

사임당이나 이 씨나 하늘이 무너지고 한숨이 절로 나오는 일이다. 지금까지 없던 일이고 생각지도 못했던 일이 일어나고 있었다. 아버지 신명화나 할아버지 이사온의 인품에 비추어 상상할 수 없는 일이었다.

이 씨도 가슴이 탔다. 강릉에서 벌족이라면 벌족이다. 자존심이 있고 가문의 명성도 있다. 살아생전 이런 일이 없었다.

사임당도 마찬가지다. 지금까지 무엇 하나 거리낌 없이 살았는데 남편 때문에 자존심이 상한다. 어머니를 볼 면목도 없고 자신을 칭송하던 사람들에게 얼굴을 들 수도 없다. 놀고먹기만 하고 백수에 건달이니 앞일을 생각하면 막막하기만 했다.

걱정은 자꾸만 피어오른다. 피는 속이지 못한다고 했으니 자식이 남편의 성품을 닮지 말라는 법이 없다. 낳은 자식도 걱정이다. 생각할수록 앞날이 암울하기만 하다. 무엇을 해야 할지 아득하기도 하다. 어릴 때는 모르지만 나이를 먹으며 아버지의 성품을 닮지 말라는 법도 없다. 닮지 않는다고 장담할 수 없는 것이 핏줄이기 때문이다. 사람은 누구나 부모를 닮게 되어 있다. 그것은 축복이기도 하지만 때로는 천형(天刑)과도 같다.

이대로 갈 수는 없는 일이다. 어떤 결단이라고 하더라도 내려야 한다. 사임당은 결심을 해야 한다는 것을 깨달았다. 이를 악물었다. 그녀는 일도양단(一刀兩斷)의 성격이기에 사람 좋게 웃고 넘길 일이 아니라는 것을 알고 있었다. 언제까지 기다리고 어영부영 세월을 보낼 일이 아니라는 것을 깨닫자 곧 행동에 옮겼다.

"상공."

갑작스러운 부름에 가뜩이나 불안했다. 대범한 척하고 무심한 척해도 생각이 있다. 그렇다고 모른 척할 수 없어 들어와 앉기는 했지만 바늘방석이었다. 사실 그가 아내의 부탁을 들어주고 아내의 그림그리기에 나서지 않는 것은 겉으로 동의하고 지원하는 것 같지만 자신이 어쩔 수 없다는 마음이 더 강했기 때문일 수도 있는 노릇이다.

이원수가 고개를 들어 아내를 바라보았다. 사임당의 부름에 가뜩이나 가슴이 콩닥거리던 이원수는 무릎을 맞대는 순간부터 주눅이 들어 있기는 했다. 자신이 무엇을 하고 있는지 모르지 않는다. 단지 자신을 스스로 다잡지 못할 뿐이다. 이원수는 신사임당의 얼굴을 본 순간부터 몸과 얼굴 표정이 딱딱하게 굳어버렸다.

이원수는 처음으로 신사임당의 서릿발 같은 눈길을 보았다. 내심이야 어떤지 알 수 없지만 늘 정확한 언사를 사용하고 낯을 붉힌 적이 없던 아내였다. 물론 지금도 얼굴을 붉히는 것은 아니다. 그러나 지금처럼 굳은 얼굴은 결혼하고서 본 적이 없었다. 더구나 눈에 알 수 없는 강렬함이 어렸다. 이미 짐작이 가는 일이다.

"상공, 아니 선이 아빠께서는 한양으로 올라가 주셔야겠습니다."

늘이고 자시고 하지도 않는다. 단도직입적으로 입을 열었다. 이미 짐작하고 있던 터라 이원수도 밀고자시고 할 겨를이 없다.

"올라가라면 올라가지요. 그나저나 무슨 일이 있기라도 한 것이오?"

"무슨 일이라니요? 상공께서는 설마 몰라서 묻는 건 아니시겠지요?"

"모르니 묻는 것이 아니오? 한양으로 가는 거야 어려운 일이 아니오."

"좋습니다. 생각해 보시지요. 얼마 있으면 선이가 자랄 것이고 곧 과거를 보게 될 것입니다. 양반의 자식이니 과거는 봐야 하는 일이 될 것입니다. 언제 급제를 할지 알 수 없으나 곧 있을 수도 있는 일이지요. 곧 있으면 둘째 아이가 태어나고 식구도 늘 터인데 아버지가 이리 빈둥거리면 어찌하오."

"어찌하다니요?"

"자식들에게 무엇을 보여주실 것이옵니까?"

신사임당의 목소리에 힘이 실렸다.

그 어투에 이원수는 조금이나마 기가 질렸다. 내심 걱정하던 일이 벌어지고 말았다. 그래서 당당하던 조금 전과는 달리 눈가가 잘게 떨렸다.

"그럼 나더러 한양 가서 과거시험 공부를 하라는 것이오?"

"상공도 생각하고 계셨던 모양이로군요. 바로 대답하시는 것을 보니 궁리는 해 보신 모양이십니다. 부모로서 자식에게 모범이 되어야 하지 않겠습니까?"

협박 아닌 협박이다.

이원수는 입을 다물었다. 더 이상 길게 이야기하면 변명이 되고 구구한 소리가 된다. 차라리 얼굴 구기지 않는 것이 낫다. 신사임당의 언투며 얼굴이 확고한 것을 알고 있기에 이원수는 더 이상 변명을 할 수도 없고 미적거릴 수도 없었다. 차라리 이 순간을 피하고도 싶었다.

"그리하겠소. 곧 떠나리다."

"아닙니다. 빠를수록 좋습니다. 상공께서는 당장 내일이라도 출행하십시오."

단호함이 하늘을 가르고 언 땅을 자를 듯하다. 그것이야말로 칼 같은 판단이고 결정이다. 축객이 따로 없지만 이원수로서는 방법이 없다.

"그리하오리다. 그럼 됐소?"

이원수가 일어서려 했다.

신사임당이 남편의 무릎을 잡았다. 조금 더 기다리라는 말이다. 이원수가 엉거주춤 행동을 멈추었다. 신사임당은 마지막 할 말이 남았다. 이원수가 남편이고 내훈의 여종지도에 남편을 섬기라 했지만 어디까지나 학문이고 교육이다. 더구나 이원수는 남편으로서 할 일을 하지 못하고 있었다. 아무리 여필종부라 했으나 사임당은 입을 열면 하고자 하는 말은 하고 마는 성미였다.

"상공께 부탁이 있습니다. 예로부터 정신일도 하사불성(精神一到何事不成)이라 했으니 정신을 집중하세요. 학문을 팽개치고 술이나 마시다니요. 만에 하나 자식이 그 성품을 따르면 부모의 잘못 아니겠습니까? 불운한 성정이 가문에 이어진다면 불행한 일이 아니겠습니까? 상공은 명심하셔야 합니다."

사임당은 가슴속에 담았던 말을 후련하게 뱉어내었다. 거침없는 말이었다. 얼마나 참고 참았던 말인지 몰랐다. 이원수가 사대부의 자식으로 학자적 풍모가 있었다면 이런 말은 나오지도 않았겠지만 아녀자가 남편에게 할 말은 아니었다. 그러나 이왕에 먹은 마음이라 감추고 있던 생각을 모두 토해냈다.

이원수는 아무 말 없이 사임당을 바라보고 있었다.

시작은 누구에게나 중요하다.

다음날 아침이 되자 이원수는 일찍 일어나 조반을 먹고 한양으로 떠날 채비를 했다. 사임당은 어제의 냉정하고 단도직입적이었던 표정을 바꾸어 따뜻한 눈길로 남편을 바라보았다. 남편의 일이다. 사임당도 부부로서 떨어져 살아야 하는 남편의 처지가 안타깝다는 것을 생각하고 있었다. 자신이라고 마음이 편한 것은 아니다.

이원수는 나름 서둘렀다. 곧 안채로 들어가 장모에게 하직 인사를 하고서 밖으로 나와서 기다리는 사임당의 손을 잡아 주고는 길을 떠나려 문을 나선다.

"아빠, 아빠."

아들 선은 제법 말문을 뗴었다.

아버지의 처지를 알 리 없는 아들이다. 아장걸음으로 다가온 아들이
아버지를 향해 두 팔을 벌렸다.

"그래, 아들!"

이원수는 아들을 안아 올리고 잠시 멈추는 듯하더니 마음을 다잡은
듯 다시 내려놓았다. 무척이나 섭섭한 눈치였지만 지금은 아들과 노닥
거리고 오래도록 이별에 아파할 때가 아니다. 신사임당은 모른 척 눈
을 돌렸다. 지금 그를 위로하거나 정을 보이면 머무르거나 발길을 돌
릴 것이 뻔했다.

이원수는 섭섭한 표정이나 어쩔 수 없다는 듯 선이를 내려놓고 못
내 똥 마려운 강아지가 그렇듯 느릿느릿 걸음을 옮겼다.

사임당은 슬며시 고개를 돌렸다.

겉으로야 냉정하지만 속으로는 측은하고 마음이 섭섭했다. 아무리
못나도 낭군이고 모자라도 낭군이다. 낭군을 멀리 떠나보내는 마음이
오죽하랴. 아들 선을 흘깃 쳐다보고는 시무룩한 표정으로 고개를 돌려
멀리 대관령으로 이어지는 길을 바라보는 남편이 불쌍하기도 했다. 그
러나 편을 들면 아들을 무기로 또 미적거릴 남편이다. 모른 척하는 것
이 남편을 위한 길이다. 아버지의 뒷모습을 보며 시무룩한 표정으로
돌아서는 아들의 모습에 가슴이 미어지는 것 같기도 했다.

지금은 참아야 한다.

'선아, 너도 아버지의 앞날을 빌어주려무나. 내일을 위해 오늘은 참
아야 한단다.'

선이 신사임당의 손을 잡으며 치마에 매달렸다.

신사임당은 이를 악물었다. 하늘이 무너져도 멈출 수 없었다. 멈춘다면 모든 것이 도로아미타불이다. 지금 멈춘다면 이원수는 영원히 지금에 안주할 것이다.

'상공, 참아야 합니다.'

가슴이 쓰리지만 억눌러야 했다. 터덜거리며 문을 나서는 모습이 안쓰럽고 불안하기 그지없었다. 아침인데도 멀어져간 이원수의 뒷모습이 황혼의 나그네 같았다. 신사임당은 멀어져가는 남편의 뒷모습을 사라질 때까지 놓치지 않았다.

이를 악물었다.

'상공, 힘 내셔야 합니다.'

사임당은 오래도록 서있었다. 남편이 보이지 않게 되어서야 사임당은 방으로 들어섰다. 마음이 편하지 않았다. 방 안이 텅 비어버린 듯한 적막감이 몰려왔다. 무언가 빈 듯한 기분이었다.

돌아보니 할 일이 많았다.

이원수는 부부로서 같이 살아도 없는 사람이나 다름없었다. 남편의 역할은 물론이고 단 한 번도 가정사에 정성을 쏟은 적이 없었다. 선이를 기르고 학문을 익히도록 애쓰는 것도 신사임당의 일이었고 안팎으로 살림을 챙기는 것도 신사임당의 몫이었다.

남편이 떠나자 허한 감정이 가슴을 파고들었다.

방 안에 들어선 신사임당은 마음을 바로 하고자 화선지를 펴고 붓을 들었다. 그림을 바라보며 정신이 안정되기도 하지만 정신을 안정시키기 위해 그림을 그리기도 한다. 사임당에게 그림은 병을 치료하는 의원이나 같았다.

마음을 가라앉혀야 했다. 차분한 감정으로 물새를 그렸다. 아름다운 물새였지만 외롭고 고독이 밀려드는 그림이었다.

'후!'

긴 한숨이 봇물처럼 터져 나왔다.

하루는 번개처럼 빠르다.

남편이 떠난 아침부터 유난히 바람이 불어 마음이 스산하기 이를 데 없었다. 그런 하루가 스러지며 해가 대관령 꼭대기에 걸려 있었다.

남편은 대관령을 넘었을 것이다.

곧 해가 대관령 너머로 숨을 것이다. 땅거미가 길게 늘어질 것이고 강릉의 너른 벌판에 밤이 찾아들 것이다.

남편은 없다.

사임당은 숨을 몰아쉬었다.

"여보, 나 돌아왔소이다."

밖에서 발자국 소리가 나더니 이원수가 돌아왔다.

생각지도 못했던 일이었기에 사임당은 무릎에서 힘이 빠져나가는 것 같았다. 멍청한 정신으로 바라보는 신사임당의 가슴이 무너졌다. 정녕코 이원수가 돌아올 것이라고는 생각하지 않았다. 이미 대관령을 넘었을 것이라 생각했었다.

"상공!"

"미안하오. 곧 다시 갈 거요."

마음 한 구석이 무너진다. 천둥 치는 소리가 들려오고 벼락이 떨어져 내린다. 가슴속으로 굵은 빗방울 소리가 파고들었다.

"어디까지 갔다 돌아오신 겁니까?"

"대관령 고개까지 갔다가 선이 보고 싶어 돌아왔소"

입이 마르고 가슴이 돌로 누르기라도 한 것처럼 무거워진다. 무엇이라 말을 할 수가 없었다. 신사임당은 처음으로 숨쉬기가 힘들다는 생각을 했다. 답답함을 참을 수가 없었다.

"그럼, 한양은 아니 가신다는 것이지요? 공부는 포기했다는 말씀인가요?"

"아니오, 선이 좀 보고 다시 가겠소"

더 이상 할 말이 없었다. 가슴이 무너져도 어쩔 수 없다. 재촉한다고 해서 되는 일도 아니고 서두른다고 해서 달라지는 일도 아니다. 욕심을 내서는 안 되는 건지 모른다. 어쩌면 이원수에게는 의지라는 개념이 없거나 지나치게 약한 것인지 모를 일이다.

입에 거품을 물고 나무랄 수도 없다. 하늘이 원망스럽고 저런 인간을 남편이라 맺어준 아버지가 처음으로 한탄스러웠다.

처음부터 이원수는 의지가 없었다. 홀어머니 품에서 자라다 보니 어려움도 몰랐다. 어머니는 살려고 바둥거렸지만 이원수는 지금까지 두려움도 없고 안타까움도 없었다. 어머니 홍 씨는 손이 시리고 발을 얼리며 먹고살려 노력했지만 자신이 세상에 어떤 존재인지도 생각해 본 적이 없었다. 이원수는 그런 어머니의 고생이나 긴장을 몰랐다. 그에게 인생은 먹고 자고, 일어나 술 마시고, 다시 자빠져 자는 일과였다. 어린아이가 따로 없고 바람 부는 세상이 어떤지 알지 못했다.

'하늘이시여!'

주저앉고 싶었다. 탄식한다고 달라질 것은 없다. 그러나 이원수의 모습을 보는 사임당에게 천정이 무너지고 하늘이 무너지는 실망감이었다. 하늘이 원망스럽고 세상이 무너지는 것 같았다.

신사임당의 모습에서 이원수도 느낌이 있었다.

"여보, 너무 심려치 마시구려. 내가 내일 다시 떠날 것이니 너무 상심하지 마시오"

신사임당은 입을 다물어 버렸다.

사임당과 이원수는 부부이고 한집에서 살았지만 생각이 다르고 행동도 달랐다. 몸은 같이 있어도 머릿속은 딴 사람이다. 그것을 고치기는 힘들었다. 남편의 행동을 보며 신사임당은 많은 것을 생각해야만 했다.

다음날, 이원수는 다시 떠났다.

"꼭 가리다."

이원수도 생각이 있었다. 오늘은 뭔가 이루어야 했다. 나름 마음을 단단히 다졌다. 자신이 아녀자의 마음에 그저 가랑비 같은 사람이 아니라는 것을 보여주고 싶었다. 이를 악물고 길을 나섰다. 자신이 남자라는 것을 보여주고 싶었다. 신사임당은 미동조차 하지 않고 떠나는 남편의 뒷모습을 바라보았다.

'가야 해.'

이원수는 마음을 단단히 먹고 대문을 나섰다.

눈에 보이든 안 보이든 많은 사람들이 이원수를 바라보고 있었다. 하인들이 바라보고 있었고 마을 사람들이 그를 바라보고 있었다. 그는 이미 이 마을 사람들에게 화젯거리였다. 아마도 많은 하인들이 지난 저녁에 돌아온 이원수를 보며 쑥덕거렸을 것이다.

이원수는 독심을 품었다. 어젯밤에 돌아왔을 때 굴욕감을 느꼈다. 다시 당하고 싶지 않은 눈빛을 보았다. 그는 이미 마음을 단단히 굳히고 있었기에 문 밖을 나서자 이미 마음먹은 대로 뒤를 돌아보지도 않고 걸음을 내디뎠다. 그 모습이야 장비가 적을 향해 장팔사모를 휘두르며 나아가는 듯 하고 관운장이 언월도를 휘두르며 조조군을 향해 나가는 듯했다.

'가자!'

순식간에 대관령에 다다랐다. 숨도 쉬지 않고 넘었다. 뒤를 돌아보면 다시 돌아가고 싶을 것 같았다. 대관령 고개에서 강릉을 뒤돌아보지도 않고 발걸음을 내디뎠다. 걸음이 빨라졌다. 한순간에 수십 리를 내달렸다. 횡계를 지나 안흥에 이르렀다.

멀리 주막이 보였다.

'제길!'

절로 나는 한탄. 한 번 발을 멈추자 생각이 강릉 앞바다의 거친 파도처럼 머릿속을 파고들었다. 바닷가에 안개가 피어오르듯 꾸역꾸역 밀려오는 생각에 발이 멈추었다. 강릉 북평의 생각이 그를 잡아 묶었다.

한 발자국도 움직일 수가 없었다.

강릉 생각에 침이 고였다. 멀지 않은 곳에 보이는 주막을 보니 강릉의 북평 마을 사람들과 어울려 기울이던 술잔이 생각나며 입 안에 침이 고였다. 개꼬리 3년 묵혀도 어쩌고 하는 말이 있지만 천성은 어찌하기 힘들었다.

'에라!'

술꾼에겐 술이 최고다. 참새가 방앗간 그냥 지나치지 못하는 법이다. 자신도 모르게 주막으로 발이 움직였다. 술 냄새가 코에 스미는 것을 느꼈을 때는 이미 주막에 주저앉아 있었다. 그리고 한 잔의 술이 그를 다시 어린아이로 만들고 말았다.

정처 없는 발걸음이 되었다.

대관령 고개에 이르러서야 자기가 강릉으로 돌아왔다는 것을 깨달았다.

'아!'

탄식은 탄식일 뿐이다.

'어찌할 것인가?'

망설여지기는 했지만 그 순간에도 발걸음은 터덜거리며 강릉으로 향하고 있었다. 한 발이 움직였다. 돌아가면 아내 사임당이 크게 실망할 것이다. 또다시 한 발이 강릉으로 향한다. 한양으로 가서 글공부를 해야 한다. 다시 한 걸음이 강릉으로 향한다.

술 생각이 난다. 미치도록 마시고 싶다. 마음은 이리저리 종잡을 수는 없지만 발은 이미 대관령을 내려가고 있었다. 망설이고 있는 사이에 이미 대관령을 내려섰고 마음속에서는 북평의 마을 사람들이 술을 먹자고 잡아끌고 있었다.

"어, 서방님!"

귀에 익은 말소리가 귀를 파고들었다.

이원수는 역시 본능에 충실했다. 의지를 버리고 본능에 따랐다. 눈을 들어 보니 이미 발걸음이 북평 집에 이르러 있었다. 막상 돌아왔지만 낯짝이 있는지라 대문을 열고 들어서지 못하고 있었다.

농사일을 돌보던 머슴이 그를 알아보고 반색했다.

"아니, 서방님 아니신가요?"

어찌할 수도 없다.

그저 그랬던 것처럼 입을 열었다.

"허, 들일 보고 오는가?"

저간의 상황이야 하인들이 모두 알 수 없지만 이원수가 이 댁의 어른이고 상전인 것은 분명하다. 소문이야 어쩐지 모르지만 하인들에게 주인은 깍듯이 모셔야 할 존재다.

하인이 앞을 선다.

"어서 들어가십시다요."

어찌하지 못하고 따라 들어섰다.

만약 누군가 들어가자고 하지 않았다면 울고 말았을 것이다. 문을 열어준 하인이 이토록 고마울 수가 없었다.

"마님, 서방님이 오셨습니다."

사임당은 무표정했다.

하늘이 무너졌다. 실망이 아니다. 절망이었다. 숫제 이야기조차 하고 싶지 않았다. 그저 무표정하게 다가오는 남편을 바라보고 있었다.

몸을 돌리고 싶었다.

'어찌한단 말인가?'

복부를 쓰다듬었다. 무엇을 바라고 무엇을 믿고 살아야 할지 난감하기만 했다. 이미 뱃속에서는 둘째가 꿈틀대고 있었다. 차라리 모든 것을 놓아버리고 싶었다. 자식들이 저런 아비를 보고 살아야 한다고 생각하면 하늘이 무너지고도 남았다. 이것이 내 인생이란 말인가? 바로 천붕지괴(天崩地壞)가 따로 없었다.

생각해 보면 이원수도 불쌍한 사람이다. 자라며 인성을 만들지 못했으니 어쩌란 말인가. 차라리 내 앞에 나타나지나 않았으면.

이원수는 시무룩한 표정으로 아내의 처분을 바라고 있었다. 돌아와 보니 강릉이다. 달리 보니 어린아이처럼 행동하는 의지 없는 이원수가 애처로워 보였다. 비록 남편이나 그를 바라보면 연민의 정이 느껴졌다. 그 사람이 남편이라는 것이 무섭고 뼈저렸다. 온 세상이 이미 어두워져 버렸다.

이미 몸과 정신을 잡아 묶은 천성이다. 바꿀 수 없을지 모른다. 언제까지 저렇게 살아야 하나. 철부지 때부터 길들여진 천성은 이미 그의 골수에 가득 찼다. 천성을 하루아침에 무 자르듯 잘라내고 새로운 정신을 들일 수도 없는 일이다.

이원수가 고개를 조아렸다.

"하늘에 대고 맹세하리다. 절대로 허투루 말하지 않겠소 내일은 반드시 한양으로 가리다. 다시는 무너지지 않겠소"

신사임당은 대답하지 않았다.

'하늘이시여.'

하늘을 올려다보며 알 수 없는 간절함을 빌 뿐이다.

어느 해.

신사임당은 남편을 바라보며 긴 한숨을 쉬었다. 하늘이 무너지고 땅이 갈라지는 아픔이 그녀에게 밀려들었다.

'하늘이시여.'

이제 믿을 것이 하나도 없었다.

그녀는 가위를 들었다.

"당신이 이토록 약속을 지키지 않으시니 머리카락을 자르고 비구니가 되는 것이 낳을 듯합니다."

"아니 되오!"

이원수는 손이 발이 되도록 빌며 매달렸다.

신사임당은 남편에게 고분고분 순종하지 않았다. 신사임당은 당시 조선 사회의 일반적인 여성으로의 현모양처라고 볼 수 없었다. 시부모를 잘 모시고 남편에게 순종하고 내조에 힘을 쏟고 아이들을 잘 키우는 여자가 현모양처라면 신사임당은 소박을 맞아야 할 것이었다.

신사임당은 당시의 남편들이 바라는 순종의 여인상이 아니었다. 남편인 이원수보다 똑똑했으며 자신의 생각을 숨기지 않았고 당당하게 주장을 하는 여성이었다. 당시로서는 대가 센 여자였던 것이다.

신사임당은 남편 이원수가 학문을 익혀 출사하기를 바랐다. 백수생활을 하던 이원수가 과거를 보겠다는 약속을 하고 10년이란 세월을 목표로 산으로 들어갔다. 이 또한 신사임당이 여러 번에 걸쳐 공부하기 좋은 장소를 고르기도 했던 탓이다.

이원수는 끈기가 약했기에 견디지 못하고 산을 내려왔다. 그러나 남편의 우유부단함과 끈기 없음에 화가 난 사임당은 가위로 자신의 머리카락을 자르며 비구니가 되겠다고 협박을 했다. 이원수는 그녀의 모습에 감복하고 놀라 억지로 3년 동안 학문을 익혔으며 후일 움직이기는 해도 관직에 오를 수 있었다.

9

딸 매창

개가 새끼를 낳으면 개새끼요, 사자가 새끼를 낳으면 사자새끼다. 무엇이든 자식은 어미를 닮고 아비를 닮는 것이다. 사람도 그렇다. 외모가 그렇고 성정이 그렇고 천성이 그렇다. 어머니를 닮은 딸이 있기도 하고 아버지를 닮은 아들이 있기도 하다. 그래서 피는 속이지 못한다고 했는지 모른다. 문제는 아버지와 어머니가 전혀 다른 천성, 전혀 다른 사상을 지니고 있을 때 누구를 닮는가 하는 것이다.

사임당과 이원수는 아들 넷, 딸 셋을 낳아 자녀를 모두 일곱 남매를 두어 길렀다. 제법 많은 자식을 낳았는데 아버지 이원수를 닮은 자녀는 세 번째로 낳았던 아들 번(璠)뿐이었다.

사임당은 늘 조상에게 빌었다. 자식들이 아버지 이원수의 성품을 닮지 않도록 빌었다. 이원수를 닮은 아들 번은 평생 백수로 가난하게 살아 사임당의 가슴에 못질하게 됐고 죽는 날까지 걱정을 끼쳤다.

자식을 낳다 보면 어미를 닮은 자식도 태어나기 마련이다.

둘째는 딸이었다.

어머니 이 씨는 무척 기뻐했다.

"잘했다. 큰딸은 그 집안 살림 밑천이라 했다."

"어머니."

신사임당도 어쩔 수 없는 조선의 여자다. 조선의 사대부는 물론이고 평민에게도 자식은 중요했다. 양반가에서는 대를 이어 출세하고 가문을 빛내야 하니 아들이 좋고, 평민이나 천민에게 아들은 농경사회에서 큰 일꾼이다.

어머니 용인이씨는 달랐다.

"여자가 어떻다는 것이냐? 난 아주 마음에 드는구나. 튼튼하게 태어나 어미처럼만 살라고 하려무나. 큰딸은 살림 밑천이라고 하지 않더냐?"

어머니의 축복에 신사임당 역시 흐뭇했다. 열 달 동안 배가 불렀던 사실이며 아이를 낳기 위해 산고를 치른 것이 모두 즐거움으로 여겨졌다.

매창(梅窓)은 어머니를 닮았다. 성품이 닮고 재주가 닮았다. 신사임당은 매창에게서 자신을 보았다. 자신이 그랬던 것처럼 성장하며 쉽게 글을 배웠다. 그림도 잘 그렸다.

마음이 푸근해졌다.

'날 닮은 거야.'

사임당과 비교해도 매창의 환경은 매우 좋았다. 사임당은 그림 스승이 없었다. 강릉에서 모실 그림 선생도 없었다. 혼자 깨우쳐야 했다. 오죽했으면 아버지 신명화가 안견의 그림까지 구해 주었을까. 신사임당은 스승 없이 혼자서 여러 작가나 화가들의 그림을 모방하고 참고하며 배웠다.

매창은 신사임당과 달랐다. 사임당이 직접 가르쳤다. 그림이란 겉으로 드러나는 겉만 보는 것이 아니다. 그림 속의 내면을 그려내고 이해해야 한다. 더구나 문인화와 같은 경우는 완벽하게 뜻 그림이다. 겉으로 드러나는 선과 색을 이해하고 내면의 의미를 알고 깨달아야 했다. 그런 과정에서 어머니 신사임당은 매창의 좋은 스승이었다.

사실 사임당은 철저하게 자식을 교육하지 않았다. 그녀는 일곱 명의 자녀를 낳았지만 마치 들판을 뛰어다니는 말들처럼 방목했다. 즉 신사임당은 아이들을 가르치기보다 자신이 공부하는 모습을 보여주고 재능을 살릴 수 있도록 했다. 당시 많은 양반들의 자녀들이 그랬던 것처럼 주입식 교육을 했던 것이 아니라 재능을 인정하여 주었고 아이들 앞에서 늘 그림을 그리고 책을 읽어 창의력을 키워 주었다.

신사임당의 교육은 창의성 교육이었다. 어렸을 때는 스스로 가르치기도 하였고 학문의 기틀을 잡아주었지만 그것은 그뿐, 아이들은 자신의 창의성을 살려 공부했다. 이는 열린 사고방식이라고 할만 했다. 이율곡도 후일 신사임당을 논할 때 성격이나 재능을 말했지 자신에게 어머니가 어떤 교육을 어떻게 시켰는지는 별로 논하지 않을 정도로 자식에게 크게 해준 것은 아니다.

사임당도 행복했다.

매창은 뛰어난 재능을 가지고 있었다. 문일지십(聞一知十)이라는 말도 있지만 뛰어난 지혜와 감각을 지니고 있었다. 어머니 사임당의 말을 잘 이해하고 인식했으며 나아가 새로운 창작에도 능했다.

사임당이 그랬듯 매창의 이야기도 곧 소문을 탔다.

"그 어머니에 그 자식 아니겠소"

"참으로 똑똑하더이다."

"대를 이어 천재가 난 것이요."

"떡잎 때부터 알아본다고 하지 않소 매창은 참으로 영재 중의 영재요. 어디에 내어놓아도 빠지지 않소 사내로 태어났다면 과거 급제감인데 참으로 안타까운 일이요."

마을에서 소문이 났다.

마을 어른들은 매창이 사내가 아니라는 사실에 안타까워했다.

조선이라는 나라! 조선은 성리학을 중요하게 가르치고 실천하는 나라였다. 유학이 국시(國是)였기에 여자는 제아무리 재능 있고, 학문을 갖추고, 뛰어나며 영명해도 사회로 나가 자신을 드러내고 사회적으로 이름을 날릴 수가 없었다. 조선은 남자의 나라였다. 그랬기에 조선에서 뛰어난 예인은 대부분 기생들이었다. 양반집 규수로서 예인으로 뛰어나기는 어려운 사회 구조였다. 뛰어나도 나아가 역량을 펼쳐볼 수 없으니 어른들의 눈에 매창이 아깝기 이를 데 없어 답답해하는 말이었다.

사임당은 조금도 안타까워하지 않았다.

자신이 그랬듯 예술은 예술로서의 가치가 있다고 믿었다. 밖으로 나가는 것만이 능사는 아니다. 따라서 재능을 키워주는 것이 그녀가 선택한 교육 방법이었다. 주변 사람들이 안타까워하는 것을 모르는 바가 아니나 일언반구 대꾸하거나 한탄을 토로하지 않고 매창에게 학문과 그림을 가르쳤다. 매창의 재능을 키워주는 것이 교육이라 생각했기에 신사임당은 일정 부분 방목하여 재능을 키우도록 했다.

매창이 나이가 먹어감에 그림에서는 매창과 사임당은 하나가 되었다. 누가 잘 그리고 못 그리고가 아니라 그들은 이미 어머니와 딸이 아니라 예술인이 되어 갔다. 그들은 서로의 재능을 찾아 그림을 그렸다. 재능을 일깨워주는 것이 사임당의 교육 방식이었다. 사임당에게 있어 매창은 딸이었지만 동지이고 제자이며 자신의 분신이었던 것이다. 후일 매창이 작은 사임당이라는 의미로 소사임당이라 불린 것은 결코 우연이 아니다.

아들 선과 매창을 훈육하는 사이에 신사임당은 세 번째 출산을 했다. 아들이었다. 이름을 번(璠)이라 지었다.

자식이 태어난다고 모든 자식에게 기대를 할 수 없지만 신사임당에게 아들 번은 평생 씻을 수 없는 후회였으며 가슴 아리는 고통이었다. 자식이 많으면 잘되는 자식도 있지만 그렇지 못한 자식도 있는 법이다. 번은 다른 형제와 달리 개성을 드러내지 못했고 머리도 그다지 뛰어나지 않았으며 재주도 없이 그저 평범했다.

그는 아버지의 판박이였다. 신사임당이 가장 두려워하고 우려했던 일이 번에게서 나타나고 말았다. 어쩔 수 없는 일이었을 것이다. 많은 자식 중에는 아버지를 닮은 자식도 있고 어머니를 닮은 자식도 있기 마련이다. 무력하고 지나치게 평범하여 재목이 되지 못하는 아들, 그것은 운명이었다. 대들보가 아니면 기둥감이나 서까래라도 되어야 하건만 불행하게도 번은 전연 그렇지 못했다.

사임당에게 번은 두렵고 안타까운 자식이었다. 아버지를 닮았다는 것이 두려움이고 설움이었다. 어쩌면 아버지를 닮지 않기를 바란 것이 지나친 욕심이었을지도 모르는 일이다. 남편으로 섬기고는 있으나 자식이 닮지 말았으면 하는 존재가 바로 남편 이원수였다. 아들 번은 너무도 아버지 이원수를 닮았다.

사임당은 조선 시대에 살고 있으나 이상(理想)만은 조선을 벗어난 실용주의자이고 당대의 여걸이며 남편에게 매여 사는 사람이 아니었다. 시대가 허락했다면 그는 개혁론자였을 것이다. 어머니 용인이씨로부터 받은 교육과 어머니의 경험이 신사임당을 실용주의자이며 개척론자로 만들었다.

이원수는 달랐다. 가진 것 없고 지식도 없으며 벼슬도 없지만 매사 사대부 가문의 허례허식을 추구했으며 명분을 내세웠다.

"그래도 사대부 집안의 자식입니다. 가문을 생각해야지요."

나쁘다고 할 수 없는 시대의 조류였다. 그것이야말로 당시 조선 사대부들의 행동이고 판단이며 기득권이었다. 이원수가 그런 조류에 젖었다고 마냥 나쁘다고만 할 수는 없는 일이다. 그렇다 하더라도 사임당에게 아버지를 닮은 아들 번은 고통일 수도 있었다. 외모부터 아버지를 닮았으며 습관도 다르지 않았고 백수의 기질이 그랬다.

사임당에게 번은 천벌이었다.

자식은 자식. 사람의 욕심은 한이 없고 부모의 욕심은 넓은 바다와 같은 것이다. 오죽하면 부모의 은혜는 하늘같다고 할까! 자식으로서는 은혜이지만 부모로서는 의무이다. 사임당은 번의 성격이나 천성을 보충하고 고쳐주려 각별한 애정을 쏟았다. 이원수의 뒤를 밝게 할 수는 없었다. 그러나 버리지 못하는 천성도 있는 법이다. 남편이 지닌 백수의 기질과 방랑벽, 그리고 술을 즐기는 성격은 번에게 피할 수 없는 운명과도 같았다. 사임당이 가장 우려했던 일이 현실이 되었다. 아들 모두에게 개성을 찾아 학문을 익히고 예술적 기질을 찾도록 했으나 번은 아니었다.

슬픔이었다.

사임당은 현명한 사람이었다. 슬픔에 매달려 인생을 허비할 사람은 아니었다. 그녀에게는 자식을 키워야 할 의무가 있었다.

아이들이 자라면 신사임당은 스스로 알아 공부할 수 있도록 했다. 오히려 방목에 가까운 교육 방법이나 이는 개성을 찾는 교육이다. 당시 사대부들의 가문에서 훈장을 모셔 읽고 쓰고 외우기만을 반복한 방법과는 다른 훈육이었다.

아들 번에게 정성을 쏟고 천성을 바꾸게 노력하는 중에도 건강하고 착실한 맏아들 선을 훈육해 학문을 익히도록 하고 매창에게도 그림을 그리도록 하여 가능한 삶을 편안하고 즐겁게 하려 노력했다. 모두가 개성을 찾도록 하는 학습이었고 기초만 마련해 주는 방법이 그녀가 택한 학습 방법이었다.

어느 해, 강원도 관찰사 정철이 강릉현에 왔다.

정철은 당대의 문인이었고 글을 잘 쓰기로 유명한 사람이다. 더구나 그는 글을 잘하고 예능이 있는 사람을 즐겨 사귀고 우대하였다.

더구나 그는 관동별곡을 쓴 사람이다. 그가 쓴 관동별곡은 당대의 걸작이었다. 그의 글은 온 백성이 즐겨 읽은 글이다. 그는 지방을 돌다 강릉에 다다랐고 풍물을 살피다가 백일장을 열었다.

매창이 그린 초충도(草蟲圖)가 장원을 했다.

"그림에 생명감이 느껴지는 훌륭한 것이오"

정철의 칭찬은 매창은 물론이고 신사임당의 행복을 증명해 주었다. 딸의 개성을 찾아준 보람이 있었다. 만약 다른 화가들처럼, 혹은 도화서의 관원처럼 그림을 따라 그리고 흉내 내는 그림을 그렸다면 상황은 달랐을 것이다. 매창은 개성을 살리고 자신의 예술성을 찾았다.

상으로 비단 한 필이 내려졌다. 비단이 문제가 아니었다. 매창이 최고의 솜씨를 뽐낸 것이 가문에 기쁨을 몰고 왔다.

용인이씨가 즐거워 소리쳤다.

"복덩이다. 내 손녀 매창이로구나. 그래, 에미를 빼다 박은 듯 닮았어. 그림이나 글씨가 신필(神筆) 같다니까."

늙은 용인이씨에게 그보다 기쁜 일은 없다. 어찌 보면 효도란 어려운 일이 아닐 수 있다. 부모의 뜻을 거스르지 않는 것이 효도이듯 말 잘 듣고 예절을 지키는 것도 효도이다. 또한 재주가 있으며 학문을 해서 이름을 날리는 것도 효도이고 학문으로 장래가 촉망되는 것도 효도이다. 재능을 찾아 개발하는 것이 곧 올바른 학습이고 언젠가 빛을 보는 것이다.

복덩이는 달리 복덩이가 아니다. 복덩이는 부모에게 기쁨을 주는 자식이다. 기쁨을 주는 손자이다. 자신을 찾아내어 세상에 드러내는 것이 복덩이다. 따라서 복덩이는 늘 희망을 주고 즐거움을 주며 웃음을 주는 존재인 것이다. 복덩이야 말로 하늘의 축복이다. 이 씨에게 매창도 복덩이였다.

마을에 매창의 그림이 장원을 하였다는 소문이 퍼졌다. 예상했다고는 할 수 없지만 기쁜 일이 일어난 것은 틀림없었다. 마을 사람들에게도 매창은 자랑감이었다. 이미 인근에 알려진 집이기는 했으나 매창으로 인해 부르는 이름이 달라졌다.

"관찰사 상을 받은 집이라오."

과거에는 최 판사 댁이었고 그 후에는 이생원의 집이었다. 아마도 한때는 그리 불렸지만 그래도 오래도록 이 집은 최 참판 댁이었다. 그러던 어느 날부터 관찰사의 상을 받은 집이라는 호칭이 따르게 되었다. 즐거운 일이다.

애초 이 집, 신사임당의 집은 사임당의 어머니 용인이씨의 집이다. 역사가 난해하고 길었다. 이 또한 용인이씨의 집은 아니다. 용인이씨의 외할아버지이며 참판 벼슬을 지낸 최응현의 집이었다. 최응현이 아들 없이 죽으며 자신의 사위 이사온에게 물려준 집이다. 그리고 다시 이사온은 아들이 없이 죽어 딸인 용인이씨에게 물려진 집이다. 조선의 사대부 가문에서 재산은 대부분 자식들에게 물려지는 법이나 이 가문은 특이하게도 아들이 없어 딸에게 물려지니 외손자에게 이어지는 형태였다. 용인이씨도 신명화와 혼인하였으나 아들을 낳지 못했으니 결국 이 집도 아들에게 전해지기는 그른 일이다.

사람들이 매창을 찾았다.

"매창을 찾으시오? 바로 저 집이오"

사대부는 사대부의 격이 있다. 그런 점에서 신사임당이나 매창이 그림을 잘한다는 것이 반드시 좋은 것은 아니다. 사대부 가문에서 그림은 취미이지 이름을 얻고자 하는 것이 아닐 수 있기 때문이다. 그러나 신사임당은 달랐다. 재능이 멋이고 재능이 있다면 깨워주어야 한다고 생각했다. 사대부 가문이라 하지만 이 가문은 남녀의 격을 따지지 않았다. 외손으로 물려온 가문의 이력 때문일 수 있으나 조선 사대부에서 흔히 볼 수 있는 일은 아니었다.

마을 사람들이 하는 말은 집에 있어도 듣게 된다.

"대단한 집안이야."

참으로 묘한 일이다. 자식은 한 몸에 태어나지만 개성은 각각 다르다. 매창과 번도 그랬다. 매창이 재능이 출중했다면 번은 아무것도 드러나지 않았다. 그럼에도 매창은 누구보다 번을 아꼈다. 그러나 매창이 아무리 아껴도 번은 애정이나 존경심이 없어 무관심했다.

특이한 것은 번의 성품이었다. 어떤 경우에도 욕심이 없어 보였다. 학문에도 욕심이 보이지 않고 다른 재능도 드러나지 않았다. 많이 가지려 하지도 않고, 남보다 앞서 가려고도 하지 않았다. 이 어이없는 성격이 후일 엉뚱하게 욕심과 앞뒤 가리지 않는 성정으로 드러나 세간의 소문을 몰고 와 이이를 곤경으로 몰아가고 결국 이이의 앞길을 막기도 했다. 달리 생각하면 그는 청개구리였다. 모두 앞으로 가면 뒤로 가고 위로 가면 아래로 갔다. 이원수의 판박이였다. 사임당은 그런 번에게서 절망을 느끼고 있었다. 그러나 매창은 그런 번에게 더욱 각별하게 대했다. 그것이 번을 있게 했다.

할머니 용인이씨는 매창을 가르치면서 늘 한탄을 토했다.

"안타깝기 그지없구나. 네가 고추를 달고 나왔더라면 세상에 나아가 판서가 안 되겠느냐, 재상 자리가 안 되겠느냐? 하늘도 무심하구나. 네 실력은 뛰어나고 아름답구나. 네가 오빠 선이보다 한 수 위인 게야."

칭찬이 매창을 더욱 노력하게 했다.

매창은 조선이라는 사회를 알기에는 아직 어렸다.

"할머니, 여자는 왜 재상이 못 되어요?"

"참으로 긴 이야기다. 이 세상은 남자들의 세상이란다."

아마도 용인이씨는 더욱 속 깊은 이야기를 털어 놓고 싶었을지도 모른다. 그러나 매창은 아는지 모르는지 다시 글 읽기에 빠져들었다.

그것 또한 운명이었다.

10

용꿈을 꾸다

여자의 나이 30이다. 어느덧 신사임당은 세 아이의 어머니가 되었다. 어느 정도 후덕함이 몸에 이는 나이가 되어가고 있었다.

'내가 누구인가?'

누구나 한 번 깊이 생각하는 문제이다. 조선이라는 사회, 양반가의 자녀, 여자, 그리고 한 남자의 아내이며 세 아이의 어머니가 된 사람. 이제는 누구 어머니라는 이야기도 익숙해진다. 신사임당은 이제 세상에 태어난 이치를 생각하게 되었고 이 사회에서 여자의 본분이란 무엇인가 곰곰이 생각해 보았다.

돌이켜 보노라면, 그녀의 인생은 다른 양반가의 여자들과는 많이 달랐다. 시댁에 들어가 살지 않은 것이 그랬고, 글을 쓰고 그림을 그리며 산 것도 그랬다. 다른 사대부 가문의 여식들과는 전연 다른 삶이었다.

그림을 그리며 글 쓰고, 자수를 놓는 일이 양반의 가문에서 일어날 수 있는 일이라는 것은 부정할 수 없다. 양반의 딸로 태어나 그림과 글씨에 매진하며 무아(無我)의 세계 속에 잠겨 살았다. 혼례를 올리고도 친정에 살며 시가에 살지 않았다는 사실은 사대부 가문에서 흔한 일은 아니었다. 남편을 대신하여 가사를 꾸리고 아이들을 기르는 것도 쉬운 일은 아니다. 오롯이 그녀의 운명이었다.

세월이 흐르며 자식이 늘어가고 있었다. 세월 따라 아이들도 늘어 간다. 슬하에 이미 큰아들 선과 딸 매창이 태어나 자라고 아들 번이 있었다. 그것만으로 그치지 않는다. 뱃속에 잉태가 되면 낳아야 하는 시대였다.

다시 태기가 있어 뱃속에서는 하나의 생명이 꿈틀대고 있었다. 가족이 늘어가고 있었다. 넷째가 태어나면 이제 여섯 가족이 된다. 적지 않은 가족이다. 가족이 느는 것은 좋은 일이고 기쁜 일이나 먹고사는 문제는 해결되어야 한다. 가족을 먹여살릴 수 있어야 한다. 그러나 남편 이원수는 달리 궁리를 하고 있지 않았다.

어느 날, 사임당은 그림을 그리려고 화선지를 폈으나 머리가 어지러워 집중이 되지 않았다. 문득 앞으로 어떻게 살아갈지 어둠의 그림자가 다가왔다.

'어머니.'

문득 떠오르는 사람, 시어머니 홍 씨였다.

생각해 보니 뵙지 못한 지 오래되었다. 새삼 시어머니의 삶에 대한 의지와 수고로움이 느껴지자 저절로 머리가 숙여졌다. 얼마나 손자들이 보고 싶으실까! 시어머니의 그 억척스러움과 굴하지 않는 삶의 의지가 생각났다. 세상을 살다보니 가족을 거느리는 일이 쉬운 일은 아니다. 시어머니 생각이 절로 난다. 다행히 떡 장사는 잘 된다고 들었으나 마음이 착잡했다. 남편이야 간혹 한양과 강릉을 오가며 시어머니 소식을 듣는다지만 자신은 지난 몇 년간 시댁에 출행을 하지 않은 것이 마음에 걸렸다.

이제 살 궁리를 해야 한다. 남편에게 기대를 버린 지 오래다. 남편은 이미 과거는 꿈도 꾸지 않았다. 끈기는 이미 공염불이다. 공부하기 좋은 장소를 찾아주고, 참지 못하고 돌아오면 머리카락을 자르며 차라리 비구니가 되겠다고 협박했지만 결국 남편은 학문을 포기하고 말았다.

남편에게 기대할 것이 없었다. 생각해보면 그런 남편을 믿고 살아온 시어머니의 정성이 가엾게도 느껴졌다. 이원수가 어머니 홍 씨의 반만 닮았어도 끈기는 있을 것이다. 끈기가 있었다면 학문에 매진했을 것이다.

생각에 골몰하다 보니 문득 시어머니가 보고 싶어졌다. 부끄럽고 죄스러운 마음이 파도처럼 밀려들었다. 손자, 손녀가 연이어 태어났음에도 강릉에서 몸을 풀었으니 한양의 시어머니는 손자의 정을 느껴보지도 못했다. 안타깝고 미안한 일이다. 강릉에 멀리 떨어져 있으니 얼마나 손자들이 보고 싶겠는가. 가슴이 찡하고 저려왔다. 며느리와 아들은 보고 싶지 않을까? 생각하니 가슴속이 서늘해졌다.

신사임당은 마음에 맺히는 것이 있어 벌떡 일어섰다. 그리고는 남편을 안채로 들어오도록 하여 마주 앉았다.

"상공, 한양으로 갑시다."

"아니, 웬일이시오?"

"이제 그만 이곳을 떠나 어머니에게 가야할 것 같아요. 어머니를 뵌 지 너무 오래 되었어요."

이원수의 얼굴에 웃음꽃이 피었다.

"잘 생각했소. 그 사이 많이 늙으셨지요."

마음을 먹자 서두르기 시작했다.

어머니 용인이씨는 딸 사임당이 한양 시댁으로 가겠다는 말에 말리지 않았다. 아니 반색했다. 사실 며느리가 시댁으로 들어간다는 것은 당연한 일이다. 이는 양반가의 이치에 맞는 일이다. 사대부가의 며느리가 시댁을 떠나 친정에서 산다는 것은 당시의 법도로 보아도 그다지 합당한 일은 아니었다. 천륜으로 보아도 어머니와 자식이 한집에 살고 손자가 할머니를 섬기는 것이 당연했다.

인의예지신(仁義禮智信)이라 했다. 자식으로서 부모를 멀리하는 것은 어떤 경우에도 온당치 않았다. 자식이라면 의당 부모를 모셔야 한다. 용인이씨는 딸을 곁에 두고 살면서도 항상 마음 한편에 무거운 짐이 됐었다. 더불어 사돈에게도 미안하고 죄스러운 일이었다. 서둘러 보내는 것이 옳았다.

이제 집안도 어느 정도는 안정되어 있었다.

넷째 딸 인주도 집 가까운 곳으로 시집을 보냈다. 인주의 신랑 권화(權和)는 장모를 친어머니처럼 생각했다. 필요하다면 권화가 늘 들여다보고 도울 것이다. 이제 사임당이 떠나도 걱정을 하지 않을 정도는 되었다. 그래서 사임당도 어머니 곁을 떠나는 것이 그다지 걱정이 되는 것은 아니었다. 이제 시집가지 않은 막내 인경이 재잘거리며 어머니의 친구 겸 언덕이 되어 주었다.

마음을 먹자 결정은 쉬웠다.

어느 날, 이원수와 사임당은 자녀들을 이끌고 강릉을 떠났다. 한양의 시어머니에게 돌아가는 길은 멀었지만 새로운 출발을 기약하고 있었다.

대관령에 이르렀다.

뒤를 돌아보니 자욱한 안개 속으로 강릉이 보였다. 확연하지 않지만 그곳 어딘가에는 어머니가 있을 것이다. 마음이 울컥했다.

사임당은 북평촌이 있을 것 같은 방향을 바라보면서 시(詩) 한 수를 지었다.

자친학발재임영(慈親鶴髮在臨瀛)
신향장안독거정(身向長安獨去情)
회수북촌시일망(回首北村時一望)
백운비하모산정(白雲飛下暮山情)

백발의 어머님 임영(강릉)에 계신데
이 몸은 장안(한양) 향해 홀로 떠나고 있네.
머리 돌려 북촌을 바라보니
어둑한 산정에 흰 구름 내려앉았네.

시(詩)는 마음이다. 시는 감정을 글로 녹이니 마음의 깊은 곳을 표현해 낸다. 시인이야말로 세월의 기록자다. 시인이야말로 추억의 보존자이다. 세월은 쏜살처럼 지나간다. 시야말로 세월의 저편을 기록할 수 있다.

어쩌면 마냥 강릉의 북평촌에서 편안하고 평화롭게 살 수 있으리라 생각했던 시절도 있었을 것이다.

이제 돌아보니 삶의 무게가 느껴졌다. 나이를 먹었다는 것이 실감났다. 어느덧 다섯 아이의 어머니가 되어 있었고 나이는 벌써 불혹(不惑)을 바라보고 있었다. 어쩔 수 없는 세월의 흐름이었다. 나이를 먹는다고, 몸이 늙는다고 감성이 메마르거나 늙는 것은 아니다. 그래도 얼굴에서, 몸에서 세월의 흐름이 알알이 새겨졌다.

몸과 마음은 따로 간다. 몸과 나이가 예전 같지 않지만 마음은 강릉에서 뛰놀고 자연을 즐기던 처녀 때처럼 감성이 넘쳐흐르고 있다. 추억이 기억이 되고 다시 희미해져 갔다. 그 어느 시인보다 감성은 자연 속에 있었고 마음속에 살아있었다.

어머니에 대한 그리움이 더욱 깊어지고 있다.

한양에 다다랐다. 시어머니 홍 씨는 그토록 반가워할 수가 없었다. 자식을 보내고 며느리를 보내고 오래도록 기다린 시간이었다.

"아이고 내 강아지들!"

홍 씨에게 그날은 복이 다발로 쏟아지는 듯한 날이었다. 눈물이 마른 것 같은 할머니의 눈에 이슬이 비추어졌다.

손자인 선과 번을 번갈아 안아보고 까칠한 볼을 대어보며 아낌없이 즐거움을 누렸다. 심장이 평소보다 10배는 빨리 뛰었다. 홍 씨는 손녀 매창을 보면서 그토록 기뻐 눈물을 흘릴 지경이었다. 그들이야말로 홍 씨가 살아있음을 느끼게 하여 주는 존재들이었다. 손자와 손녀는 이미 늙어가는 사람들에게 분신이나 다름없다. 대를 이어줄 자식들이고 조상의 음덕을 생각하게 한다.

생각하면 긴 세월이었다. 덕수이씨 가문으로 시집와서 일찍이 과수가 된 그녀였다. 만약 이원수라는 자식이 없었다면 사는 의미도 없었을 것이다. 삶의 의미는 바로 대를 이어가는 자손들이다. 그 자식이 이제 자식을 보아 손자가 하나둘이 아니다. 곧 또 다른 자식도 늘 것이다. 자기의 분신이 자꾸만 늘어나니 세상 살 이유가 있었다. 조상을 볼 면목이 생겼다.

그렇게 한양 생활이 시작되었다. 조용하던 집안이 아이들 소리로 무척 떠들썩했다. 사람의 목소리가 울려야 사는 것이다. 아이들의 울음소리가 들려야 삶의 보람이 따르는 것이다. 홍 씨에게 새로운 봄이 찾아왔다. 조용하기만 하던 집에 활기가 찾아왔다. 진정으로 사는 맛이 났다. 오랫동안 인고의 세월을 살아온 홍 씨에게 봄이 찾아왔다.

즐거운 나날이었다.

집은 비좁았다. 강릉은 아주 넓은 집이었다. 강릉과는 비교조차 할 수 없었다. 일찍이 외할아버지의 집이 최 참판 댁이라 불린 것처럼 강릉에서는 누구에게도 뒤지지 않는 가문이었고 재물도 있었다. 논밭이 넓었고 집도 넓었다.

한양집은 좁았다. 아니, 작았다.

넓은 강릉집에서 살다가 온 아이들에게 한양집은 작기도 하거니와 모여 살기가 비좁았다. 처음에는 신기하다고 느낄 정도였다. 그렇다고 그 비좁음이 사람을 살지 못할 정도로 괴롭히는 것은 아니었다. 사람은 환경이 변하면 적응은 하기 마련이다. 아이들은 곧 변한 환경에 적응했다. 하지만 시어머니 홍 씨 생각은 달랐다.

강릉의 넓은 집에서 자유롭게 살던 손자들이 한양의 좁은 집에서 꼼지락거리고 북적거리는 모습이 안쓰러웠다. 할머니로서 손자들이 멋지게 자라나는 모습을 보고 싶은 것은 당연하지만 좁아터진 집은 마음에 병이었다. 더구나 시어머니는 커가는 손자, 손녀들의 교육 문제가 걱정이 되었다. 아버지는 백수로 자라났지만 손자들에게는 기대를 걸었다. 어느 해 사주팔자를 보았던 기억을 잊지 않았다. 한양의 좁은 집은 주변에 시장이 있었고 아이들의 학문에 방해가 된다고 생각했다.

마음에 걸려 조급해졌다.

신사임당도 한성에 온 후로는 마음대로 그림을 그리거나 학문을 익히고 글을 쓰지 못했다. 그래도 아이들이 글을 읽을 수 있도록 모범을 보여야 했다. 사임당의 교육은 아이들을 주저앉혀 읽게 하고 쓰게 하는 것이 아니다. 자신이 모범을 보임으로써 아들 스스로 깨닫고 따라 하게 하는 것이다. 늘 그렇듯 자리에 앉아도 글씨가 눈에 들어오지 않고 엉클어진 그물처럼 정신이 흩어졌다.

홍 씨는 모든 것을 알고 있었다. 며느리를 생각해도 조금 더 넓고 자유로운 집이 필요했다. 아이들에게는 공간이 필요했다. 아이들이 마음껏 뛰놀며 학문을 익히고 그림을 그릴 며느리에게도 공간이 필요했다. 고민이 산이 되었다. 시장바닥처럼 시끄러운 한양의 집에서는 불가능할지도 모르는 일이었다.

결국 올 것이 왔다. 이원수가 신사임당과 아이들을 데리고 한양으로 온 지 3개월이 지나기 전에 시어머니 홍 씨가 고심 끝에 단안을 내렸다.

홍 씨가 신사임당을 불러 앉혔다.

"며늘아, 이곳이 비좁아 여러 가지로 불편하지?"

"괜찮습니다. 어머님."

"아니다. 내가 곰곰이 고민하고 여러 가지로 궁리를 했다. 나는 파주가 어떤가 하고 생각하고 있구나."

"파주요?"

"그래, 너도 알고 있을 것이다. 파주에 우리 집과 크지는 않아도 조상이 남긴 먹고살 논밭이 있다. 그곳은 산수가 수려하고 조용해서 아이들을 기르고 공부시키며 아기를 낳아 양육하기에 안성맞춤이다. 나는 네가 그곳으로 이사하면 좋을 것 같구나.”

시어머니의 말은 지당했다.

신사임당은 거부하거나 틀리다 생각하지 않았다.

“말씀에 따르겠습니다.”

어렵지 않게 결정이 되었다.

파주로 이사했다.

한양과 달리 집이 넓고 조용했다. 강릉과는 달랐지만 한양과는 비교조차 할 수 없이 안정되고 한적한 곳이었다. 한양처럼 사람들 속에서 헤매거나 시선을 뺏길 일도 없었다. 아이들의 행동도 자유로웠고 풍성한 자연이 있었다. 마음의 여유가 생기는 곳이고 아이들에게도 마음껏 뛰놀 수 있는 곳이었다. 경치도 좋았다. 한쪽으로 임진강이 흐르고 있어 언뜻 보아서는 멀리 바다가 보이는 강릉과 비슷했다.

만족스러웠다. 가장 안정적인 것은 그곳이 남편 이원수의 고향이라는 것이다. 고향은 마음을 안정시켜 준다. 오래전 이원수가 태어난 곳이다. 이원수가 이곳 파주 태생이고 성장했던 곳이다. 추억이 많지는 않았을지라도 고향이라는 사실은 안정을 주었다. 처음 발을 붙인 곳이지만 주변이 모두 편안했다.

인근이나 가까운 마을 어른들이 모두 덕수이씨들이어서 가깝고 먼 친척들이었다. 하나같이 좋은 사이였다. 모두가 친척들로 이루어진 마을이었다. 그것이 좋기도 하고 한편으로는 나쁘기도 했다. 더구나 이원수에게는 큰일이었다. 친척으로 이루어진 마을이다 보니 거의 매일 제사가 있고, 혼사가 있었고 생일잔치가 있었다.

이원수에게는 좋은 일이었으나 사임당으로서는 가슴을 칠 일이었다. 전혀 예상치 못했던 일이 앞을 막았다. 집안에 일이 많다보니 참가해야 하는 일도 많아졌고 마음을 졸여야 했다. 이원수는 집안 행사에 나가면 여지없이 술에 취했다. 예전의 그가 다시 살아난 듯했다. 술판이 벌어지는 곳에 그가 있었고 늘 얼큰하게 취해 들어왔다. 하늘이 노래졌다. 의지할 곳이 있고 비빌 언덕이 있다는 사실에 마음을 놓은 것도 잠시뿐이다. 차라리 바람 부는 벌판 보다 못했다. 이제는 비빌 언덕이 무덤으로 변해가기 시작했다. 친인척이 무덤이 되었다. 친인척이 있다는 사실이, 그리고 익숙하고 비빌 곳이 있다는 사실이 이원수에게 술을 주었다.

봄이 왔다.

들녘이 바빠졌다. 그러나 이원수의 논밭은 바쁘지 않았다.

봄이면 농사의 계절이다. 농촌에 살면 농사일을 해야 한다. 하루를 쉬면 소출이 준다. 봄에 놀면 가을에 거둘 것이 없는 것이 농촌이다. 바쁜 일손을 보태어야 한다. 농사는 정직하다. 봄에 부지런히 일해서 씨앗을 뿌리지 않으면 천하없어도 가을에 거둘 것이 없다. 봄이 와도 이원수는 농사를 지을 생각을 하지 않았다. 그것은 천형과도 같은 습관 때문이었다. 게으름은 누구도 막을 수 없었다. 부모가 준 유산에서 나오는 작은 소작료와 한양에서 어머니가 보태주는 돈으로 살아가는 일에 익숙했다.

절망이었다.

기댈 것이 없었다. 아니, 기대할 것이 없었다. 하늘이 무너지는 것 같은 아픔이 심장을 도려내는 것 같았다. 내일을 기약할 수 없을 것 같았다. 무엇을 보고 살아야 하는지 막막하기만 했다.

사임당과 이원수의 생각은 달랐다. 사임당은 교육을 위해서도 부모가 열심히 사는 모습을 자식에게 보여주어야 한다고 생각했다. 일일이 잡아 앉혀놓고 하늘 천 땅 지를 가르치는 것이 아니라 땀 흘려 일하는 모습을 자녀에게 보여주는 것이 최고의 교육이라고 생각했다. 개성을 찾아 스스로 공부할 수 있게 방목하지만 기초는 아주 중요하다. 그러나 이원수는 술을 마시고 노닥거릴 뿐, 아내의 간곡한 뜻을 이해하지 못했다.

그래도 세월은 흘렀다. 어느덧 배가 불러 둘째 딸을 낳았다.

식구는 늘고 먹을 것도 더 필요했다. 사임당은 자식 운이 좋았다. 아이도 잘 들어섰다. 아들과 딸을 번갈아 낳았다. 그것은 복이었지만 가난이 눈앞이라면 불행이다.

여자가 시집와서 해야 할 일 중 가장 중요한 것은 가문의 대를 이어주는 것이다. 오죽하면 아들을 낳지 못하는 것을 칠거지악이라 했을까! 아들을 낳지 못하면 소박을 맞아도 할 수 없고 첩을 들여도 할 수 없다고 했을까! 사임당은 누가 보아도 며느리의 역할은 충실히 하고 있었다.

아이를 낳자 마당 빨랫줄에 아기 기저귀가 항시 걸어졌다. 누가 보아도 다복하게 보였다. 그러나 마음속으로는 젓갈이 무르듯 썩어나고 있었다.

적지 않은 식구였다. 아무리 농촌이라 해도 여섯 식구는 적은 인원이 아니다. 농사를 짓는 집에서야 농사를 도울 자식이 많아졌다고 할 수 있지만 양반가가 아닌가. 일보다는 학문을 익히고 공자왈 맹자왈을 논하는 것이 중요할 수도 있다.

문제는 먹고 입는 문제다. 대 식솔이니 살림도 커지고 먹고 마시고 쓰는 일도 적지 않은 일이다. 사람의 입은 말릴 수도 없다.

아이를 키우는 일도 쉽지 않다. 아이들 뒷바라지를 하며 아녀자의 역할을 하기에 너무 힘이 들었다. 다행스럽게도 강릉을 떠날 때 어머니께서 몸종으로 삼아 여자아이를 딸려 보냈다. 그 아이의 도움이 크게 도움이 됐다.

도와주는 아이가 있어도 힘이 드는 것은 어쩔 수 없다. 어머니의 하루는 쉴 틈이 없다. 아이가 옹알거리니 서둘러 젖을 먹이고 나면 칭얼거리는 둘째 아이를 등에 업혀 잠을 재워야 하고, 아기가 잠에서 깨어나면 다시 젖을 빨렸다. 잠시도 다리를 펴고 쉴 틈이 없다. 아이들은 낳아 놓기만 하면 혼자 자라는 것 같지만 잔정을 기울여야 하고 손이 많이 가야 올바로 자란다.

먹이고 입히는 것만으로 아기를 키우는 것이 아니다.

아기만 있는 것이 아니었다. 서너 살이 되면 함께 놀아주어야 한다. 그런 사실을 아는지 모르는지 아버지는 매일 술타령이다. 농사를 돌보지도 않고 아이를 돌봐주지도 않는다. 학문은 포기했다지만 아이라도 돌봐주면 좋으련만. 아버지는 가정사에 관심이 없다. 돌아치기 바쁘고 친구들과 어울려 술판 벌이기 바쁘니 늘 바빠 아이를 돌볼 시간이 없다. 백수로 살지만 바쁘기는 가정에서 최고로 바쁘다. 죽으려도 죽을 시간이 없다는 말에 이원수가 해당할 것 같았다.

다행히 장녀 매창이 옆에서 도왔다. 매창이 나서서 여섯 살짜리 번에게는 글을 가르쳤다. 매창은 학문을 하는 기예와 재주가 비상해 번에게는 선생이 되어 주었다. 이것이 매창이 어머니에게 배운 교수법이다. 기초만 가르쳐주면 자신들이 돕고 서로 깨닫도록 했다. 신사임당은 아이들을 잡아 앉혀 매달리며 공부시키는 노력은 하지 않았다. 대신 개성을 찾도록 배려했다. 매창은 번을 앉히고 책을 읽어주고 천자문을 가르쳤다. 아버지가 할 일을 매창이 했다. 장녀는 살림 밑천이라는 말이 옳았다. 바쁘게 살아가는 사임당에게 매창은 큰 힘이 되어 주었다.

파주로 이사한 지 3년 되는 날이었다. 불현듯 이원수가 밑도 끝도 없이 봉평으로 이사하자는 말을 했다.

"봉평이요?"

전혀 생각지도 않았던 일이다.

"봉평으로 이사를 해야 하겠소"

"갑자기? 무슨 말씀이신지요?"

"허, 내 다 생각이 있소 당신은 모르겠지만 그곳에 선친으로부터 물려받은 전답이 있소이다. 얼마 전 소작인이 병으로 죽었다는 소식을 들었소이다."

"그런 일이 있었습니까?"

"그 땅으로 갈까 하오 소작할 사람이 없어 땅을 놀려야 될 형편이 되었소 내 몇 달 동안 곰곰이 생각해 보았는데 우리가 그곳으로 이사를 하는 것이 좋을 듯하오 당장 땅을 놀려야 하고 소작할 사람도 없다하니 직접 가서 경작하고 땅을 일구는 것이 옳은 것 같소이다. 당신이 늘 했던 말도 있었으니 말이오 봉평으로 갑시다."

"상공께서 잘 생각하셨습니다. 이제 선아나 매창이도 머리가 크니 철이 들 때가 됐습니다. 보는 것이 교육이고 심성을 기르는 일이지요 상공께서 애써 일하는 모습이 자라는 아이들에게 큰 교육이 될 것입니다."

신사임당이 반색했다.

생각해 보니 그다지 나쁘지 않았다. 차라리 파주를 떠나 봉평에 자리를 잡으면 술이라도 덜 먹을 것이라는 생각이 들었다.

이원수는 이미 오래전부터 생각한 것이 있었던 듯했다.

"그곳이 지리적으로 좋지 않소. 그곳은 한양에서 강릉 가는 길에 있으니 강릉과도 지척이니 필요하면 강릉에 다녀오기도 쉬울 거요. 내 이미 손을 써 집을 지으라 했으니 집이 지어지는 대로 이사하도록 합시다."

"상공을 따르지요."

놀라운 결정이었다. 무슨 생각을 했던 걸까? 결혼해서 이때까지 단 한 번도 자신의 의지를 담아 결정을 한 적이 없는 남편이었다. 그런 남편이 오랜만에 자신의 판단을 믿고 의지를 심어 결정을 하였으니 신사임당으로서는 새로운 하늘을 보는 기분이나 다름없었다. 만사 제쳐 놓고 따를 일이다.

처음이었다. 이원수가 스스로 의지를 보인 것은 결혼한 이후 처음이었다. 오랜 몽환에서 깨어난 듯 느껴지는 일이었다. 그래서인지 사임당은 결혼해서 처음으로 마음의 문이 열리는 것 같아 마치 날아갈 듯한 즐거움을 느꼈다.

남편이 변했을지도 모르는 일이다. 그동안 백수로 하는 일 없이 마냥 세월만 허송했던 남편 이원수가 농사일을 하겠다니 놀라운 일이다. 만사 제쳐놓고 그 이상 좋은 일이 없었다. 아직은 내면을 알 수 없으되 남편이 마음을 바로잡았다는 생각이 들었다. 학문을 익히고 과거를 보는 것은 실패했지만 이제 남편이 마음이라도 잡은 것 같았다. 그렇다면 춤이라도 덩실거리며 출 일이었다.

세월이 약이었다. 빠른 것이 세월이었다. 어느덧 장남 선은 자라 아이 티를 벗고 있었고 사서삼경을 읽어내고 있다. 양반의 자제라면 유학으로 출세하는 시대였다. 사대부의 자식이니 머지않아 과거를 볼 것이다. 그것만이 사대부의 자식으로 이름을 얻고 사람답게 사는 길이다. 매창도 성장하면 가정을 꾸려야 한다.

아이들은 빨리 자란다. 아비가 자식의 앞을 막는 일이 있어서는 안 된다. 아버지의 평판이 자식의 인생을 망가뜨릴 수 있다. 아버지는 아이들의 거울이다. 어머니도 아이들의 거울이다. 아버지가 금이 가면 자식도 금이 간다. 그것이 오래도록 걱정이었다. 아버지가 하는 일 없이 허구한 날 술이나 마시고 사람들과 실랑이나 한다면 소문이 날 것이고 좋은 가문에서는 절대 혼인을 하지 않을 것이다. 아버지의 나쁜 평판이 자식들의 앞날에 덫이 될 수도 있다.

봉평으로 가면 달라질 것이다.

변화가 오고 있었다. 이제 정신을 차린 것이라 생각하니 가슴이 다 훈훈해지는 것 같았다. 고생한 보람이 나타나려 하고 있었다. 아버지가 자식들의 앞날에 먹구름을 끼칠까 답답하고 늘 가슴 저미듯 괴로웠다. 그런데 정신을 차리고 일을 하겠다고 나서니 가슴이 다 뛰는 일이었다.

'신이시여.'

사임당은 임진강으로 나가 거닐었다.

하늘이 밝아졌다. 누구에게도 하지 못했던 가슴의 한과 안타까움이 하나둘씩 실타래 풀리듯 흩어져 나가는 것 같았다.

유유히 흐르는 물이 눈에 들어왔다. 문득 구비치는 임진강이 눈에 들어왔다. 이전에도 보았을 강이고 산이지만 오늘은 새롭게 다가왔다. 오래도록 근심과 불안으로 그림을 그릴 수가 없었다. 사무치는 안타까움으로 천하의 비경이 눈에 들어오지 않았었다.

문득 보이는 산수가 하늘에 닿아 있었다. 마음이 즐거워지니 자연도 눈에 들어왔다. 오랜만에 화선지를 펴고 붓에 먹물을 찍었다.

이곡산수병(二曲山水屛).

오랜만에 마음대로 붓을 찍었다.

붓이 놀았다. 천하에 다시 볼 수 없는 그림이 그려졌다. 어쩌면 파주에서 처음이자 마지막으로 남길 수 있는 그림이었는지도 모른다. 마음이 여유로워야 그림도 여유롭다. 곧 봉평으로 떠날 그녀였다. 가족을 이끌고 봉평으로 떠나면 언제 다시 돌아올지 알 수 없다. 남편이 태어난 곳이다. 그녀의 혼신이 그려낸 그림이 남았다.

누구도 인생의 흐름을 알 수 없다. 고약한 인생사의 결과는 신이라 해도 모를 일이다. 인간사를 인간이 어찌 알까? 그녀도 몰랐을 것이다. 훗날 자신이 이곳에 뼈를 묻을 것이라고 생각했을지도 모른다. 그렇다고 단정할 수도 없다. 강릉에서 태어나 그곳에서 자랐고, 일생의 대부분을 강릉에서 살았지만 죽어서는 이곳 파주에 뼈를 묻게 될 그녀였다.

그해, 가족은 봉평을 향해 출발했다.

기쁨은 그것으로 끝나지 않았다.

강원도 평창군 용평의 작은 마을 백옥포는 작은 마을이다.

이원수는 그 마을을 향해 발걸음을 재촉하고 있었다. 날이 저물었다. 어디에서고 자고 갈 수는 있지만 오늘은 집에 닿아야 했다. 반드시 서둘러 가야 할 이유가 있었다.

어둠이 내리는 시간이었다.

이원수는 걸음을 재촉하고 있었다. 마음이 급했다. 걸음을 재촉하는 이유는 꿈이 너무도 생생해서였다.

며칠 전 초저녁에 까무룩 잠이 들었다.

꿈!

생각할수록 선명하게 떠오르는 꿈이었다. 그 꿈속에서 보았던 일을 생각하면 가슴이 벅차고 마음이 급했다.

황룡과 청룡이 서로 얽혀 자기 품안에 안기는 꿈을 꾸었다.

"이건 틀림없이 태몽이다!"

부지불식간에 지른 소리였다.

더 이상 깊게 생각할 수가 없었다. 매우 귀한 존재가 자식으로 잉태할 수 있다는 생각이 들었다. 어서 아내에게 가야 했다 지체할 수 없는 일이었다.

아내는 강릉에 잠시 가 있었지만 살림집은 봉평에 있었다. 신사임당은 강릉과 한양의 두 부모님이 모두 마음에 걸렸다. 따라서 한양에도 가기 쉽고 강릉에도 자주 들릴 수 있도록 봉평에 거처를 마련하고 있던 중이었다.

이원수는 바삐 서둘렀다.

날이 저물었다.

해는 짧기만 하여 마음처럼 빨리 갈 수가 없었다. 날이 저물면 우선 쉬어 가야 했다. 용평이라 아내가 있는 봉평과는 그리 멀지 않지만 강원도로 이어지는 길은 꾸불거리고 험하다. 혹 산적이라도 만난다면 불행을 자초하는 길이다.

"어디서 좀 쉬어가야 할 것 같구나."

뒤따르는 종이 다가와 손을 들어 한 곳을 가리켰다.

"나리, 저쪽으로 잠시 가면 주막이 있습지요."

그러기로 했다.

곧 주막이 나타났다.

그들은 곧 주막에 방을 잡았다. 그런데 주막의 여주인이 기이하게도 고운 자태를 지니고 있었다. 겉모습이 주막을 운영하는 자태로 보이지 않았다. 또한 주막의 여주인에게 남편이 없는 듯도 보였다. 보통 주막을 운영하는 주모들이 과부이거나 칠거지악을 어겨 쫓겨난 사대부가의 며느리도 있지만 천민이나 평민도 많았다. 그렇다하더라도 대부분 서방이 있기 마련이다. 그런데 주막 어디에도 남자 주인의 모습이 보이지 않았다.

평소 여자를 좋아하는 성정이 있는 이원수라지만 오늘은 나름 몸조심을 하고 있었다. 며칠 전 꾼 꿈은 아무래도 가볍지 않았기 때문이다.

"오늘은 손이 없어 방이 많이 비었으니 영감님과 따로 주무시도록 하시지요."

주막은 방이 많지 않았지만 손님이 없어 방이 비어 있었다. 친절하게도 주모는 방을 편히 쓰도록 해 주었다. 방이 없으면 종자와 주인이 한방을 쓸 수밖에 없는 입장이었으나 방이 넉넉하니 종자는 따로 잘 수 있었다.

따뜻한 저녁을 먹고 잠을 자기 위해 도포를 벗었다. 늦은 밤이었고 깊은 골이라 더욱 어둡고 바람소리가 거셌다. 편안하게 벽에 기대어 이 생각 저 생각을 하고 있었다. 바닥에 이부자리는 깔려 있었지만 잠은 오지 않았다.

"주무시는지요?"

주모의 목소리였다.

"험, 들어오시오"

드르륵!

문이 열리고 예쁘장한 얼굴을 지닌 주모가 얼굴을 들이밀었다. 이원수가 뭐라 하기 전에 술상을 받쳐 들고 냉큼 들어선 주모가 자리를 잡았다.

"허!"

"긴 밤이옵니다. 적적하오니 술 한잔 하시고 주무시라고 술상을 보았습니다."

주모가 정성스런 동작으로 술을 따랐다. 술을 좋아하는 이원수는 마다하지 않았다. 긴 밤을 흘리기도 어렵거니와 술이란 피로를 풀어주는 보약과도 같은 것이다. 이원수가 술잔을 들자 주모의 눈이 야릇하게 변했다.

이른 새벽, 동이 트자마자 이원수는 다시 종자를 앞세우고 발걸음을 재촉하여 용평집에 도착했다. 그리고 오랜만에 만난 아내와 달콤한 잠자리에 들었다. 그밤이 지나도록 이원수는 자신이 꾼 꿈을 잊지 않았다.

아침이 되자 의관을 정제한 이원수가 신사임당에게 말했다.

"꿈이 말이요"

이원수는 자신이 꾼 꿈에 대해 소상하게 말했다,

"상공, 참으로 신기하옵니다. 저도 꿈이 심상하여 서둘러 온 참이었답니다."

신사임당도 인근 친척집에 볼일이 있어 다니러 간 길이었는데 이상한 꿈을 꾸고 달려온 것이었다. 신사임당은 꿈에 바닷가를 걷는데 선녀가 내려와 옥동자를 안겨주는 꿈을 꾸었다. 역시 태몽이라 생각한 신사임당도 서둘러 봉평집으로 향했고 곧 달려온 남편과 합방을 이룬 것이다.

　"재미있는 일은 또 있소이다."

　"무엇이 그리 재미가 있었습니까?"

　이원수는 사임당에게 전날 밤에 있었던 일을 이야기했다. 주막에서 주모가 술을 주며 유혹한 이야기를 하자 신사임당이 빙그레 웃으며 말했다.

　"상공, 여자가 한을 품으면 오뉴월에도 서리가 내린다는데 어찌 그리 무정하게 했단 말이요. 돌아가는 길에 꼭 주모의 소원을 들어주시지요."

　"허허!"

　이원수는 웃었다.

　이원수는 웃고 말았지만 마음속에는 묘한 감정이 떠오르고 있었다.

　다시 돌아가는 길에 이원수는 주막에 들렀다. 예의 주모는 변함없이 고운 얼굴이었다.

　하룻밤 묵어가기로 하고 이원수는 주모를 불러들였다.

　"지난날 내 마음이 급하고 안정이 안 되어 있었소이다."

　"그러셨습니까?"

　"나는 덕수이씨 이원수이외다. 지난날 무례함을 끼쳤으나 이는 내 성정이 급해서였소이다. 오늘 부인이 원하시면 내 오늘 운우를 가지리다."

　주모가 배시시 웃었다.

"아니옵니다."

"왜 그러시오?"

"지난날과 지금은 다르옵니다."

"다르다니?"

"당신이 이곳에 오기 전날 밤에 꿈을 꾸었습니다. 그 꿈에 용 한 마리가 품안으로 날아드는 꿈을 꾸고 그것이 태몽이라 생각하고 있었습니다."

"그런 꿈을?"

"마침 주막에 들리신 당신의 눈빛에 사람으로 짐작하기 어려운 광채가 나는 것을 보았나이다. 그래서 당신의 씨를 받아 자식이 태어나면 훌륭한 사람이 될 듯하여 잠자리를 원했던 것입니다. 비록 술을 파는 주모이지만 가벼운 사람은 아닙니다."

주모가 냉정하게 거절했다.

"허."

이원수는 그저 웃었다.

임신이 되었다.

태교는 제일 간단한 일부터 시작해야 한다. 쉬운 것 같지만 쉽지 않다. 그러나 뱃속 아기를 위한 것이라면 해야 한다. 그것이 부모의 도리다. 신사임당은 정성을 다해 태교에 힘썼다. 성정을 바로하고 화를 내지 않았으며 적당한 운동과 늘 책을 읽어 뱃속의 생명체가 배우고 깨달으며 고운 심성으로 태어나기를 바랐다.

산월(産月)이 가까워졌다.

마음을 정해야 했다.

봉평은 긴 협곡으로 이루어진 지세에 위치하고 있으며 지대가 높아 바람이 지나치게 세차고 바람이 습기를 몰아가 건조했으며 기후가 냉했다. 더구나 출산을 하여도 몸조리를 돌봐줄 사람이 없었다.

마음을 정해야 했다.

이런 척박한 곳에서 출산은 힘이 든다. 더구나 한적하고도 불민한 곳이니 도와줄 사람이 필요했다. 몸을 추슬러 가면서 출산을 할 수 있는 곳이 필요했다. 한양을 생각했으나 집이 협소할 뿐만 아니라 일을 하시는 시어머니로서도 도와주기가 여의치 않고 산모도 불편하여 마음이 내키지 않았다.

어쩔 수 없이 이번에도 강릉 어머니에게 가는 것이 옳다고 생각했다.

결정을 하자 강릉으로 출행하게 되었다. 굽이굽이 고갯길을 올라 대관령으로 향했다. 대관령에 이르러 보니 가슴이 울컥했다. 아스라이 보이는 바다가 강릉이 멀지 않았음을 보여주는 듯했다.

'어머니.'

마음이 급해졌다.

몸보다 마음이 먼저 대관령을 넘어서고 있었다.

눈에 익은 마을이 나타났다.

발걸음이 빨라졌다. 무거운 몸이었지만 달리듯 마을길을 내달려 고래 등 같은 집을 향해 다가갔다.

'어머니는 지금 뭘 하고 계실까?'

오만 가지 생각이 모두 떠올랐다.

갑자기 어머니의 주름이 생각났다. 이제 점차 나이를 먹어가는 어머니 얼굴에 불현듯 자신의 얼굴이 겹쳐졌다. 어머니의 나이가 생각났다. 놀란 듯한 어머니 얼굴이 떠오르더니 웃는 어머니 얼굴도 떠올랐다. 당장이라도 어머니가 대문을 열고 나올 것 같았다.

대문이 눈앞에 있었다.

어머니가 더욱 보고 싶어졌다. 어머니도 기다리실 것 같았다. 연락을 따로 드린 것은 아니니 어쩌면 마을 들어섰을 때 사람들에게 들었을지도 모르는 일이다. 어머니도 딸이 궁금했을 것이다. 그동안 파주에서 봉평으로 옮겨 다녔지만 마음 놓고 강릉에서 머문 것은 아니었으니 어머니도 소식이 궁금할 것이다. 그동안 다른 딸들을 모두 출가시킨 후라 막내 인경이와 둘이 단출하게 살고 계셨으니 딸의 소식이나 얼굴이 무척이나 보고 싶었을 것이다.

서둘러 대문을 열고 들어섰다.

"아씨!"

"어머, 둘째 아씨가 오셨네."

그녀가 나타나자 예상치 못했던 일이라 하인들이 급히 허리를 숙이고 이리저리 움직였다. 사임당은 마당을 가로질러 안채에 다다랐다.

"어머니, 저 왔어요."

방문이 벌컥 열리며 어머니 얼굴이 나타났다. 어쩌면 밖의 소란스러움을 느끼고 계셨을지도 모르는 일이다.

어머니는 눈을 휘둥그렇게 떴다.

"오, 네가 왔구나. 어서들 오너라."

어머니가 두 팔을 벌리고 버선발로 댓돌을 밟고 달려 나왔다. 그런 할머니의 모습에 뒤따르던 아이들이 할머니를 부르며 환호성을 터뜨렸다.

이 씨는 늘어난 식구에 만족해하였다.

선이나 번, 매창은 같이 살았기에 알지만 그 후에 파주에서 낳은 아이는 처음 보았다. 그 아이를 보는 용인이씨의 얼굴에 만족과 행복이 넘쳤다. 대식구가 되어 나타나니 이 씨는 그만 만족감을 터뜨리고 말았다.

조용하던 강릉집이 순식간에 대식구가 됐다.

적막하기만 하던 집안이 왁자지껄 소란스러웠다. 아이들의 웃음소리가 울리고 떠드는 소리가 담을 타넘었다.

이미 가을걷이를 마친 가을이다. 주인과 하인이 모두 조용하게 쉬고 있던 계절이라 집안이 안팎으로 조용했었다. 그러나 오늘부터는 왁자지껄, 거대한 장원이 그만 시장통같이 변해 버렸다.

용인이씨는 늘 누가 오는지 밖을 주시했었다. 아들은 보지 못했지만 딸들을 적지 않게 낳아 딸들과 사는 재미가 있었다. 하나 둘씩 모두 출가하여 인경이만 남기고 출가를 하여 떠나니 적막감에 답답하던 어머니였다.

"아이고, 사람 사는 것 같구나."

절간 같이 조용하던 집안에 사임당의 식솔들이 들이닥쳐 사람이 많아지고 여기저기 말소리가 울리기 시작하자 힘이 솟았다.

방마다 불을 지피고 이불을 폈다.

적적하기만 하던 큰 집이 사람들의 온기로 가득 찼다. 최근 이 거대한 장원에 이토록 많은 사람이 든 적이 없었다. 하인들이야 늘 조용하게 움직이니 떠드는 사람도 없어 적막강산이 따로 없었다.

근래 없었던 행복이라 용인이씨의 얼굴에 함박웃음이 피어났다.

신사임당도 오랜만에 온 친정이라 마음이 편했다. 다리 쭉 펴고 있을 것 같은 기분에 피로가 십리나 도망갔다. 태어나고 자랐으며 혼인을 하고도 오랫동안 살았던 친정이다. 단순한 친정이 아니라 마음의 정을 잡아주는 집이다. 마음을 놓을 수 있는 곳은 많지 않았다. 이곳이라면 마음을 놓아도 좋았다. 오래전에 떠났던 제비가 다시 찾아와 보금자리에 앉은 기분이었다. 객지를 떠돌다 본가를 찾아온 것처럼 마음이 편안했다. 들새가 이 산 저 산 떠돌다가 오랜만에 둥지에 돌아오면 느끼는 그런 편안함이었다.

그제야 용인이씨의 눈에 부풀어 오른 신사임당의 복부가 보였다. 용인이씨가 만면에 웃음기를 띠며 손바닥을 쳤다.

"아이고머니나, 네가 또 임신했구나. 참으로 복도 많구나. 이토록 애기가 잘 서니 어디에 내어 놓아도 며느리 감이로구나. 이미 떡두꺼비 같은 손자를 둘씩이나 낳았는데 또 임신이라니, 사돈께서 얼마나 좋으실까? 아들 하나 더 낳았으면 좋으련만…."

이 씨는 아들 욕심도 많았다.

자신이 아들을 낳지 못했기에 행복하면서도 안타까웠다. 아들이 있었다면 이토록 안타깝지 않았을 것이다. 늘 남편 신명화에게 죄스러웠다. 그것이 한이 되었다. 남편이 생각났다. 딸을 사랑하지만 아들이 있었으면 하는 생각을 버리지 못했다. 딸들에게서라도 외손자를 보고 싶었다.

세월은 쏜살같았다.

한 해가 저녁 아지랑이처럼 스물거리는 듯 저물어 가고, 가을걷이를 마치고 서둘러 김장까지 모두 마쳤다. 온 들녘에 평화가 왔다. 이제 봄까지는 고요 속에 잠자는 겨울철이 되었다. 간혹 떨어진 알곡을 주워 먹으려 새들이 날아오는 것을 제외하고는 논바닥도 평화가 스몄다. 강릉의 겨울은 눈이 많이 온다. 눈이 온 날은 포근하기 마련이다. 강릉도 깊은 겨울 속으로 빠져들고 있었다.

그날따라 하늘에서 밝게 빛나는 빛의 가루를 부서놓은 듯 은가루같이 빛나는 함박눈이 내리고 있었다.

신사임당은 화선지를 펼쳐 놓고 눈이 오는 마당을 바라보고 있었다. 배는 불러 숨이 차지만 마음은 편했다. 맑은 날이고 밝은 날이다. 마음 속 가득 화심(畵心)이 바람처럼 일어날 만도 한 날인데 마음인 산란하기만 했다.

자꾸만 손이 복부로 향했다.

'참으로 마음이 쓰이는구나.'

아무래도 심상치 않았다.

어젯밤에 꾼 꿈도 보통 꿈은 아니었다. 생경하지만 생생한 꿈이었다. 뱃속에서는 다 자란 아기가 무엇이 그리도 답답한지 연신 팔을 휘저어댔다. 복부 이곳저곳으로 발과 손이 불쑥 튀어나오는 듯한 느낌이다.

초산(初産)도 아니고 벌써 다섯 번째인데 자꾸만 신경이 쓰였다. 소변이 마렵고 배가 묵직했다. 아이들이 태어날 때마다 신경이 쓰이지 않았다면 맞는 말이 아니다. 그러나 이번에는 유난히 신경이 쓰였다. 아마도 그래서 꿈이 심상치 않았을지도 모르는 일이다. 침을 삼키며 머리를 흔들었다.

지난밤의 꿈이 떠올랐다.

화창한 날이었다.

온 세상이 축복을 받은 듯 날이 맑고 온 세상에 광휘 같은 빛이 뿌려지는 그런 날이었다. 꿈속에서 꿈이라는 것을 안다는 것이 신기하지만 기분은 현실 같았다. 동편 하늘이 갑자기 환하게 밝아졌다.

'갑자기 무슨 일이람?'

꿈속이라 하지만 본능이 몸을 움직이게 만들었다. 무의식적으로 빛이 비치는 곳으로 눈을 돌렸다. 순간이었지만 신사임당은 놀라서 눈을 크게 떴다.

거짓말 같았다.

한 마리의 용이 날아와서 사임당의 품에 안기는 것이었다. 가슴이 뭉클했다. 꿈이라고 하기에는 너무도 생생했다. 신사임당은 불현듯 손을 뻗어 달려드는 용을 가슴으로 안았다. 무섭지도 않았다. 용이 순하게 웃고 있다는 생각이 들었다. 꿈을 꾸는 중에도 꿈같다는 생각이 들지 않았고 마음속으로는 참으로 경이롭다는 생각을 했다.

새벽녘에 눈을 뜨고 보니 꿈이었다. 꿈속에서 스스로 꿈을 꾸고 있다는 생각을 했다. 그럼에도 너무 생생했다.

자꾸만 신비스런 생각이 들었다. 아이를 밸 때마다 태몽을 꾸었다. 아이들을 낳을 때마다 기억이 희미하지만 꿈을 꾼 것 같았다. 그때마다 기분이 좋았다. 기대감도 있었다. 그러나 이번에 꾼 꿈은 남달랐다. 이건 보통의 태몽과 달랐다. 출산이 임박했으니 이름을 짓자면 '출산 꿈'이라고 해야 할까?

출산일이 다가오고 있었다. 정확하게 언제 태어날지 알 수는 없다. 태어나는 것은 신의 조화다. 태어나는 날과 시를 정하는 것은 신의 영역이다. 내일이 될 수 있고 당장 오늘밤에 진통이 올 수도 있다.

자꾸만 꿈이 떠올랐다.

용꿈은 신성한 꿈이다. 용은 상상의 꿈이다. 용은 신령스러운 동물이고 용꿈은 성스러운 꿈이다. 용은 이상향이다. 용은 임금을 상징한다. 꿈 중에 최고의 꿈이다. 신령스럽다 못해 경건해지는 꿈이다.

용꿈을 꾸다니, 우선 기뻤다.

용은 인간 세상에 실존하는 것은 아니지만 상상 이상으로 상서로운 의미를 지닌 영물이다.

마음이 안정되지 않고 심장이 두근거렸다.

'좋은 꿈이야.'

생각할수록 가슴이 뛰었다.

용은 대단한 의미가 있다. 상상의 동물이지만 영험하고 신비로운 영물이다. 예로부터 용꿈은 명예를 나타내고 출세를 의미하며 발군의 의미를 가진다. 꾸는 것이 힘들지 꾸기만 하면 복이다. 용꿈을 꾸고 과거를 본다면 장원급제하는 것이며 처녀가 용꿈을 꾸면 신랑을 맞아들이는 꿈이다.

출산에도 의미가 있다. 출산을 앞두고 있으니 현명하고 고명한 자식이 태어날지도 모르는 일이다. 어쩌면 당세에 있어 발군(拔群)의 인물이 태어날 것인지도 모른다. 생각하면 생각할수록 가슴이 벅차오른다. 유리한 쪽으로 생각하게 되는 것은 부모로서 당연히 부려보는 욕심일 것이다.

가만히 복부를 쓸어본다.

'아들이었으면…'

딸이 둘이고 아들이 둘이지만 마음속에서는 또 아들을 바라고 있었다. 아들은 가문의 영욕을 지배하는 것이다. 단순히 아들이 좋아서가 아니다. 조선 사회에서 남자의 가치가 여자의 가치보다 높게 적용되는 것은 사실이지만 그 때문에 아들을 바라는 것은 아니다. 용인이씨에게 배우고 익힌 것은 아들이나 딸이나 다름없이 대해야 한다는 것이고 아버지 신명화도 딸이라고 해서 괄시하거나 홀대하지 않았다.

신사임당도 다르지 않았다.

꿈이 문제다. 꿈이 현실이 되기를 바랐다. 사람이 용을 낳을 수는 없다. 그러나 용의 기상을 지닌 자식을 낳을 수는 있다. 꿈이 맞는다면 큰 인물이 태어날 수도 있다고 생각했다. 그렇다면 마음껏 기량을 떨칠 수 있는 아들이 나으리라 생각했다. 용의 기상을 지닌 딸이라면 조선에서는 이무기처럼 되고 말 것이다. 더구나 꿈 풀이에서 용은 아들의 꿈이다. 동량(棟樑)이 될 아들의 꿈이다.

"윽!"

갑자기 느껴지는 통증.

아랫배에서 스쳐드는 느낌이 예상치 않았다. 쌀쌀하게 쓸어내리는 듯한 아픔이 느껴졌다. 한두 번 느껴 본 느낌이 아니다. 아기를 낳아본 여자라면 누구나 알 수 있는 그 느낌이다. 이제 시작이려니 했다.

이마에 땀이 솟았다.

"눈이 오는구나."

마침 어머니가 들어오다가 걸음을 멈추었다.

눈썹을 찡그리고 손으로 하복부를 가리듯 쓸어내리고 있는 딸의 모습이 무엇을 말하고자 함인지 모르지 않았다.

이 씨는 대사(大事)를 알아차렸다.

급히 문을 열었다.

"얘들아, 거기 누구 없느냐?"

소리쳐서 사람을 불러댔다.

이 씨의 마음은 이미 다급해져 있었다. 딸들이 자식을 낳는 모습을 본 것이 한두 번이 아니나 언제나 마음이 급하다.

곧바로 응답이 왔다.

여종이 종종걸음으로 다가왔다.

"마님, 찾으셨어요?"

"어서 큰 솥에 불을 지펴 물을 덥히고, 방안이 식지 않도록 군불을 때라 이르고 너희들은 어서 미역국을 끓여라."

"예."

하인들의 행동이 바빠졌다.

이 씨는 대범한 사람이다. 대가(大家)에서 가정을 이끌어온 사람이다. 남자가 없이도 대소사를 경영해 본 솜씨가 있다. 오래도록 친정의 대소사를 보았고 남편이 없어도 이 큰살림을 헤쳐 왔다. 주저함이 없이 일사천리로 일 처리를 했다. 방에 불을 지피고 이부자리를 깔고 물을 끓이게 하고 산파를 불러들였다.

"아앙!"

정오가 지난 시간에 사내아이 울음소리가 강릉 북평촌의 가장 큰 기와지붕을 들썩거리게 만들었다.

그날!

사임당은 아들을 낳았다.

1536년 12월 26일이었다.

이 씨가 환호성을 터뜨렸다.

"아이구야, 참 잘됐다. 고추를 달고 나왔구나."

"어머니, 감사해요."

신사임당의 말이 끝나기도 전에 이 씨가 서둘렀다.

"이 서방에게 알려서 이름을 지으라고 해야겠다."

이원수는 이미 모든 일의 진행을 잘 알고 있었다. 하루 이틀 경험도 아니다. 아내가 안에서 아이를 낳으니 안으로 들어설 수 없었을 뿐이지 댓돌 아래에서 조마조마한 심정을 가라앉히지 못하고 있었다. 비록 아내가 아이를 낳는 것이나 마음이 편하지는 않았다.

이원수는 정오가 될 때까지 눈밭을 서성이는 중에 장모의 목소리를 들었다. 장모의 목소리가 너무 커서 달리 이야기하지 않아도 알 수 있었다.

이미 오래전에 아이들의 이름을 지어 놓았다. 장남 선(璿), 둘째 번(璠), 셋째 이(珥), 넷째 아이가 생긴다면 우(瑀)다.

장남 선, 차남 번에 이어 아들로는 셋째였다. 이름을 이라고 지었다. 아들만 따져 셋째로 태어난 아이, 이 셋째 아이의 이름은 이이다. 이름은 의미가 있고 의의가 있고 수리가 있으며 전통도 있다. 이(珥)는 귀걸이 이, 햇무리를 의미하는 글자다.

이이는 그렇게 해서 이 세상에 빛을 보았다. 유학의 빛이 될 이 아이는 그날 빛과 같은 눈이 뿌려지고 빛 속에 용이 안겨드는 꿈을 꾼 날에 태어났다.

이이의 어린 시절 이름은 현룡(見龍)이다. 이 이름은 어머니가 꿈에 용을 보았기에 지은 이름이다. 즉 이이의 아명을 현룡이라 했는데, 어머니 사임당이 그를 낳던 날 흑룡이 바다에서 집으로 날아 들어와 서리는 꿈을 꾸었다 하여 붙인 이름이다. 그 산실(産室)은 몽룡실(夢龍室)이라 하여 지금도 보존되고 있다.

이이(李珥)는 강릉 북평촌 동해 해변 작은 마을에서 이원수를 아버지로 하고 신사임당을 어머니로 하여 태어났다. 위로 형 둘과 누나 둘이 있었다. 영남학파의 거유(巨儒)인 퇴계 이황과 자웅을 다투게 될 영남학파의 유종(儒宗) 이이가 태어난 것이다.

"어머니에게 알려야겠소"

이원수는 들떠 소리쳤다.

이원수는 마음이 바빠졌다.

그는 한양에 있는 어머니 홍 씨에게 하루라도 빨리 아이가 또 태어났다는 소식을 전하고 싶어 했다. 가족이 늘었다는 것이 바로 가문의 번성이다. 그것이 어머니 홍 씨에게 기쁨이라는 것을 알고 있었다. 기다리고 계실 것이다.

자식이 재산이었다. 이원수의 입이 가로로 찢어졌다. 아버지가 일찍 죽어 홀어머니 아래 형제 없이 외로운 인생을 살아온 그였다. 그는 혼자다. 형제가 없다. 그는 사람의 정이 그리웠는지 모른다. 형제 없이 혼자 살았기 때문인지 그는 애초부터 아들 형제를 여럿 두었으면 하는 바람이 컸었다. 그래서 신사임당이나 용인이씨와는 달리 딸이 태어났다는 소식을 전할 때는 드러날 정도로 무척이나 섭섭해 했었다. 홍 씨도 말을 하지 않았을 뿐이지 이원수가 외동이기 때문에 아들을 많이 낳아 손자가 늘기를 바랐다. 어머니의 마음을 알고 있었던 터여서 이원수는 이번에 또 낳은 자식이 셋째 아들이라는 사실에 말로 표현하기 어려운 기쁨을 느끼고 있었다.

그도 어쩔 수 없는 조선의 사내다. 사대부의 자식이고 대를 이어야 한다고 하는 당면과제를 중요하게 생각하는 사람이다.

"아들이다!"

기쁨을 속이지 않았다.

그는 다른 남자들처럼 집안에 남자를 낳아 숫자가 늘어나면 늘어날수록 가문이 융성하고 튼실해지며 번성하여 좋다는 생각을 가지고 있었다. 물론 사대부의 할 일이기도 하다. 그것은 당시 사내들의 일반적인 관습이고 습성이기도 했다. 우선 가문을 이어야 한다. 사대부라면 가문을 늘리는 일에 신경이 쓰였을 것이다. 남자만이 가문을 늘릴 수 있다.

먹는 것은 걱정도 안 했다. 흔한 말로 태어날 때 자기 먹을 것 가지고 태어난다고 했다. 어디 천복이 없을 것인가. 어떻게 됐든 자식을 낳아놓기만 하면 먹을 복이 있고 운명처럼 흘러가 어떻게든 먹고살 수 있다는 생각을 하고 있었다.

사임당은 생각이 달랐다.

먹고사는 문제가 아니다. 자식을 많이 낳는 것이 능사가 아니다. 부모의 도리가 문제다. 부모가 해야 할 일이 있는 것이다. 자식을 낳으면 자식이 무언가 할 수 있도록 부모가 뒷바라지를 해 주어야 한다는 것이 신사임당의 생각이었다. 먹고사는 것이 문제가 아니라 사람답게 살게 해 주어야 한다. 자기의 뱃속에서 낳은 아이들은 인성을 갖출 수 있도록 부모가 정성을 기울여야 한다고 생각했다. 쉽고도 어려운 일이 부모의 도리 속에 기다리고 있는 것이다.

가장 중요한 것은 교육이다.

사람이 사람다워지기 위해서는 교육을 시켜야 한다. 사람이 사람다워지려면 교육이 필요하다. 어떤 방식으로 교육 시킬 것인지도 생각해야 한다. 사람이라고 해서 다 같은 사람이 아니다. 교육을 제대로 시켜 백성을 위하고 앞서 나가는 정신을 지닌 똑바른 사람이 되어야 한다는 생각이다. 어떤 교육이 살아가는 데 도움이 될까? 사람이라고 해서 태어난 것으로 그치는 것이 아니다. 올바른 사람이 되도록 해야 한다는 것이다. 올바른 교육이 필요하다. 그래서 태교가 필요했다. 태기가 있는 순간부터 먼저 지키는 것이 중요했다. 몸을 정결하게 하고 계속 맹자를 소리 내어 읊으며 간절하게 바랐던 것이다. 사람을 사람답게 만들고 싶었다.

출산은 크게 무리가 없었다. 이미 출산도 익숙한 일이다. 탯줄을 자르고 목욕을 시켜놓고 보니 이목구비가 반듯하다. 이 씨는 만면에 웃음이 가득했다. 또 아들이다. 생각할수록 대견했다.

"자, 봐라!"

이 씨가 아기를 강보에 싸서 출산으로 지친 사임당의 옆에 눕혀주었다. 고개를 돌리니 아기가 눈에 들어왔다.

어젯밤 꿈이 떠올랐다. 아이는 그 용을 닮은 듯했다. 용은 용인데 순박하고 예쁘장한 모습의 용이다.

"아가야."

가만히 불러본다.

여자로서는 지금 이 순간이 가장 행복하다. 모든 어머니가 그렇다.

행복감이 몰려오는 순간이다. 그런데 지금의 신사임당은 누구보다 마음이 들떠 있었다. 가슴이 뜨거웠다. 꿈에 용을 봤으니 분명 범상한 인물은 아닐 것이라 생각했다. 꿈은 이미 자식을 낳으며 현실이 된 듯했다. 기대감이란 누구에게나 있는 것이다. 꿈에 용을 보았기에 더욱 기대가 된다. 이 아이가 무엇이 될 건지 상상의 나래를 펴는 것만으로도 행복했다.

"에고, 내 새끼."

누구보다 기쁜 사람은 어머니 이 씨였다.

아기는 건강했다.

어머니 이 씨는 어깨춤을 덩실거릴 정도로 기뻐했다. 대리만족이란 자식으로부터 얻는 것이다. 한이 풀리지 않겠지만 이제는 기쁨도 컸다. 일찍이 아들을 못 낳은 것이 한으로 남았다. 신씨가문의 며느리가 되어 아들을 낳지 못해 대가 끊겼다. 생각할수록 아팠다. 그리고 참담했다. 그것은 불행이고 조상에 대한 불경이었다. 이제 딸이 자식을 많이 낳아 그나마 한을 풀어줬다.

이 씨의 희망은 간절했다.

이 씨는 강인한 여성이다. 남편을 여의고 강릉의 대가문을 이끈 여인이다. 겉으로 드러나지 않지만 힘이 넘치고 사려 깊은 여걸이라고 할 수 있다. 그녀의 가계는 그렇게 신사임당을 통해 이어졌다.

조선 시대에서 남자들이 요구한 여인의 미덕은 조용하고 남자에게 굴종하는 것이다. 용인이씨는 달랐다. 그녀는 강하고 견실했으며 학문도 지니고 있었다. 아들 없는 집안의 무남독녀로 자랐었기에 여자로서의 역할은 물론이고 아들의 역할도 알아야 했다.

남편이 48세의 나이에 요절했다. 혼자 남은 생은 강단이 필요하다. 남편 없는 세월을 이기자면 굴하지 않는 강단이 필요하다. 그녀는 홀로 다섯 딸을 양육하여 굴함 없이 사위를 맞아들였다. 딸들도 하나같이 제 몫을 하도록 키워내었다. 가문이 작지도 않다. 인근에서는 가장 큰 가문이다. 종을 부려야 하고 여자의 몸이지만 밖의 일도 할 줄 알아야 했고 들녘의 하인들도 부릴 수 있어야 했다.

이 씨는 언제나 혼자였다.

이 씨는 누구에게 의지하지 않았다. 독립심이 강하고 과단성이 있어 머뭇거리지도 않았다. 강하고 빠르며 물러서지 않았다. 힘든 일이었지만 가문이 주저앉지 않은 것은 이 씨의 강인함이었다. 고난에 대해 두려워하지 않으며 주저함이 없다. 그랬기에 신사임당 같은 선도적이고 시대를 앞서 나가는 딸을 만들었다.

당대의 여성으로는 보기 드문 화가를 만든 것은 그녀의 성격도 한 몫을 했다. 신사임당의 성정은 어머니 이 씨로부터 온 것이다. 아버지 신명화가 뛰어나다고는 해도 어머니의 영향은 무시할 수 없다. 신사임당의 진취적인 기상은 어머니로부터 물려받았으며 보고 배운 것이 크다. 이 씨는 결단력이 강한 성품이다.

그것으로 그치지 않았다. 강한 면모 뒤에 정성도 남달랐다. 신에 대한 믿음이 있어 조상을 철저하게 모셨다. 유교적 관점이 아니라 이 씨에게 조상은 종교적이었다.

이 씨는 이이를 6년 동안 기르며 매일 새벽 지극 정성으로 외손자를 위한 기도를 했다. 그것이야말로 조상의 힘을 빌려 외손자의 앞을 밝힌 것이다. 외손자들에 대해 조상과 신에게 기원했다. 자신의 노력과 자신의 의지가 외손자들의 앞날에 작은 힘이 되어주기를 고대했다. 결국 이이는 이 씨의 정성 속에 자라났다.

후일 이이의 학문은 당대를 통해 전후를 이어주는 큰 물줄기를 형성한다. 조선 최고의 학자 중 한 사람이 바로 이이였다. 유학의 거두로서 주리파로 큰 산을 이루었음은 외할머니 이 씨의 간곡한 기원이 보탬이 되었을 것이다. 아울러 이이의 학문에서 어린 시절은 이 씨의 가르침에 의한 것이다.

훗날 북평촌 동산에 남편 신명화와 함께 묻혀 있는 묘에 외손자 이이는 자신이 보았고 느꼈던 감정을 묘비명으로 새겨 놓았다.

'내가 살아온 인생에서 가장 큰 힘이 되어 주셨고, 세상의 이치에 눈을 뜨게 해 주셨던 분이 외할머니였다.'

이 씨는 복이 있는 여인이었다. 이 씨는 적지 않은 숫자의 딸을 낳았다. 결국 원했던 아들을 보지 못했다는 것이 불행이고 아픔이라면 아픔이다. 그러나 아들을 낳지 못했다고 책망 받지 않았고 남편이 먼저 세상을 떴다는 것을 제외하면 참으로 행복한 인생을 살았다.

용인이씨는 당시의 사대부가 여자들과 다른 삶을 살았다.

당시로서는 보기 드물게 평생 친정에서 살았으며 남편의 사랑을 듬뿍 받았다. 남편 신명화가 조금 이른 47세에 타계했다는 것은 슬픔이었을 것이다. 딸 사임당이 48세에 먼저 운명했으니 딸을 가슴에 묻었다고 할 수도 있지만 당시 많은 사람이 수명이 긴 것은 아니었다. 그러나 이 씨는 당시로서는 놀랄 만치 장수에 해당하는 89세까지 살았고, 외손자 이이가 일곱 차례나 과거에 장원하는 것을 보며 인생의 보람을 느꼈었다.

이이는 용인이씨에게도 자랑이었다. 더구나 이이의 어린 시절이 외가에서 자랐다는 것을 생각하면 이이는 덕수이씨 가문보다 용인이씨에게 더욱 자부심을 주었을 것이다. 이이는 단순히 덕수이씨 문중의 자랑으로 끝나는 사람이 아니었다.

유학으로 이름을 빛낸 동국 명현 18명 가운데 14명이 조선후기 인물이다. 이 중 이이를 빼놓고는 이야기할 수 없다. 이이는 단연 돋보이는 학유(學儒)이며 유종(儒宗)으로 문묘(文廟)에 배향되어 있다. 문묘에 배향된다는 것은 유학을 한 학인들에게는 영광이고 자랑이며 가문에서 천년 동안 어깨에 힘을 주어도 모자라지 않다. 흔히 동방 18현으로 불리며 향교마다 배향되는 인물, 문묘에 배향된 명현 가운데 조헌, 김인후, 김장생, 김집, 송시열, 송준길, 박세채가 학우이거나 율곡의 제자, 혹은 후학으로 이이의 학문을 계승한 인물들이니 이이야말로 조선의 유학을 이끌고 조선의 학문에 대들보를 형성한 인물이었던 것이다.

이이, 그는 거물이다.

이이, 그는 신사임당의 아들이다.

11

외할머니의 훈육

식구가 늘어나고 가족은 규모가 커졌다. 식구가 늘자 바라보는 것이 더욱 많아졌다. 집안 구석구석에 자식들의 글 읽는 소리가 낭랑해지고 아이들의 학문이 늘어갈수록 심사임당의 마음은 급해지고 답답해졌다.

용평은 너무 좁았다.

자라나는 자식들을 위해서는 보다 넓은 세상이 필요했다. 좁은 세상에서 바라보아야 결국 우물 안의 개구리를 벗어나지 못한다. 넓은 세상이 필요했다. 더구나 심사임당은 떠먹여주는 훈육보다 배우고 익히며 경험하고 깨닫는 교육이 더욱 효과가 있다고 생각하는 사람이었다. 즉 획일화된 학습이나 교육 방식보다 개성을 키우는 방식의 교육이 더욱 중요하다고 생각하는 사람이었다.

당시로서는 어울리지 않는 교육 방식이었으나 신사임당은 자신의 의지대로 교육하였다.

세상은 넓었다. 아이들에게 그러한 이치를 보여 주어야 했다. 강릉

의 안방이나 용평의 좁은 골짜기에서 글만 읽고 문리(文理)만 깨우칠
게 아니었다. 많은 것을 보고 배우고 인간의 도리와 사람이 사는 법과
사람을 아는 법을 익히고자 한다면 넓은 세상으로 나아가야 했다. 경
험과 감각이 중요했다.

신사임당은 고민을 하지 않을 수가 없었다. 결국 한양으로 이사를
가기로 했다. 마음을 굳히자 신사임당은 어머니를 찾아가 자신의 생각
을 말했다. 어머니의 생각도 중요하지만 생각을 알리는 것이 중요했다.

용인이씨는 딸의 생각에 흔쾌히 동조했다.

"네 말이 맞다. 이곳은 너무 좁고 한적하구나. 잘 생각했다. 이제 이
곳을 떠나 한양으로 가서 뛰어난 인재들과 학문을 논하고 실력을 겨뤄
봐야 한다."

사임당은 자신이 어머니를 모시지 못함에 마음이 편하지는 않았다.
누구라도 효도를 할 수 있지만 자신이 하는 것이 중요했다.

신사임당은 강릉을 떠나는 것이 편하지만은 않았다.

"이 큰 집에 어머님 혼자 계시는 것이 마음에 걸립니다. 그러나 제가
떠나도 큰 문제는 없으리라 사료되옵니다. 가까운 곳에 인주와 권화 내
외가 있으니 잘 살필 것입니다. 또 막내 인경과 이주남(李胄男) 부부가
이웃에 있으니 늘 찾아뵈올 것이니 힘들거나 외롭지는 않으실 겁니다."

"네 말이 맞다. 나를 걱정하지는 말거라."

"동생들이 있지만 이제 어머니가 연세가 드시니 걱정스럽기는 해요."

용인이씨가 손사래를 쳤다.

"무슨 소리냐? 염려하지 마라. 너는 자라는 아이들 교육에 각별히 힘
을 써라. 나는 아직 건강하니 너의 염려는 지나치구나. 내가 이미 많은

것을 생각해 보았다. 이미 셋째가 태어날 때부터 생각했었던 것이다.”

"무슨 생각을요?"

"이 기회에 한양으로 이사하여라.”

"한양으로 가라고요?”

"그래, 이미 그 집은 아예 셋째 앞으로 해 놓았느니라.”

신사임당의 눈동자가 가늘게 흔들렸다.

"어머님, 진정으로 감사해요. 그렇지 않아도 시어머니께서 사시는 집이 지나치게 협소해 우리 대식구가 함께 사는 것은 어렵다 생각하여 걱정이 있었습니다.”

이 씨가 신사임당의 어깨를 두드렸다.

"너무 걱정하지 말거라. 그리고 이 서방이 물려받은 부모 유산이 있다고는 하나 그다지 크지는 않은 듯하구나. 그 수입으로는 너희 대가족이 살아가기는 어려울 것이다. 그래서 이 에미가 매달 쌀을 한 가마니씩 보내줄 것이니 먹는 것이야 어찌 안 되겠느냐?”

사임당 부부는 할 말이 없었다.

지금까지도 용인이씨의 집에서 살아온 것이나 다름없는 생활이었다. 말이 친정이지 처가살이나 다름없었다. 따라서 먹고 입는 것이 두렵지 않았다. 잠시 서울에서 살고 파주에서 살았으며 용평에서도 살아보았지만 그들의 생활은 대부분 신사임당의 친정에 의탁하는 형편이었다.

조선의 풍습이 혼례를 하고 신행을 하기는 해도 첫아이를 낳을 때까지 친정에서 사는 경우가 적지 않은 것은 사실이다. 그러나 이토록 오래도록 처가에 의지하는 경우도 그리 많은 것은 아니다.

모든 것이 달라진다.

이제 완벽하게 독립해야 할 시기였다. 홀로서기란 쉽지 않은 일이다. 그것은 아이들을 위한 것이기도 하다. 그런데 이제는 처가에서 집과 먹고살 수 있게 해준다니 고맙고도 벼룩의 낯짝이다.

당장에 방법이 없으니 어쩔 수 없는 처지이기는 하다.

이제는 미래를 걱정해야 한다. 아이들이 부쩍 자라 다음 세대의 준비를 해야 할 시기가 다가오고 있었다. 장남 선이 18살이고 장녀 매창이 15살이다. 이제 과거를 보아야 하고 아이들의 결혼 준비를 서둘러야 할 처지다. 사랑만 가지고 이루어지는 일이 아니다. 마음이 있다고 해도 시류가 따르지 않고 생각이 있어도 나아가지 못하는 경우가 허다하다. 걱정이 쌓이는 일이다.

인륜지대사에는 적지 않은 재물이 소요되는 법이다. 사람이 살아가며 사랑만 있으면 될 것 같지만 그것은 꿈이거나 공상이다. 사람이 살아가며 반드시 필요한 것이 소요되는 재물이다. 돈이 필요하다. 그러나 이원수는 아무런 궁량이 없었다. 도저히 그에게 기댈 수는 없는 일이다.

이원수는 예나 지금이나 크게 변한 것이 없다. 그에게서 크게 기대할 것이 없었다. 세월이 흐르고 나이를 먹으며 아이들이 커가고 있지만 살아가야 할 앞일에 대해 크게 의논하거나 걱정을 하는 사람이 아니었다. 평생 일을 하지 않고 살았으므로 돈을 버는 방법에 대해 알리 없고 궁리도 하지 않았다.

하늘이 무너지는 듯 막막했을 것이다. 그러나 어머니가 도와준다고 하니 어떻게 비빌 언덕이 될 듯 보였다.

어머니의 도움으로 한시름 놓았다.

신사임당은 아이들의 장래를 생각해 정든 강릉을 떠나기로 결심했다. 사람은 큰물에서 놀아야 한다. 경험하고 보는 것이 학습이고 느끼는 것이 학문에 적용된다. 그 결심이 이이라는 유학의 거두를 탄생시켰다.

후일을 먼저 살펴보자.

이이가 수없이 많은 장원급제를 하여 그 학문의 깊이를 천하에 떨치고 관직의 길로 들어섰을 때는 조선이 점차 개국의 기운이 흐려져 가던 시기였다. 국권은 약해지고 왕권은 흔들림이 보였다. 당쟁은 서서히 불어오고 있었고 학자들은 자신들의 이론이 옳다고 주장하며 타인의 이론을 인정하지 않으려는 대립이 격화되고, 그 흐름은 조정에 이어지고 있었다.

1582년, 이이는 병조판서에 취임했다.

'이런 일이 있나?'

통곡할 일이었다. 취임하고 보니 군량미가 가득 채워져 있어야 할 식량창고는 텅텅 비어 있고 건초가 없으니 전쟁이 나도 소와 말을 굶겨야 할 것 같았다. 더구나 나라를 지켜낼 병력이 없었다. 그는 그때부터 부국강병의 기틀을 마련하기 위해 선조 대왕에게 수없이 군병을 양성할 것을 주장하는 상소를 올렸으나 받아들여지지 않았다.

"머지않아 바다 건너 왜국의 침략이 염려되옵니다. 병사를 길러야 하옵니다."

"왜구가 침략해 온다구요?"

"그렇습니다. 신은 그렇게 생각하고 있사옵니다. 바다 건너 왜구의 상황이 여간 심상하지 않사옵니다. 이에 대비하여 우리는 성을 쌓고 고쳐 방비를 튼튼히 하고 병력 양성을 하여야 합니다. 병력이 증강되고 방어에 대한 준비가 되어 있으면 왜국은 감히 침략하고자 하지 못할 것입니다."

이와 같은 간곡한 주장에도 선조는 이이의 상소를 받아들이지 않았고 10년이 지났을 때는 일본의 침략이 현실화 되었다.

선조는 길게 탄식했다.

"아, 참으로 애석한 일이로구나. 내가 어리석었도다. 지난 날 영명한 이이의 말을 새겨들었더라면 지금에 와서 이런 환란은 겪지 않아도 될 일이었는데…. 이제 이를 어찌한단 말인가?"

앞날을 내다볼 수 있는 능력은 아무나 가진 것이 아니다. 영명한 두뇌와 현재를 파악하여 미래를 내다보는 기상이 있어야 한다. 당시 사리와 이치에만 집착하는 유학자(儒學者)들은 미래를 내다보려 하지 않았다.

현재에만 집착하면 미래가 보이지 않는다. 현재를 바탕으로 미래를 바라보아야 한다. 영성이 있어 앞을 내다보는 능력을 갖추고 있으며 늘 현재를 바탕으로 미래를 지향하는 율곡 이이에게는 닥쳐올 불행한 미래가 보였던 것이다. 미래를 내다보는 이이의 영성은 단순히 타고난 것이 아니라 외할머니의 기원에서 비롯된 것이었다.

사임당은 오래도록 한양을 떠나 있었다. 혼인을 한 후에도 계속해 강릉에서 살았지만 몇 해는 한양에서 살았던 적도 있었고, 파주와 횡성에서 살았던 적도 있었지만 그 기간은 그리 길지 않았다. 너무 오랫동안 강릉에서 살림을 하고 보니 편하고 안정감은 물론이고 아이들의 교육에는 나쁘지 않았지만 오래도록 한양의 시어머니를 모실 기회가 없었다. 더구나 커가는 아이들에게는 경험과 견식도 필요했다.

사임당의 학습법은 매우 단순했다. 어릴 적에는 책을 읽어주고 글씨를 쓰고 그림을 그리도록 지도했지만 어느 정도 자라면 방임에 가까운 교육을 했다. 스스로 배우고 익히도록 했다. 차라리 방목이 어울리는 교육법이다. 그 대신 늘 아이들 곁에서 책을 읽거나 글을 쓰고 자수를 놓아 아이들의 모범이 되었다.

강릉에 살며 마음이 늘 편하지 않았다.

시어머니 홍 씨는 며느리를 들인 후에도 혼자 서울에서 살고 있었다. 어찌 보면 젊어서 과부가 되어 홀로 산 홍 씨에게는 며느리 복도 없었던 셈이다. 시어머니를 모시지 못하였으니 사대부가의 며느리로서는 참으로 안타까운 일이고 불효라고 생각이 드는 일이었다. 더구나 시어머니 홍 씨는 나이가 이미 만년에 이르러 거동이 불편할 지경이었다.

홍 씨는 강한 정신력을 지닌 여인이었고 자식과 며느리에 의지하는 나약한 사람이 아니었지만 나이를 속일 수는 없었다.

"나이가 들다보니 자꾸 잔병이 생기는구나."

홍 씨가 어지간해서는 이런 안타까운 심사를 토로하지 않았을 것이다. 문제는 홍 씨가 나이가 들어 거동조차 힘들어지고 있기 때문이다. 오래도록 시댁을 떠나 살아온 며느리다. 홍 씨는 하나 뿐인 며느리라 하더라도 자신의 이익이나 자신의 편리를 위해 시댁으로 들어오라는 말을 하지 않았다.

강한 정신력을 지닌 홍 씨도 늙으니 어쩔 수 없었다. 이제 그녀로서는 어찌할 도리가 없었다. 오래도록 떠나 있었던 신사임당이라 하지만 시어머니의 전갈을 받고서 그냥 모른 척 외면할 수 없었다. 어쩔 수 없이 살림을 챙겨 친정인 강릉을 떠나야 했다.

문제가 생겼다.

신사임당도 이미 나이를 먹고 있었다. 세월은 속일 수 없으니 어느덧 그녀도 중년의 나이에 접어들고 있었다. 30대 중반을 넘어서고 있는 그녀가 남편의 도움을 별로 받지 못하며 다섯 아이를 양육하는 일은 여간 힘든 일이 아니다. 여자의 몸으로 다섯 아이를 먹이고 입히는 일은 분명 큰일이다.

이원수는 어떠한 도움도 되지 않았다. 도움을 주지 못하니 아이들에게도 나설 형편은 아니다. 후일담이지만 이이조차 자신의 부친에 대해서는 이야기를 거의 하지 않은 것은 이원수의 입지를 말해주고 있다.

망설임이 있을 수밖에 없다.

"제안을 하나 하마."

누구보다 눈치가 빠른 어머니 용인이씨였다. 신사임당은 막상 강릉을 떠나겠다는 생각을 하고 입을 열었지만 선뜻 나서지는 못했다. 용인이씨는 이미 딸이 무엇을 고민하는지 알고 있었다. 신사임당이 나서기 전에 용인이씨가 먼저 제안했다.

"이 모든 가족이 한꺼번에 움직이는 것은 여간 힘든 일이 아니겠느냐? 아직 걸음걸이가 익숙하지 않은 셋째 이이에게 한양은 너무 멀구나. 더구나 아이를 안고 가기라도 해야 한다면 너도 힘들 것이다. 셋째는 당분간 내가 맡아 키울 테니 우선 남은 애들을 데리고 한양에 가는 것을 생각해 보거라."

사임당에게는 천군만마와 같은 말이었다.

사실 모든 가솔을 이끌고 7백리를 걸어 한성으로 가는 길은 고되고도 걱정이 넘치는 일이다. 아직 온전히 젖을 떼지 못한 셋째 율곡까지 안고 대관령을 넘어간다는 것은 생각만으로도 한숨이 나는 일이다.

어머니의 말이 용기를 주었지만 이미 연로한 어머니에게 기다렸다는 듯 무작정 떠맡길 수도 없다. 더구나 이제 율곡은 젖을 떼는 어린아이다. 아직 아무것도 모르고 정도 모르는 아이다. 무엇보다 아직은 젖을 더 먹여야 할지도 모르는 일이다.

걱정되지 않을 수 없다.

"어머니께서 힘드실 텐데 저의 마음이 편하지 않습니다. 그러나 어머니께서 그렇게 해 주신다고 하시면 저는 큰 짐을 덜겠지요. 그러나 아직 온전히 젖을 떼지 못했으니 어찌할지 모르겠습니다. 젖 먹이는 일도 문젠데요."

"걱정 말거라. 아이가 곧 젖을 뗄 시기가 아니더냐. 쌀을 갈아 미음을 쑤어 먹이고 야채를 갈아 즙으로 잘 먹이면 큰 문제가 없을 거야."

"어머니가 너무 힘드실 겁니다."

"그거야 무어 그리 힘들겠느냐? 문제는 아기가 건강하게 자라게 할 수 있는가의 문제다."

이 씨의 단호하고도 자신 있는 말에 신사임당은 나름 마음을 굳혔다. 천군만마를 얻었으니 이제 결정은 이루어진 것이나 다름없다.

"어머니, 아이는 건강하니까 그다지 큰 문제는 없을 것으로 사료됩니다. 저는 어머님께 아이를 맡기고 갈까 합니다."

"그렇게 하려무나."

"그러나 아이 교육은 계속해야 합니다. 아이의 교육은 중요합니다.

어머니께서는 어려우시겠지만 논어, 맹자, 시경을 계속 읽어주셔야 합니다.”

“그래, 내가 열심히 해보겠지만 너만큼 충분히 해줄 수 있을지는 문제로구나.”

“저는 어머니를 믿어요. 저희도 오래전부터 그렇게 키워 주셨잖아요. 단지 어머니가 힘이 드실까 걱정입니다.”

신사임당은 어머니를 믿었다.

오래전 신사임당과 자매들이 자라는 동안 어머니 용인이씨는 늘 같은 방법으로 어린 아이들에게 정성을 쏟았다. 어린 시절의 교육이 얼마나 중요한지 이 씨나 신사임당은 공통의 생각을 공유하고 있었다. 다행히 용인이씨는 충분한 지식을 지니고 있었고 학문적 소양이 있었다. 또한 아직 체력이 있었다.

“내가 각별히 마음 써서 키우겠으니 걱정 말아라.”

사임당은 어머니를 믿었다.

아직 어린 아이를 남겨두고 떠난다는 사실이 마음 아프지만 믿을 수 있고 비빌 언덕이 있다는 사실은 행복이었다.

사임당 부부는 어머니를 믿고 한양으로 떠났다.

어머니 이 씨는 새로운 희망에 물들어 있었다. 새로운 아이를 낳은 것 같았다. 이이는 아기이고 딸의 자식이지만 자신의 아들 같은 생각이 들었다.

이 씨는 이이를 키우고 먹이는 일에 재미를 붙였다. 이미 오래전에 자식을 모두 키웠지만 다시 외손자를 키우는 재미에 빠져들었다. 나이를 먹었기에 어린 아기에게 매달리는 것이 육체적으로 힘들고 고달프지만 하루하루 기쁨도 적지 않았다. 아이를 보고 있노라면 마음은 천국에서 살고 있는 것처럼 행복했다.

아이도 무럭무럭 잘 컸다.

외할머니의 품에 안긴 아기는 어미의 자궁에 머물기라도 하듯 늘 편안한 표정을 지었으며 그 표정이 할머니를 기쁘게 했다. 아기의 성장은 세상 무엇보다 빠르다. 아기는 논에 심어진 벼처럼 무럭무럭 자랐다. 외할머니는 아기를 안고, 또 업고 뜰을 거닐며 아기가 잘 자라고 훌륭한 사람이 되라고 반복해서 기원했다. 또 방에 들어가거나 마루에 앉으면 처녀 시절부터 읽었고 사임당을 비롯해 자신이 길렀던 자식에게 그렇게 했던 것처럼 논어, 맹자, 중용, 대학, 시경을 또박또박 낭랑한 목소리로 읽어 주었다.

외할머니의 글 읽는 소리는 집안의 활력이 되었다. 할머니가 힘이 생기고 손자가 힘이 생겼다. 글 읽는 소리와 아기의 웃는 소리가 집안에 화목을 가져다주었다. 글을 읽는 소리에 하루가 시작되고 하루가 끝났다. 글 읽는 소리가 자장가가 되고 글 읽는 소리에 잠이 깨었다. 하루도 글 읽는 소리를 듣지 않는 날이 없으니 머릿속에 글이 가득 찰 지경이 되었다.

모든 것은 정성이었다.

아이는 잘 자란다.

외할머니의 정성이 넘쳐 이이는 튼실하고 건강하게 무럭무럭 자랐다. 더구나 이이는 건강하기까지 하여 이 씨를 안정시켰다. 아이는 밭고랑의 풀보다 빨리 자란다.

세월은 쏜살처럼 흘렀다.

아기를 안고 재우고 입히는 사이, 재우며 즐거운 상상을 하는 사이, 글을 읽어주고 머리를 쓰다듬는 사이에 1년 해가 저물었다. 세월은 길지만 빠르기도 하다. 1년이라는 세월은 아이에게 길고도 긴 시간이다. 어른에게는 짧아 보이는 세월이지만 그 사이에 이이는 놀라울 정도로 무척 컸다. 어느덧 걸음마도 제법이고 옹알이를 끝내더니 어느덧 말도 하기 시작했다.

"할머니, 밥 줘."

"나 오줌 마려."

"저기 까치 보고 싶어."

아이는 놀라우리만치 빠르게 자랐다. 어느덧 돌아보면 자라있고 또 커 있었다. 몸이 커가며 말을 익히는 속도도 빨라졌다. 명확한 발음이 마음을 기쁘게 했다. 다른 아이보다 말을 익히고 단어를 익히는 속도가 무척 빨랐다.

아이의 자라남은 아이를 돌보는 할머니에게는 기쁨이고 행복이었다. 아이를 키우고 돌보는 고생이 있지만 그보다는 아기에게서 느껴지는 즐거움이 더 컸다. 아이를 보고 있노라면 나이를 잊었고 피곤을 잊었으며 새롭게 피어나는 기쁨을 느꼈다.

하루하루가 즐거웠다.

이이는 성품이 순한 아이였다. 까탈스러운 아이는 누구에게나 짐이다. 아이는 할머니를 편하게 해 주었다. 아이를 키우는 것이 쉬운 일은 아니지만 그다지 어렵다고 느껴지지 않을 정도로 아이는 무럭무럭 자랐다. 모든 것이 고맙고 감사했다. 아이는 할머니를 피곤하게 하지 않았다. 아이들이 일상적으로 부리는 변덕스러움도 없었다.

아이는 할머니에게 희망 같았다.

사임당의 어머니 용인이씨는 늘 간절함이 있었다. 아이에 불과하지만 이이를 품에 안는 순간만은 간절함이 더했다. 눈에 보이지 않지만 신(神)을 생각했다. 눈을 감고 이 세상 어딘가에 있을 신을 향해 감사한 마음으로 기도를 올렸다.

"신이시여. 이 아이는 사람의 자식이지만 신께서 주신 선물입니다. 사람이오나 사람을 생각하고 사랑하며 이 나라에 동량이 되는 아이를 기르고 싶습니다. 나의 품안에서 당신을 닮은 사람을 만들어 보겠습니다."

용인이씨는 늘 신에게 간구했다.

아이가 현명하기를 간구했다. 아이가 용감하면서도 현명하기를 간구하였다. 아이가 건강하고 오래 살기를 간구했다. 자신의 목적이 아니라 모든 사람의 도구가 되기를 간구했다. 아이가 이 나라에 우뚝 선 기둥이 되기를 간구했다.

용인이씨는 노력을 아끼지 않았다.

아무리 피곤해도 아이에게 글 읽어 주기를 멈추지 않았다. 그러한 훈육이 아이를 성장시킨다고 믿었다. 사임당이 뱃속 아이에게 소리 내어 맹자를 읽어 주었고, 할머니는 아기인 이이에게 글을 읽어 주었다. 대를 이어 하는 교육이다. 사임당은 뱃속 아이가 세상에 나와 큰 인물이 되도록 해달라고 빌었고 또 외할머니는 이이가 동량이 되도록 해달라고 신에게 간곡히 기도했다.

기도는 기도로 끝나는 것이 아니다. 모든 영성을 지닌 선지자들은 하나같이 기도를 한 사람들이다. 그들의 부모들은 자식을 위해 기도하였고 신의 존재를 믿은 사람들이다. 예수 그리스도, 마호메트, 싯다르타까지 그들의 부모는 하나같이 기도를 생활화하였다. 신이란 존재는 믿음을 주고 영성을 가지게 만드는 힘이 있다.

용인이씨도 지극정성으로 이이를 위해 기도하였다.

나이를 먹은 사람은 몸이 느려지고 체력이 약해지지만 지혜는 늘어난다. 아무리 머리가 좋아도 나이 먹은 사람의 지혜와 경험은 따라갈 수 없다. 나이가 들어 성품이 느긋해지는 것만큼이나 경험도 늘어 간다. 사임당의 어머니 용인이씨는 이미 딸 다섯을 강한 성품과 간절한 기도로 키워냈던 사람이다. 그에게 세월은 지혜가 되었고 경험이 되었다. 이미 나이가 이순(耳順)에 이르렀기에 늙었다고 할 수 있으나 지혜는 넘치고 있었다.

"이 아이는 무언가 다르다. 사서삼경과 같은 학문을 가르치는 것도 필요하지만 큰 인물을 만들려면 기도가 중요해."

이 씨는 자신이 무엇을 해야 하는지 알고 있었다.

이 씨는 강했다. 그녀에게 주어진 숙명은 강하게 살아남는 것이다. 삶이 그녀를 강하게 만들었고 지혜를 가지게 만들었다. 외동딸로 자라고 혼자서 큰 가계를 이끄는 과정은 전대로부터 업보처럼 이어져 온 가문이다. 형제자매 없이 무남독녀로 자랐고, 결혼해서는 아들을 낳지 못하고서 딸만 다섯을 두었던 여인이다. 당시의 관습으로 한다면 불행한 여인이라 할 것이다. 당시에 가장 중요한 것이 남아(男兒)를 낳는 일이다. 그녀에게는 남아의 운이 없었다.

일찍이 남편이 죽었으니 반평생을 혼자 산 인생이다. 그런 측면에서 용인이씨는 강한 여인이었다. 삶이란 측면에서 주관이 뚜렷했지만 딸들이 있다고 해도 고독한 여성이었다. 딸들은 잘나도 언젠가는 떠나기 마련이다. 누구나 아집이 있고 고집이 있다. 겉으로 보이는 것과 달리 힘든 세상이었다. 그렇게 고집스럽게 세상을 살면서 기댄 것이 있다면 신과 조상에 대한 기도였다.

이 씨는 평생을 한결같았다. 아침 이른 시간 여명이 밝아올 즈음이 되면 서둘러 몸을 단정히 하고 뒷산에 올라 아버지와 어머니의 사당 앞에 엎드려 기도를 올렸다. 눈이 오나 바람이 부나 혹은 비가 오나 거르지 않은 일과였다.

"조상들이시여, 셋째 외손자 이이에게 지혜를 주십시오"

기도는 간곡했다.

누구에게도 의지하지 않는 그녀였지만 조상과 신에 대한 기도는 간절하였다. 그만큼 이이에 대한 정성은 간절하고도 바라볼 것이 많았다. 진정으로 신이 있다면 그 간곡함에 머리가 숙여질 정도였다. 그 간곡함은 신이 들어도 들어줄 정도였다. 이 씨는 심장이 마르는 심정으로 조상을 불렀다. 그녀의 기도는 한을 품은 여인의 통곡이었다. 자신이 낳지 못한 아들의 한을 이이에게서 풀고자 함이었다. 이 씨에게 이이는 손자이지만 아들과 같은 존재가 되어 갔다.

세상의 이치는 노력이 반이다. 빈둥거리고 노는 자에게는 기회가 오지 않듯 반대급부도 있다. 지성이면 감천이라고 하였으니 그녀의 기도는 외손자 이(珥)에게 전달이 되고도 남음이 있었다.

이이는 외할머니 용인이씨의 보살핌 아래 무탈하게 잘 자라나고 있었다. 할머니의 기도가 이이를 키워내고 있었다.

다섯 살 때 일이었다.

강릉집에 슬픈 소식이 전해졌다.

서울로 간 사임당이 그 사이 여섯 번째 아이를 출산한 후, 산후조리를 잘못해 큰 병이 되어 생명이 위험하다는 소식이 강릉에 전해진 것이다. 이 씨는 하늘이 무너지는 것 같았다.

땅바닥에 털썩 주저앉아 대성통곡부터 했다.

"내 딸아, 어찌하여 그렇게 모진 인생이더냐! 어찌 이런 일이 있단 말이냐?"

이 씨는 슬피 울었다.

이이는 처음에 어떤 일이 일어난 것인지 인지하지 못했으나 곧 상황을 인식했다. 하늘이 무너져라 통곡하는 외할머니를 바라보던 나이 어린 외손자 이도 그만 얼굴이 뜨끈해지고 눈시울이 붉어지며 마음 깊은 곳에서부터 울컥해졌다. 어느덧 자신도 모르게 눈가에는 이슬이 맺혔다.

모든 것이 아득했다. 어머니가 생명이 위독하다니. 보지 못한 어머니가 죽을지도 모른다고 한다. 직접 눈으로 보지 못했지만 할머니가 저리도 통곡하는 것으로 보아 당장 어머니가 세상을 버릴 것만 같았다. 마음이 다급해지고 어찌할 바를 몰랐다.

"안 돼!"

이이는 자기도 모르게 허겁지겁 사당으로 향했다.

교육이란 가르치고 받아먹는 것이다. 가르치는 방법도 다양하다. 보여주는 것이 교육이다. 반복이 교육이다. 이이는 그동안 외할머니가 무엇을 했는지 누구보다 잘 알고 보았다. 이이가 본 할머니는 늘 한곳으로 가서 빌었고 기도했었다. 본 대로 따르기 마련이다. 항상 외할머니께서 그랬던 것처럼 사당으로 달려갔다. 자신이라도 사당에 가서 신에게 빌면 어머니께서 벌떡 일어나실 것만 같았다.

털퍼덕 주저앉은 이이가 다급하게 절을 하며 기도했다.

"선조님이시여, 저의 어머니께서 하루속히 쾌차하도록 보살펴 주시옵소서. 선조님께서 도와주세요. 이렇게 두 손 모아 빌고 또 비옵나이다."

이이는 오래도록 엎드려 절했다.

그 사이 집에서는 큰일이 벌어지고 있었다.

다급하게 전해진 소식에 하늘이 무너지는 것 같아 땅을 치며 통곡하던 외할머니 이 씨는 불현듯 생각나는 것이 있었다. 늘 자신의 곁에서 머물고 맴돌던 이이가 보이지 않았다. 사람에게는 감(感)이라는 것이 있다. 이 씨는 감이 빠른 여인이다. 불안한 생각이 들어 몸을 튕기듯 일어나 사방을 돌아봤다.

외손자가 보이지 않았다. 이리저리 허둥대며 찾아봐도 보이지 않았다. 갑자기 하늘에서 먹구름이 몰려오는 것 같았다.

그녀는 버럭 소리쳤다.

"여봐라! 이가 어디 갔다더냐?"

"마님!"

하인들이 다급한 마음으로 이곳저곳으로 내달았다. 한참동안 아이를 찾았다는 전갈이 오지 않았다.

마음이 급했다. 모두가 가을걷이로 바쁘게 움직이고 있던 때였다. 하나같이 논에서 낫을 버리고 이곳저곳을 기웃거리며 이이를 찾아 나섰다. 밭에서는 호미를 버리고 마을길로 달려 나가며 이이를 불러대었다. 이리저리 찾아보고 물어보아도 아는 사람이 없었다. 이이를 부르는 하인들의 목소리에 점차 절망이 묻어나기 시작했다. 이대로 가다가는 아이를 잃어버리는 것 같았다. 하늘이 무너지고 남을 일이라 이 씨는 어찌할 바를 몰랐다.

'아, 조상님이시여.'

이 씨는 늘 그랬던 것처럼 부랴부랴 선조님께 고하려고 사당으로 향했다. 사당에 가면 조상들에게 찾아달라고 하소연이라도 할 생각이었다.

"아가야!"

이 씨는 기뻐 소리쳤다.

조상의 사당이 있는 그 자리에 무릎 꿇고 앉아있는 외손자 이(珥)가 있었다. 이 씨는 전신을 타고 흐르는 강한 전율을 느꼈다. 불현듯 이 씨는 걸음을 멈추었다. 착각인지도 모를 일이지만 이이의 등 뒤에서는 찬란한 빛이 나는 것 같았다. 눈부신 황금빛이 오래도록 빛나는 것 같았다.

"아, 신이시여."

이 씨는 온몸에서 힘이 빠져나가는 것 같더니 갑자기 새로운 힘이 솟아오르는 것 같았다. 눈앞에 강렬하게 타오르는 그 빛은 심상치 않았다. 아마도 간절함이 빛으로 화한 것 같았다. 말로만 들었던 일이었지만 기도하는 자는 강한 확신과 신념 때문에 강한 빛을 낸다는 사실을 느끼는 순간이었다. 외할머니는 그 빛이 착각이 아니라고 확신했다. 지난 5년여 외손자 이를 향해 쏟았던 기도의 열정이 결코 헛되지 않았던 것임을 깨달았다.

털썩!

이 씨는 무릎을 꿇었다.

"아, 신이시여."

이 씨는 불현듯 눈물을 흘렸다.

"기쁘고도 참으로 기쁜 일이다. 하루도 빠뜨리지 않고 지극정성 기도했는데 나의 간절함이 외손자에게 그대로 전달이 됐구나. 신이시여, 감사합니다."

가르침은 뿌린 대로 거두는 법이었다.

사주팔자에 사람의 성정이 깃들여져 있다고 하지만 어찌 그뿐이랴! 사람의 성정이란 어느 정도는 정해져 있겠지만 보고 배우는 대로 따라가는 것이다. 사람의 마음도 변하기 마련이다. 올바른 모습을 보여주면 올바로 따라가는 것이 인간의 습성이다.

이이의 습성과 인간관은 외할머니 용인이씨로부터 전달되고 배운 것이라 할 수 있다.

아이는 이미 훌쩍 커 있었다.

"아이야, 이제 다 컸구나."

이 씨는 이이를 떠나보낼 때가 되었음을 깨닫고 있었다.

그동안 하루도 빠짐없이 사서삼경을 읽어 학문의 길로 인도했으며 나이를 먹은 사람으로서 삶의 지혜를 가르치고, 조상과 신(神)의 존재를 깨닫게 했으니 이제 더 이상 가르칠 것이 없었다. 외할머니 이 씨는 외손자를 어머니 사임당에게 보내야 한다는 것을 깨달았다. 이별의 시간이 다가오고 있었다.

그사이 사임당은 일곱째로 아들 우(瑀)를 낳았다. 이제 4남 3녀 일곱 아이의 어머니가 된 것이다.

어느 날 이 씨는 사임당을 불렀다.

"딸아, 이제 이 아이에게 더 이상 가르칠 것이 없는 것 같구나. 나는 아이를 가르칠 것이 없으니 이제 한양으로 데리고 가서 공부시키도록 해라."

"어머니, 그렇게 하겠습니다."

"사람은 교육으로 완성되는 것이다. 아이는 낳는 것도 중요하지만 그보다 키우는 일이 더 중하다는 것을 잊지 말거라. 잘 키우려면 환경을 만들어 줘야 하고, 또 훌륭한 스승을 찾아서 올바로 그 가르침을 받아야 한다."

이 씨는 이이에게 올바른 환경과 훌륭한 스승이 있어야 한다고 믿었다.

세상의 이치는 그른 것이 없다.

중국 역사에 길이 빛나는 당나라시대 정관(貞觀)의 치(治)를 이끌어낸 이세민이라는 걸출한 인재도 방현령이라는 스승을 만났기 때문에 가능했었다는 것이다. 올바른 스승이 없다면 올바른 제자가 나올 수 없고, 올바른 스승이 없다면 올바른 인재를 만들지 못한다. 스승으로부터 기초를 배우고 자신의 노력으로 새로운 이론을 만들어내는 것이다. 스승이 없다면 바탕을 세울 수가 없다. 그런 점에서 이 씨는 이이의 첫 번째 스승이었다.

스승의 존재는 학문의 시작이다.

훌륭한 사람을 만들려면 훌륭한 스승이 필요하다. 당연히 강릉보다는 한양에 더욱 많은 인재가 몰리고 훌륭한 스승도 한양에 더 많을 것이다. 이 씨는 이미 오래전에 이이의 앞날을 생각하고 있었다. 자신 좋라고 이이를 강릉에 묶어두고 볼 수는 없는 일이다. 오죽하면 사람이 태어나면 한양으로 보내라는 이야기가 있을까.

이 씨의 생각은 명확하고 정연했다. 욕심도 부리지 않기로 했다. 한양에 가서 좋은 스승을 만나도록 하라는 것이다. 한양에는 많은 스승이 있을 것이고 훌륭한 학문을 익힐 수 있을 것이다. 이 씨는 이이가 그런 스승을 만나기를 바란 것이다.

문제는 있었다.

좋은 스승을 만나고 올바른 공부를 하고자 한다면 한양에 집이 있어야 하고 학문을 익히고 재주를 익히는 데 필요한 재력이 있어야 한다. 문제는 재력이다. 아무리 뛰어나도 재력이 없다면 힘이 들고 때로 묻혀버리기도 한다.

사임당은 남몰래 한숨을 불어 내었다.

사임당은 어머니가 하는 말이 어떤 의미를 지니고 있는지 잘 알고 있었다. 문제는 아이들을 기를 수 있는 재물이다. 그러나 이원수에게는 기댈 수 없었다. 어쩌면 이원수는 자신이 학문에 관심이 없었듯 아들의 학문에도 관심이 없는지 알 수 없는 일이었다.

신사임당은 사실대로 말할 수밖에 없었다.

"어머니, 어머니의 깊은 뜻에 고개가 숙여집니다. 그 말에 저도 감복하고 그리해야한다고 생각하고 있습니다."

"그렇구나."

"허나 지금 저의 형편이 많이 어렵습니다. 시어머니께서 속이 넓으신 분이라 선대에서 남겨준 터에 집을 지어 겨우 파주 땅 깊은 골에 세 칸 집을 지어 살고 있습니다. 먹고 사는 일은 근근이 이어가고 있으나 아이를 기르고 가르치고, 다른 아이들도 과거시험 준비도 해야하는데 그것마저 어려운 처지입니다. 오래전부터 상황에 대비코자 했으나 지금은 매우 어렵습니다. 부모로서 할 일을 못할 것이 두려울 뿐입니다.”

사임당으로서는 드러나지 않는 간곡함이었다.

이 씨는 대범한 사람이었다. 딸의 손을 잡으며 만면에 빙그레 웃음기를 머금으며 조용하고도 차분하게 말을 이었다.

“딸아, 그리 걱정하지 말거라. 천명(天命)이 있으면 반드시 귀인이 나타나는 법이다.”

“그렇게 알고 있습니다.”

“참으로 다행한 일이로구나. 이미 돌아가신 네 아버지께서 남겨놓은 집이 한양 한복판에 있다. 수진방에 있는 집이다. 그 집을 내가 셋째 아이에게 줄 것이니 그곳에 이사해 살도록 해라.”

이 씨는 사임당의 아버지이며 자신의 남편인 신명화가 남긴 서울의 재산을 이이에게 넘겨주려 하고 있었다. 사임당이나 이원수가 아닌 이이에게 주는 재산이었다. 할아버지의 재산이 손자에게 전해지고 있었다. 이처럼 이 씨는 이이를 사랑하고 있었다.

사임당은 감격하였다.

“어머니, 수진방이라니요? 경복궁이 가까운 곳입니다. 그곳이라면 판서, 영의정, 대사헌과 같은 높은 관직에 오른 분들이 사시는 곳이니 아이들이 아침저녁으로 경복궁을 바라보면서 큰 꿈을 꾸어보겠습니다.”

이 씨가 고개를 끄덕였다.

“또 하나, 내가 너에게 줄 것이 있구나. 나에게는 아버지, 어머니께서 물려주신 농토가 있다. 너도 알다시피 이 농토에서 매년 1백여 석 이상의 소출이 있다. 이곳 강릉에 먹고사는 문제는 없으니 30석을 너에게 보내 줄 것이다. 그것으로 살림에 보태 쓰면 아이들을 공부시키고 먹고사는 데 도움이 될 것이다."

감격할 일이나 어머니에게는 부담이 되는 일이다.

신사임당은 말할 수 없이 감격하였으나 마음이라고 무작정 편한 것은 아니었다.

"어머니, 아무리 그렇다 하여도 쌀까지 그렇게 주시면 어머니는 어떻게 사십니까?"

"아니다. 아무 걱정 말거라. 너에게 준다 해도 나머지로 충분하다. 이곳 살림은 50석이면 충분하구나. 너에게 30석이 간다고 하여도 아직 이곳에는 20석의 여유가 있다. 그러니 너는 걱정할 게 아무것도 없다."

어머니의 결정은 이미 결연하였다.

"어머니!"

옆에서 묵묵히 듣고 있던 이원수는 할 말이 없었다.

양반가의 자식으로 태어나 평생 양반으로 행세하면서 살았다. 천성이 게을러 일도 하지 않고 학문도 익히지 않았다. 양반이란 사회의 지도층이니 거들먹거리며 살 수 있을 것이다. 그것을 양반의 길이라고 할 수는 없다. 더구나 가진 것이 없다면 양반이라 해도 어깨를 펼 수는 없는 노릇이다. 지금에 와서 돌이켜보아야 달라질 것이 없지만 평생을 하는 일도 없이 술이나 마시고 빈둥거렸던 것을 후회하지 않을 수 없다.

"감사드리옵니다. 어머니."

사임당은 깊이 허리를 숙였다.

이이에게 학문을 가르칠 바탕이 마련이 되었다.

이 모든 것은 아버지가 아닌 외할머니가 마련해준 것이었다.

12
사임당의 교육법

사임당은 화가였다. 화가는 꿈을 꾸며 살아간다. 화가는 창작가이다. 화가는 설계자이다. 화가는 꿈을 그리는 사람이다. 화가는 그림을 통해 보이지 않는 것을 그리는 사람이다.

화가는 눈에 보이는 것을 그리지만 사물을 보이는 그대로 그리는 것이 아니다. 표면적으로 보이는 모든 것을 그려내는 것처럼 보이지만 결코 보이는 그대로 그리지 않는다. 그것이야말로 화가의 마음인 것이다.

시인도 시를 쓰지만 글자를 나열하는 것으로 그치는 것이 아니다. 글자만 나열한다면 시인이 아니다. 시인은 시를 쓸 때 보이지 않는 것을 형상화 시킨다. 환상을 표현하고 이상을 표현하며 꿈을 표현한다. 시인은 보고 느낀 것을 그대로 쓰지 않는다. 시인은 사물을 표현하지만 그 속에 자기의 사상과 마음을 표현한다. 시인은 시 속에 자기의 영혼을 녹여낸다.

화가도 마찬가지다. 그림을 그리는 것으로 보이지만 그림 속에는 화가의 마음이 녹아 있다. 화가의 사상이 녹아 있다. 그림은 기법으로만 그리는 것이 아니라 감정으로 그린다. 자신의 이상을 그리고 자신의 감정을 그리며 자신의 한과 즐거움을 그린다. 시인이 그렇고 노래하는 사람이 그렇듯 보이는 것이 전부가 아니다. 화가나 시인이나 그다지 다르지 않다. 그들은 눈에 보이는 것을 인식하고 마음속으로 끌어들여 자기의 사상에 융합시키고 자신의 내면에 가득한 사상과 미적 감각으로 녹여낸다. 그들은 사물을 표현하고 언어를 표현함에 있는 그대로이거나 보이는 그대로가 아니라 자기의 마음속을 들여다보고 사상과 신념을 칠하고 섞어 새로운 사상이나 새로운 감각으로 만들어 낸다.

화가는 눈에 보이는 것을 단순하게 그리는 것이 아니라 사물을 마음으로 끌어들여 자기의 세계에서 사상을 담고 생각을 채색하여 녹여낸다.

화가는 색(色)을 사용한다. 붓을 사용하여 물감을 찍거나 먹을 묻혀 사용한다. 표면적으로 색을 칠하고 있지만 마음을 칠하는 작업이다. 붓을 든 손으로 사물과 풍경을 그리지만 내면은 마음으로 그리는 것이다.

사임당은 어떠했을까?

사임당은 이미 조선에 알려진 재원이었다. 그림을 잘 그리기로 조선 팔도에 이름을 얻었다. 그러나 그녀는 누구에게도 배운 적이 없다.

천재인가?

이름난 화가이거나 당시 조정의 유명한 도화서의 선생들을 모신적도 없으며 기예가 뛰어난 스승을 모셔 가르침을 받지도 않았고, 눈물겹도록 애를 태우며 그림에 미친 것도 아니다. 사임당은 마음이 가는 대로 붓질을 했을 뿐이다. 그것은 개성이다. 타고난 재능을 바탕으로 그리고 싶은 것을 그렸을 뿐이다.

사임당은 만들어진 천재이거나 가르쳐서 이룩된 그릇이 아니었던 것이다. 사임당은 타고난 재능으로 그렸다. 즉 천부적으로 그림 솜씨를 가졌던 화가였다. 이미 그녀의 부모는 그녀에게 개성을 살리는 방법을 알려준 것이다. 후일 신사임당도 자신의 자식들을 같은 방법으로 교육시키니 이미 부모로부터 배운 것이다.

아주 오래전에 솔거라는 화가가 있었다. 신라 때의 화가로 이름을 얻었지만 그는 미천한 가문 출신으로 그림을 배운 적이 없었다. 그러나 그가 황룡사 벽에 소나무를 그리자 새들이 앉으려다가 부딪혀 떨어졌다는 일화가 있다. 그가 그린 노송도(老松圖)는 누가 가르쳐 준 것이 아니라 자유롭게 그린 그림이었던 것이다. 분황사의 관음보살상이나 진주 단속사의 유마거사상, 삼성사 벽화 단군화상을 그렸으나 그의 이름에는 반드시 소나무 이야기가 따른다.

솔거는 다른 그림은 그리지 않았다. 오로지 소나무 벽화만 그렸다. 그가 어느 날 담 벽에 장난삼아 소나무를 그렸다. 너무도 정교하고 사실적이어서 새들이 나무인 것으로 착각하고 앉으려고 날아들다가 벽에 부딪혀 떨어져 죽어갔다.

소년 솔거는 미천한 집안의 태생이다. 돈도 없었다. 그저 농사를 짓는 집안의 자식이라 밥을 굶지 않으면 다행이었다. 스승을 모시고 그림을 배우거나 훌륭한 분을 모시고 사사하여 공부한 것도 아니지만 그의 그림은 당대 최고였다. 당시 신라에서 왕이 불심(佛心)으로 기울어져 가는 신라의 부흥을 기원하며 역사를 일으켰던 대사찰의 벽화는 모두 솔거에게 그리도록 했다.

배워서 이루어지는 재능도 있으나 타고나는 재능도 있다. 타고나는 재능이야말로 순수하고 깨끗한 것이다. 천재가 아무리 뛰어나도 결국 재능을 이기기 힘들다. 아무리 노력해도 천재는 따를 수 없다. 근접하는 것이다. 절대라는 것이 있기 마련이다. 그림을 그리는 재능에도 절대가 있다. 사임당과 솔거는 배워서 얻어지는 재능으로 행세를 하는 화가가 아니라 타고난 천부적인 화가였다.

신사임당에게는 가슴 깊은 기원이 있었다. 그녀의 그림은 단순한 예술가의 그림이 아니라 기원을 담아 그리는 그림이 되었다. 사임당의 그림 속에는 항상 자식을 위하는 마음이 녹아 있었다. 자식들이 잘 자라나고 인간됨이 이루어지기를 바라는 마음을 담아두고 있었다. 모든 부모가 기원을 가지지만 신사임당의 기원은 숭고하고 더욱 깊었다. 자식이 인간답게 살기를 바라 신에게 잘 보살펴 주기를 기원하고 바라는 마음이 그림 속에 녹아 있었다. 아무 탈 없이 자라나기를 바라 간구하는 마음이 그림 속에 녹아 있었다.

사임당은 아비와 달리 자식이 학문을 익히고 조정에 나아가기를 바랐다. 조선 시대에 사대부의 자식이 출세하는 길은 출사하여 관직에 오르는 것이다. 그것이야말로 가문의 체면을 세우는 길이고 소위 잘나가는 것이다.

자식이 잘되기를 바라고 빌었다. 자식이 과거에 꼭 장원하도록 기원하였다. 그러나 그러한 기원이 자신의 욕심을 채우자는 것은 아니었다. 아들이 잘되기를 바라는 것은 부모의 마음일 뿐이다. 아들을 팔아 배부르게 먹고 자랑을 하고자 함이 아니다. 신사임당에게 그림은 신앙이 되었다. 처녀 때는 재능으로 그리는 그림이었으나 아이를 낳고 기르는 어미가 된 후부터는 자식들이 잘되기를 바라는 부모 마음으로 그렸다. 아름다움과 고귀함, 자식들이 자라나 복을 받아 행복하게 사는 것을 바라는 마음을 그려내었다.

강릉은 아름다운 곳이다. 바다가 있고 산이 있으며 바람이 있고 인정이 있는 곳이다. 이런 곳에서 자란 사임당이 자연을 그리는 것은 당연했다. 그림 속에 정신을 담고 생각을 담았으며 자연을 담았다.

그림 속에 마음을 담았다. 그림 속에 자연을 그렸다. 아름다운 강과 산, 바다와 언덕을 그리고 새와 곤충을 그렸다. 보이는 그대로 가감 없이 자연을 그렸다. 꽃과 식물의 모습을 보고 화폭에 옮겨 그리며 자연으로 어우러진 인간의 참마음을 그렸다.

그녀의 그림 속에 그려진 자연은 인간의 마음이다. 자연은 신의 영역이었고 인간의 아름다운 이상을 볼 수 있게 하여 주는 것이다. 자연에서 인간의 본능과 아름다운 마음을 보고 화폭으로 옮겼다.

사임당은 그림을 통해 아름다움을 표현하고 싶어 했다.

마음이 그림이다. 정신이 그림이며 색은 그 마음의 표현이다. 사임당의 그림 세계에는 칙칙한 어둠이나 사람에게 한을 심어주는 부정적인 빛이 없어서 밝고 아름답다. 지나치게 기교를 부리지 않아 억지스럽지 않고 지극히 자연스럽다. 자연은 억지를 부리지 않는다. 자연을 닮아야 자연스러운 것이다. 자연을 따라 그리니 지극히 섬세하고 인위적이지 않아 자연스럽다.

욕심을 버리는 것도 중요했다. 사임당은 세상의 욕심에 매이지 않고 살아간 부모를 존경했다. 사임당의 그림이 자연처럼 신선한 것은 아버지 신명화와 어머니 이 씨 사이의 아름다운 부부애가 보여준 힘에서 큰 영향을 받았을 것이다. 자식에 대한 욕심도 중요하지만 그 중요함 이전에 자식도 개개의 존재였다.

오래전에 사임당의 어머니 이 씨에게는 왕으로부터 정려(旌閭)가 내려졌다. 열녀와 효녀, 충신에게 하사되는 것으로 가문의 영광이기도 하다.

어머니 이 씨는 동네가 알아주는 열녀였다.

아버지 신명화가 장인의 장례를 치르기 위해 밤을 새워 달려왔다가 병을 얻어 돌아오지 못할 사경을 헤매게 되었다. 이미 강릉에서는 전설이 되어버린 이야기였다. 이 씨는 강한 여인이었다. 다급하게 뒷산에 모셔진 선조의 묘소에 가서 남편을 병으로부터 살려달라고 빌었다. 손가락 하나를 은장도로 잘라 피를 흘리며 간구했다. 남편을 살리고자 손가락을 자르기는 쉽지 않은 일이다. 정성이 하늘에 닿았을 것이다. 선조의 영령에게 이르러 드디어는 사경을 헤매던 남편이 병이 나았다.

그때, 사임당은 잠을 자고 있었다.

선조의 혼령이 사임당의 꿈으로 나타났다.

"선조님의 혼령이 감동하여 주는 것이니 아버지에게 드리도록 하라."

너무도 선명한 꿈이었다. 천사가 대추알같이 생긴 열매를 약이라며 주었다. 얼마나 기뻤던지 꿈에서도 펄쩍 뛰었다. 눈을 뜨고 이상하게 생각되어 아버지에게 달려갔더니 생각지도 못했던 일이 일어나고 있었다. 죽은 것처럼 누워 있던 아버지가 언제 그랬냐는 듯 상쾌하게 웃으면서 병석에서 일어났다.

"아버지!"

감격스러운 순간이었다.

사임당은 꿈만 같았다. 어린 나이라고는 하지만 너무 생생한 꿈이었다. 큰 감동을 받고서 감격하고 있던 차라 아버지에게 차분하게도 꿈 얘기를 했다.

아버지가 빙그레 웃었다.

"나는 이미 나았구나. 사실 나는 그런 줄 이미 알고 있었다. 그래서 이렇게 자리에서 일어난 것이다."

동화 같은 이야기였다.

이 전설 같은 이야기는 강릉 지방에 회자되었고 결국 임금에게까지 전해졌다. 임금이 용상의 팔걸이를 치며 감탄하였다. 효자와 열녀, 충신은 나라에게서 상을 받는다. 어머니의 정성은 열녀로서 손색이 없었다. 아니 누구에게나 칭송 받아야 할 열녀의 행위였다.

"정려를 내려라."

임금은 어느 것이 백성의 귀감이 되는지 안다.

어머니 이 씨는 열녀로 칭송되었고 정려가 세워졌다. 그것은 자식들에게도 귀감이 되는 감동이었고 가문의 자랑이었다.

사람은 보이는 대로 배운다. 오감 중에 가장 빠르게 다가오는 것이 시각이다. 사람의 감각은 때로 짐승의 감각보다 정확하고 깊숙한 느낌으로 온다.

사임당은 이미 어머니 이 씨로부터 인간의 아름다운 삶을 배우고 익히고 있었다. 아버지와 어머니 사이에서 있었던 열애(熱愛)는 오래도록 사임당의 가슴속에 살아있었다. 인간의 기억과 감동은 세월이 흐르고 시간이 지나면 흩어지고 희미해지지만 천재적인 재능과 기억력을 지닌 사임당에게는 각인되어 지워지지 않았고 예술혼의 바탕이 되었다.

마을 입구에 정려가 세워졌다.

정려가 세워진 마을은 칭송받는 것이다. 기념할 일이고 칭송할 일이다. 마을 입구에 세워진 정려는 용인이씨와 신명화의 영광이지만 또한 온 마을 사람들에게 자랑거리이고 자존심이 되었다.

전통은 대를 잇는 것이다. 인간은 배운 것을 바탕으로 살아간다. 배운 것을 깨닫기에는 시행착오가 필요하다. 따라서 올바로 배우면 올바른 행동을 하는 것이다. 그런 과정이 교육이다. 부모가 효도하면 자식이 대를 이어 효도한다. 자신은 효도를 하지 않으면서 자식에게 효도하라하면 자식은 효도하지 않는다.

가풍(家風)이란 선대로부터 물려지는 것이다. 열녀 집안에서 열녀가 나오고 효녀 집안에서 효녀가 나오는 법이다. 충신의 가문에서 충신이 연달아 나오는 이유가 있다. 역적의 집안에서 역적이 나오듯 효도 대물림이다.

눈으로 보는 것이 살아있는 학습이다. 사임당은 어머니와 아버지의 사랑이 얼마나 정겹고 아름다운 것인지 보며 자랐다. 단 하루도 잊은 적이 없다. 어머니가 효도를 위해 강릉에서 산 이유도 알았다. 아버지가 한양과 강릉을 왕래하며 살아야 했던 아름다운 이야기도 알고 있었다.

사임당의 가슴속에는 아버지와 어머니의 아름다운 사랑이 새겨져 있었다. 사임당은 자신의 그림 세계에 부모님의 아름다운 사랑을 심었다. 따뜻한 사랑을 바탕으로 삼았기에 사임당의 그림에서는 온화함과 사랑, 그리고 따뜻함이 녹아 있다.

대 사상가는 사상가의 사상을 이해하고 거목(巨木)은 거목을 이해한다. 대가들은 타인의 작품을 폄하하기 보다는 칭찬하고 서로 배우고자 한다.

조선의 긴 역사를 꿰뚫어 문호이면서 사상가였던 우암 송시열도 신사임당의 그림에 탄복하여 마지않았다. 역시 조선을 이끌어 온 사상가였으며 많은 제자를 기르고 수많은 글을 남겼던 수암 권상하는 사임당의 그림을 보고 이렇게 말하고 있다.

"그림 속에 인간의 따뜻한 사랑을 느끼게 한다. 어찌 단순한 그림이라고 할 일인가."

경쟁하는 의식이 없을 수 없다. 때로는 폄하하는 의견이 나올 수도 있다. 그러나 날카로운 못은 주머니를 뚫는 법이고 뛰어난 예술혼은 후학들에게 영향을 미치기 마련이다. 옳은 일이라면 물불을 가리지 않는 조선의 대학자들이 말한 것처럼 사임당의 그림 속에는 인간적인 따스함이 녹아 있었다.

사임당의 생활은 어려웠다.

양반 가문이라 해서 삶이 모두 편한 것은 아니다. 양반의 자식이라고 해서 모두 놀고먹으며 재물을 쌓아두고 사는 것은 아니다. 양반도 먹을 것이 없으면 먹고살 궁리를 하여야 한다.

사임당의 뛰어남은 조선 팔도에 알려졌다 하지만 화가로서 그림만 그릴 수는 없었다. 사임당은 화가이기 이전에 누군가의 아내이고 며느리이며 어머니였다. 다행히 친정어머니의 도움이 있었다.

사임당은 어느 부모보다 자녀 교육에 힘썼다. 그러나 스승을 사서 교육을 시킨 것이 아니라 어린 자녀들을 직접 가르쳤다. 다만 그녀의 교육 방식이 일반적인 사대부의 가문과는 달랐다.

당시의 양반 가문에서는 좀처럼 보기 힘든 일이었다. 사임당은 자녀 교육에 많은 신경을 썼다. 강릉에서나 파주에서나, 혹은 한양에서 살면서 스승을 들인 것이 아니라 자신이 팔을 걷고 나서 자녀 교육을 시켰다. 어찌 보면 방목이라고 할 정도로 자유방임적인 교육 방식이었다. 오죽하면 이이는 자신이 쓴 글에서 어머니가 어떤 교육을 어떻게 시켰는지 적지 않았다. 그러나 사임당은 자신만의 방법으로 자식들을 직접 가르쳤다.

드러나지 않는 열정이었다.

당시 조선에서는 양반 가문의 규수라 하여도, 유학(儒學)을 배우고 익혔다 하여도 아이들을 가르치거나 훈육의 길로 들어서기는 쉽지 않았다.

사임당은 주저하지 않았다. 당시 남성 중심의 사회에서 여자로서는 익히고 이해하기가 쉽지 않은 사서삼경을 직접 가르쳤다. 일반적이고 통속적인 양반의 가문에서 일어나는 결정과는 달랐다. 기였으며 강한 자부심이었다. 당시의 여인들이 하지 않는 길을 달려간 사임당의 족적은 자식들에게 남았다. 어머니의 가르침을 받고 자랐던 자녀들이 역사에 지울 수 없는 큰 족적을 남겼다.

이이라고 다르지 않았다. 여섯 살까지는 외할머니가 매달려 학문을 익히도록 하여 주었으나 어머니에게 교육을 받을 때는 방목에 가까운 창의적 교육이었다. 이처럼 이이는 외할머니부터 신경을 쓰고 훈육하였으며 이후 사임당에게 교육을 받았다. 이와 같은 조건에서 훈육을 받은 셋째 아들 이이(李珥)는 학문과 사상이 조선조 3백년 내내 유학을 하는 모든 유생들의 지표가 되어 주었다.

사임당에게 그림은 사랑이며 자식들에게 보여줄 수 있는 어미의 능력이었다. 사임당은 늘 자식들이 공부하는 방에서 그림을 그렸다. 그것으로 쉬지 않고 무언가 하는 의지를 자식들에게 보여 주었다. 사임당은 모든 일에 정성을 들이고 매사 차분하며 때로 일도양단의 결단력을 보이는 사람이었다. 그러한 성정은 자식들에게 훌륭한 길잡이가 되었다.

그림을 그려도 마찬가지였다. 사임당은 붓을 잡을 때 붓끝에 시선은 물론이고 온 힘을 집중시켜 집중력을 모았다. 집중력으로 붓 끝에 힘을 모으면 절로 힘이 생기고 눈에 힘이 들어가며 자신도 알 수 없는 신비한 힘이 솟구침을 느끼게 된다. 그것이야말로 생이지지(生而知之)가 아니던가!

생이지지는 학문을 닦지 않아도 태어나면서부터 안다는 뜻으로 생지(生知)하는 성인(聖人)을 이르는 말이다. 사임당은 이미 그림에 관해서는 태어나며 깨달음을 얻었을지도 모르는 일이니 달리 그림의 성인이라 할 수도 있는 경지에 이르렀을 것이다. 이는 학습으로 얻어지는 경지가 아닐 수도 있다.

깨달은 자는 깨달음을 포기하지 않는다. 슬프거나 그립거나, 아프거나 괴롭거나 깨달음을 배가하여 어떤 조건에도 합당하도록 자신의 역량을 드러낸다.

신사임당도 그랬을 것이다.

일찍이 아버지를 여의고 강릉에 홀로 살고 있는 어머니를 생각할 때마다 더욱 분투노력하고 그림에 매진했을 것이다. 남편이 할 일이 없어 방황할 때도 절망하기보다는 살아갈 방도를 생각하고 그림에 매진했을 것이다. 하나하나가 삶의 욕구였다.

식구는 많고 당장 먹을 것에 곤란을 당하는 지경에 이르러서도 사임당은 고달픔에 좌절하거나 주저앉지 않고 살아갈 방도를 구상하고 붓을 들어 글을 썼다. 아픔과 고독이 사라지고 새로운 행복과 희망을 찾았을 것이다.

사임당은 어찌 보면 조선의 사회상과는 어울리는 사람이 아닐 수도 있었다. 당시의 사회상을 뛰어넘는 이상을 지니고 있었기 때문이다. 아니, 그녀는 양반 가문의 시선으로 보면 이단아에 속한다.

신사임당은 천하를 보는 시선이 달랐다. 천하를 굽어보는 명석한 머리와 빼어나고 단아한 얼굴, 대를 이어 가는 뼈대 있는 가문, 사랑이 있는 아버지와 어머니, 당대를 놀라게 한 빼어난 그림 솜씨와 남자를 능가하는 글씨 그리고 아녀자의 필수적인 배움인 자수까지 배우고 익혀 그 어느 것 하나 부족함이 없었던 사임당이다.

그녀가 세상을 보는 눈은 양반 자제에게 주입식 교육을 하는 서당이 아니었을 것이다.

먹고사는 문제도 있다. 남편의 가문이야 양반이라 하지만 이미 기운 것은 분명하여 언제 회복할지 알 수 없는 양반의 자손이 남편이다. 허울 좋은 양반의 끄트머리는 더욱 불행하다. 학문이 제대로 되지 않고 시선이 분산된다. 배우고자 하는 열의보다 신세 한탄이 먼저다. 그런 집에 시집을 간 사임당으로서는 슬프고 괴로웠을 것이다. 더구나 자식들의 생을 생각해야 했다. 떡장수 홀어머니의 아들이면서 백수 남편이라니, 당시 조선 팔도를 놀라게 하는 재녀에게는 불행한 일이었다.

불행은 영원하지 않다. 이겨내야 한다. 그 불행을 이겨내게 만들었던 것이 그림, 서예, 자수였으니 어쩌면 부족함과 불만스러움이 그녀를 더욱 가치 있게 만들고 자식을 훌륭하게 키우는 원동력이 되었을지도 모르는 일이다.

영조 때의 일화에 이런 일이 있었다.

영조가 걸음을 걷다가 무엇이 생각났는지 걸음을 멈추고 한참 생각하다 뒤따르는 임석현에게 이렇게 질문했다.

"만약에 임진왜란 때, 율곡이 살아 있었더라면 이 나라가 어떻게 되었을까?"

"나라의 액운이 있었기에 어찌하지는 못했을 것입니다. 그러나 당시 율곡 대감이 살아 있었더라면 나라가 그 지경으로 파멸 지경이 되지는 않았을 것입니다."

반드시 옳다고는 할 수 없다. 그러나 영조의 생각에도 율곡이 살아 있었다면 많은 것이 달라져 조선이 그처럼 무너지고 산하가 피로 물드는 일은 없었을 것이라고 생각한 모양이었다.

한 사람의 지도자가 나라를 구하고 세상을 구한다.

영조의 생각이 옳았을지는 알 수 없다. 그러나 그가 조선 후기에 조선을 다시 일으켜 세우려고 노력했고 성군의 반열에 들었던 왕이라는 것을 생각하면 생각할 여지는 있었을 것이다. 영조에게 이이의 역할이나 행위는 좋은 본보기가 되어 작용했을 것이다. 더구나 그가 율곡의 일을 물었다는 것은 마음속에 늘 율곡의 행보를 생각하고 있었음이다.

영조는 조선의 역사에서 가장 오랜 세월 동안 왕위에 머문 사람이다. 가장 많은 나이가 먹도록 왕위를 지킨 사람이 영조였다. 그는 개혁적인 왕이었으나 바탕은 부국강병에 두었다. 그러나 완벽하게 뜻을 펼칠 수 없었다. 조정에 신하는 있었지만 앞서 나아가는 신하는 없었다. 그것은 속빈 강정에 불과했다. 아쉽고 안타까웠을 것이다. 조선왕조 5백년 중에 후기에 들어 다시 한 번 조선을 부흥하고자 했던 임금이다. 얼마나 가슴이 타고 답답했을까? 탕평책을 써서 동인과 서인 당쟁을 일소시키려고 노력했던 왕, 균역법을 제정해서 백성의 조세부담을 줄

여주고 신문고를 설치해서 백성과 소통을 이루어냈던 명군(名君) 중의 한 분이 영조대왕이었다. 그에게도 사임당의 아들 이이가 모범이 되어주었기에 늘 이이라는 인물에 대해 생각하고 주위와 논했던 것이다.

천재는 태어나는 것인가?
천재는 만들어지는 것인가?
교육은 중요하다. 어릴 때는 천재로 인식되지만 나이가 들어 그저 평범한 사람으로 살아가는 경우도 있지만, 어릴 때는 그저 평범했지만 나이가 들면서 천재성을 드러내는 경우도 있다. 무엇이 옳은지, 혹은 어떤 것이 맞는 것인지 알 수 없지만 배움이 없다면 속빈 강정이라는 것이다.
교육, 무엇보다 교육이 중요하다.
사람은 태어나 살며 배우고 익히며 영화를 바란다. 살아가는 것이 즐겁고 행복하기를 바란다. 그 바탕에는 머리가 좋아야 하고 재물을 버는 능력이 따라야 한다고 생각한다. 물론 노력도 필요하지만 근본적으로 두뇌가 명석해야 한다고 생각한다.
누구나 자녀가 천재이기를 바란다. 자녀가 똑똑하고 이지적이며 남보다 뛰어나기를 바라는 것은 모든 부모의 마음일 것이다. 그것은 거의 본능에 가깝다. 지나치게 기대를 가지기도 한다. 그러나 누구나 천재가 되는 것은 아니다. 누구나 영광을 누리는 것은 아니다.
학문이 인재를 만든다. 천재가 아니라도 인재는 학문을 만들어 낼 수 있다. 천재의 일회성이나 조로(早老)보다는 인재가 나을 것이다. 학문을 익히는 방법도 다르며 사용하는 방법도 다르다. 드러내는 시기도 다르고 드러내는 방법도 다르다. 만약 학문을 익힌 자가 드러내는 방법이나 사용하는 방법이 모두 같다면 이 세상에 분쟁이나 다툼은 없을 것이다.

똑같이 공부한다고 해도 그 성취도는 다르다. 같은 스승 밑에서 학문을 익혀도 시험장에 나가면 누구는 장원하고, 어떤 이는 낙방을 한다. 누구도 같은 결과를 가져오지 않는다. 부모라면 누구나 자녀가 천재이기를 바라지만 모든 사람이 천재일 수는 없다.

조선 사회는 임신을 하면 대부분 낳아야 하는 시대이다. 그것은 숙명이다. 오죽하면 자식이 제비씨와 같다고 했을까?

사임당은 4남 3녀를 길렀다. 적다고 할 수 없는 자식이다. 자식들 모두가 천재이기를 바랄 수 없지만 사임당도 자녀들이 세상에 나아가 자신을 드러내기 바랐을 것이다. 사임당의 자식 가운데 3남 이이와 막내 이우는 과거에 합격되어 벼슬을 하여 사임당의 바람을 어느 정도는 충족시켰다. 아들보다 귀한 장녀 매창은 사임당을 닮아 작은 사임당이라 불렸는데 어머니의 재능을 이어받고 교육을 받아 그림에 천재성을 드러내었다. 매창이 그린 매화도(梅花圖)는 지금까지 남아 사람들의 입에 명화로 회자되고 있다.

교육은 인성을 만들고 자리 잡게 한다. 태어날 때부터 훌륭한 인성을 지니고 태어나는 경우도 있으니 이를 일러 성선설(性善說)이라 했다. 그러나 때로 사람이 인성을 갖추지 못하고 태어나거나 악한 심성으로 태어나는 경우도 있으니 이를 성악설(性惡說)이라 한다. 성악설에 따르면 교육을 통해 인성을 갈고 닦아야 한다는 것이다. 중요한 것은 교육을 통해 인성을 고칠 수 있고 단련할 수 있다는 주장이다.

어버이는 자식의 귀감이다. 사임당의 남편 이원수는 자식들의 교육에 보탬이 되지 않은 듯하다. 자식들의 교육은 전적으로 사임당의 몫이었다. 사임당은 자식들 교육의 귀감이 될 수밖에 없었다.

사임당의 열의와 한결같은 사랑은 자식을 인물로 키워내었다. 셋째 아들 이(珥)는 아홉 번이나 과거에 장원했고, 여러 관직을 거쳐 병조판서와 이조판서에 이르렀으며 우리나라의 18대 명현(名賢) 가운데 한 명으로 이름을 얻었다.

특히 그의 천재성은 당대를 흔들었는데, 아홉 번이나 장원한 것이 그것을 증명한다. 1558년(명종 13) 별시(別試)에서 천도책(天道策)을 지어 장원으로 급제했으며, 1564년(명종 19년)에 실시된 대과(大科)에서 문과(文科)의 초시(初試), 복시(覆試), 전시(殿試)에 모두 장원으로 합격하여 삼장장원(三場壯元)으로 불렸다. 생원시(生員試), 진사시(進士試)를 포함해 응시한 아홉 차례의 과거에 모두 장원으로 합격하여 사람들에게 구도장원공(九度壯元公)이라고 불리기도 했다.

저술로는 <성학집요(聖學輯要)>, <동호문답(東湖問答)>, <경연일기(經筵日記)>, <천도책(天道策)>, <역수책(易數策)>, <문식책(文式策)>, <격몽요결(擊蒙要訣)>, <만언봉사(萬言封事)>, <학교모범(學校模範)>, <육조계(六條啓)>, <시폐칠조책(時弊七條策)>, <답성호원서(答成浩原書)> 등이 있으며, <고산구곡가(高山九曲歌)> 등의 문학작품도 전해진다.

그의 저술들은 1611년(광해군 3) 박여룡(朴汝龍)과 성혼(成渾) 등이 간행한 ≪율곡문집(栗谷文集)≫과 1742년(영조 18)에 이재(李縡)와 이진오(李鎭五) 등이 편찬한 ≪율곡전서(栗谷全書)≫에 실려 전해진다. 이 모두 불후의 명작인데 이는 이이가 천재성을 지니고 있음을 드러내는 것이라 할 것이다.

사임당은 전력으로 자식들을 훈육했다. 사임당은 타인의 손이 아니라 자신의 힘으로 자녀들에게 교육을 시켰다. 그녀의 교육 방법과 열성이 뛰어난 자식을 만들 수 있었다는 사실에는 반대의 여자가 있을 수 없다.

부모의 의사결정이 자식의 운을 바꾸거나 정착시키기도 한다. 사임당은 셋째 아들 이이를 잉태했을 때 잠깐의 고민을 하고 곧바로 마음의 결정을 내려 강릉 어머니 곁으로 갔다. 어찌 보면 짧은 고민이나 이미 오래전에 마음의 결정을 어느 정도는 하고 있었다.

사임당은 친정에 도착하자 강릉의 편안한 분위기 속에서 내훈에 쓰여 있는 대로 태교에 전념했다. 사서삼경을 소리 내어 읽어 뱃속의 아이에게 학문적 노력을 심어주고 글을 쓰며 뱃속 아이가 서도를 알기 바랐다. 글을 읽고 쓰며 그림을 그린 것은 모두 뱃속의 아기가 따르고 익히고 배우며 태어나 학문에 전념하기를 바라는 마음이었다.

사임당은 시에도 재능이 있었다. 그 재능이 뱃속의 아이에게 전달되어 이이는 수많은 저술을 남길 수 있었는지도 모른다.

감성을 재능으로 승화시킬 수 있는 사람은 행복하다. 그런 점에서 신사임당은 행복한 사람이었다. 그 감성이 자식들에게 전해진다면 더욱 행복할 것이다. 부모는 자신의 재능이 자식의 손으로 발휘되기를 바란다. 사임당도 자신이 지닌 재능이 이이나 딸 매창으로 밝혀지고 드러나기를 바랐을 것이다.

어느 날 이슥한 밤, 달이 허공 높은 곳에 매달린 듯 중천에 떠 있어 휘영청 밝았는데 기러기 몇 마리 떼를 지어 날고 있었다. 허공에서 울어대는 기러기의 울음소리가 마치 거문고 같았다.

울컥!

사임당의 가슴이 일렁였다.

돌이켜 생각해 보니 오래도록 어머니를 보지 못했다. 문득 돌아보니 열을 지어 날아가는 기러기 모습이 보인다. 강릉에도 기러기들이 많았고 떼 지어 날아가는 모습을 본 적이 있었다. 그 모습이 어머니에 대한 그리움이 일어 눈에 이슬 맺히게 했다.

사임당은 솟구치는 격정으로 시 한 수를 지었다.

야야기향월(夜夜祈向月)
원득견생전(願得見生前)

밤마다 달을 향해 기도하네.
생전에 한 번 뵈올 수 있을까

사람의 감성은 타고 나는 부분이 있고 배움으로 이루어지는 부분이 존재한다. 눈으로 보고 배우고 익히며 마음을 담아 감성으로 나타나기도 한다. 사임당은 감성이 풍부하고 그것을 시적으로 풀어내는 학문을 지닌 여성이었다. 지극히 천성적인 것이다. 사임당이 여인이기 때문이 아니라 지혜와 감성, 학문을 지니고 있었기에 시를 통해 자연스럽게 감정이 드러날 수 있었다.

감성은 자식에게 전해지기 마련이다.

책을 읽거나 그림을 그리거나 마음속에 일어나는 감성과 그 감흥이 자식들에게 전해져 천재를 낳는 바탕이 되었다.

부모를 사랑하는 마음도 전이된다. 효자에게서 효자 나고 불효자에게서 불효자 나는 법이라고 했다. 하루라도 잊지 않고 강릉에 계신 부모님을 생각했으니 그 효심이 자식에게 전해지지 않을 수 없다. 이이의 효심이 당연하다. 사임당은 강릉을 떠나 파주와 한성, 봉평에 살아도 마음은 늘 어머니를 생각하고 있었다. 효도는 행동도 중요하지만 마음속에서 우러나오는 근본이 중요한 것이다.

마음이 교육이다. 어머니의 생각은 곧 자녀에게 전이된다. 뱃속의 아이에게는 감성이 그대로 전달된다. 세상에 태어나지 않았으니 보지도 못하고, 듣지 못하고, 깨닫지도 못하는 뱃속의 아기지만 어머니의 생각은 탯줄을 타고 전달된다. 생각이 전달되고 감성이 전달되며 심성이 전달된다.

사임당은 늘 태교를 생각했다. 뱃속의 아기가 느끼고 들을 수 있도록 청명한 마음으로 읽고, 청아한 음성으로 읊고, 정성을 들여 쓰고, 감성으로 그렸다. 어찌 보면 없는 존재를 향한 외침으로 보일 수 있고 헛된 정성으로 보일 수도 있으나 사임당은 한순간도 헛일이라 생각하지 않고 정성을 다했다.

'일체유심조(一切唯心造).'

사임당은 유학(儒學)을 하는 양반 가문의 자손이지만 틈틈이 불경을 읽었다. 불교를 추종했다고는 할 수 없을지도 모른다. 그러나 그녀의 생에서 불심은 빼놓을 수 없을지도 모른다. 유학을 하는 양반의 가문에서 표면적으로 불교와는 거리가 멀었지만 인간이 살아가며 깨닫고 귀감이 되는 잠언이 들어있는 불경을 읽으며 깨달았다. 불경을 읽다 보니 마음 한편으로 불심(佛心)이 생겼다.

불심이란 사임당의 마음속에 있었다.

사람의 힘으로 할 수 없는 일이 자연과 알 수 없는 존재의 힘으로 이루어진다는 것을 느끼고 있었다. 그것이야말로 미지의 힘이고 신의 힘이었다. 그 알 수 없는 힘이 조상의 힘이며 불심에서 깨달은 존재였다. 유교에서 허망한 일로 여기는 것이라 하여도 이치를 깨달은 사임당은 불심이 자신의 마음을 편안하게 안정시키고 알 수 없는 존재의 힘이라는 것을 느끼고 있었다.

욕심 때문이 아니다.

깨달음과 평온이다.

사임당은 유학을 배우고 익혔지만 깨달음을 통해 얻은 불심(佛心)을 뱃속의 아기에게 전해주었다. 세상의 모든 이치가 아이에게 전해지지 않겠지만 부모의 도리에서 태교는 반드시 필요하다. 글을 읽고 글씨를 쓰며 전해주고, 그림을 그리며 전해지기 바라며 심성이 전해지기 바랐다. 그랬기에 이이도 어머니가 죽고 마음이 어지러운 시기에 잠시간 불교에 귀의했던 때가 있었다.

사임당은 정성을 다해 자식을 기르고 가르쳤다. 세상에서 가장 어려운 것이 자식 농사라고 했다. 아무리 정성을 들여도 자식은 마음대로 되는 것이 아니다. 부모가 낳은 것이 자식이나 부모 마음대로 하는 것이 아니다. 부모가 자식을 물건이나 자신의 노예처럼 취급해서도 안 된다. 자식은 자식의 인격이 있다. 부모가 욕심이 난다고 자식이 그 욕심을 이루어주는 것은 아니다. 헛된 욕심을 부린다고 해서 욕심대로 커지지 않는다.

자식은 선물이다.

부모의 도리로서 성심성의껏 키우고 가르치며 인격체를 완성할 수 있도록 조언하고 도와주는 것이다. 자식의 인생을 부모가 나서서 대신

살 수는 없다. 자식은 자식의 인생이 있다. 때로는 잘못 갈수도 있고 돌아오지 못할 다리도 건넌다. 그렇다고 부모가 나서서 자식 인생을 대신 살 수는 없다.

부모의 역할은 조력이다. 자식이 인간답게 살 수 있도록 노력하고 도와주는 것이다. 이것이 부모의 도리이고 하늘의 명령이다. 부모는 자식의 완성자가 아니다. 부모는 조력자이니 부모로서의 도리를 다할 뿐이다. 부모로서 도리를 다하면 자식 스스로 익히고 나아가니 이를 천명(天命)이라 할 것이다.

사임당은 자식들이 천재라고 생각하지 않았다. 인간답게 살기를 바랐다. 세상에 나아가 헌신하기를 바란 것이 아니라 자신의 목적을 가지고 살기를 바랐다. 올바른 부모란 자식의 인생을 결정하는 것이 아니라고 생각했다. 학습도 분위기를 만들어 주면 자식들이 알아서 하는 것이라 생각했다. 따라서 사임당은 자식들에게 스승을 붙이고 공자왈 맹자왈 따라하는 것만이 능사가 아니라고 생각했다.

사임당은 자식들이 세상에 족적을 남기기 바랐다. 밝고, 명랑하게 살기 바랐다. 이 세상에 나왔으니 모든 세상 사람들을 위해 헌신하기 바랐다. 그것이 최고의 가치라고 가르쳤다. 모든 부모와 크게 다르지 않았다. 이를 위해 항상 파사현정(破邪顯正)을 몸으로 실천했고 자녀들이 어려서부터 몸에 배이게 했다.

유학을 가르치며 생각하고 깨달았던 것을 자식들에게 가르쳤다. 사람이 사람답게 되는 것이 인의(仁義)라고 가르침으로써 자식들의 심성이 올바르기를 바랐다. 심성이 무엇보다 중요하다는 것을 알았다. 목적을 가르치는 것이 아니라 위인으로 성공하는 이유를 가르쳤다. 인간사에서 일어나는 일에 대한 인의를 이루고 설파함으로써 위인이 된다는 것을 알려 주었다. 아직 뱃속에 들어 듣지 못하는 아기까지 인의를 아는 사람으로 기르고 세상에 나오도록 하려 노력했다.

사임당은 뱃속의 아이와 마음이 통한다는 것을 생각했다. 어머니와 아기는 탯줄로 연결되어 있는 것이 사실이기도 했다. 그랬기에 늘 책을 읽어주고 글을 쓰며 눈으로 익혀 보여주었다. 하루도 빼놓지 않은 태교였다.

글을 읽으면 뱃속의 아이가 들을 것이라 생각했고 자신이 눈으로 보는 것은 아이가 본다고 생각했다. 자신이 그림을 그리면 그 느낌을 뱃속의 아이가 느낀다고 생각했다. 그러한 생각이 있었기에 영감으로 뱃속 아기를 교육할 수 있었던 것이다. 사임당의 태교는 표면적으로 지식이나 이성에 의해서 이뤄진 것으로 보이지만 내면으로는 영감에 의해 이뤄진 것이다.

노력은 결과를 드러내기 마련이다.

사임당의 셋째 아들 이(珥)는 천재였다. 태어날 때부터 천재였는지, 노력에 의한 깨달음이었는지는 알 수 없다. 그러나 자식을 위해 사임당이 노력한 것은 틀림없다. 사임당의 노력이 이이를 천재로 키워내었다. 사임당이 이이를 천재로 키워낸 것은 자유롭게 학습하는 방법과 개성을 찾아가는 것인지 모른다.

학습의 결과는 이이라는 인물로 나타났다. 이이는 세상에 나아가 커다란 족적을 남겼다. 전에 없는 족적이다. 과거에 13번 합격했고 그 가운데 9번이나 장원을 했다. 이조판서, 형조판서, 병조판서, 사헌부 대사헌으로 봉직하면서 많은 저서를 남겼다.

23세가 되던 해였다.

이이는 당시 58세에 이른 이황(李滉)을 찾아갔다.

이이는 22세 되던 1557년 9월에 성주 목사 노경린(盧慶麟)의 딸과 혼인하였다. 이듬해 그는 장인의 임지인 성주에서 강릉 외가로 가는 도중, 예안 도산에 들러 이황을 방문하고 이틀 동안 강론하였다.

운명적인 만남이었다.

이 만남 후 이이는 이황과 편지를 주고받으며 이황의 철학적 견지를 직접적으로 확인하게 된다. 특히 1558년에 이이는 이황과 두 차례 편지를 교환한다. 편지에서는 학문적 토론 외에도, 이이가 승려였던 사실을 반성하자 이황이 그를 격려하기도 하고, 이이가 과거에 낙방한 것을 이황이 위로하기도 한다. 이후에도 그들은 여러 차례 편지를 주고받았다.

이황.

그는 입지전적인 인물이다. 조선 팔도에서 유학이라면 당연 이황을 논하지 않을 수 없다. 이황은 성리학을 완성시켜 이기이원론(理氣二元論)을 펼쳐 유학을 다시 한 단계 높은 경지로 끌어올린 인물이다. 그의 주위에는 많은 학자들이 문하생으로 따랐다. 이황은 영남학파의 종조가 됐었다.

그런 이황을 이이가 만났다.

이황은 그를 찾아온 35세 연하의 이이와 기꺼이 성리학 토론을 했고, 성리학으로 시대의 병폐를 고쳐야 한다는 데 의기가 통했다. 이 자리에서 이이는 이황을 스승으로 모실 것을 다짐했고 이황은 이이를 높이 평가했다. 그리고 이황은 제자 조목(趙穆)에게 보내는 편지에서 '후

생가외(後生可畏)'라는 표현으로 이이를 촉망했다. 이황 자신의 한계를 극복할 후배로 본 것이다.

학문의 줄기가 같다고 반드시 결과가 같지는 않다. 이이는 이(理)에 따라 우주가 움직이고 있다며 일원론(一元論)을 펼쳐 기호학파의 종조가 됐다.

이황과 이이는 동시대의 사람이면서 같은 철학적 사상을 공유하고 있지만 사실 나이 차이가 많이 난다. 벼슬에는 그다지 관심이 없었던 이황은 후학 양성에 매진한다. 그 반면 이이는 아버지와 어머니의 영향으로 어려서부터 총명했으며 백성들이 보다 나은 삶을 살 수 있도록 실천하고자 노력했다. 비록 두 사람은 뜻을 함께 하진 못했지만 두 사람 모두 나라와 백성을 위하는 마음은 같았다. 그렇기에 이황과 이이가 이뤄낸 성리학적 사상의 정점은 훗날 조선의 이념이 되었으며 나아가 성리학의 발원지인 중국 송대의 성리학을 오히려 능가하기에 이른다.

사람에게는 수많은 인생의 갈림길이 있다. 이이는 천재로 평가받는다. 그의 천재성은 막연하게 주어진 것이 아닐 것이다. 세상의 앞날을 이끌어 갈 지혜를 창조해낸 것은 사임당의 천재교육이 바탕이었다. 그것이 바탕이 되어 습득하고 이해하며 범위를 넓힌 것이다. 이성(理性)과 사리(事理)만을 앞세우는 유가사회(儒家社會)에서 경건한 불심을 바탕에 깔고 미래를 내다보며 살아가는 사임당의 인생관이 아들 이이를 있게 한 것이다.

다양한 학문을 이해하고 세상을 바라보는 관점을 넓게 하며 유학의 거두로서 세상에 등불이 되게 한 것은 사임당의 올바른 교육이 있었기에 가능했던 것이다.

13
파사현정

세상은 늘 변한다. 이원수는 오래도록 한량으로 살았다. 돈 버는 재주
도 없었고 학문적 소양도 깊지 않았다. 그렇다고 마냥 주저앉아 술이
나 마시고 허송세월할 수는 없는 일이다. 아이들도 커가고 조상의 뒤
를 이어야 한다는 생각이 그를 괴롭혔다.

이원수의 집안은 요절한 부친을 제외하면 조상들 대대로 관직에 나
갔다. 조부인 이의석(李宜碩)은 관직에 나아가 홍산(鴻山)의 현감으로 종
6품의 관직을 지냈다. 또 당숙인 이기(李芑, 1476-1552)와 이행(李荇,
1478-1534), 이미(李薇, 1484-?) 형제는 당대의 실권자였다. 이원수로서는
머리만 잘 쓰면 관직을 얻을 수 있다고 생각할 수도 있는 집안의 배경
을 지니고 있었다. 후일 이이가 스스로 말하기를 자신의 가문을 '세록
지가(世錄之家, 대대로 나라의 녹을 먹어 온 집안)'로, 스스로는 '세신(世臣)'
이라 한 이유가 충분했다. 그래서인지 후일 이이는 강릉에서 태어났지
만 파주 율곡촌을 고향이라 했다. 이이는 파주, 강릉, 해주 등에 연고

를 두고 자주 옮겨 살았지만, 스스로는 한양 사람으로 생각했다. 그처럼 그의 가문 덕수이씨는 관직하고 가까웠다. 오래도록 백수로 살아온 이원수와 달리 여러 가지 생각을 할 수 있는 조건은 갖추어져 있었다.

'언제까지 이렇게 살아야 하나?'

문득 드는 생각이었다. 돌이켜 보면 조상을 뵐 낯이 없다. 그래도 조선 팔도에서 덕수이씨라고 하면 뼈대 있고 행세하는 가문이며 자신의 조상들은 대대로 관직에 올랐다. 생각해 보면 자신은 조상들에 비해 한 일이 없다. 부족해도 한참 부족했다. 무언가 해야 한다는 당위성으로 불면이 심했다.

'그래!'

뒹굴다가 무릎을 치며 일어섰다.

며칠 동안 궁리가 많았다. 오래도록 답답했는데 번쩍 떠오르는 일이 생겼다. 기회가 왔다는 생각에 가슴이 흐뭇했다. 어쩌면 출사의 기회가 올지도 모른다. 아니, 더 이상 지체할 수 없이 기회가 왔다.

온 나라를 떠들썩하게 만든 사건이 있었다.

을사사화였다.

나라를 발칵 뒤집어 놓은 사건, 그 속에 뾰족한 수가 생길 수도 있었다. 누가 보아도 기회라고 생각할 수 있는 틈이 보였다. 이제 기회가 왔다고 생각하니 마음이 울렁거리는 것 같았다. 소윤(小尹) 윤원형(尹元衡), 이기(李芑), 정순붕(鄭順朋)이 정적이었던 대윤(大尹) 윤임(尹任), 유관(柳灌), 유인숙(柳仁淑)을 제거시켜 버린 것이다.

'기회다!'

정말로 기회가 왔다. 이원수는 을사사화가 기회라는 것을 인식했다.

을사사화의 결과로 당대를 떠들썩하게 흔들었던 윤임은 성주로 귀양이 보내졌다가 충주에 이르렀을 때 사약이 내려져 죽었고, 동조를 하고 세도를 나누었던 유관은 서천으로 유배가 내려져 유배 도중에 온양에서 사약을 받아 죽었다. 유인숙도 무장으로 유배형이 내려져 이동 중에 사약으로 죽었다. 피비린내가 나는 결과였다.

소윤과 대윤의 대립은 피바람을 몰고 왔다. 정승과 판서는 이렇게 처참하게 처형이 됐고 이들 일가친척, 그리고 추종자들 무려 6백여 명이 피를 흘려야 했다.

조정이 흉흉해졌다. 세상이 모두 어지러워지는 시기였다.

"몸조심하시오. 언제 불똥이 튈지 모르는 일이요."

"그러게 말이요. 얼마나 많은 인재들이 죽을지 알 수 없으니 참으로 불안한 일이요."

"소윤에게 줄을 댄 자들이 서슬 퍼렇게 칼을 휘두르고 있소이다. 저들이 미친 춤을 끝내기 전에는 피바람이 멈추지 않을 거외다."

"웬 놈의 도둑떼는 그리 많은지 모르겠소. 또 홍길동이 관아를 습격했다고 하더이다."

"그러게 말이요. 관아의 창고를 부셔서 백성들에게 곡식을 나누어 주었다 하더이다."

"참으로 무서운 날이요. 자식 키우기가 힘들어요. 툭하면 죽고 어찌하다 보면 끌려가니 어디 발을 뻗고 편히 잠이나 자겠소?"

세상이 어지러웠다.

왕권은 땅에 떨어졌고 관료들은 서로 싸우느라 정신이 없었다.

왕권이 안정되어야 신하들의 전횡을 막을 수 있지만 어린 왕 명종은 힘이 없었다. 지지기반도 없고 따르는 신하들도 없었다. 조정은 살육장으로 변해 있었다.

인종이 왕위에 오른 지 8개월 만에 병사하였다. 어쩔 수 없이 경원 대군이 왕위에 오르니 그가 명종이다. 명종의 나이가 불과 12세에 불과하니 조정은 회오리바람이 몰아쳤다. 어린 명종이 등극하자 어쩔 수 없이 대비인 문정 왕후가 섭정을 하게 됐다.

세상의 위기가 닥쳐왔다. 왕은 힘이 없었고 대비가 모든 것을 틀어쥐니 대비를 움직이려는 세력이 조정을 움켜쥐었다. 조정의 권력을 움켜쥔 자가 바로 소윤 윤원형이었다. 호시탐탐 권력을 노리고 있던 윤원형에게는 절호의 기회가 다가왔다. 소윤 윤원형은 대비 문정 왕후의 오라비였다. 오랫동안 대윤과 소윤 사이에 갈등이 있었고 힘을 가지기 원했지만 인간됨과 실력의 약점으로 눌려 있었는데 명종의 즉위는 결국 피바람을 부르는 결과를 가져왔다.

이미 오랜 역사의 끈이 그들을 반목하게 만들었다.

오래전 김안로(金安老)에 의해 정계에서 쫓겨난 문정 왕후 측의 세력인 윤원로(尹元老)와 윤원형 형제는, 김안로가 실각한 뒤 다시 등용되어 점차 정권을 장악하였다. 조정은 윤여필(尹汝弼)의 딸인 중종의 제1계비 장경 왕후와 윤지임(尹之任)의 딸인 제2계비 문정 왕후의 외척간의 권력투쟁으로 양상이 바뀌었다. 장경 왕후에게는 원자(元子) 호(峼)가 출생되었고, 문정 왕후에게는 경원 대군 환(峘)이 각각 탄생하자, 김안로의 실각 이후 정계에 복귀하여 득세한 윤원로와 윤원형 형제는 자신의 누이 문정 왕후가 낳은 경원 대군으로 왕위를 계승하고자 하여, 세자의 외척인 윤임 일파와의 사이에 대립과 알력을 빚게 되었다.

윤임을 대윤이라 하였고 윤원로와 윤원형 형제는 소윤이라 하였는데 사실 이들은 친척지간이고 두 명의 왕후도 모두 같은 집안이었다.

선왕이 붕어하고 인종이 즉위하자 대윤이 득세하였으나 소윤 측은 박해가 크지 않았다. 그러나 인종이 즉위하며 유관(柳灌), 이언적(李彦迪) 등과 같은 사림의 명사들이 중용되었고, 이조판서 유인숙(柳仁淑)에 의해 많은 사람이 등용되자 등용되지 못한 일부 사림과 윤원형 일파가 담합하여 소윤의 세력을 형성했다.

소윤의 우두머리 격인 공조참판 윤원형이 대윤의 대사헌 송인수(宋麟壽) 등에게 탄핵을 받았고 윤원로 역시 파직되자 문정 대비와 소윤의 무리는 윤임이 주도하는 대윤에 불만이 팽배하였다.

인종이 재위 8개월 만에 죽고 뒤를 이어 이복동생인 어린 경원 대군이 즉위하여 명종이 되고 문정 대비가 기다렸다는 듯이 수렴청정에 나섰다.

드디어 조정에 칼바람이 불어 닥쳤다

조정의 실권은 대윤으로부터 명종의 외척인 소윤에게 넘어가자 군기시첨정(軍器寺僉正)으로 등용된 윤원로는 윤임 일파를 제거할 계책으로 여러 차례 무고하고 영의정 윤인경(尹仁鏡)과 좌의정 유관을 파직, 해남(海南)에 유배시켰다.

수없이 반복된 계책이 실패하자 중추부지사 정순붕(鄭順朋), 병조판서 이기(李芑), 호조판서 임백령(林百齡), 공조판서 허자(許磁) 등을 이용하여 윤임이 그의 조카이며 중종의 8남인 봉성군(鳳城君)을 옹위하려 한다는 소문을 내고 윤임이 명종의 추대를 막고 성종의 3남인 계림군(桂林君)을 옹위하고 유관과 유인숙이 동조하였다는 소문을 내어 이들을 모두 참

살하고 귀양 보내며 사약을 내리도록 하여 죽였다.

백성들은 조정에서 벌어지는 일의 원흉을 알고 있었다. 특히 을사사화 3흉(三兇)이라 해서 윤원형, 이기, 정순붕을 증오하고 있다.

'기회다.'

이원수는 나름 많은 생각을 했다. 기회가 온 것인지 모른다는 생각을 했다. 세상이 바뀐 것 아닌가 생각했다.

가까운 친척인 이기가 조정에서 힘을 쓰는 지위에 올랐다. 어디 영의정이란 지위가 흔하게 주어지는 자리던가! 일인지하 만인지상 아니던가! 어쩌면 기회가 올지도 모른다는 생각이 들었다. 세상이 바뀌었으니 인간사 알 수 없는 일이다.

이원수가 행장을 꾸렸다. 평소 어울리지도 않던 친척들을 찾아 나섰다. 이제 움직일 때가 되었다고 생각했다. 세상으로 나아갔다. 세상을 알고자 함이 아니었다. 그에게도 생각이 있었다. 이원수는 오랜만에 덕수이씨 종친들이 모이는 곳에 가봤다. 그의 생각은 옳았다. 이기가 영의정에 올라 실권을 잡자 덕수이씨들은 이미 천하를 얻은 듯 슬렁거리고 여기저기에서 족보를 팔고 사람들이 몰려들었다.

마침 가까운 종친을 만났다.

얼씨구나!

그들이 먼저 아는 체를 했다.

"오, 이게 누구시오? 참으로 오랜만이오 이렇게 만나 보니 몇 년 전 제사 때 만나고 처음이오."

"글쎄, 그렇게 되었소이다. 바쁘게 살아가다 보니 이렇게 오랜만에 오게 됐소이다."

"얼마나 좋은 일이요. 우리 가문이 어디 만만한 가문입니까? 이제 우리 덕수이씨의 어른이 영의정에 오르셨으니 이제 힘 좀 써보시구려."

"누가 영의정에 오르셨다는 거요?"

벼룩도 낯짝이 있으니 어찌하랴. 이원수가 은근히 물었다.

"우리 가문의 이기 대부께서 영의정에 오르셨습니다."

"아하!"

이기는 아주 가까운 친척이었다.

한때는 인물이라는 평을 들었던 이기다. 그가 학문적으로도 성숙했다는 평가는 있었다. 실력이 있었기에 오래도록 조정에 머물렀다. 중종 때 영의정에 오르면서 덕수이씨에게는 본보기가 되었고 오래도록 큰 뜻을 펼치는 듯했다. 그러나 대윤 윤임과 대립하여 영의정에서 밀려나 오래도록 병조판서로 있으면서 절치부심하고 기회를 노렸다. 기회가 오자 소윤 윤원형과 패거리가 되어 잔혹하게 윤임에게 사약을 내리도록 앞장섰다.

이기는 매우 철두철미하고 간사하였으며 눈치가 빠른 사람이었다. 독한 심성이 조정에 피바람을 몰고 오기에 충분했다. 또한 계략에 능해 후환을 없애고자 하여 온갖 술수를 부렸다. 그는 조정을 농락하고 소윤 일파를 움직여 윤임 일파는 물론이고 추종하던 세력까지 깡그리 죽이도록 계략을 꾸몄다. 눈에 보이지도 않고 소문 없이 잔혹하게 처형을 하고 다시 영의정에 올랐다.

발 없는 말이 천리를 가고 낮말은 새가 듣기 마련이다. 밤 말은 쥐가 듣는다는 말이 있듯 그의 악행은 이미 세간에 퍼져 있었다. 이기는 자신을 속이고 윤원형 일파를 이간질하고 이용하여 피비린내를 몰고 다녔다.

그리고는 자신이 한 것은 아무것도 없다는 듯 태연하게 행동했다.

속인다고 해서 속여질 일이 아니었다. 그는 자신을 숨기고 소리 소문 없이 무자비한 칼을 휘둘렀으나 자신이 속인 줄 알았던 백성들은 이미 모든 것을 알고 있었다. 그래서 백성들은 을사사화의 원흉이 이기라고 정확하게 알고 있었다.

'내가 뭘?'

손바닥으로 하늘을 가린다고 가려지는 것이 아님을 이기는 모르고 있는 듯했다. 자신 혼자만 모른다면 모두 모른다는 상상을 하는 그가 영의정이라니! 백성의 원성은 하늘을 찌를 듯했다. 그럼에도 이기는 모두 소윤의 수장 윤원형의 짓이라며 자기는 모르는 일이라고 시치미를 뗐다. 그러나 어리석은 백성들이 아니었다. 그래도 이기는 백성이 어리석다고 생각했다.

백성들은 이기가 어떤 사람인지 알고 있었다. 천하에 상종을 하지 못할 원흉이었다. 힘이 없어 참고 있을 뿐이지 그의 악행은 백성들의 입에서 욕설로 번지고 있었다. 백성들은 을사사화 삼흉이 윤원형, 이기, 정순붕이라 정확하게 알고 있었다.

이 같은 원성을 아는지 모르는지 이원수는 이른 아침부터 분주하게 움직였다. 그의 눈에 관직에 대한 열망과 출세의 욕구가 피어오르고 있었다.

사람은 생각이 다르면 행동도 달라지기 마련이다.

사임당의 눈이 전과 다른 남편의 모습을 찾아내었다. 전에 없이 의관을 바르게 하고 나름 근엄한 걸음걸이와 드러나는 모습은 전에 없던 모습이었다. 늘 여유가 넘치고 할 일이 없던 남편이 분주하게 움직이고, 기대에 찬 행동이 전과 달랐다.

아침을 들고 일어서는 남편을 잡았다.

"상공, 어디 볼일이 있으신지요?"

"아, 볼일이 있소이다."

"아녀자가 알면 안 되는 일인지요?"

"별거 아니외다. 내가 생각한 바가 있어 이곳저곳에 벼슬자리 하나를 부탁해 놓았소"

"벼슬자리를 부탁하다니요?"

"당숙에게 부탁을 해 놓았소"

"당숙이시라면?"

"그렇소 영의정 영감이요."

현기증이 이는 일이었다.

"저런!"

사임당이 소스라쳐 뒤로 자빠졌다. 제발 그것만은 아니었으면 하는 일이 현실로 나타나 눈앞에 펼쳐졌다. 자리를 부탁하는 것도 창피한 일인데 상대를 보아야 할 것이 아닌가! 을사사화의 원흉으로 알려진 이기가 당숙이라는 말을 들은 적이 있다. 그에게도 친척이 없으라는 법은 없다. 그러나 악인에게 자리를 부탁한다는 것은 정의롭지 못하다. 노력하지 않고 자리를 탐하는 것도 어리석고 안타까운데 사람을 무수히 죽인 이기가 청탁의 대상이라니! 온 백성의 원성을 듣고 있는 사람이 가까운 친인척이라는 사실도 눈치 보이고 불안하며 못마땅한데 그에게 벼슬을 부탁하다니, 하늘이 무너질 일이다.

"여보, 당장 그만두시오"

"왜 그러시오. 나에게 기회가 왔소"

"참으로 창피한 일입니다. 아들들이 알게 되면 부끄러운 일이지요. 파사현정(破邪顯正)의 정신을 잊으셨단 말인가요? 엽관 행동은 군자의 도리도 아닙니다. 정녕 부끄러운 아버지가 되려 하십니까?"

이원수가 눈을 멀뚱히 떴다.

사임당의 말을 알아듣지 못하는 것은 아니다. 지금 이 순간에도 자식들이 어머니의 말을 듣고 있다. 그래도 마음이 급하고 심정이 울렁거린다. 어찌해서 온 기회인가! 생각하면 가슴이 뛰는 일이다.

삶이란 늘 편하지 않다. 어느 땐가 문득 정신을 차리고 보니 자신은 아버지였고 부모였다. 지금까지 살아오며 사람답게 살지 못했다. 이제는 뒤를 돌아볼 수가 있게 되었다. 일을 한 것도 아니고 학문을 익힌 것도 아니다. 할 줄 아는 일이 없다. 술이라면 자신 있게 마실 줄 알지만 출세와는 거리가 먼 일이다. 돌아보면 가정 살림은 궁핍했다. 강릉에서 장모인 용인이씨가 매월 쌀을 보내주니 밥을 거르지는 않지만 어찌 마음이 편하겠는가! 대책이 필요했다.

올바른 길이 아니라는 것은 안다. 그러나 벼슬이라도 해서 궁핍한 생활을 면해 보고자 했다. 명예가 아니라 삶의 문제였다.

'후!'

사임당이 탄식했다.

사임당은 자식들에게 정의를 가르치고 올바른 학문의 추구를 가르쳤다. 불의와의 타협은 군자의 도리가 아니고 인간으로서 피해야 하는 일이다. 그것이 사임당이 자식에게 가르쳤던 파사현정이었다.

'어쩌다가…'

사임당은 남편 이원수가 안쓰러웠다. 그 마음 모르지 않으나 시기가 좋지 않다. 평생을 백수로 살면서 본인 스스로가 학문을 익히지 않았고 관료가 되려는 꿈을 갖지 않았다. 이제 권력에 빌붙어 벼슬에 오르려하니 가슴을 칠 일이다. 시작이 나쁘면 결과도 나쁘다. 올바른 사람이라면 백성들로부터 지탄과 원망을 받는 사람에게 벼슬자리를 부탁하지 않을 것이다. 친척이라는 이유를 대고 가난하니 자리를 달라고 눈을 마주치는 행위가 얼마나 구차하고 불쌍한 일인가.

이원수도 편한 일은 아니었다. 이원수는 자신도 모르게 사임당의 파사현정이라는 말에 고개를 숙이고 말았다.

파사현정!

이이가 국가의 동량으로 조정에 들어섰을 때 절대로 잊지 않은 것이 있으니 바로 파사현정의 정신이었다. 이는 바로 어머니의 정신을 이어받은 결과였다.

이후 이기를 따랐던 수많은 사람들이 피해를 보고 파직을 당했으며 때로는 형장의 이슬이 되었지만 이원수는 그 무서운 참화를 피할 수 있었다. 이 또한 신사임당의 간곡함에 이원수가 몸을 사린 덕이다.

세월은 흐르는 물과 같다고 한다.

강릉의 어머니가 궁금해졌다. 언제나 잊지 못하는 어머니였다. 이제 막내까지 모두 시집보내고 나니 큰 집에 어머니는 혼자 계실 것이다. 얼마나 한적하실까. 아니, 외로울 것이다. 인생 말년에 혼자라는 사실만으로 쓸쓸하고 외로울 수밖에 없다. 다행스럽게 넷째 인주와 남편

권화가 인근에 살며 자주 드나든다 하여도 외로움은 이기기 힘들 것이다. 그런 생각을 하니 어머니가 보고 싶어졌다.

기쁨도 있었다. 막내 우(瑀)는 머리가 좋아 일찌감치 논어를 마쳤다. 셋째 이(珥)가 기뻐 어머니에게 동생을 칭찬했다.

"그래, 우가 논어를 마쳤다고?"

"어머니, 기뻐하십시오. 막내는 학문뿐 아니라 글쓰기와 그림에도 뛰어납니다. 어머님을 닮은 듯합니다. 또한 거문고 솜씨가 대단합니다."

"처음 듣는구나. 거문고를?"

"아주 능숙합니다. 성품이 차분해서인지 소리가 청아하고 물방울이 동이에 떨어지는 듯 아주 명쾌한 소리를 냅니다."

"그래? 내 일찍이 거문고를 준비해준 적이 없거늘 솜씨가 좋다고?"

"그렇습니다. 타고난 듯합니다."

"생이지지(生而知之)로구나."

신사임당이 마음 깊은 곳에서 기쁨을 토로했다. 누구에게나 적용되는 말이 아니다. 그러나 태어나며 이미 알고 있다는 것이니 범인에게는 어울리지 않지만 천재에게는 하고 남는 말이다.

맹자 말씀에 생이지지라는 말이 있다. 천재를 말하고자 함이다. 천재는 태어나면서부터 천재이니 누가 가르쳐 주지 않았는데도 척척 해낸다. 그것을 일러 생이지지라 하는 것이다. 타고난 천재는 이미 태어날 때부터 그 싹을 가지고 태어난다는 말일 것이다.

사임당은 예술세계를 가진 사람이다. 예술적 감각은 물론 천재성은 부모로부터 물려받는 것이다. 사임당은 장녀 매창이 그림에 탁월한 재능이 있음을 알고 있었다. 막내 우가 또한 배우지 않아도 알 수 있을 정도로 솜씨를 타고났음을 알아차렸다.

'아이들에게 기회를 주어야 하지.'

사임당은 물이 흐르는 이치를 생각했다. 물은 흐르도록 해야 하는 것이다. 막으면 고여 썩기 마련인 것이다. 재능도 이와 같다. 발휘하도록 해 주는 것이 중요하다. 재능을 타고났으면 발휘할 수 있도록 돕는 것이 부모의 도리라 여겼다. 그것이 사임당의 교육 방법이기도 하다.

'어머니!'

문득 어머니가 보고 싶었다.

강릉의 어머니가 거문고 솜씨가 좋으셨다. 강릉 가는 길이 있으면 데리고 가서 어머니에게 보여주고 거문고 솜씨를 알아보려고 했다.

기회가 왔다.

봄날이었다. 이원수와 신사임당은 아들 네 형제와 강릉으로 갔다.

"너희들이 왔느냐?"

이 씨는 무척이나 행복해 했다. 그동안 적적했었다. 강릉과 한양은 먼 길이다. 오고 싶다고 언제나 불쑥 올 수 있는 길이 아니다. 그래서인지 오랜만에 온 딸이었다. 사이와 손자들도 오니 집안이 환해지는 느낌이었다. 오래도록 남자가 없던 집이었다. 남자 다섯이 도착하자 갑자기 집안이 웅성거리고 풍성해 보일 지경이 되었다.

그런 모습에 어머니는 즐거워 어쩔 줄 몰랐다.

세월의 흐름은 막을 수가 없어 어머니는 이순을 훌쩍 넘어 머리가 백발이 성성했다. 지난날의 모습도 많이 사라졌다. 이마의 주름만 늘은 것이 아니다. 목소리도 가늘어지고 힘이 사라지고 있었다. 어머니 이 씨는 많이 늙었다. 그 대신 사임당의 네 아들은 혈기가 넘쳐 집안을 활기 넘치게 했다.

수인사가 끝나고 자리에 앉아 이런 저런 이야기를 하던 중 사임당은 어머니에게 넷째 아들의 재능 이야기를 꺼내었다.

"어머니, 막내 우는 처음 보았지요?"

"그렇구나, 눈알이 초롱초롱해서 총기가 나는구나."

"우가 글도 잘 쓰지만 그림도 잘 그려요."

"좋은 일이구나."

"우는 어머니를 닮은 것 같아요. 형제들 중에 유일하게 거문고를 탈 줄 알고 솜씨가 있어요."

"그래? 어디 그 솜씨 한번 보자꾸나."

어머니가 반겨하며 벽에 걸려 있던 거문고를 내려놓았다.

어머니도 오랫동안 악기를 놓고 있었다. 오랜 시간을 벽에 걸려 있었고 사람의 손이 닿지 않아서 현(絃)에 먼지가 하얗게 쌓여 있었다. 어머니는 오랜만에 손에 들린 악기를 바라보며 기쁨의 눈길을 보냈다. 무척이나 아껴 두었던 악기였다. 이제 다시는 만질 기회가 없으려니 무심하게 생각했었다. 손자의 손으로 거문고 소리를 듣게 될 것이라 생각해보지 않았으므로 기쁨은 더했다.

트릉!

현이 울었다.

정성스레 악기를 다루었다. 모처럼 꺼낸 악기였다. 먼지를 털고 마른걸레에 동백나무 기름을 쳐 정성스레 닦아냈다. 줄을 조여 음계를 맞추고 가볍게 줄을 퉁겨 조율을 보았다.

거문고가 우의 손으로 넘어갔다.

"막내야, 어디 이 할미가 손자 솜씨를 한번 보자꾸나."

"예, 할머니."

우가 거문고를 받아 무릎에 올려놓았다.

"그래, 외할머니를 기쁘게 해드려라."

사임당이 가볍게 채근했다.

우가 거문고를 잡았다. 누구도 본 적이 없으므로 식구들이 숨을 죽이고 우를 바라보고 있었다. 우는 망설이지 않았다. 서슴없이 거문고 줄을 고르고 이어 손가락을 오므려 퉁겨내고 손으로 안족(雁足) 부위를 짚어 흔들었다. 거문고는 천년의 한을 토하듯 소리를 뿜어내었다.

우레가 치는가 했는데 소나기가 오고 바람이 불며 새들이 날아올라 울었다. 천하의 모든 음률이 모인 듯 들려왔다. 우의 몸이 앞뒤로 가볍게 움직이는가 했는데 손가락이 춤을 추었다. 노닐 듯 거문고 줄을 타고 올라 갈고리처럼 당기기도 하고 퉁기기도 했다. 거문고에서 나는 소리는 부드러운 듯 강하고, 물러가는 듯 다가오니 그 소리가 마치 신(神)의 소리 같았다.

외할머니는 눈을 감았다. 그 모습이 고요함 속에서 참선하는 것 같았다. 간혹 고개를 흔들기도 했지만 오래도록 눈을 감고 있었다.

이 씨의 상념 속에 세월이 흐르고 인생이 내달렸다.

'아, 야속하고도 긴 세월이여. 참으로 신묘하구나. 인생이 어느새 이곳까지 왔구나. 내 이제 손자들의 거문고 소리에 만족하고 희열을 느끼는 나이라니. 그래 내 인생이 참으로 길었구나. 슬프고 기쁜 인생길에 이런 날도 있구나.'

외할머니는 거문고 소리에 지난 인생을 반추하고 있었다.

연주가 끝났다. 모두들 박수를 치고 만족해했다. 이 씨는 끝났음을 모르는지 아주 오랫동안 눈을 감고 있었다. 이미 지나가버린 음률의 흐름이 귓가에 맴돌고 있었다.

한참이 지나서야 이 씨가 눈을 떴다.

"대단하구나. 이 거문고의 주인이 생겼구나."

그것으로 많은 이야기를 대신했다.

사임당의 마음을 아는 어머니가 고맙고 감격스러웠다. 늘 그렇지만 재주를 따르는 기물도 중요하다. 막내 우가 거문고 연주에 솜씨가 있다는 소리를 들었으니 거문고를 구해 주고 싶었다. 이제 어머니의 거문고가 우에게 주어졌으니 고민은 해결되었다.

부모는 자식의 인도자이다. 부모는 자식의 공부에 부족함이 없도록 도와주어야 한다. 때로는 학문만이 전부는 아니다. 자식이 하고자 하는 것을 잘 할 수 있도록 도와주는 것도 부모의 길이다.

사임당은 자신이 그림을 그릴 때 아버지와 어머니가 어떤 역할을 했는지 잘 안다. 사임당은 역지사지(易地思之)를 아는 사람이다. 자신이 은혜를 입었던 것처럼 아들에게도 도움을 주고 싶었다. 그것이 부모로서 할 일이다. 자식이 가진 개성을 잃어버리지 않게 만들어 주는 것이 중요하다고 생각하고 있었다. 사임당의 교육은 뛰어남이 아니라 자신의 개성을 찾아주는 것이다.

역지사지와 파사현정이야말로 자녀를 기르고 가르치는 가장 큰 기둥이었다. 그것이 없다면 오늘의 신사임당은 없을 것이다. 자녀를 양육하며 지켜낸 파사현정의 정신이야말로 나라를 사랑하고 세상에 나아가 올바른 길을 가는 길이라 생각했고, 역지사지는 타인을 이해하는 것이라 생각했다. 자식을 기름에도 변하지 않는 이치였다.

"어머니!"

불현듯 입에서 나오는 소리가 사임당의 마음을 보여 주었다.

누구나 생에 영향을 주는 사람이 있다. 사임당의 일생에서 가장 영향을 준 사람은 어머니 이 씨였다. 가장 훌륭한 스승이고 인도자였다. 배움과 정신을 모두 어머니에게서 시작했다. 어머니가 없었다면 오늘의 사임당은 여염집 주인에 불과했을 것이다. 어머니라고 해서 반드시 인생의 스승은 아닐 수 있으나 사임당에게 인생의 스승은 분명 어머니였다. 결혼 생활 30년 중에서 16년여를 어머니 품에서 살았다.

사임당은 어머니의 삶을 이해했다.

어머니 일생은 외로움이었다. 형제자매 없이 홀로 태어난 어머니, 남편이 없이 살아온 세상은 길었다. 이겨내고 참아내며 살아간다고 해도 운명은 가혹했다. 어머니에게서 느낀 외로움과 고독은 사임당으로부터 늘 어머니를 그리게 만들었다. 만약 가까운 곳에 넷째 딸 인주와 사위 권화가 없었다면 사임당은 더욱 마음이 아팠을 것이다. 그나마 그들이 있었기에 어머니 곁을 떠날 수 있었다. 사임당이 그린 그림과 글씨를 병풍으로 만들어 어머니에게 드린 사람도 인주와 권화였다. 그들은 가까운 곳에 살며 효도를 했다.

훗날 이(珥)가 유산을 살펴 모든 재산을 분배하면서 강릉 북평촌 집은 인주와 권화에게 배당하였다. 그토록 어머니에게 효도를 했다면 의당 그들에게 돌아가야 한다고 생각한 것이다. 이 씨의 집을 물려받은 권화의 아들 권처균이 옥호를 오죽헌(烏竹軒)이라 명명해 오늘에 이르렀다.

뒷날 이이도 한양 수진방에서 어머니가 그랬던 것처럼 자녀 교육을 직접 하였다. 자식들에게 교육을 하면서도 불현듯 떠오르는 어머니의 쓸쓸한 모습을 생각하며 그리움에 미칠 듯 괴로워했다. 그럴 때마다 이이도 붓을 들어 그림 그리기로 달랬다.

사임당은 수진방에 머물며 늘 그림을 그렸다. 그것이 그녀가 자식들에게 보여줄 수 있는 최선이었다. 늘 글을 쓰고 그림을 그리는 모습에 자식들이 자신을 채찍질하여 성장했다. 사임당은 언제나 그랬던 것처럼 초충도, 봉숭아, 맨드라미, 가지, 참새, 포도를 그렸다. 아름답고 섬세하며 자연을 그대로 표현해 내었다.

그러나 그것이 마음의 병이었음을 알게 된 것은 먼 훗날이었다. 스스로도 몰랐고 남편도 몰랐다.

어느 때부터인지 사임당은 그림이 자신의 외로움이라는 것을 알아차렸다. 자신의 인생이 외로움이라는 것을 알았다. 그림이야말로 외로움의 동반자였다. 누구에게도 말할 수 없는 그리움이었다. 말하지 않으면 누구도 알 수 없는 그리움이었다.

남편 이원수는 열병처럼 앓고 있는 그리움을 알아주지 않았다. 대신 셋째 이가 사임당의 마음을 알아보았다.

"어머니, 또 초충도를 그리시는군요. 이 메뚜기는 참 외로워 보이네요. 강릉 외할머니 보고 싶으시지 않으세요?"

"그래. 외할머니가 강릉에 계시는구나. 나는 늘 어머니가 보고 싶단다. 문득 고개를 들고 생각해 보면 지금쯤 무얼 하고 계시는지 알고 싶단다. 할머니도 우릴 생각하고 계실지 모르겠구나. 아마 할머니도 너희들 얼굴이 보고 싶으실 것이다. 너도 보고 싶으실 거야."

"그러실 겁니다. 어머니께서 써 놓으신 한시(漢詩)를 우연히 읽어보게 됐어요. 그 시를 읽으면서 어머니의 마음을 알게 되었어요."

이이가 사임당의 손을 잡아 위로했다.

야야기향월(夜夜祈向月)

원득견생전(願得見生前)

밤마다 달을 향해 기도하네

생전에 한번 뵈올 수 있을까

"어머니께서 지으신 이 시를 보니 눈물이 나더군요. 외할머니를 향한 그리움이 얼마나 절절한지 가슴을 파고드는 것처럼 느껴졌어요."

"그래. 사람의 정이나 삶이 무한하지 않구나. 어쩔 수 없는 일이지. 사람은 태어날 때부터 자기의 삶이 예정되어 있는가 보구나."

"그럴지도 모르지요."

사임당은 빙그레 웃었다.

누구나 고향을 그린다. 사임당은 향수병을 앓고 있었다. 누구도 치유해 줄 수 없는 병이었다. 감수성이 예민할수록 병이 깊다. 사임당은 많은 것을 사랑하고 있었기에 마음의 병이 컸다. 그러나 아들과 이야기를 나누는 사이에 조금이나마 그리움이라는 병을 잊을 수 있었다.

4남 3녀 일곱 자녀의 어머니로 살아가는 사임당의 하루하루는 피곤이 겹치고 고달프기 그지없었다.

아이들이 무럭무럭 자라는 것은 피할 수 없는 기쁨이지만 몸은 파김치가 될 정도로 힘들고 무력해지며 고된 일이다. 더구나 아이들이 자라며 부모의 도리는 점차 무거워졌다. 가르치고, 깨우치게 해서 훌륭한 사람을 만들어내는 것이 부모의 도리라는 것을 생각하면 하루도 편할 날이 없는 것이다.

자녀 교육은 아버지나 어머니의 독립된 판단이 아니다. 부모는 일심동체이니 매사 마음을 모아야 한다. 자식들의 교육도 판단의 기준은 부모의 몫이다. 부모가 함께 가르쳐야 한다. 그러나 남편 이원수는 오래도록 아버지의 역할에 충실하지 않았다. 평생을 할 일 없이 빈둥거리는 백수였으니 자녀들이 배울 것이 없었다.

어느 날, 셋째 이가 이유도 없이 시름시름 앓으며 병석에 드러누웠다. 누구에게나 있을 수 있는 일이다. 의원을 찾아갔지만 진맥을 해 보고도 알 수 없다는 듯 고개만 저었다. 사임당은 하늘이 무너지는 고통과 두려움으로 장독대에 정화수를 떠놓고 지극정성으로 빌었다. 지금까지 늘 그랬던 것처럼 조상들에게 이이를 위해 빌었다.

"조상님들이시여, 지금 이의 몸이 불편합니다. 저 아이가 무슨 죄가 있습니까? 아이를 아프게 하지 마시고 차라리 저를 아프게 하세요"

사임당은 간곡하게 빌었다. 휘영청 밝은 달빛 아래 사임당의 목소리는 간절함과 자식을 향한 신념이 깃들여져 있었다.

"어머니!"

병석에 누워 있던 이이가 정신을 차리고 불현듯 마당으로 나왔다. 이이의 눈에 달을 보고 정성을 다해 비는 어머니 모습이 보였다.

이이는 어머니의 마음이 어떤 것인지 알 수 있었다.

'어머니께서는 나를 진정으로 아끼고 계시는구나.'

이미 알고 있었고 느끼던 일이기는 했다. 그것만으로 어머니의 마음을 가늠하는 데 부족하지 않았다. 가슴이 뭉클해졌다. 이전에도 어머니의 사랑이나 인품을 모르는 바는 아니었으나 눈으로 직접 보는 것은 처음이었다. 어머니의 그 뜨거운 자식 사랑이 어떤 것인가를 눈으로 직접 보았다.

부모와 자식도 오고가는 것이 있는 법이다. 이이는 크게 감동을 받아 어머니에게 효도하리라 다짐했다. 효도란 이미 마음속에 자리하는 것이다. 어머니의 뜻을 받들어 열심히 학문을 닦으리라 생각했다. 효도는 이미 드러나는 것이다. 어머니가 마음으로 바라는 것을 이루어내는 것이 효도라는 생각을 했다. 효도는 대물림되는 것이다. 진정한 효도를 향해 매진해야 한다고 생각했다. 아울러 학문을 익혀 관계로 나아가 벼슬길에 올라 군자의 도리를 행하고 어머니를 기쁘게 해드려야 한다고 생각했다. 효도는 부모의 바라는 바를 이루고 세상에 헌신하여 부모의 이름을 알리는 것이기도 하다.

사임당은 단 한 번도 자식들에게 벼슬하라고 말을 한 적이 없었다. 그러나 자식의 효도는 세상에 나아가 이름을 얻는 것이다. 학문을 익히는 것은 벼슬길에 나아가는 길이기는 해도 반드시 벼슬을 하고자 학문을 하는 것은 아니다. 그러나 자식은 효도의 한 가지로 출세를 생각하지 않을 수 없다.

사임당은 놀 때 놀고 공부할 때 공부하라고 가르쳤다. 그러나 사임당은 자신을 놀게 하지 않았다. 하루같이 붓을 들어 그림을 그리고 글씨를 썼다. 자수를 놓으며 작품 활동을 했다. 사임당은 반면교사(反面敎師)의 이치를 잘 알고 있었다. 자신이 모범을 보여야 자식이 따라한다는 것을 알고 있었다. 학자의 집에서 학자 나오고, 장군 집에서 장군 나오는 것은 반면교사 효과 때문이다. 신사임당은 콩 심은 데 콩 나고, 팥 심은 데 팥 난다는 이치를 누구보다 잘 알고 있었기에 먼저 모범을 보였다.

자신을 채찍질하는 방법은 글을 쓰고 그림을 그리는 것이다. 자신이 앞장서야 자식이 따르는 법임을 사임당은 잘 알고 있었다.

대화에도 신경을 썼다. 말은 인격이라는 것을 사임당은 누구보다 잘 알고 있었다. 말은 모든 것을 나타낸다. 말이야말로 자신을 보여주는 방법이다. 말은 관심이고 표현이다. 말을 통해 학문과 지식이 나타난다. 따라서 사임당은 아이들을 대함에도 말을 가려 하였다. 자식들은 어머니를 통해 말을 배우고 행위를 배웠으며 인격을 도야하고 완성해 나갔다.

게으르지 않은 것, 그리고 한시도 주저하지 않고 일하고 쓰고 읽으며 사려 깊게 말하는 것은 사임당이 늘 신경 쓰는 일과였다. 사임당은 자신의 모범된 삶 자세가 자녀 교육인 것을 의식하고 있었다. 자식들도 사임당을 보며 익히고 배우고 인격을 형성했다.

사임당의 교육은 자식들을 인재로 키워 내었다. 장남 선(璿)은 성균관 생원을 거쳐 참봉 벼슬을 했고, 둘째 번(璠)은 형제 중에 유일하게 벼슬길에 나아가지 않고 유유자적한 삶을 살았다. 셋째 이(珥)는 성리학의 대가로 기호학파의 유종(儒宗)이 되었고 이조판서와 형조판서를 거쳐 병조판서를 지냈다. 막내 우(瑀)는 평생을 벼슬을 했고 어머니를 닮아 거문고, 시, 그림, 글씨에 뛰어난 면모를 보였다. 장녀 매창(梅窓)은 그림에 뛰어나 당대의 명품을 남겼다.

자식들이 모두 자신의 갈 길을 개척하고 당시의 시대가 요구하는 인물이 된 것은 모두 사임당의 가르침을 받았기 때문이었다.

14
과거 시험과 장원 급제

어느 날이었다. 밖에 나갔던 이원수가 무엇에 쫓기듯 도포자락을 날리며 화급한 표정으로 나타났다. 평소 황소걸음으로 느릿느릿 걷던 그의 발걸음이 활기차 보였다. 평소와 달리 얼굴에 생기가 돌고 있었다.

"여보, 좋은 소식이요.."

"좋은 소식이라니요?"

"성균관에서 과거가 있다 하오. 3년 만에 오는 과거이니 아들들을 채근하여 이번 과거에 나가도록 해 봅시다."

신사임당은 고개를 끄덕였다.

학문을 한 이유가 반드시 벼슬을 하라는 의미는 아니지만 학문은 과거의 도구가 되기도 한다. 사대부의 자식으로 학문을 하였으니 과거를 보는 것이 나쁜 것은 아니었다. 더구나 사대부 가문의 자식으로 대를 잇고 가문의 영명을 날리자면 과거는 반드시 거쳐야 할 과정이기도 했다.

목표가 정해지자 집안에 활기가 넘쳤다. 선의 나이는 25, 둘째 번은

20, 셋째 이이는 13세로 모두 학문을 익혔으니 과장(科場)에 나가지 못할 것도 아니었다. 선과 번은 이미 나이가 청년이니 과장에 나가 시험을 볼 수 있고 당당히 벼슬에 나갈 나이다. 셋째 이이는 아직 어렸다.

"셋째는 아직은 나이가 어리나 재주가 있으니 그냥 시험을 한번 보게 합시다."

이원수는 들떠 있었다.

"나쁘지 않은 일입니다."

신사임당도 말리지 않았다.

이원수는 자식들을 이끌고 과장에 나섰다. 젊어서는 백수 이원수였지만 나이가 먹으며 점차 인생에 대해 생각하는 것도 많아졌으므로 나날이 많은 것을 깨닫고 있었다. 자신도 벼슬을 하고 싶다는 생각을 하고 있지만 학문적으로 쉽지 않다는 것을 알고 있었고 자식들이라도 과장에 내보내 벼슬을 해야 한다는 생각을 하고 있었다,

이원수는 생각이 많았다. 아들 중 누군가 합격하면 벼슬길이 열리고 가문의 위세가 달라진다. 덕수이씨라는 가문이 세상에 꿀릴 것이 없지만 아버지가 일찍 죽고 자신은 백수로 살아 가문에 이름을 올리기가 쉽지 않았다. 더구나 어머니 홍 씨가 장거리에서 떡장수를 하며 살았으니 체면도 구겼다. 그러나 자식 중에 누군가 벼슬에 오르면 체면을 세우고 당당하게 가문에 고개를 세울 수 있다. 어쩌면 이원수의 소망은 겉으로 드러나는 것과 달리 강하고 간절한 것이었다.

시험이 치러졌다. 사임당은 남편과 자식들이 과장으로 떠나자 방 안에 교자상을 놓고 정화수를 마련해 정성스레 올리고 조상님께 빌었다.

"조상님, 굽어 살피소서. 아들 3형제가 과거장에 나섰습니다. 심기가

흔들리지 않게 마음을 바르게 잡아주시옵소서. 서둘거나 경솔함을 없게 하여 침착함을 지니게 하여 주시옵고, 무궁한 지혜가 솟구치게 하고 배운 것을 생각나게 하여 주옵소서. 나이 어린 자식들에게 총명과 지혜를 주서서 실수하지 않고 좋은 결과를 낼 수 있도록 도와주시옵소서. 비나이다, 비나이다."

사임당의 바람은 간절하기만 하였다.

부모라면 간절함이 애끓는 것이리라. 이러한 간구가 어제 오늘의 일이 아니다. 사임당은 하루도 거르지 않고 매일 아침 여명이 밝아오기 전에 정화수를 떠놓고 조상님에게 빈다. 이 행동이 자신을 행복하게 해달라는 것은 아니다. 늘 반복하는 일이다. 세상사를 모두 인간이 할 수는 없다. 신의 영역은 인간의 능력 밖에 있는 것이다. 인간으로서는 빌고 또 빌 수밖에 없다. 사람이 하지 못하는 일은 신의 영역이다. 신에게 의지해야만 할 수 있기에 빌고 또 비는 것이다.

얼마의 시간이 지나 아들들이 돌아왔다. 이원수는 무엇이 좋은지 입이 함지박이 되어 있고 아들들은 입을 다물고 있었다. 몇 년 동안 과거가 없었기에 경쟁이 치열했다. 3년 만에 벌어진 과장이라 생각지도 못하게 많은 사람들이 응시했다고 했다.

"선아, 잘 봤느냐?"

"어려웠습니다. 이번에는 드릴 말씀이 없사오나 다시 기회가 오면 자신 있을 것 같습니다. 조금 당황해서인지 제대로 보지 못했습니다."

사임당이 고개를 끄덕였다.

시험을 잘 보는 것도 중요하지만 처신도 중요하다.

장남은 집안의 기둥이니 생각이 중하고 행동이 신중해야 하며 말씨가 적어야 한다. 그런 점에서 보면 선은 듬직했다.

"둘째는 어땠느냐?"

"어머니, 실망시켜 드려 죄송합니다. 하지만 저는 과거에 관심이 없습니다. 앞으로 과거에는 나가지 않겠습니다."

이미 어느 정도는 예상했던 말이다.

"그럼 무얼 하겠느냐?"

"그냥 아버지처럼 편히 살겠습니다."

가슴이 무너졌다. 예상치 못했다고는 할 수 없다.

천둥 치는 소리가 들리는 듯 했다. 자랄 때부터 어느 정도 생각은 했지만 막상 듣고 보니 하늘이 무너졌다. 헤어나지 못할 운명일지도 모른다. 이것이 숙명이라면 너무 가혹했다. 숙명은 사람의 힘으로 어쩌지 못하는 운명이다. 사임당은 가슴이 저려오는 것을 느꼈다.

고개를 돌려 이이를 보았다.

"셋째야, 어떻더냐?"

"제가 나이가 어려서 그런지 부담이 없어 쉽게 느껴졌습니다."

"진사 초시 아니더냐?"

"어머니, 진사 초시에 합격한다고 벼슬을 하는 건 아닙니다. 저는 아직 어립니다. 경험 삼아 형들을 따라 갔을 뿐입니다."

그 또한 맞는 말이다.

사임당은 고개를 끄덕여 아들의 생각에 동의를 해 주었다. 그리고 고개를 돌려 자식들을 둘러본 뒤 궁금한 점을 이야기했다.

"이번 시험이 식년과라서 응시자가 많다고 들었다."

"많았습니다. 천 명은 족히 넘었다 합니다."

"그래, 좋은 결과를 기대하자꾸나."

"네, 어머니."

이이는 욕심이 없어 보였다.

담백함이 사임당의 마음을 편하게 하였다.

우루루루!

사람들의 발자국 소리가 시끄러웠다. 이어 수진방 골목에 사람들이 몰려들어 와자지껄 떠드는 소리가 들리더니 큰소리로 외치는 소리가 골목을 울렸다.

"수진방에서 장원이오!"

갑자기 동네가 시끄러워졌다.

동네 사람들이 모두 문 밖으로 뛰어나왔다. 동네 사람들이 소리를 듣고 몰려든 곳은 이원수의 집 앞이었다.

촛불을 밝혀 놓고 글을 읽던 장남 선이 밖으로 나갔다. 술기운에 잠을 자려던 이원수도 눈을 크게 뜨며 자리에서 일어나고 자수를 놓던 신사임당도 고개를 돌려 요란해진 문밖으로 귀를 대었다.

이이와 번도 고개를 갸웃했다.

선이 누구보다 먼저 나가보니 패랭이를 머리에 얹은 관리가 수진방 이원수의 집 대문을 바라보고 있었다.

끼이익!

선이 대문을 열었다.

관원이 소리쳤다.

"과거 시험 본 이이 집이 맞소?"

"맞습니다."

"축하하오이다. 신사 과거에서 이이가 장원이오."

경사가 났다. 관리가 가져온 통보에 이이의 이름이 대문짝처럼 새겨져 있었다. 선이에게서 통보를 받아 든 사임당의 눈에 이이의 이름과 장원 급제라는 글씨가 선명하게 들어왔다. 생각지도 못했던 일, 마음 구석에서 환희가 피어올랐다.

열세 살짜리에 불과한 이이가 합격한 것이다. 진사 초시에서 1천명이 넘는 경쟁자를 물리치고 장원했으니 대단한 일이 아닐 수 없다.

이원수에게는 경천동지(驚天動地)의 소식이고 어깨에 힘이 들어가는 일이었으나 사임당은 무표정했다. 변화를 보이는 것보다 담담함이 아들을 위하는 길이라 생각했다. 이이의 손을 따뜻하게 잡아줬을 뿐이다.

"셋째야, 큰일을 했구나."

"어머님, 이제 시작입니다. 더 정진하겠습니다."

"어서 할머니에게 가야겠구나. 얼마나 기뻐하시겠느냐?"

사임당은 강릉의 어머니를 떠올렸다. 당연히 이이가 강릉 할머니에게 가야 한다고 생각했다. 젖을 떼지도 않은 이이를 6살까지 키운 분이다. 어머니가 기뻐할 것을 생각하면 눈시울이 뜨거워졌다. 생각이 이르자 자신도 모르게 눈에서 눈물이 흘렀다.

"어머니, 울지 마세요."

"강릉 할머니가 생각나는구나."

"할머니도 많이 늙으셨겠네요."

몇 년 동안 뵙지 못했다. 이이도 강릉의 외할머니가 자신을 키웠다는 사실을 잊지 않았다. 어머니의 생각을 알고 있기에 이이도 가슴이 뜨거워졌다.

사임당은 가슴이 벅찼다. 강릉 어머니가 6살까지 키우고 그토록 귀여워하던 이이가 상상도 하지 못했던 큰일을 했다. 가까운 곳에 계셨다면 덩실덩실 어깨춤이라도 추었을 것이다. 어머니는 먼 곳에 계신다. 가까이 있지 못한 아쉬움이 아프고 안타깝다. 그러나 걱정도 이만저만이 아니다. 어찌하면 이 아이를 도울 수 있단 말인가? 부모로서 앞을 열어주어야 한다. 어떻게 양육해야 큰 뜻을 펼 수 있을 것인가? 세상을 위해 큰일을 할 수 있는 그릇으로 성장시켜야 한다. 이 모든 것이 부모의 짐이다. 조상의 은덕이 이만저만이 아니다.

이원수는 매우 흥분해 있었다. 무엇을 해야 할지 몰라 이리저리 서성이다 불현듯 생각이 났다는 표정을 지었다.

"참, 파주 자운산 묘소를 찾아뵈어야지. 서두르자."

사임당이 몸을 일으키고 남편에게 말했다.

"아니요. 덕수이씨 가문에 영광이지만 어머님께 먼저 인사드리도록 하세요."

"그렇게 해야지. 이야, 어서 가자."

"셋째만 가지 말고 형제들 모두 가세요."

"그래, 넷이 모두 함께 가도록 하자꾸나."

사임당의 말을 들은 이원수가 곧 행동에 옮겼다.

이원수는 늘 사임당의 말에 따라 움직이는 편이었다. 언뜻 보면 아내의 말을 존중하는 것 같지만 달리 살피면 사임당의 눈치를 보는 것이 역력했고 매사에 자기주장이 없었다.

"그래, 어서 인사하고 파주 선영에 가야겠다."

이원수의 말에 사임당은 마음이 급해졌다.

사임당으로서는 마음에 걸리는 것이 한둘이 아니다. 이원수처럼 마냥 좋아할 일은 아니다. 이긴 사람이 있으면 진 사람도 있고 기쁜 사람이 있으면 슬픈 사람도 있는 법이다. 셋째의 장원은 기쁜 일이지만 시험에 떨어진 형들도 살펴야 한다. 행여 장원했다고 우쭐대지 않도록 훈육을 해야 한다.

이원수의 생각은 달랐다. 이원수는 평생 백수로 지낸 사람이다. 가문이 좋음에도 출세를 하지 못했으니 친척들이나 주변의 비아냥거림이 적지 않다. 자신의 힘으로는 그 분위기와 오해를 바꿀 힘이 없었다. 이제 기회가 왔다. 아들 덕으로 그동안의 업신여김을 물리치고 싶었다. 오래도록 주변으로부터 업신여김과 괄시를 받았으니 만회하고자 우쭐대고자 했다. 그래서 고향인 파주의 자운산 선영에 가서 참배한다고 하는 것이다. 그곳에 가서 종친들에게 자랑하고자 하는 것이다.

사임당은 남편의 치기를 알기에 막아섰다.

"선영에 가시는 것도 때가 있습니다. 차례가 오거든 다녀오시지요."

이원수는 더 이상 주장을 하지 못했다.

이이가 초시(初試)에 장원급제를 하고 나서 집안의 분위기가 전연 달라졌다. 장남 선은 자극이 됐는지 다른 때보다 더욱 공부에 열중했다. 나이가 들어가며 철이 드는지 이원수도 지난날과 달리 조금은 자중했다. 특히 이원수의 자극은 남달랐다. 자식의 학문이 자극이 되었는지 저녁이 되면 나름 책도 읽고 상스럽던 말투도 달라졌다.

사임당도 분위기에 따랐다. 늘 붓을 들거나 학문에 게을리하지 않으며 자식들의 귀감이 되려고 애를 썼다. 그림은 낮에 그리고 저녁이 되면 참선하며 강릉의 어머니를 그렸다. 이이가 진사 고시에 장원하면서 집안의 모든 것이 달라지고 있었다.

어느 날, 시어머니 홍 씨가 조용히 불렀다.

홍 씨는 많이 늙었다. 이마에 잔주름이 얽혀 지나온 세월의 가혹함을 보여주고 있었다. 세월이 남긴 흔적은 지울 수가 없다. 젊은 나이에 아들 하나 낳고서 홀몸이 되어 어렵게 자식을 키운 기구한 운명의 여인을 보면서 가슴이 아렸다.

"어머니."

홍 씨가 사임당의 손을 잡았다.

"그래, 오늘 너에게 무거운 짐을 맡기고자 불렀다."

"어머님, 말씀하십시오."

"큰 재산은 아니다만 재산과 열쇠 꾸러미를 너에게 물려주마. 나도 이젠 힘이 부치고 여력이 없구나. 여러 가지로 힘이 들 테지만 믿고 건넨다."

시어머니가 열쇠 꾸러미를 내밀었다. 다양한 열쇠가 매달려 있었다. 어찌 보면 보잘것없는 살림살이라 하지만 열쇠는 주인의 명예와 자존심이고 삶의 목적이다. 특히나 가문의 여주인에게 열쇠는 권력의 상징이다. 열쇠를 넘겨준다는 것은 이미 모든 살림을 넘긴다는 의미이다. 모든 것을 놓겠다는 의미이다. 길고 긴 세월 험한 세월의 풍파를 견뎌내며 지켜온 열쇠가 아니던가.

"어머니!"

홍 씨의 만면에 웃음이 일었다. 모진 풍파 속에 살아온 일생이지만 이제 오랜 세월 동안 바라던 숙원이 해결되고 염원이 이루어지는 것 같았다. 앞날이 환히 다가오는 것 같았다. 손자가 과거를 보아 장원을 했으니 곧 벼슬에 오를 것이다. 그렇게만 된다면 못난 아들 이원수도 어깨를 펼 것이다. 아들의 행복도 눈에 보이는 것 같았다.

이제 더 이상 무엇을 바랄 것인가. 홍 씨는 담담한 표정으로 열쇠 꾸러미를 며느리 사임당에게 내려놓았다. 모든 것을 내려놓겠다는 의도였다. 오래도록 과부로 살며 젊은 나이에 남편 죽인 년이라는 눈길을 받으며 이를 악물고 살았지만 이제 손자가 천하를 굽어보니 죽어도 여한이 없다. 길고 긴 세월이었다. 그래도 못난 아들이지만 이원수라는 아들이 있어 마음으로 의지하고 살아올 수 있었다. 아들은 모진 여인의 한(恨) 바람막이였다.

백수 아들에게 사임당 같은 재녀가 아내가 될 것이라 생각도 못했었다. 그건 꿈만 같았다. 하늘에서 떨어진 횡재를 잡았다. 사임당 같은 재녀가 며느리로 들어와 오늘 같은 기쁨이 있었다. 그리고 자기의 핏줄이 이어나 매창과 같은 인물로 나타날 것이라고는 생각도 하지 못했다. 이제는 죽어도 여한이 없다.

"난 살만큼 살았다."

홍 씨는 힘든 과거였지만 세상을 헛되이 산 것이 아니라는 것을 깨달았다. 이제 누구에게도 자랑할 수 있을 정도의 보람이 나타났다. 손자가 장원급제를 하였으니 무엇을 더 바랄까! 그것은 벼슬 이상의 자랑이었다. 이제는 모든 것을 가진 것이니 바랄 것도 없고 욕심 낼 것도 없다. 남은 것은 사임당에게 주었다.

사람은 자기가 죽을 날을 안다. 홍 씨는 이미 자신의 몸에서 모든 것이 빠져나가고 있다는 것을 느끼고 있었다. 끝이 행복하면 모두가 행복한 것이 된다. 오로지 그 행복을 찾아 지금까지 살아왔다. 남편을 잡아먹은 여자라는 소리를 들으며 살아온 홍 씨라지만 죽음이 다가오는 순간에는 더할 수 없는 행복감을 느낄 수 있었다. 생각할수록 기쁘고 안온했다. 행복한 마음으로 모든 일을 며느리에게 맡겼으니 더 이상 바랄 것이 없었다. 모든 것이 이루어졌다 생각하니 전에 없이 몸에서 기운이 빠지고 힘이 없어졌다. 바라는 것이 없으니 욕심도 없다. 음식을 봐도 먹고 싶은 생각도 없었다.

자리에 눕고 말았다. 앞날이 보이기에 사임당은 안타까웠다. 이미 노환은 죽음의 사자를 부르고 있었다. 힘이 되어 돕고 싶지만 어찌할 도리가 없었다. 누구에게나 죽음은 온다. 사람으로 태어나 죽지 않고 영원히 살 수는 없는 일이다. 사람은 태어나면 나이를 먹고 결국 늙고 죽는 법이니 이를 어찌할 수는 없다. 그러나 평생 고생하며 살아온 시어머니를 생각하면 너무 안타깝고 애처롭다. 막을 수 없다는 것을 모르지 않는다.

사임당은 정성을 다하여 조상님께 기도했다. 조금이라도 시어머니가 더 살 수 있기를 바랐다. 죽고 사는 일을 어찌할 수 없지만 조상의 도움으로 조금이라도 오래 모시고 싶었다. 효도를 하고 싶었다. 기쁨을 드리고 싶었다. 강릉의 어머니가 그랬던 것처럼 눈을 감고서 기원하였다.

그렇게 여러 날을 기원하였으나 결국 시어머니 홍 씨는 돌아오지 못하고 눈을 감았다.

천명(天命)이었다.

조상에 대한 예의는 자식의 도리다. 오례의(五禮儀)에 따라 어머니를 모셨다. 장례를 정성껏 마치고 대청에는 궤연(几筵)을 차려놓고 아침, 저녁으로 상식(常食)을 올렸다. 예법에 어긋남이 없이 모셨으며 정성을 다했다. 그 하루하루를 정성으로 모시니 마음이 편했다. 사임당 부부가 예를 갖춰 정성을 다해 효심을 보이자 자녀들도 따라 행동하고 마음을 모았다.

무엇보다 이원수가 달라지고 있었다. 아들의 장원급제와 어머니의 사망으로 누구보다 바뀐 사람은 이원수였다. 아침, 저녁으로 어머니의 상을 대하고 술을 따르며 재배(再拜)할 때마다 마음속으로 반성했다.

이원수는 하루하루 변해가고 있었다. 얼굴색이 달라지고 표정도 달라졌다. 행동은 빨라지고 동작이 예전과 달랐다. 누가 보아도 예전의 이원수가 아니었다. 일어나면 마당이라도 쓸고 일찍 일어나 의관을 갖추었다. 아버지의 달라진 모습에 장남 선이 더욱 분발했다. 선은 과거에 욕심을 내고 있었다.

"어떠냐? 공부는 잘 되고 있느냐?"

"이번 과거에는 합격하도록 노력하겠습니다."

"그래, 반가운 소식이로구나. 어머니가 몸이 좋지 않으니 좋은 소식이 있으면 좋겠구나. 꼭 좋은 소식이 있기를 바란다."

"이번은 믿어 주세요."

장남 선은 마음씨가 착하고 온순했지만 몸은 허약했다. 모두 좋을 수는 없었다. 형제들 모두가 건강했으나 선만 병치레가 잦았다. 다행히 학문에 열중하고 매달리니 보기 좋았고 나름의 기대가 생겼다.

문제는 둘째 번이었다. 학문에는 관심도 없고 한량으로 살기로 했는지 하루하루 세월만 보냈다.

어머니 홍 씨가 작고한 지 두 해가 지나자 가례에 따라 궤연을 치우고 철상(撤床)했다. 그사이에 이원수는 많이 달라졌다.

"이제 나도 일을 해야겠소"

전에 없던 일이었다. 이원수가 정신을 차리자 집안이 화기애애해졌다. 모든 것이 달라지고 있었다. 분위기가 좋아지자 이제 사람 사는 맛이 났다. 이원수는 지천명(知天命)의 나이가 되면서 자신의 존재와 가문의 위치를 깨달았고 돌아가신 어머니의 은혜를 이해했다.

장남 선은 과거의 운이 따르지 않았다. 과거시험에 연속 낙방하였으나 결국 성균관에 들어가 학문을 익히다가 종9품 한성부 남부참봉의 관직을 얻었다. 그나마 벼슬에 오른 아들이 있어 집안의 분위기를 바꾸었다. 벼슬에 오르자 곧 혼처가 나서 혼인을 하니, 선산곽씨로 기술관리인 곽연성의 장녀였다. 장남 선은 욕심을 부리지 않고 착실해서 가정이 평온했다.

문제는 둘째 번이었다. 과거와는 일찌감치 담을 쌓았다. 그는 너무도 이원수의 어린 날을 닮아 있었다. 사임당이 조상들께 빌고 빌어도 번의 성품은 달라지지 않았다. 번의 이러한 성품은 사임당에게 죽어도 한을 남기게 된다.

번은 동생 이에게 말할 수 없는 무거운 짐이 됐다. 차후 이이가 관직에 올라 조정의 큰 국사를 맡을 때도 번은 동생의 이름을 팔아 물의를 일으켜 이이를 곤란하게 만들었다. 아무리 정성을 들여도 이루어지지 않는 일은 있기 마련이다. 사임당의 인생에서 아들 번이 바로 그런 존재였다.

15
사임당의 죽음

이원수가 50세가 되던 해에 수운판관이라는 벼슬에 올랐다. 조운과 관련하여 전함사 내에 설치한 수운판관(水運判官)과 해운판관(海運判官)이 있었다. 수운판관은 경기에 좌우도 1명씩 두었다. 좌도판관은 한강 중상류의 수참(水站)을, 우도판관은 벽란도승(碧瀾渡丞)을 겸하여 황해도 세곡 수송을 담당했다.

이원수는 수운판관으로 평안도, 함경도, 황해도 지방에서 거두어낸 세금 곡물을 배에 실어 한강으로 수송하는 일을 맡았다. 이에 난생처음으로 평안도 지방으로 출장을 떠나며 장남 선, 셋째 이를 데리고 출행에 올랐다.

이원수로서는 조상의 은덕으로 얻은 음직이라고는 하지만 처음 받은 관직이라 의기가 양양했고 자랑스러웠다.

이 당시 신사임당은 몸이 좋지 않아 시름시름 앓고 있었다. 겉으로 드러나지 않았지만 중병을 앓고 있었다. 그러나 백수로 지내던 남편이 모처럼 얻은 관직에 어깨가 들썩이고 있었기에 내색을 하지 않았다.

이원수는 사임당의 병은 눈치도 채지 못하고 있었다. 이원수는 내심 깊은 곳으로부터 사임당을 사랑하지 않았다. 물론 겉으로는 사랑하는 것 같이 보인다. 통 크게 아내의 말을 듣는 것 같지만 어쩔 수 없이 위압당하고 끌려간 것뿐이었다. 그래도 사임당은 자신의 역할에 충실했다.

겉으로 행동거지가 나아지고 있지만 이원수의 본심에서 사임당에 대한 근본은 달라지지 않고 있었다. 아마도 그는 사임당에 대해 부족한 것이 불만이었는지 모른다. 사임당이 자신보다 뛰어나다는 사실에 끌려 다니지만 내심 불만을 가지고 있었다. 불우한 백수의 생활에서 얻은 아내는 그저 아들, 딸을 낳아주는 사람 정도로 치부하고 있었고 이미 주막집 권씨와 정분이 나서 아내를 무시하거나 무심하게 대하고 있던 때이니 아내의 곤궁이나 불편 정도는 아예 생각도 하지 않고 있었다.

이원수에게는 애초부터 아내를 사랑하는 마음이 없었는지도 모른다. 어쩌면 자신의 불우함을 달래거나 벗어나고자 혼인에 응했을지도 모르는 일이다. 그런 남자이기에 아내에게 깊은 사랑 따위는 애초에 가지고 있지 않았다.

아내의 불편한 몸을 눈치 챌 만도 하건만 그에게는 그런 마음이 없었다. 결국 병든 아내 사임당을 병석에 두고 먼 길을 떠났던 것이다. 결국 그는 아내의 죽음도 볼 수 없었다.

아내는 죽음이 지척에 이르고 있었지만 이원수에게는 꽃이 피고 나비가 날아다니는 봄날이었다. 평생 학문조차 제대로 하지 않아 관직은 고사하고 백수로 살다가 죽을 사람이었으나 조상의 음덕으로 얻은 음직에 만족하여 발걸음 가볍게 길을 떠난 참이었다. 그러한 점으로 미루어보면 신명화가 생각한대로 조상의 덕으로 벼슬을 얻은 셈이다.

출행은 길었다. 그를 따라 나선 자식들은 서둘러 집으로 향하고 있었다. 어느덧 이원수와 아들들이 임지에서의 일을 모두 마치고 돌아오느라 마포 선착장에 닿았다.

이원수는 힘이 넘쳐 앞서 걸었지만 이이는 마음이 무거웠다. 아버지를 따라 떠날 때부터 마음이 무거웠다. 어머니의 불편한 몸을 어느 정도 알고 있었기에 마음이 무거운 것은 당연했다. 집이 가까워질수록 착 가라앉은 심사가 마음을 무겁게 했다. 마음의 찜찜함이 발걸음을 무겁게 하였다.

'마음과 발길이 무겁다. 이것이 무엇을 의미해 주는 것일까?'

이이의 발걸음은 더디고 먼지 날리게 터벅거렸다.

그의 행동을 누군가는 눈치 채기 마련이다. 앞서 걷던 이원수가 아들의 심기를 알아차렸는지 불현듯 뒤돌아보며 물었다.

"발걸음이 더디구나. 어디 불편한 게냐?"

"아닙니다."

"참으로 괴이한 일이로다. 너의 얼굴이 어둡구나."

"아닙니다."

마음을 표현하기는 쉽지 않다. 그랬기에 이이는 자신의 마음을 아버지에게 보여줄 수 없었다. 그것이 답답하다고 해도 어쩔 수 없는 일이었다.

마포나루 언덕에 앉아 돛단배가 오기를 기다리고 있기를 얼마 지나지 않아 문득 고개를 돌리던 이이가 벌떡 일어섰다.

"어?"

그의 눈이 향한 곳에 막내 우가 달려오고 있었다.

멀리서 보아도 허우적거리며 달려오는 우의 모습이 여간 심상치 않았다. 가만히 보니 울고 있는 것 같았다. 허위허위 달려오는 모양이 어째 불길함을 주었다. 일행을 발견한 우가 달려오더니 털썩 주저앉았다.

"우야, 네가 웬일이냐?"

"아버지, 어머니께서… 흑흑."

이미 심상치 않은 일은 벌어지고 있었다.

아직도 이원수는 무슨 일이 일어났는지 모르겠다는 표정이었지만 이이는 가슴속에서 무언가 떨어지는 듯한 소리를 듣고 있었다.

이원수가 다급하게 물었다.

"막내야, 말부터 똑바로 해라. 글쎄, 어머니가 어떻다는 것이냐?"

"어어, 어, 어머니께서 돌아가셨습니다."

아버지 이원수, 아들 3형제는 망연자실했다.

털썩!

이이는 무너지듯 주저앉았다.

"어머니!"

1551년 5월 1일.

사임당은 48세의 젊은 나이에 세상을 떠났다. 장수한 어머니 이 씨보다 먼저 세상을 떠났고 당시 셋째 아들 이가 16세였다.

사임당은 너무 젊은 나이로 눈을 감았다.

죽음의 순간에 그의 곁에는 아끼고 기대하던 아들 이가 없었다. 남편 이원수와 장남 선도 평안도에 있었다. 그녀는 불우한 죽음을 맞이

했다. 그래도 임종 자식은 있었다. 사임당은 죽음의 순간에 보고 싶은 사람을 볼 수 없었다. 사임당은 강릉 어머니 이 씨보다 먼저 세상을 떠나고 말았다.

사임당은 이전부터 가끔 가슴으로 밀려오는 통증을 느꼈기에 자신이 오래 살지 못할 것이라 생각했었다. 사임당은 이미 자신의 죽음을 예견했을지도 모르는 일이다.

이 모든 것이 운명이었다.

사임당이 임종하는 순간에 곁에는 둘째 번과 막내 우가 있었다. 그들이 있었기에 눈을 감기는 편했다. 자식들의 오열이 그나마 죽음을 외롭지 않게 했다.

사임당이 세상을 떠난 지 사흘째 되는 날, 남편 이원수와 장남 선, 셋째 이가 돌아왔다. 사임당은 이미 이 세상 사람이 아니었다. 허망하게 맞은 이별이요 죽음이었다. 이이는 이제 어머니의 웃는 모습을 볼 수 없었다.

슬픈 며칠이 지나갔다.

이이에게 어머니는 우상이었다. 어머니가 세상을 뜸으로써 기대와 환상, 기쁨과 열망이 모두 사라진 것 같아 공허했으며 하늘이 무너져 버린 것 같았다.

이(珥)는 너무 슬펐다.

땅을 치며 울어도 가슴의 서늘함은 사라지지 않았다. 죽음은 다시 돌아오지 않는 영원이다. 자식으로서는 한을 남기는 일이다.

아내 사임당에게 지능과 재능에 눌리고 삶의 무게에 눌려 주눅 들어 살았던 이원수는 그저 무덤덤했다. 당연한 일이기도 했다. 사실 이전에 이미 이원수는 주모였던 권씨라는 여자와 첩살림을 하고 있었기에 아내라고는 하나 신사임당과는 그리 좋은 사이가 아니었다.

사임당은 파주 선영 자운산 자락에 안장되었다.

강릉 북평촌 오죽헌에서 태어나 강릉에서 인생의 반 이상을 살았지만 죽어 몸은 파주 자운산 덕수이씨 선영의 자락에 묻혔다. 어쩌면 강릉으로 가기를 바랐는지도 모르지만 그녀는 분명 덕수이씨의 며느리였다.

아들 3형제가 시묘를 시작했다.

장남 선과 차남 번, 셋째 이가 시묘살이를 시작했다. 묘 옆에 거처할 움막을 만들고 아침저녁으로 밥을 차려 3년의 세월을 돌아가신 어머니에게 바쳤다. 연산군 때 단상법(短喪法)을 만들어 시묘살이 기간을 3년에서 1년으로 단축시키고 어기면 처벌했지만 효심이 있는 자들은 여전히 3년 시묘를 했다. 외할아버지 신명화도 3년을 지켜 화제가 되었다.

이이 형제들도 3년의 시묘를 했다.

시간은 흐른다.

3년 시묘를 마치고 삼청동 집으로 돌아왔지만 세상은 변한 것이 없었다. 다만 이원수는 내섬시와 종부사 주부 직에 배치되었고 곧 종6품의 자리에서 사헌부 감찰에 이르렀다.

집안은 안정되어 있었다.

이이는 자신의 슬픔에 대해 깊이 파고들었다.

어머니의 죽음을 이해하고 아픔을 지우고자 한다면 직접 죽음의 세계에 들어가야 한다고 생각했다. 그래야 어머니 사임당의 죽음을 이해할 수 있을 것 같았다. 어머니가 어디에 계시는지 확인하고 싶었다. 세상사에 회자되는 극락과 지옥이 무엇인지 파악하고 싶었다. 어머니가 어느 곳에 계시는지 알고 싶었다.

자꾸만 죽음과 삶에 대해 생각하자 머리가 무거웠다. 이대로 가다가는 미칠 것 같았다. 무언가 방법을 찾아야 했다.

길을 나섰다.

언젠가 어머니 손을 잡고 찾았던 절에 갔다.

봉은사였다.

절은 고즈넉한 산속에 둥지를 틀고 있었다. 마치 소라껍질 같은 산이 이이를 잡아 끌었다. 신라 시대의 고승이며 한 시기의 불교 역사를 이끌어온 아도 화상이 문을 열어놓은 천년 고찰에 이르자 이곳이라면 자신의 마음속을 들여다 볼 수 있을 것이라 여겼다.

노승 앞에 머리를 숙였다.

"스님, 저는 어머니를 잃은 불효자이옵니다. 죽음과 삶의 경계를 보고 싶사옵니다. 먼저 가신 어머니를 만나고 싶습니다."

아무리 고승이라 해도 쉬운 대답은 나오지 않는 의문이고 끝을 볼 수 없는 화두이다. 그렇다고 불자의 몸으로 내팽개칠 수는 없는 노릇이다.

노승이 그를 앉히고 차분하게 입을 열었다.

"어허, 젊은 사람이 집착에 빠져 있구려."

"집착이란 무엇입니까?"

"슬픔은 그저 슬픔일 뿐이지요. 깊이 생각하면 슬픔도 깊어지는 법이랍니다. 무심(無心)일 때 올바로 볼 수 있는 것이고 어머니도 만나 뵐 수 있고, 부처님의 가르침도 얻을 수 있소이다."

"어머님께서도 평소 일체유심조(一切唯心造)를 말씀하셨습니다. 무엇이 일체유심조입니까? 그것을 이루면 내심을 볼 수 있는 것인지요?"

"모든 것을 버려야 하오. 그대는 총기가 넘치는 사람으로 보이오. 마음속에 내재되어 쌓여 있는 모든 것을 버리시오. 수도를 한다면 모두 버릴 수 있을 것이니, 입산수도를 해보시오."

노승은 입산수도를 권했지만 사대부가의 자식으로서는 심각하고도 염려스러운 일이 아닐 수 없다. 시대의 반항인 것이다. 사대부가의 자식은 함부로 승려의 길을 갈 수도 없었다. 가슴이 쓰리고 아파 참을 수가 없었다. 불가에 귀의는 생각해 보아야 했다. 이는 가문의 불경이고 미래에 장애가 될 수도 있었다.

따지고 보면 신사임당도 한때 잠시 불가에 머문 적이 있었다.

이원수가 주막집의 여자 권씨와 첩살림을 시작했을 때, 신사임당은 다른 때와 달리 강하게 반발하였고 그로서 부부 관계는 끝난 것이나 다름없었다. 이원수는 이후로 사임당과 다시는 화합할 수 없었다. 그 시기에 신사임당은 잠시 금강산에 머물렀었다. 후일 정적들은 이이가 어머니와 함께 불교에 귀의했었다고 논쟁거리로 삼았을 정도였다.

조선은 억불숭유(抑佛崇儒)의 국가로서 유교를 융성시키고 불교를 억압하고 천시하던 때였다. 사대부에게 절은 금기시 되는 곳이기도 하였다. 더구나 이율곡은 이미 벼슬을 생각하고 있었다. 관직에 나아갈 것을 생각하던 나이였다. 그렇다면 절은 먼 거리에 있어야 한다. 벼슬을 바라보는 사대부가의 자제가 절에 들락거리고 스님과 대화했다는 사실만으로도 흠이 되던 때였다. 그러나 이이는 조금도 주저하지 않았다.

불현듯 모든 것을 내려놓고도 싶었다.

'스님이 된다?'

스님이 된다는 것, 이것은 속세와 결별을 의미한다. 모든 것을 버리는 것이다. 그동안 불리던 이이라는 이름도 버리는 것이다. 잊어야 한다. 안개처럼 흩어져야 한다. 과거에서 장원했다는 사실도 버려야 한다. 속세를 잊을 수 있어야 한다. 학문을 익혀 벼슬을 하고 가문을 빛내겠다는 야망도 버려야 한다.

이 길을 가야 하는가?

금강산 마하연(摩訶衍)으로 향했다.

머리를 깎았다.

법명 석초(釋草)를 받았다.

아주 깊은 산이고 속세와는 떨어진 산속 도량이다. 이곳에서 세상을 잊고 수양을 하고자 하였다. 잊어버리는 것이 먼저이다. 잊는 연습을 했다. 그리고 다시 채우는 연습을 했다. 채워야 할 것이 많았다.

어머니를 만나야 했다. 영성을 찾고 어머니의 명복을 빌고자 했다. 꼬리를 잡아야 화두의 머리를 잡을 수 있었다. 고민을 버리고 다시 고민의 끝을 잡았다. 끝 간 데 없는 진리를 찾고 허망과 삶의 경계를 찾고자 했다.

불현듯 삶이 반추되었다. 그 깊은 산중에도 속세의 명성이 스며들었다. 세상 어디에도 피할 수 없는 것을 깨닫기는 쉬웠다. 이이가 13세에 진사시에서 장원했던 사실은 산속에서도 그가 누구인가를 알려주고 있었다. 속세를 떠난 절집에서도 속세의 명성이 그의 다리를 잡아 끌었다.

모두 버리고자 했다. 버려야 했다. 승려의 길을 가고자 했다. 승려의 길에 나를 버리고자 했다. 화엄경을 읽었다. 금강경도 읽었다. 유마경도 읽었다. 그리고 부모은중경도 읽었다. 부지런히 읽었다. 전력으로 읽었다.

승려의 길을 알게 되고 믿음을 가졌다.

불교의 이론은 어렵지 않았다. 아니 깨달을 필요가 없었다. 정진하면 끝이 보였다. 결국 깨달음에 도달하는 것이니 신해행증(信解行證)이라 할 수 있었다. 화엄경을 읽었고 금강경을 읽고 석가를 알았고 어머니의 혼백을 이끌어 천도(薦度)의 길에 들게 했다.

하늘에 오색 무지개가 펼쳐졌다.

"할머니!"

문득 강릉 외할머니의 품이 그리워졌다.

장원급제해서 당신의 소원을 풀어 달라 하시던 인자한 할머니가 그리웠다. 속세가 눈에 들어왔다. 모두 부질없음이 느껴졌다. 어쩌면 남의 다리를 긁으며 고뇌하는 것인지도 모를 일이다. 생각이 강릉에 이르고 인간의 삶과 살아있는 사람의 삶에 대해 인식하고 생각하자 미친 듯 달려왔던 금강산이 싫어졌다.

법명을 버리고 가사를 벗었다.

말없이 하산(下山)했다.

강릉 부평촌으로 내달렸다.

부평촌은 달라진 것이 아무것도 없었다. 기억도 달라지지 않았다. 장원도 그대로이고 기와지붕까지도 변한 것이 없었다. 기와지붕의 와송도 새로울 것이 없었다. 세월의 흐름이 멈춰버린 듯 기억 속의 장원은 변한 것이 없이 옛 모습 그대로였다. 애초에 그 자리에 서 있던 것 같았다.

주저할 이유가 없었다.

대문 안으로 들어섰다.

"아이구, 도련님이 오셨네. 할머니, 셋째 도련님이 오셨어요"

하인들이 부산을 떨었다.

안으로 들어서자 하인들이 알아보고 너도 나도 달려와 인사를 하였다. 그 소리를 들었는지 방문이 활짝 열리더니 외할머니가 버선발로 댓돌을 내려 달려왔다.

"이로구나, 얼마 만이냐? 어서 오너라!"

할머니가 달려와 이이를 가슴에 안았다.

이이는 오랜만에 가슴이 푸근하다는 생각을 했다. 그가 원하던 따스함이었다. 얼마나 그리워했는지 이제 알 것 같았다. 할머니의 품은 더할 수 없이 평온하고 따스했다.

외할머니는 승려 얘기 따위는 전혀 듣지도 못했다는 표정으로 아예 입에 담지 않았다. 이미 오랫동안 가슴으로 키운 이이의 속내를 읽고 있었기 때문이었다. 그것만으로 이 씨는 손자의 마음을 충분히 읽고 있었다.

하루 만에 승려의 티가 벗어졌다.

그는 속세의 사람이었다. 산속의 1년이 강릉집에서의 하루만 못했던 것은 아니나 그가 갈 길은 정해져 있었다. 그에게 산은 잠시의 섬이었다. 흘러가는 개구리가 멈추었던 통나무와 같은 것이었다. 이이는 승려가 될 사람이 아니었다. 단지 어머니를 위한 길로 잠시 절을 선택했던 것이다.

그가 승려 생활을 했다는 사실은 후일에도 늘 화제가 되고 정적의 공격을 제공했지만 진정으로 그가 불자의 길을 간 것이라고 볼 수는 없었다.

훗날의 일이기는 했어도 성균관 유생들이 이이의 불가 생활에 대해 집단적으로 성토를 했었다. 그처럼 이이의 승려 생활은 유림이라는 거대한 소용돌이에 대단한 족적을 남기기도 한다. 잠시간의 수도 생활을 들어 그를 공격하고 깎아내리려는 사람들에게는 공격의 무기가 되기도 했다. 어쩌면 당연한 주장이 될 수 있었다. 유학인으로서 불문에 입도하여 금강산 유점사에서 승려 생활을 했다는 것은 있을 수 없는 수치라는 것이었다.

그러나 금강산의 1년도 이이에게는 깨달음의 과정이었다.

사임당은 죽었으나 아들 이이의 가슴과 학문에 영원히 남았다.

사임당의 어머니 이 씨는 딸이 죽은 후에도 오래도록 살았다.

이 씨는 사임당이 세상을 떠난 지 많은 세월이 지났지만 뒷동산에 모셔져 있는 조상의 사당에서 오래도록 참선을 하였다. 이 씨는 강하고 또 현명했다. 자신의 딸이었지만 젊은 나이로 자기보다 일찍 죽은 딸의 천재성과 효도하는 정성, 그리고 자식을 위한 노력을 그대로 저버릴 수가 없었다. 사임당이 편히 잠들 수 있는 안식을 마련해 주고 싶었다.

그렇다면 사임당이 편안하게 누워 잠잘 수 있는 안식처는 무엇이었을까?

이 씨는 살아온 인생만큼이나 깊은 사고를 지니고 있었고 신중한 사람이었다. 이 씨는 딸의 영혼이 편안하게 쉴 수 있는 안식처를 마련하고자 했다. 이미 땅에 묻혀 있으니 묘를 어찌하자는 것이 아니었다. 딸의 일생을 정리하고 기록해야겠다고 생각했다. 이를 행장(行狀)이라 하는데 누군가는 기록을 남겨야 했다.

누가 써야 제대로 바르게 쓸 수 있을까?

이 씨는 이이를 불렀다.

"어머니의 행장을 남기고 싶구나."

"할머니, 의당 해야 할 일이지요. 제가 하겠습니다."

사임당의 일생은 이이의 손으로 기록되었다.

이 씨의 기억은 생생했다.

나서 성장하고 혼인하여 자식을 기르기까지의 어머니의 기록은 할머니의 증언으로 알알이 맺힌 포도송이처럼 되살아났다. 가감 없이 기술한 신사임당의 일대기는 역사가 되고 기록으로 남았다.

신사임당!

아들이 남긴 행장이 오늘도 많은 사람들에게 그녀의 빛나는 삶의 흔적과 향기를 전하고 있다.

사임당 삶의 향기

안종선 지음

1판1쇄 인쇄   2017년 2월 10일
1판1쇄 발행   2017년 2월 14일

발행인   이태선
발행처   창작시대사
        서울특별시 마포구 성미산로 188 (연남동)
        대표전화 02) 325-5355
        팩시밀리 02) 325-5385
        이메일 changzak@naver.com

등록번호   제2-1150호
등록일자   1991년 4월 9일

ISBN   978-89-7447-204-7